Sur l'auteure

Elizabeth Day a grandi en Irlande du Nord et vit maintenant à Londres. Passionnée depuis son plus jeune âge par l'écriture en général et le journalisme en particulier (à l'âge de douze ans, elle signe des chroniques régulières dans le journal local), elle contribue aux journaux les plus prestigieux, notamment *The Telegraph*, *The Times*, *The Guardian*, *The Observer*, *Vogue*, *ELLE* ou encore *The Evening Standard*. Après *L'Invitation* et *L'Art d'échouer*, inspiré du podcast à succès qu'elle anime en Angleterre, elle publie *La Pie voleuse*.

De la même auteure
aux Éditions 10/18

L'INVITATION, nº 5441
LA PIE VOLEUSE, nº 5855

ELIZABETH DAY

LA PIE VOLEUSE

Traduit de l'anglais
par Maxime Berrée

10/18

BELFOND

Ce roman est une œuvre de fiction. Les noms, les personnages et les événements racontés sont le fruit de l'imagination de l'auteure. Toute ressemblance avec des personnes, vivantes ou mortes, est purement fortuite.

Titre original :
Magpie

Publié par 4th Estate, une marque de HarperCollins Publishers, Londres.
Ouvrage publié avec l'accord de Rachel Mills Literary Ltd.

ISBN : 978-2-264-08132-2
Dépôt légal : avril 2023

Pour Justin,
extraordinaire consultant en intrigue

PREMIÈRE PARTIE

1

La maison était parfaite. Enfin, pas exactement, aucune maison ne l'est, mais ses défauts étaient mineurs. Le plancher, que le promoteur avait à l'évidence acheté en gros, était un peu trop clair, et le laminé trop lisse pour avoir l'air d'un vrai parquet. Les volets persiennes à lames en plastique étaient couverts de minuscules spores de poussière. Quelqu'un avait pris l'étonnante décision d'installer à l'étage une salle de bains donnant directement sur une terrasse. Marisa, debout sur cette terrasse, avec aux pieds des sandales assorties aux dalles brun pâle, contemplait le jardin en contrebas, un bout de gazon bordé de plantes en pot à la terre fraîchement retournée. Elle remarqua le silence, chose rare à Londres, surtout si près d'une grande rue. Comme elle faisait un commentaire à ce sujet, la femme qui lui faisait visiter les lieux l'approuva d'un hochement de tête.

« Oui, le calme est appréciable ici. »

C'est cela, au bout du compte, qui emporta sa décision. L'enfance de Marisa avait été remplie de bruits. Dans ses souvenirs, le vacarme était omniprésent. Les discordances et les hésitations de son père au piano. Le claquement de la porte du four, le tintement des verres dans le lave-vaisselle surchargé. Les cris perçants de sa nouvelle petite sœur. Ensuite, quand la mère de Marisa était partie avec son bébé cramponné à elle, le silence était tombé sur la maison située en pleine campagne. Il n'y avait eu aucune explication.

Sa mère l'avait serrée fort dans ses bras avant de partir, lui murmurant à l'oreille : « Je reviendrai te chercher dès que je serai retombée sur mes pieds. » Marisa se souvenait avoir baissé les yeux sur les chaussures de sa mère et avoir cherché où était le problème. C'était une paire de mocassins traditionnels, en cuir sang-de-bœuf, avec une pièce glissée dans le plastron sur le cou-de-pied. Elle avait essayé, une fois, de déloger la pièce avec ses doigts boudinés, mais n'avait même pas réussi à la faire bouger. Les yeux rivés sur les mocassins, Marisa s'était demandé pourquoi sa mère avait besoin de temps pour retomber sur ses pieds alors qu'ils étaient déjà par terre. Surtout, elle avait envie de savoir ce qui allait lui arriver et pourquoi sa mère l'abandonnait. Elle avait sept ans.

Des jours et des jours durant, dans une ambiance étouffante, son père était resté en chaussons et en pyjama tandis qu'une barbe peu fournie lui mangeait les joues. Pendant ces semaines mornes et floues, Marisa s'efforçait de charger le lave-vaisselle comme sa mère aimait que ce soit fait, en rinçant les assiettes et en mettant les couteaux le manche en bas. Au bout d'un moment, lassée des tâches domestiques, elle avait laissé la vaisselle sale s'accumuler dans l'évier. Et plus tard elle était partie en pension, où elle avait dû s'habituer à tout un tas de bruits différents.

La maison était l'antidote à tout cela, elle le voyait maintenant. Elle l'avait examinée en ligne, zoomant pour observer le petit perron qui menait à la porte grise. Les briques étaient couleur noisette. La rue, dans le jargon des agents immobiliers, était « arborée » et se trouvait dans un secteur prisé pour son école, « exceptionnelle » d'après Ofsted, le site officiel qui classait les établissements scolaires. Ce qui avait son importance, car elle espérait tomber enceinte dès qu'ils auraient emménagé. C'était leur projet, et en repensant à ses discussions avec Jake, elle sentit sa tension se dissiper, comme si on déposait une pierre chaude dans le creux de sa paume.

Jake était sa sécurité, son cocon, son rocher, son ancre. Elle avait utilisé tous ces mots pour le décrire, mais jamais devant lui, parce qu'il n'était pas très démonstratif. C'était, entre autres, ce qui l'attirait chez lui : il ne se laissait pas perturber par les événements, il était d'une stabilité totale. Il lui montrait son amour par des actes plutôt que par de belles paroles. Jake se méfiait des marques d'affection trop expansives, qu'il trouvait hypocrites. Après ce qu'avait connu Marisa dans son enfance, quand sa mère déployait sa passion telle de l'artillerie lourde dans une bataille sans enjeu réel, la nature plus réservée de Jake était un soulagement.

Lorsqu'elle visita la maison, elle lui parut parfaite pour eux : une sorte de sanctuaire baigné de lumière, et assez neutre pour qu'ils le remplissent de leurs propres caractères.

Dans la cuisine, qui se trouvait au sous-sol, toutes les cloisons avaient été abattues, de sorte que la pièce se prolongeait vers l'extérieur comme une plage. Il y avait une table en noyer des années 1950, huit chaises aux pieds filiformes et, au-dessus de l'îlot central, des suspensions en émail bleu pâle. Le réfrigérateur, qui brillait d'un éclat métallique, disposait d'un distributeur de glaçons intégré, il suffisait de mettre le verre devant. Sur le mur blanc était fixée une immense télévision, rectangle noir uniforme troublé d'un unique point rouge dans un coin, pareil à un tableau qui vient d'être vendu.

La femme déclara que Marisa lui semblait la personne idéale pour emménager dans la maison. Marisa sourit.

« Ce genre de chose, c'est… » Marisa chercha le bon mot. « Instinctif, non ?

— Instinctif, opina la femme. Exactement. »

Alors qu'elle ouvrait les portes vitrées donnant sur le jardin, les repliant sur elles-mêmes à la façon d'un origami, un oiseau entra. Il fondit si vite sur elles que ni l'une ni l'autre ne purent l'arrêter.

La femme l'esquiva en se protégeant la tête d'une main. Marisa tressaillit. Elle détestait les oiseaux. Leurs battements d'ailes. Leurs becs pointus. Leurs tout petits yeux, qui lui faisaient penser à des pierres mortes.

Une pie. Noir et blanc, avec sur les plumes des reflets violets semblables à des irisations de pétrole. L'oiseau s'agitait en tous sens, paniqué par sa soudaine incarcération. Il était gros, presque de la taille d'un corbeau. Il alla se réfugier dans le coin du plafond le plus éloigné de là où elles se tenaient.

« Ouste ! cria la femme, qui s'approcha en battant des bras pour l'effrayer. Du balai !

— Je ne crois pas… » commença à dire Marisa.

Elle allait dire qu'il lui semblait hasardeux de lui faire peur, mais l'oiseau redécolla avant qu'elle ait pu aller au bout de sa phrase. Son aile heurta un petit vase finement décoré en haut de l'étagère. Il chancela, puis tomba, s'écrasant par terre en mille morceaux qui se dispersèrent le long des plinthes.

Après quoi, comme si un sort avait été rompu, l'oiseau parut comprendre où il se trouvait. Il vola en ligne droite vers les portes ouvertes, passant si près du visage de Marisa qu'elle sentit le souffle de son mouvement sur ses joues. Il dégageait une vague odeur de mousse et de pourriture. Elle crut même sentir ses plumes la chatouiller, comme si la pie avait effleuré sa joue dans son vol halluciné.

« Bon débarras ! » s'écria la femme en refermant rapidement derrière l'oiseau. Le murmure étouffé du trafic au loin se tut. Marisa et elle existaient de nouveau dans la force centrifuge de leur bulle de verre et de béton, isolées du monde extérieur et de cette furie à plumes. Le silence avait quelque chose de paisible et d'artificiel à la fois.

« J'espère que vous n'êtes pas trop choquée.

— Non, sourit Marisa. Désolée pour le vase, en revanche. »

La femme eut un geste de la main signifiant que ça n'avait aucune importance.

« Ce sont des choses qui arrivent. »

Elles se serrèrent chaleureusement la main et Marisa lui dit qu'elle prendrait le temps de réfléchir avant de la recontacter.

En vérité, elle n'avait pas besoin de réfléchir. Jake s'en remettait volontiers à elle pour ce genre de décisions. Il se fichait d'où il vivait, disait-il, tant qu'elle était heureuse et qu'il y avait assez de chambres pour qu'ils puissent fonder une famille dès l'emménagement terminé. Il voyait cela comme son domaine à elle, et bien que Marisa se soit vaguement indignée face à cette division rétrograde des charges domestiques – elle aurait dû remettre en question l'implication sous-jacente selon laquelle la maison et les bébés seraient sa sphère à elle, tandis que gagner de l'argent pour leur permettre de vivre confortablement lui reviendrait à lui –, en son for intérieur elle aimait cela.

Une fois dans la rue, elle sortit son téléphone et lui envoya un message : Vu la maison. J'adore. Parfaite.

Elle n'ajouta pas de baisers. Ce n'était pas dans leurs façons.

Il ne lui répondrait sans doute pas tout de suite, il était en réunion toute la journée.

« Du matin au soir », avait-il précisé afin qu'elle sache qu'il pourrait y avoir du retard et qu'il était inutile de s'inquiéter.

Jake travaillait pour une société de consultants de la City. Au-delà de ça, Marisa n'avait pas une idée bien claire de ce qu'il faisait, sauf qu'il était censé rendre les organisations plus agiles et plus efficaces, et que cela impliquait beaucoup de voyages, mais pas toujours dans des lieux glamours. Récemment, il avait passé plusieurs semaines à Nottingham auprès d'une entreprise pharmaceutique.

« Il y a des magasins de meubles des années 1950 assez étonnants », c'est tout ce qu'il lui avait dit à ce sujet, avant de demander : « Et tes livres, comment ça va ? »

Elle lui avait parlé des commandes reçues dans la semaine sur son site Internet de la part de parents, de tantes ou de marraines qui voulaient des versions personnalisées des contes de fées pour leurs chères petites têtes blondes. Marisa avait constitué une série de sept histoires au choix, disponibles en ligne – la princesse endormie, le prince pourfendeur de dragons, l'aventurier intrépide, le singe filou dans la jungle et ainsi de suite. Il suffisait de taper le nom de l'enfant, de télécharger une photo récente et de fournir quelques détails, et Marisa illustrait le livre en fonction de ces caractéristiques.

Son site Internet s'appelait « Des histoires à soi », et à son lancement l'année précédente, il avait eu les honneurs de quelques grands magazines sur papier glacé. Son compte Instagram, certifié, comptait plusieurs milliers d'abonnés. Marisa aimait ce travail, assez répétitif pour ne pas avoir à trop réfléchir mais suffisamment créatif pour être stimulant. Elle ne gagnait pas une fortune, malgré ce que ses photos Instagram soigneusement filtrées auraient pu faire croire, et ces derniers mois, les commandes ralentissant, elle avait eu du mal à assurer son loyer. Ce qui explique pourquoi, lorsque Jake avait proposé qu'ils emménagent ensemble, elle avait sauté sur l'occasion. Cela, et le fait qu'elle était amoureuse, évidemment.

« Waouh, Risa, comment as-tu trouvé une perle pareille ? » s'était exclamée son amie Jas quand elle avait entendu parler de Jake pour la première fois.

« Sur un site. Je sais, je sais ! Pas la peine de me dire. C'est un miracle. »

Jas était célibataire depuis encore plus longtemps que Marisa. Elles avaient passé de très longues soirées sur le canapé de Marisa à se consoler du manque d'hommes décents en sirotant du pinot noir, et toutes deux s'amusaient beaucoup du cliché qu'elles incarnaient : deux femmes à l'approche de la trentaine qui se plaignent du manque d'hommes décents tout en buvant du vin. Elles s'étaient inscrites à peu près en même temps sur diverses applications de rencontres, liées à leurs profils sur les réseaux sociaux, qui exigeaient de Marisa qu'elle se crée une personnalité.

Il fallait dresser la liste des films, des musiques et des plats qu'elle préférait. S'ensuivait une interminable succession de questions afin de tester sa compatibilité sur des sujets comme la religion, l'amour, l'orientation sexuelle (« polyamoureuse », « gender fluid » ou « sapiosexuelle », mot que Marisa avait dû googler pour apprendre qu'il s'agissait des gens excités par l'intelligence), d'établir si elle acceptait de rencontrer quelqu'un d'endetté, si elle trouvait plus romantique une promenade dans les bois ou une escapade à Paris pour un dîner.

Toutes les réponses étaient moulinées par un mystérieux algorithme qui déterminait, au pourcentage près, si vous correspondiez à Peter, directeur d'une agence de design flanqué d'un fils de neuf ans qui était la prunelle de ses yeux, ou à Wez, coach de tennis à Crawley cherchant une femme au regard de braise et au sourire sexy.

Marisa était devenue indifférente à ce défilé d'hommes qui posaient torse nu avec une moto ou un berger allemand, qui disaient mesurer un mètre quatre-vingts quand ils faisaient un mètre soixante, voire qui prenaient des selfies atroces devant des miroirs de chambre d'hôtel, avec le flash qui se réverbère contre les murs d'un blanc moche comme dans un mauvais film d'horreur. Elle n'avait pas été spécialement émue par Kevin, qui posait avec une jeune fille tenant un ours en peluche dans ses bras en précisant dans sa brève biographie : « La fille sur la photo est ma nièce ! », sans oublier le lien vers ses morceaux préférés sur Spotify. Comme tout le monde, il aimait Fleetwood Mac. Elle lui avait quand même écrit, ils avaient pris rendez-vous, et la soirée, comme toutes les autres, avait été décevante. Pas horrible, non, mais médiocre ; et d'une certaine façon, c'était pire.

Elle lui avait envoyé un texto pour le remercier et elle avait regardé les coches grises de WhatsApp s'afficher avant de passer au bleu, et le côté criard de cette couleur lui avait piqué les yeux en même temps qu'elle se rendait compte qu'elle fixait l'écran avec appréhension. Il avait lu le message. Elle avait continué à regarder son téléphone pour voir s'il répondait, guettant l'apparition de « Kevin écrit… », l'attente autorisant d'envisager avec optimisme la continuation des possibles, la suite ouverte. Mais il n'y avait rien eu.

Après Kevin, elle annonça à Jas qu'elle renonçait aux applications.

« Je te comprends, ma chérie, répondit Jas en grimaçant à l'évocation de sa soirée.

— C'est comme s'ils se disaient que j'étais… trop bizarre ou trop autre chose, poursuivit Marisa. Je le vois dans leurs yeux.

— Tu surinterprètes. » Jas jouait avec le petit diamant niché dans le lobe de son oreille. « Comme je dis toujours, c'est des maths. »

Jas avait lu un article en ligne qui expliquait qu'il y avait moins d'hommes que de femmes sur les applications de rencontres, et elle le citait à tout bout de champ.

« Et quand tu es une femme noire, c'est encore pire, ajouta-t-elle. Crois-moi. Presque personne ne sélectionne mon profil.

— Quelle bande de racistes… lâcha Marisa.

— Ouais, mais de toute façon, c'est partout pareil. »

Elle avait l'air peinée, et Marisa s'était sentie mal.

« J'ai envoyé un texto à Kevin.

— Encore ? » dit Jas en la regardant avec sollicitude.

En fait, Marisa avait écrit plusieurs fois à Kevin. Au départ, elle voulait simplement lui dire qu'il lui devait une explication, mais elle s'était mise en colère et avait fini par l'accuser d'être un porc misogyne. Son dernier message disait juste : « Va te faire foutre. » Il avait arrêté de lire ses messages. Les coches ne passaient plus au bleu. Ou alors il l'avait bloquée. Ce genre de choses lui était déjà arrivé.

Marisa hocha la tête et prit la bouteille de vin des mains de Jas pour se resservir.

« Je voulais juste tirer un trait définitif.

— Logique », dit Jas.

Dès le départ, Jake avait été différent. Pour commencer, il répondait toujours à ses messages. Ils s'étaient rencontrés lors d'une soirée à thème organisée par l'agence en ligne à laquelle elle s'était inscrite, qui se vantait de réussir à « trouver votre partenaire idéal ». C'était une fête costumée d'un ennui mortel, et Marisa avait trop bu. Ils avaient brièvement discuté, et il avait insisté pour prendre son numéro.

Le lendemain, au réveil, elle avait la tête dans le brouillard mais aussi un texto de Jake qui l'attendait sur son téléphone. Il lui envoya un flux régulier de messages pendant environ deux semaines avant de lui demander si elle aimerait le revoir.

Au lieu d'aller boire un verre un soir ou dîner au restaurant, Jake lui proposa un café en pleine journée, ce qui plut à Marisa. Cela signifiait qu'il n'y aurait pas l'ivresse pataude à la fin, quand on se demande si on doit s'embrasser ou pas. Rien de menaçant ni de compliqué : un simple rendez-vous pour voir si ça collait entre eux.

Il était déjà assis à une table près de la fenêtre à son arrivée, une tasse de café devant lui avec un petit biscuit sablé en forme d'étoile sur la soucoupe. Ses cheveux châtains étaient coupés court, coiffés sans apprêt et modelés avec une dose raisonnable de gel. Ses vêtements, repassés, n'avaient rien d'exubérant : un T-shirt gris sans logo ; un pantalon de toile un peu usé aux genoux ; une ceinture noire avec une boucle en cuivre poli ; une montre avec un bracelet en cuir ordinaire.

Quand elle entra dans le café, Marisa sentit un calme étrange se faire en elle, comme si l'oiseau affolé dans sa cage thoracique cessait enfin de battre des ailes.

« Salut. »

Ne sachant trop comment le saluer, elle tendit la main, et il la serra en la regardant droit dans les yeux. Il ne fit pas mine de se pencher vers elle pour lui faire la bise en collant sa joue contre la sienne, et elle s'installa face à lui avec soulagement, laissant juste la distance idoine entre eux.

Il sentait le linge lavé de frais. Pas d'eau de Cologne. Son visage avait quelque chose de simple : un menton bien dessiné, des pommettes d'enfant. Un regard doux. Une barbe courte et blonde, tirant sur le roux. Le genre de traits qui vieillissent bien, et laissent tout de suite voir quelle sorte d'enfant il était. Sous son T-shirt se devinaient des muscles bien dessinés, mais pas ostentatoires. Ce n'était pas la musculature de l'obsessionnel de la salle de sport, plutôt la force discrète de l'homme sur qui on peut compter, au besoin, pour pousser une voiture en panne.

Jake prit tranquillement les choses en main. Il demanda à Marisa ce qu'elle aimerait commander, puis indiqua son souhait à la serveuse comme si Marisa risquait de trouver pénible de le faire elle-même. Elle apprécia. Elle voyait déjà Jas lever les yeux au ciel devant son absence d'indignation féministe. Son thé arriva dans un pot en verre posé sur un plateau en bois et accompagné d'un sablier rectangulaire.

« Je ne sais pas si vous avez déjà pris le thé chez nous ? » demanda la serveuse. Elle avait un petit clou doré dans une narine. Marisa lui fit signe que non.

« D'accord, alors, vous devez le laisser infuser trois minutes pour que ce soit parfait. » La jeune femme retourna le sablier. À l'intérieur, le sable fin et noir commença à tomber.

« Eh bien, fit Jake dès qu'elle fut partie, c'est un thé compliqué. »

Marisa rit.

« Je suis plutôt du genre English Breakfast, dit-il.

— Oui, je vois ça », répondit-elle, taquine mais sans exagérer.

Ensuite, la conversation roula sans difficulté, la parole passant de l'un à l'autre avec autant de fluidité que les grains dans le sablier. Ils évoquèrent leur enfance. Il était l'aîné d'une fratrie de quatre, avec trois petites sœurs, lui dit-il. Il était proche de sa mère, avait grandi dans le Gloucestershire et restait « un mec de la campagne, au fond ».

« Tu veux dire que tu aimes les passe-temps de la campagne ? »

Il rit.

« Je ne crois pas que j'aie déjà entendu quelqu'un parler de "passe-temps de la campagne". Enfin, à part peut-être un valet dans un roman victorien. » Il la regardait avec intérêt. « C'est assez suranné. »

Elle rougit.

« Ne t'inquiète pas, je trouve ça charmant. Et non, pas vraiment. Je suis déjà allé tirer le faisan une ou deux fois, mais je ne peux pas dire que je chasse, ce n'est pas mon truc. J'aime bien les renards. »

Il croisa de nouveau son regard et Marisa eut l'impression très nette qu'il parlait d'elle, en réalité.

Il mit sur la table le sujet des enfants. C'était inhabituel qu'un homme en parle, encore plus lors d'un premier rendez-vous et vu leur différence d'âge – Marisa avait vingt-huit ans, et Jake, trente-neuf.

« Mais, tu sais, je voudrais pouvoir jouer au foot avec mes mômes, dit-il. Je ne veux pas être le seul père avec une prothèse de hanche devant les grilles de l'école.

— Tu n'es pas si vieux ! s'exclama Marisa.

— Oui, enfin… »

Jake se recula, posa un bras sur la table et l'autre sur le dossier de sa chaise. Il avait une capacité naturelle à occuper l'espace. Elle aimait l'impression qu'il donnait d'être taillé d'un bloc.

L'heure du déjeuner approchant, le café commençait à se remplir d'un brouhaha : les mères avec leur poussette, les hommes d'affaires en costume, les jeunes femmes à lunettes et jean moulant avec un ordinateur portable dans leur sac à main… Jake et Marisa devaient élever la voix pour s'entendre par-dessus le raclement des chaises chromées et le sifflement de la machine à expressos.

« Pour être honnête, j'ai toujours voulu avoir des enfants jeune, expliqua Marisa. Je crois que je te l'ai dit, ma mère avait vingt et un ans quand elle m'a eue, et… »

Elle laissa sa phrase en suspens, agacée d'avoir évoqué une chose qu'elle ne souhaitait pas particulièrement partager. Elle ne se rappelait pas ce qu'elle lui avait raconté lors de leur première rencontre, et elle ne voulait pas trop en révéler. Dans son esprit surgit une image de sa mère, belle et décoiffée, en salopette déboutonnée afin de pouvoir sortir son sein et nourrir le bébé s'il geignait, et elle dut faire un effort pour chasser ce souvenir et revenir à sa conversation, dans ce café avec Jake. Ne va pas par là, se dit-elle. Reviens. Tu es ici, maintenant, avec cet homme. Ne fous pas tout en l'air comme d'habitude.

Elle prit une inspiration et sourit en remuant son thé avec sa petite cuillère.

« Je trouve que… ce serait chouette… deux enfants, un chien… »

En disant cela, Marisa prenait un risque. Elle se pencha vers Jake avec nonchalance et, du bout des doigts, lui effleura le poignet. Elle sentit une décharge électrique, une sorte de fission, comme si deux molécules entraient en collision, se réassemblaient et créaient quelque chose de nouveau.

Jake eut l'air surpris. Elle retira sa main très vite et continua à parler comme s'il ne s'était rien passé, tout en soupçonnant que ce qui venait d'avoir lieu était immense.

Plus tard, il lui dirait qu'il avait su dès le moment où elle avait touché son bras qu'elle était « l'élue ». Cette phrase lui semblerait tirée d'un de ses contes de fées, mais elle se révélerait vraie.

2

Marisa emménagea un jour où Jake était au travail. Se débrouiller seule ne la dérangeait pas. Elle installa son atelier à l'arrière de la maison, dans une pièce exiguë donnant sur le jardin. L'occupant précédent en avait fait sa salle de sport privée, et comme elle déballait les affaires de son bureau et ses tableaux, elle remarqua dans le fond du placard un poids circulaire qui avait dû être fixé à une barre d'haltère. Elle s'en servit de cale-porte.

Elle avait commandé des cartons et du papier bulle sur Internet, et elle avait emballé toutes ses affaires avec minutie, s'assurant que chacune de ses tasses préférées était protégée de la casse ; elle avait accroché ses vêtements dans les penderies spéciales que lui avait envoyées la société de déménagement. Jake lui avait indiqué de ne pas s'embêter avec la vaisselle. « Il y a déjà tout ce qu'il nous faut », avait-il dit, et elle avait noté avec plaisir son usage décontracté de ce pronom personnel.

Ils se voyaient depuis un petit peu plus de trois mois. Dès qu'ils s'étaient décidés pour la maison, le reste avait suivi. Elle n'avait eu aucun mal à convaincre le propriétaire du petit appartement qu'elle louait de la laisser partir avant la fin de son préavis – il comptait bien profiter de l'occasion pour augmenter le loyer. Marisa avait l'impression qu'un dieu bienveillant avait finalement décidé de lui sourire.

« C'est ton tour, lui disait cet homme barbu et gentil (parce que Dieu, dans son imagination, ressemblait toujours aux illustrations de son enfance, une sorte d'avatar du père Noël mais en plus grave et sans la tenue rouge). Tu le mérites. »

Jas était moins convaincue. Elle était venue à l'appartement de Marisa pour un dîner d'adieu, pizzas à emporter et gin-tonic presque sans tonic.

« C'est un peu rapide, dit Jas, qui se risquait à découper une part de pizza à pleines mains, des rubans de fromage s'étirant comme des filets de salive d'une gueule grande ouverte. Vous vous connaissez à peine. »

Marisa, qui n'avait pas faim, se resservit un verre.

« Oui, mais en fait c'est vrai, ce qu'on raconte.

— Quoi ? »

Elle regarda Jas, ses cheveux courts peroxydés, son regard noir, la flèche oblique tatouée sur sa clavicule saillante, et elle ressentit quelque chose qu'elle n'avait jamais éprouvé auparavant. De la pitié.

« C'est que tu sais, au fond. Tu sais. »

Le genre de phrase qui, avant, leur aurait, à toutes les deux, fait lever les yeux au ciel. Mais la rencontre avec Jake avait changé bien des choses. Ces derniers temps, son amitié avec Jas était fondée sur l'amertume – le cynisme et le ressentiment de celles qui se sentent oubliées et qui le masquent sous un humour cassant –, et maintenant qu'elle avait trouvé celui avec qui elle était prête à passer le reste de sa vie, le nombre de leurs points communs se réduisait. Elle était comme le gamin dans la vieille pub, celui qui mange son bol de céréales et qui déborde d'énergie toute la journée, sauf que c'était l'amour qui faisait rayonner Marisa.

Jas, qui la scrutait avec scepticisme, dut voir quelque chose de nouveau sur son visage. Elle esquissa un sourire.

« Eh bien ! T'es salement accro ! »

Jas avait grandi à Lewisham, mais elle prononçait souvent des phrases qu'on aurait crues tirées de séries américaines des années 1990.

Marisa vida son verre de gin. Elle rejeta ses cheveux en arrière, dont les pointes chatouillèrent légèrement ses épaules nues en retombant. Ce geste lui parut d'une justesse absolue, c'était exactement le mouvement qu'elle avait voulu exécuter. Elle sentait sa beauté, et le pouvoir que celle-ci lui conférait.

« Je crois, oui... dit-elle. Ce sera bientôt ton tour. »

Jas haussa les épaules.

« Ça ne m'intéresse plus. J'ai décidé que j'étais très bien toute seule, j'aime avoir mon espace à moi. Pourquoi faire entrer quelqu'un qui y mettra le bazar, tu vois ? »

Marisa n'insista pas. Elle s'assit par terre, jambes croisées, prit la plus petite part de pizza aux pepperonis et se mit à manger lentement.

« C'est juste... commença Jas avant d'hésiter. Ça t'est déjà arrivé de tomber raide dingue. Tu te souviens...

— C'est différent », rétorqua Marisa.

Elle se releva trop vite et eut un vertige, un voile noir tomba soudain devant ses yeux. Elle emporta les parts de pizza restantes et les jeta aussi sec à la poubelle.

« Eh, protesta Jas. Je n'avais pas fini !

— Tant pis.

— Je m'inquiète pour toi, Ris. »

Marisa lui tourna le dos, le temps de se laver les mains dans l'évier. Son appartement se composait d'une grande pièce divisée en trois parties, si bien que la cuisine et le salon se confondaient l'une dans l'autre. L'eau froide l'apaisa, brisant l'élan de colère qu'elle avait senti naître en elle. Quand elle se retourna pour faire face à Jas, elle avait recouvré son calme.

« Je sais, dit-elle en allumant la bouilloire. Je te remercie. »

La soirée se termina plus tôt que d'habitude et Marisa se rendit compte que son amitié avec Jas ne survivrait pas à ce nouveau tournant dans sa vie. Elle se sentait jugée, et elle était mal à l'aise d'être ainsi scrutée à la loupe. Ce n'était la faute de personne. Simplement, les choses changeaient. Les gens changeaient. D'ailleurs, elle avait Jake. Elle avait la maison. Elle avait leurs futurs enfants. Une famille et un toit à elle.

Dans la maison, l'atelier commençait à prendre forme. Marisa accrocha deux originaux encadrés de son tout premier livre des « Histoires à soi ». Elle l'avait écrit pour un petit garçon, Gabriel, à qui elle avait attribué une quête de chevalier à accomplir, remplie de princesses qui portaient de grandes robes roses et de dragons qui crachaient du feu depuis des grottes souterraines. Elle disposa ses pinceaux dans des bocaux de confiture, un pour chaque catégorie, et rangea sur les étagères les classeurs dans lesquels elle conservait ses bons de commande et ses factures. Jake lui disait qu'elle devrait tout numériser, qu'il pouvait lui montrer comment faire, mais elle préférait le papier, plus tangible. C'était une manière de se prouver qu'elle existait, qu'elle laissait une trace.

Petite, elle avait toujours eu l'impression d'être éphémère, tel un feu follet qui devait sans cesse se contorsionner pour s'adapter à son environnement. Elle n'avait pas réellement de premier souvenir, plutôt une nuée d'images où elle entrait dans une pièce et sa mère sursautait en la découvrant derrière elle.

« Je ne t'avais pas vue, ma chérie ! » C'était son refrain. Elle était toujours si discrète qu'on ne la remarquait pas.

Sa petite sœur, à l'inverse, ne perdait jamais une occasion de se faire entendre. Elle pleurait toute la nuit, et Marisa était habituée au bruit des pas de sa mère qui traversait le couloir pour aller bercer le bébé en lui susurrant des comptines. Au matin, Marisa et son père s'asseyaient face à face à la table du petit déjeuner et échangeaient des regards de conspirateurs pendant qu'il lui préparait sa tartine, ce qu'il avait du mal à faire parce que le beurre, dur, à peine sorti du frigo, s'entêtait à faire des trous dans le pain. Marisa était toujours en retard à l'école et elle mettait cela sur le dos de sa sœur, cette intruse avec ses crises de colère, ses grimaces laides et ses petits poings serrés en boule. Elle trouvait ahurissant qu'une si petite personne puisse provoquer un tel chaos.

Marisa était à la fois fascinée et horrifiée par ce bébé. Il lui paraissait étrange que cet alien se soit tapi dans le ventre de sa mère et que, une fois sorti, il n'ait qu'une ressemblance très vague avec un véritable humain. Sa peau notamment était si fine et tendue qu'elle semblait presque translucide. Les doigts du bébé étaient aussi minuscules que des asticots, ses yeux troubles lui faisaient penser à du jus de pomme. Et dire que tous les adultes étaient fous de ce nouveau-né pleurnichard qui n'avait aucune personnalité, pour autant que Marisa pouvait en juger.

« Tu as besoin que je change ta couche, n'est-ce pas, ma chérie ? » roucoulait sa mère. Marisa la voyait soulever le bébé avec un sourire pour lui renifler le derrière, puis froncer les sourcils d'un air faussement dégoûté. « Beurk. Ça pue ! Tu as besoin d'une couche propre, oui, ma chérie ? Oh oui, ça, oui. C'est exactement ce qu'il te faut. »

Et cela n'en finissait jamais. Vautrée sur le canapé, fascinée, Marisa observait ces simagrées avec un mélange de honte et d'écœurement. Pour commencer, elle n'arrivait pas à comprendre pourquoi sa mère parlait au bébé alors qu'il ne comprenait rien. Toute cette comédie semblait n'exister que pour les autres personnes présentes dans la pièce – Marisa, son père, ou encore la voisine qui passait parfois la tête par la porte de la cuisine après être entrée sans avoir demandé la permission.

« Quel petit ange, s'extasiait cette femme proche de la soixantaine, mère de trois enfants déjà adultes, dont le fessier débordait du tablier à carreaux qu'elle semblait ne jamais enlever. Tu ne trouves pas que tu as de la chance d'avoir une petite sœur, Marisa ? Tu dois être tellement fière de ce bout de chou.

— Oui », répondait Marisa avant de retourner à son livre.

Une fois, alors que le bébé n'avait que quelques mois et faisait la sieste, Marisa en profita pour mener une expérience. Sa mère dormait sur le canapé au rez-de-chaussée, bras et jambes gracieusement écartés, la couverture remontée sur les cuisses. Son père était au travail. Le silence était total dans la maison, en dehors du tic-tac pesant de l'horloge du grand-père dans l'entrée.

Dans la chambre de sa sœur, le lit à barreaux était calé contre un mur, le mobile avec des éléphants et des ballons aux couleurs vives se balançait doucement au-dessus de la tête de l'enfant. La fenêtre était entrouverte, laissant entrer la brise, et un rayon de soleil courait sur le plancher.

Marisa s'agenouilla près du lit pour être au même niveau que sa sœur. Celle-ci avait les yeux fermés, et ses narines minuscules formaient deux cavités sombres et mystérieuses dont les parois de chair frémissaient délicatement à chaque petite inspiration. Marisa pensait toujours au bébé comme à une chose, mais sa sœur s'appelait Anna. Anna et Marisa, unies par les jolies voyelles à la fin de leurs prénoms, et quand on les disait très vite l'un après l'autre, ça donnait l'impression qu'on riait ou qu'on chantait.

Dans le lit, Anna remua. Ses bras grassouillets se mirent à bouger lentement, ses doigts rose pivoine se fermèrent, puis se rouvrirent. On aurait dit qu'elle sentait qu'elle était observée. Marisa attendait. Elle voulait qu'Anna se réveille. Elle en avait besoin, pour son expérience.

Les paupières du bébé se soulevèrent. Ses iris étaient d'un bleu sombre et avaient perdu leur aspect trouble. Les yeux d'Anna tournèrent un instant dans le vide avant de se concentrer sur le visage de Marisa, puis elle sourit et des fossettes se creusèrent sous ses pommettes.

Quelques semaines plus tôt, le bébé avait souri à Marisa par-dessus l'épaule de sa mère. La jeune fille, ravie, l'avait signalé à cette dernière.

« Oh, ce n'est pas un vrai sourire, lui avait assuré sa mère. Elle fait des mimiques au hasard. »

Assise en tailleur sur le tapis rugueux de la chambre, Marisa se demandait si c'était un vrai sourire ou un sourire au hasard. Elle avait envie de savoir si sa petite sœur était comme elle. Si elle ressentait les choses comme elle. Elle lui paraissait tellement étrange avec sa tête chauve et ses ongles minuscules que Marisa avait du mal à la considérer comme une vraie personne, même si sa mère lui répétait qu'elle devait l'aimer sans se poser de questions, parce que c'était sa petite sœur. « Tu nous aideras à veiller sur elle, lui avait-elle dit à son retour de l'hôpital, le bébé dans les bras. Tu es sa grande sœur, elle va t'adorer. »

Dans le lit, Anna se mit à gémir ; ses doigts agrippèrent son lapin avant de le relâcher. Plus tôt, Marisa avait subtilisé une épingle dans la boîte à couture de sa mère. Depuis, elle la gardait précieusement dans la poche de sa robe. Elle la sortit.

Elle se pencha vers le lit, passa la main entre les barreaux, tenant l'épingle pointée vers l'avant entre son pouce et son index. Anna regardait Marisa fixement, sans cesser de remuer et de gazouiller. Ses yeux étaient rivés sur ceux de Marisa. Au-dessus d'elle, le mobile frémissait et les éléphants très chics avec leur nœud papillon projetaient leur ombre dansante sur le plafond.

Marisa choisit la partie la plus tendre du bébé, la partie supérieure du bras. Elle était dodue à cet endroit-là, comme les miches de pain que sa mère sortait du four pour le goûter quand elle revenait de l'école. Rapidement, avant que le bébé puisse réagir, Marisa enfonça le bout de l'épingle dans son bras.

Pendant une fraction de seconde, Anna la regarda d'un air confus. Elle sembla soudain plus vieille que tous les gens que connaissait Marisa, comme si elle avait tout compris de la vie en un instant. Marisa, qui retenait sa respiration, souffla enfin. Peut-être avait-elle eu raison depuis le début : ce n'était pas sa petite sœur, mais une forme de vie venue d'une autre dimension, envoyée pour l'espionner et lui gâcher la vie.

Mais alors le bébé commença à crier. Un hurlement sonore, pas comme ses habituels cris de faim ou de fatigue, non, un cri épouvantable dans lequel Marisa reconnut immédiatement l'expression de la douleur. De la douleur, de la surprise et de la trahison. Le bébé pleurait si fort que Marisa eut un moment de panique. Elle vérifia le bras de sa sœur. Pas de trace de sang. Juste un minuscule point rouge invisible si on ne le cherchait pas. Marisa rangea l'épingle dans sa poche. Elle avait la poitrine oppressée – elle venait de faire une chose impardonnable.

Elle tendit les bras vers sa sœur, qui tressaillit. Anna avait peur d'elle maintenant.

« Chut… chut… dit-elle avec une pointe de désespoir, tentant de reproduire les intonations rassurantes de sa mère. Voilà, voilà, c'est fini. Je suis là. On est là. Tout va bien. »

Mais elle n'arrivait pas à la calmer et, au bout de quelques secondes, Marisa crut qu'elle allait vomir. Et si elle avait gâché à jamais la vie de sa sœur ? Elle voulait simplement voir ce qui se passerait. Anna, toute rouge, les paupières à peine entrouvertes, pleurait à chaudes larmes sur sa couverture.

« Qu'est-ce qui se passe ici ? »

Marisa tourna la tête. Sa mère venait d'entrer précipitamment dans la chambre et déboutonnait déjà sa blouse pour donner le sein au bébé. Elle avait l'air encore à moitié endormie, la joue marquée par les plis du coussin du canapé.

« Chuuut, ma chérie, susurra-t-elle. Maman est là. »

Elle sortit Anna du lit et lui planta sur la joue un baiser d'une tendresse insoutenable. Marisa se mit à pleurer.

« Je suis désolée, dit-elle tout bas. Je voulais juste voir… »

Sa mère baissa les yeux sur Marisa d'un air distrait.

« Pourquoi tu pleures, toi ? » demanda-t-elle avec brusquerie avant de sortir son sein de son soutien-gorge. Elle tenta de faire entrer le mamelon dans la bouche du bébé, mais Anna ne voulait rien savoir et agitait la tête en tous sens.

« Que s'est-il passé ? demanda-t-elle à Marisa.

— Je voulais voir… »

Marisa s'interrompit. Elle comprenait, avec son intuition d'enfant, qu'il n'y avait aucun moyen d'expliquer son expérience. Que pour préserver la maigre part d'affection maternelle dont elle se sentait encore digne, elle devait mentir. Elle cessa de pleurer. Les deux dernières larmes s'arrêtèrent de couler et séchèrent sur sa joue comme si elle le leur avait commandé.

« Anna était en train de pleurer, alors je suis entrée pour voir ce qu'elle avait, je ne voulais pas qu'elle te réveille », expliqua-t-elle.

Cela lui était venu avec une facilité déconcertante.

C'était le premier gros mensonge qu'elle disait.

« C'est très gentil de ta part, chérie. »

Mais sa mère avait prononcé cette phrase d'une manière automatique – ça ne comptait pas vraiment. Elle était entièrement concentrée sur le bébé à nourrir. Elle s'assit dans le fauteuil près de la fenêtre en serrant Anna contre elle. Marisa regarda le bébé, dont les cris se calmaient peu à peu. Après un dernier hoquet, Anna prit enfin le mamelon entre ses lèvres avides. Il était étrange que deux entités séparées puissent être si connectées, comme si elles formaient un seul être humain palpitant d'une même vie, dont elle-même était exclue.

Elle quitta la chambre sans rien dire, puis alla ranger l'épingle dans le compartiment de la boîte à couture, et personne n'en sut jamais rien.

3

Ils décidèrent de ne pas attendre pour fonder une famille. Marisa arrêta de prendre la pilule. Chaque matin, quand elle voyait les plaquettes rectangulaires en aluminium intouchées au fond de sa trousse de toilette, elle avait le sentiment de faire le bon choix, un choix adulte qui lui procurait une profonde satisfaction.

« J'ai hâte d'avoir un bébé, lui déclara tout à trac Jake un soir pendant le dîner. Je sais que ça peut avoir l'air bizarre.

— Pas du tout, protesta Marisa. Pourquoi ?

— Les hommes ne sont pas censés dire des choses comme ça.

— C'est idiot. »

Elle avait préparé des macaronis au fromage parce qu'il lui avait dit un jour que c'était son plat d'enfant préféré, or elle connaissait une recette avec quatre types de fromage différents et des lardons saisis à la poêle. Elle prit un lardon dans son assiette et le mit dans sa bouche avant de se lécher le bout des doigts.

« Moi aussi, j'ai hâte. Et je me fiche que ça ait l'air bizarre. »

Souriant, elle tendit le bras pour lui caresser la main.

Il voulut lui resservir du vin au même moment, et leurs doigts se cognèrent maladroitement.

« Pardon, dit-il en riant. Je suis vraiment trop excité. »

Comme il allait la servir, elle couvrit son verre de sa paume.

« Non. Merci. Mais… Enfin, si on est sérieux…

— Tu as raison. Oui. Évidemment. »

Il reposa la bouteille sur le sous-verre, l'air ravi. Il n'avait pas quitté son costume, seule sa veste pendait au dossier de sa chaise. La fatigue lui dessinait des pattes-d'oie. Il y avait un nouveau projet au travail qui le stressait beaucoup, elle le savait. Cependant, comme il n'aimait pas parler de son boulot, il préféra lui demander comment s'était passée sa journée.

« Ça va, la commande du nouveau livre ? dit-il en remontant ses manches de chemise avant de s'attaquer à son assiette.

— Oh, super. Ça fait vraiment une énorme différence d'avoir une pièce où travailler. La lumière est magnifique.

— Comment s'appelle le gamin pour celui-là ?

— Moïse. »

Elle leva les yeux en l'air. C'était pour eux une source d'amusement permanente de voir comment les classes aisées puisaient maintenant dans l'Ancien Testament les prénoms de leur progéniture.

Elle lui détailla l'illustration qu'elle était en train de peindre – une scène compliquée à cause des tresses entortillées de la princesse. Il enfournait ses pâtes tout en la regardant parler, comme si elle était la personne la plus importante du monde à ses yeux. Dans un élan d'amour pur, Marisa prit soudain conscience que c'était le cas.

« C'est difficile de trouver la bonne texture. Les cheveux, c'est compliqué à peindre.

— C'est ce que j'aime avec toi, dit Jake. Tu m'ouvres un monde dont j'ignorais tout jusque-là. Les cheveux qui sont compliqués à peindre. Eh bien. Qui l'eût cru ? »

Malgré les mises en garde de Jas, Marisa appréciait que Jake et elle en soient encore à apprendre à se connaître de façon intime. En vivant sous le même toit, ils découvraient chaque jour une nouvelle facette de l'autre. Et plus ils se mettaient à nu, plus leur union était renforcée. Le fait de se dévoiler petit à petit ne faisait que la renforcer.

Marisa débarrassa les assiettes. Lui avait intégralement nettoyé la sienne alors que Marisa avait laissé des restes. Elle avait trop parlé.

« Ce n'est pas la peine, dit Jake. Laisse. »

Il lui effleura la main au passage en prenant les assiettes.

Jake n'était pas tactile. Il n'aimait pas marcher bras dessus, bras dessous dans la rue ou l'embrasser à la maison, même quand personne ne les regardait. Pourtant, songea-t-elle tandis qu'elle le regardait charger le lave-vaisselle, elle préférait largement son amour honnête et tempéré aux démonstrations superficielles.

Il alluma la bouilloire. Elle prenait plaisir à le voir agir ; ses épaules larges, ses jambes trapues et ses cuisses musclées la rassuraient. Son esprit convoqua des images d'eux faisant l'amour, elle serrant les jambes autour de ses hanches, lui s'enfonçant en elle et lui mordant le lobe de l'oreille avant qu'elle jouisse sous sa force brute. Elle n'avait jamais connu une telle osmose physique avec un homme. Ses amants précédents, elle s'en rendait compte désormais, étaient trop empressés, ils manquaient trop de confiance en eux. Elle voyait la tête de Jake descendre entre ses cuisses, sa langue qui décrivait des cercles autour de son clitoris, concentré sur son désir de la faire mouiller. Elle le voyait en train de la retourner à quatre pattes et de se frayer un chemin par-derrière jusqu'à la déchirer et l'emplir à la fois, et tout était enfin à sa place.

« À quoi tu penses ? demanda-t-il, debout derrière l'îlot central de la cuisine.

— Hum ? fit Marisa. Désolée, j'étais ailleurs. Je me disais juste…

— Oui ? »

Jake la regardait d'un air coquin et elle comprit qu'il pensait exactement à la même chose qu'elle.

« Je réfléchissais, dit-elle avec un sourire.

— Viens. Allons nous coucher. »

Le lendemain matin, Jake se leva tôt pour aller au travail. Elle traîna au lit et ne le vit pas partir. Puis elle descendit l'escalier et mit une capsule dans la machine à café, qui cracha un expresso en gargouillant. La lumière entrait par les portes vitrées, et sur la pelouse deux pies se promenaient en arrachant des brins d'herbe avec des gestes saccadés et nerveux, comme si elles se savaient observées. Elle se rappela la première fois qu'elle était venue voir la maison, quand l'oiseau était entré dans la cuisine.

Une pour le chagrin, songea Marisa, deux pour la joie[1]. C'était un signe. Elle était peut-être déjà enceinte, une graine glorieuse était en train d'éclore dans son ventre. Pendant longtemps, après la disparition de sa mère, Marisa avait cru qu'elle ne voulait pas d'enfants.

1. « *One for the sorrow, two for the joy* », célèbre comptine anglaise. *(N.d.T.)*

Elle s'était sentie si seule avec son père, si déroutée par la nature imprévisible de leur vie ensemble qu'elle en avait nourri un ressentiment violent envers sa sœur Anna. Elle la blâmait pour tout ce qui leur était arrivé. Tout allait bien jusqu'à la naissance du bébé.

Elle avait essayé une fois d'en parler avec son père, mais il avait beau être gentil et l'aimer à sa manière, la fin de son mariage l'avait détruit et il errait avec un air absent dans la maison, qui grinçait de partout.

« Papa », lui dit-elle un soir au lit, comme il entrait dans sa chambre pour lui souhaiter bonne nuit.

Il portait un peignoir sale fermé à la taille par une cordelette, et il avait aux pieds une paire de chaussettes en laine rouge que sa mère, elle s'en souvenait, accrochait chaque année au bout de son lit à Noël.

« Oui, chérie ?

— Est-ce que c'est la faute d'Anna si maman est partie ? »

Il parut surpris, ses yeux vitreux s'arrondirent.

« Quelle drôle de question, dit-il en s'asseyant au bord de son lit, trop loin pour qu'elle puisse le toucher. C'est juste un bébé. Anna n'a pas pu forcer ta mère à faire quelque chose qu'elle ne voulait pas. » Puis, d'une voix vaincue, il ajouta plus bas : « Personne n'aurait pu. »

En réalité, Marisa voulait une réponse à une tout autre question qu'elle avait peur de poser. Elle hocha la tête gravement, espérant qu'elle avait l'air d'une grande.

« Je comprends, papa », dit-elle, alors qu'elle ne comprenait pas.

Il s'appuya des deux mains sur le matelas pour se relever. Comme il repartait vers la porte de la chambre, elle convoqua tout son courage.

« Mais… papa. »

Il s'arrêta, la main sur la poignée de la porte, et attendit la suite.

« Et… est-ce qu'elle te manque ? »

Elle sentit un sanglot lui monter dans la gorge, qu'elle ravala.

« Oui, dit-il sans se retourner. Et toi ?

— Oui. »

Elle pensait que son père allait revenir vers elle pour la réconforter, mais il se contenta de grogner « Hum », un peu comme le bruit que faisait le canapé quand elle se jetait dessus de tout son poids, puis il sortit de la chambre. Quelques instants plus tard, elle l'entendit se brosser les dents et se faire couler un bain. Et juste après, la lumière s'éteignit dans le couloir.

Elle resta éveillée un long moment, les larmes coulaient lentement sur ses joues, et elle se fit la promesse de ne plus jamais aborder ce sujet. Elle ferait semblant de n'en avoir rien à faire, et de cette façon elle deviendrait forte et insouciante, et plus personne ne pourrait lui faire de mal.

Ainsi, Marisa n'avait jamais voulu être mère. Et puis, autour de ses vingt-cinq ans, sans raison explicite pour ce revirement, elle s'était rendu compte qu'avoir un bébé serait un moyen de se réapproprier le passé et de lui donner un sens. Et elle avait fini par le désirer par-dessus tout.

C'est pour cela qu'elle s'était inscrite sur tous ces sites et ces forums. Sa stratégie consistait à ne sélectionner que des personnes déclarant ouvertement qu'ils avaient envie d'avoir des enfants. Jusqu'à Jake, ils l'avaient tous déçue.

Elle but son café en s'asseyant à la longue table de la cuisine sur l'une des chaises au design scandinave.

Malgré leurs pieds fins, elles étaient plus confortables qu'elles n'en avaient l'air. Elle termina son expresso et, revigorée par la caféine, monta à l'atelier. Elle sortit une feuille vierge de papier aquarelle. Comme elle avait oublié de reconstituer son stock de 300 g/m^2, elle devait chaque matin étirer son papier pour le travail du lendemain. Elle prit son bac en plastique, monta dans la chambre parentale et le remplit de quelques centimètres d'eau, puis le rapporta avec précaution à l'atelier.

Elle disposa sa planche en bois sur la table à dessin, découpa des morceaux de ruban adhésif à la taille voulue, puis elle trempa la feuille de papier dans le bac en plastique, enfonçant ses mains jusqu'aux poignets. Étirer son papier de cette façon prenait du temps, mais elle aimait la qualité méditative de la tâche. Le processus prenait le temps qu'il fallait. Il n'y avait pas moyen d'aller plus vite.

Elle humidifia la planche avec une éponge, sortit le papier en le tenant par un coin pour laisser l'excès d'eau dégouliner. À deux mains, elle déposa ensuite la feuille incurvée en son centre sur la planche en bois. Puis elle humecta à son tour le ruban, le fixa sur les quatre bords et passa délicatement le doigt pour s'assurer qu'il ne restait pas de bulles d'air, veillant à ne pas tirer sur l'adhésif. Une fois satisfaite, elle mit le tout de côté, à un endroit où son papier pourrait rester à sécher jusqu'au lendemain.

Elle retourna à la scène sur laquelle elle travaillait, la princesse perchée en haut d'une tour de brique grise avec sa longue tresse blonde qui dévalait jusqu'au sol. Elle plongea son pinceau dans le bocal de confiture rempli d'eau, puis juste la pointe dans la peinture rose, et commença par l'expression de la princesse : sa bouche était un « o » de surprise et d'excitation parce qu'elle attendait que le prince Moïse escalade la façade pour la sauver. Marisa donna à la princesse des yeux bleus et des joues semées de taches de rousseur. Le prince était plus difficile, il devait avoir les cheveux bruns et bouclés, avec des touffes hirsutes par endroits. Elle avait une photo de Moïse posée sur son bureau et elle faisait de son mieux pour que le prince soit une version idéalisée du garçon. Le vrai Moïse était grassouillet et avait des dents protubérantes, ce que Marisa rectifiait en améliorant subtilement les traits de l'enfant. Ce travail lui procurait calme et satisfaction.

Au moment où elle s'attaquait à l'œil gauche, qu'elle s'efforçait de rendre moins globuleux et fixe que sur la photo, la sonnette retentit. Elle se redressa, surprise. Personne n'avait jamais sonné depuis qu'elle habitait la maison. Ses épaules se crispèrent. Elle n'aimait pas être arrêtée en plein élan créatif. Elle tendit l'oreille, avec plus ou moins l'espoir que l'intrus déguerpisse. Sans doute les bénévoles d'une association, songea-t-elle, ou les Témoins de Jéhovah qui tentaient leur chance, ou bien… La sonnerie se fit encore entendre.

« Merde », lança-t-elle à voix haute en lâchant son pinceau dans le pot d'eau, où des volutes de peinture grise troublèrent le liquide. Le prince Moïse allait devoir attendre.

Elle dévala l'escalier dans les sandales qu'elle portait toujours quand elle travaillait – des chaussures allemandes, confortables, dont les semelles moulées s'adaptaient exactement à la forme de ses voûtes plantaires. La porte avait un judas. Marisa y colla un œil et battit des paupières. Elle devinait une silhouette de femme, une femme plus âgée, qui lui tournait le dos.

Elle ouvrit la porte.

« Oui ? »

La femme se retourna. Elle était grande, élégante, âgée d'environ soixante ans. Son visage avait cet éclat délicat qui ne s'obtient que grâce à des soins pour le visage hors de prix. Elle portait un maquillage discret : une touche de mascara, un soupçon de fard et un rouge à lèvres tirant sur le rose. Sur ses paupières, un contour de poudre beige scintillante.

« Vous devez être Marisa, dit-elle sans sourire.

— Oui, dit Marisa.

— Je suis la mère de Jake, Annabelle. »

Elle tendit la main d'une manière si cérémonieuse que Marisa se serait presque attendue à ce qu'elle porte des gants, malgré la chaleur estivale. Marisa la lui serra et sentit le contact dur d'une chevalière contre son petit doigt.

« Oh ! Quel plaisir de vous rencontrer enfin ! »

Marisa n'était qu'exclamations d'enthousiasme. Annabelle, de son côté, la jaugeait froidement.

« Je ne vous attendais pas… » continua Marisa avec l'impression que tout ce qu'elle disait était idiot et superflu.

Arrête de parler. Ferme-la.

« Vous étiez dans le quartier… À quoi dois-je… euh, l'honneur ? »

Qu'est-ce qui lui prenait ? Elle était nerveuse. Jake était proche de sa mère, mais il était toujours évasif à son sujet.

« Avec ma mère, c'est un peu… avait-il voulu expliquer lors d'un de leurs premiers rendez-vous. Disons juste qu'elle a un drôle de caractère.

— Comment cela ? »

Il avait hésité.

« Elle a du mal à voir les choses du point de vue des autres. »

Il n'en avait pas dit plus. Jake et elle existaient dans une bulle, au point qu'elle n'avait jamais éprouvé le besoin de rencontrer les membres de sa famille. D'ailleurs, tout était allé si vite entre eux.

« Allez-vous m'inviter à entrer ? dit Annabelle. J'en serais enchantée.

— Bien sûr, bien sûr. Désolée. Je suis confuse. »

Elle s'écarta en lui faisant signe d'avancer dans l'entrée au sol carrelé.

« La cuisine est au sous-sol », expliqua-t-elle.

Annabelle descendit l'escalier en se penchant légèrement en arrière, un doigt sur la rampe comme pour vérifier la poussière. Marisa la suivit. Ses sandales lui paraissaient atroces, comparées aux espadrilles de luxe d'Annabelle.

« Je suis tombée amoureuse de cette maison avec tous ses petits détails, lança Marisa en une tentative de pur bavardage, car le silence la mettait mal à l'aise. Cette moulure…

— Je ne trouve pas cela très original, répondit Annabelle après un bref coup d'œil à la saillie autour de l'applique murale. On l'a sans doute ajoutée après coup pour donner l'impression de l'ancien.

— Hum… Je ne suis pas sûre que…

— Ça m'en a tout l'air. Ce parquet n'est pas du vrai bois. »

Annabelle avançait dans la cuisine, vers les portes vitrées qui donnaient sur le jardin, lorsqu'elle s'arrêta, le regard braqué sur le bout de pelouse.

« Il faudrait arroser. » Elle se retourna, observa le four. « Mon Dieu, qu'est-ce que c'est ? » Annabelle désignait le miroir posé sur la crédence.

« C'est…

— Quelle drôle d'idée de vouloir se regarder pendant qu'on cuisine. »

Annabelle sourit, ses lèvres révélant de grandes dents. Marisa songea au loup déguisé en grand-mère dans *Le Petit Chaperon rouge*.

« On s'assoit ici ? »

Annabelle désignait la table de la cuisine, qui faisait mauvais effet, entre les taches laissées par les tasses de café et les miettes du petit déjeuner mal nettoyées par Marisa.

« Oui. Je peux vous offrir…

— Un café. Noir. »

Annabelle s'assit et retira son châle à imprimé indien de ses épaules.

« Merci. »

Même si Annabelle ne l'aimait pas, le miroir de la crédence permit à Marisa d'examiner cette femme qu'elle considérait déjà comme sa belle-mère. Annabelle portait une blouse en lin déboutonnée au col, qui laissait voir une peau tannée, fripée, ainsi qu'une longue chaîne en or parsemée de pierres semi-précieuses. Son pantalon clair, qui s'arrêtait juste au-dessus de la cheville, était élimé en bas, mais c'était fait exprès bien sûr, plus mode que guenilles. Ses cheveux d'un blond platine étaient remontés en un chignon maintenu par une barrette écaille de tortue. Elle avait dû être saisissante, mais quelque chose empêchait qu'elle soit vraiment belle, une attitude inquiète ou défensive qu'on devinait aux plis verticaux de son front ou à sa mâchoire serrée. Comme si Annabelle avait appris à être belle dans les pages d'un livre, sans que ce soit jamais naturel.

Marisa prépara la machine à expressos et posa une tasse sous le bec.

« Vous aimez ces engins ? demanda Annabelle depuis son siège.

— Vous parlez de la machine ?

— Oui.

— À vrai dire, oui. C'est très facile à utiliser, propre et…

— Je trouve que ce n'est pas aussi bon.

— Hum. »

Marisa avait l'impression d'être une enfant qu'on aurait giflée.

« Désolée, ajouta Annabelle, sentant peut-être qu'elle avait été trop brusque. Je suis sûre qu'il sera délicieux. »

Il n'en fallut pas plus pour faire naître en Marisa une bouffée d'espoir. Peut-être avait-elle mal interprété les premiers signaux – c'était une tendance qu'elle avait : elle lisait mal les intentions des gens et croyait qu'ils la jugeaient. Elle allait sans doute s'entendre à merveille avec Annabelle. Elle imaginait déjà la mère de Jake dire à ses amis impressionnés : « Oh, j'adore ma belle-fille, nous nous entendons à merveille. » Il fallait juste qu'elles apprennent à mieux se connaître, qu'elles découvrent chacune les bizarreries et les charmes secrets du comportement de l'autre. Certainement, certainement.

« Et voilà. »

Marisa déposa les deux tasses, disposées sur les soucoupes qu'ils n'utilisaient jamais en temps normal. Les tasses étaient blanches, avec un liseré bleu. Jake les avait achetées à un céramiste dans les Cornouailles, lui avait-il dit lorsqu'elle avait remarqué leur élégance. Le bleu rappelait la mer à Marisa, et le blanc presque transparent donnait l'impression de regarder le soleil à travers un coquillage.

Annabelle but une gorgée de café, tordit le nez – tout juste si elle ne retint pas sa respiration pour avaler.

« Merci. »

Annabelle croisa les jambes et se renversa en arrière sur sa chaise, les mains posées à plat sur les cuisses.

« Alors, dit-elle. Nous nous rencontrons enfin.

— En effet, sourit Marisa. J'attendais ce moment avec impatience. »

Annabelle parut un peu étonnée.

« Vraiment ? fit-elle avec une moue. Je ne vois pas pourquoi. Je ne crois pas que Jake ait eu l'occasion de parler de moi.

— Oh… non. »

Marisa se réfugia dans le silence. Elle ne voyait pas quoi dire.

« Enfin, nous sommes là. Les enfants ne racontent jamais à leurs parents ce qu'ils font. Pas vraiment. »

Annabelle reposa sa tasse sur la soucoupe. Elle était encore quasiment pleine. Comme elle s'en désintéressait, Marisa comprit qu'elle n'y toucherait plus même si elle restait là une éternité.

« Joli jardin, commenta Annabelle d'une voix distraite. Donc… »

Elle mit un coude sur la table et se pencha en avant, le menton soutenu par sa main aux ongles vernis en prune sombre, une couleur choisie avec goût.

« Quand avez-vous emménagé ?

— Il y a deux, trois semaines. Non, en fait, plutôt un mois. »

Annabelle hocha la tête.

« Vous devrez me pardonner, mais je suis assez vieux jeu pour ce genre de choses. Je n'approuve pas complètement. »

Ce fut au tour de Marisa de hocher la tête.

« Nous vivons dans le péché à vos yeux, je suppose.
— Euh, non, répondit Annabelle, décontenancée. Je ne dirais pas cela. Pas de cette façon. C'est juste que… à mon époque, on faisait les choses de manière plus… *traditionnelle.* » Elle avait souligné le dernier mot. « Il y a toujours des défis, n'est-ce pas ? » Elle fixait Marisa de ses yeux bleus pénétrants. « Mais si c'est ce que la nature a voulu, il ne sert à rien de forcer les choses. Il faut aller au rythme qu'elle nous impose. »

La respiration de Marisa se fit plus hachée. Il était étrange de se sentir aussi offensée par une personne dont elle voulait pourtant se faire bien voir. Annabelle baissa lentement la tête. Son silence était encore plus horripilant que ses propos. Un clou en or scintillait à son oreille droite. Il coûtait probablement plus cher que toute la tenue de Marisa.

« Il semblerait que nous allions trop vite pour vous, reprit Marisa, mais cela nous convient et c'est tout ce qui compte, non ? » Pas de réponse d'Annabelle. Marisa toussota. « J'espère que vous comprendrez. » Toujours pas de réponse. « Avec le temps, bien sûr. Nous ne voudrions pas vous presser.
— Nous ? releva Annabelle avec un petit rire sec. Vous êtes très possessive, pas vrai ? »

Et pourquoi ne le serait-elle pas ? C'était son petit ami, après tout. Annabelle était sa mère et n'avait probablement jamais imaginé qu'une femme puisse le combler. Si elle en avait vraiment eu quelque chose à faire de lui, elle ne l'aurait sans doute pas envoyé à l'école très loin quand il avait sept ans.

Elle ne dit pas un mot de tout ce qui lui traversait la tête. Sa colère se logeait dans sa chair comme de la chevrotine. Sa bouche dessina une moue bornée.

« Merci pour le café », dit Annabelle en poussant sa

tasse et sa soucoupe avec une force telle que du café se renversa sur la table.

Elle enroula son châle autour de ses larges épaules de nageuse et se leva de toute sa hauteur. En la regardant, Marisa eut l'impression d'un oiseau gigantesque. Un pélican, peut-être, ou une autruche. Un oiseau aux yeux perçants et au bec acéré, animé d'intentions malveillantes.

Elle monta l'escalier derrière Annabelle. Aucune d'elles ne parlait. Devant la porte d'entrée, Annabelle se retourna et serra de nouveau la main de Marisa.

« Ravie de vous avoir rencontrée », dit-elle.

Au loin, une sirène retentissait.

« Moi aussi, mentit Marisa. À bientôt, j'espère. »

Annabelle sortit des lunettes de soleil de son sac à main et les glissa sur son nez. Ses yeux disparurent derrière deux ovales noirs.

« Oh, je ne crois pas », dit-elle.

Sa voix, en prononçant ces mots, était aussi factuelle que si elle avait fait une remarque sur la météo.

Annabelle descendit les marches du perron et Marisa la regarda s'en aller : une grande silhouette blanche. Plantée sur le seuil, elle frissonna. Malgré la chaleur qu'il faisait, elle avait la chair de poule.

4

Elle ne parla pas à Jake de la visite de sa mère avant plusieurs jours. Elle se persuada que c'était pour ne pas l'embêter, parce qu'il était très pris par son travail. Elle prétendait qu'elle était fatiguée et allait se coucher avant qu'il rentre à la maison. Elle entendait la porte se fermer, puis ses pas discrets autour d'elle, et elle s'endormait avec ces bruits familiers et rassurants. Au matin, elle attendait que Jake parte au bureau pour descendre prendre son café et sa tartine et se mettre au travail. Étirer méthodiquement le papier apaisait le cours de ses pensées.

Mais ce n'était pas parce qu'elle était inquiète pour lui. C'était à cause de sa propre humiliation. Elle aurait tellement voulu faire bonne impression à la famille de Jake. Elle avait espéré une invitation dans le proche avenir, peut-être un déjeuner du dimanche dans la maison de campagne, ou une réunion de famille, un anniversaire. Elle aurait mis une belle robe avec un brin d'originalité et un décolleté approprié, et elle aurait insisté pour offrir un bouquet de fleurs, ou peut-être une plante en pot, cela dure plus longtemps, et elle aurait demandé à Jake quel genre de vin aimaient ses parents, et il aurait ri avant de lui déposer un baiser affectueux sur le front et de lui expliquer que ce n'était pas la peine d'en faire autant. « Ils vont t'adorer, lui aurait-il dit. Comment veux-tu qu'ils ne t'aiment pas ? »

Et sur place, sa mère l'aurait prise chaleureusement dans ses bras en déclarant qu'elle avait *tellement* entendu parler d'elle, et Marisa aurait proposé de l'aider en cuisine : « Ça sent délicieusement bon, madame Sturridge.
– Oh, je vous en prie, appelez-moi Annabelle », aurait répondu sur un ton de connivence la mère de Jake, puis elle lui aurait rappelé qu'elle était une invitée et qu'il était hors de question qu'elle lève le petit doigt, qu'elle n'avait qu'à s'asseoir et profiter : « Est-ce que quelqu'un pourrait faire à cette petite chérie un gin-tonic bien corsé ? » aurait lancé Annabelle à la cantonade, d'une voix guillerette, et le père de Jake l'aurait obligeamment servie, il lui aurait tendu un verre en cristal avec le nombre de glaçons idéal en lui confiant à voix basse :

« Vous êtes beaucoup mieux que toutes les autres.

— Papa ! se serait exclamé Jake en croisant le regard de Marisa et en lui souriant avec tendresse. Arrête ! Tu la gênes.

— Non, non, aurait protesté Marisa dans un rire. Tout va bien ! Je passe un excellent moment. »

Voilà comment c'était censé se passer. C'est tout ce qu'elle avait espéré : se rendre indispensable à la fois à Jake et à sa famille, plutôt que d'être quelqu'un qu'on tolère tout juste.

« Je ne sais pas comment nous ferions sans vous, auraient dit ses parents. Vous êtes ce qui pouvait arriver de mieux à cette famille. »

N'était-ce pas ce qui était prévu ? Le dénouement attendu de l'intrigue ? Ce devait être la rédemption de Marisa, le moment où tous les torts qu'on lui avait infligés allaient être réparés, amendés, ainsi que toutes les erreurs qu'elle avait peut-être commises malgré elle et qui avaient éloigné sa mère et sa petite sœur. N'était-ce pas la fin programmée ?

Apparemment, non.

Elle n'en parla donc pas à Jake avant le week-end, quand ils se retrouvèrent tous les deux dans le jardin. Jake, torse nu, portait un bas de survêtement trop large. Il aimait faire de l'exercice le samedi matin ; les écouteurs plantés dans ses oreilles diffusaient du hip-hop énervé tandis qu'il exécutait flexions et tractions ou tenait la planche au moins une minute, jusqu'à ce que la sueur dégouline sur sa poitrine et goutte sur le tapis de yoga. Marisa était assise sur le banc, le visage partiellement caché par le bord de son grand chapeau de paille. Son livre était posé à l'envers à côté d'elle pour garder la page. C'était l'un des best-sellers de l'été, le genre de livre dont tout le monde sait déjà tout avant même de l'avoir lu, mais elle n'arrivait pas à rentrer dedans. L'illustration de couverture était une peinture moderne montrant une femme sans yeux, ni nez ni bouche – seuls ses cheveux permettaient de savoir qu'il s'agissait d'une femme : un carré court à frange, qui plongeait juste en dessous de l'endroit où les oreilles auraient dû se trouver. Marisa avait de longs cheveux châtain clair qui, dorés au soleil, tiraient vers le blond caramel. Elle aimait ses cheveux et en prenait soin, shampooing chaque jour, séchage à la serviette, puis après-shampoing et coup de brosse avant rinçage. Il avait fait tellement beau ces derniers temps qu'elle avait bronzé et des taches de rousseur étaient apparues sur son nez.

Elle retira son chapeau et leva la tête vers le soleil, les yeux clos, en pensant à ce qu'elle devait peindre d'ici à la fin de la semaine prochaine si elle voulait avoir fini pour l'anniversaire de Moïse. Au bout d'un moment, une ombre passa sur son visage, elle ouvrit les yeux et vit Jake debout devant elle. Le souffle court, il luisait de sueur. Il s'essuya le visage avec l'intérieur de son T-shirt.

« Comment c'était ? demanda-t-elle.

— Bien. J'en avais besoin. »

Lorsqu'il faisait ses exercices, elle pensait toujours à lui juste après qu'ils avaient fait l'amour : sa peau qui scintillait, ses muscles tendus, l'odeur de son corps sous sa forme la plus pure.

Il s'assit à côté d'elle sur le banc, laissant un petit espace entre eux. Elle prit son livre, le referma et le posa sur ses cuisses, au cas où il voudrait se rapprocher, mais il n'en fit rien.

« Maman m'a dit qu'elle était passée.

— Oh, oui, dit Marisa en craignant le pire. J'allais t'en parler mais…

— Ce n'est pas grave. Tu n'es pas obligée. Tu n'as rien fait de mal. En tout cas, dit-il en caressant la mèche près de sa tempe, un geste qu'elle adorait, je suis désolé si elle a été désagréable. »

Elle ne savait pas bien quoi répondre. Elle commença par intégrer l'idée que, si Jake était au courant qu'elle lui avait rendu visite, c'est qu'il avait dû parler à sa mère. Était-ce sa mère qui l'avait contacté, ou lui qui l'avait appelée ? Ou bien, encore plus inquiétant, avaient-ils déjeuné ensemble ? Qu'avaient-ils pu se dire ? Ils avaient forcément parlé d'elle, et elle n'imaginait pas Annabelle dire quoi que ce soit d'amical ou de flatteur à son sujet. Jake avait-il changé d'avis ?

Un petit vent de panique se leva dans son esprit. Elle regarda l'arrière de la maison, les cadres de fenêtre peints en blanc, les tuiles alignées sagement sur le toit.

En plissant les yeux, elle apercevait un bout de son bureau, là-haut, dans son atelier. Marisa ressentit avec une acuité inattendue la fragilité de ce qui composait sa vie, la facilité avec laquelle cela pouvait lui être enlevé. Elle devait redoubler d'efforts pour être meilleure. Elle ne devait donner aucune raison à Jake de mettre fin à leur relation. S'il partait, songea-t-elle misérablement, elle serait au fond du trou.

« Elle a été méchante avec toi ? » demanda Jake.

Elle essaya de rire.

« Pourquoi tu me demandes ?

— C'est juste… Je sais qu'elle peut être… intimidante. »

Était-ce une sorte de piège ? Devait-elle mentir en disant qu'Annabelle n'avait pas été méchante, pour ne pas critiquer sa mère ? Certaines personnes avaient des réactions bizarres concernant leur famille. Elles se plaignaient sans cesse de leurs proches, mais quand quelqu'un d'autre osait une remarque, elles jouaient aussitôt les offusquées. Valait-il mieux reconnaître ce qui s'était passé et montrer à Jake qu'elle était dans son camp ?

Elle se décida pour une option intermédiaire.

« Oui. Enfin, non. Ça a été. C'est une femme très impressionnante. »

Jake s'esclaffa.

« Ça, tu peux le dire. »

Il porta sa bouteille à ses lèvres et la renversa pour boire.

« Très diplomatique de ta part, Marisa. »

Il la regardait avec tendresse.

« Écoute, elle a le droit d'avoir son opinion, dit Marisa. Mais disons que j'aurais aimé que ça se passe autrement.

— Je sais. Le truc, c'est qu'elle fait les choses à

sa façon. Elle a un côté traditionnel, et – ne lui répète jamais ce que je vais te dire – c'est une snob finie. Elle ne comprendra jamais ce qui se passe entre nous. Et je me fous qu'elle comprenne ou non. Mes parents n'ont rien à voir avec ça. Avec nous, je veux dire. »

Il s'essuya les yeux avec son T-shirt.

« Ça, dit-il avec un geste englobant Marisa et la maison, c'est la famille que j'ai choisie.

— Merci, dit-elle doucement. Ça compte énormément. »

Elle se sentait tellement chanceuse, tellement heureuse d'être avec un homme qui avait compris son besoin de sécurité avant qu'elle-même en ait conscience. Si Marisa avait pu arrêter le temps à ce moment-là, si elle avait pu arrêter les aiguilles de sa montre, elle l'aurait fait. Leur bonheur était parfait, assis l'un à côté de l'autre sur ce banc, au soleil, son livre entamé sur les genoux, un parfum de jasmin flottant dans l'air.

Pourtant, la perfection ne durait jamais. C'est la leçon qu'elle avait retenue de son enfance, une leçon qu'elle s'était promis de ne pas oublier, sauf que Jake était arrivé, et, bêtement, elle s'était laissée emporter par la conviction infondée que tout irait toujours mieux. Elle s'était autorisée à tomber amoureuse.

Avec le recul, elle regarderait cet échange sur le banc du jardin comme le dernier moment de félicité avant que tout ne bascule. Avant que leur petit monde protégé ne se désaxe et ne finisse par sombrer dans les ténèbres. Elle était idiote d'avoir cru à leur avenir. Parce que le bonheur était fugace, comme elle allait le découvrir avec l'arrivée de leur locataire.

5

Il se trouve que cela se passe moins bien pour Jake au travail qu'il ne l'a laissé entendre. Le projet, qui avait déjà du plomb dans l'aile, finit par péricliter – c'est le mot qu'il utilise pour le lui expliquer, comme si l'échange de grosses sommes d'argent nécessitait l'emploi d'une langue absconse.

Elle ne se rappelle plus comment l'idée d'un locataire a surgi, mais au fil des jours la discussion passe du conditionnel à la confirmation, la possibilité devient certitude, reste à savoir quand, qui et comment. Marisa y était opposée, au départ. Elle déteste l'idée d'avoir un inconnu à la maison, quelqu'un qui remplira le frigo de nourriture qu'elle ne reconnaîtra pas, qui regardera la télévision le soir quand ils auront envie d'être tranquilles. Mais elle ne voit pas comment le dire à Jake, qui a déposé la caution pour la maison alors qu'elle n'avait pas l'argent nécessaire et qui continue à payer la plus grosse partie du loyer. Il voudrait qu'elle se sente une partenaire à égalité, mais ce n'est pas le cas. Elle ne perd jamais de vue le déséquilibre de leur situation, comme si elle était une gouvernante de l'ère victorienne, toujours sur la sellette, vivant de la charité de ses riches employeurs. L'atelier où elle peint devient, dans son imagination fiévreuse, une sorte de cagibi où elle-même serait un carton qui prendrait le moins de place possible et poserait le moins de problèmes possible. Elle ne veut donner aucune raison à Jake de rompre avec elle.

Jas avait dit à Marisa qu'elle allait toujours vers les extrêmes avec les hommes qu'elle aimait.

« Soit tu es la pire salope, tu n'en as rien à foutre, soit tu te perds complètement dans l'idée que tu te fais d'eux.

— Je ne crois pas que ce soit vrai », avait protesté Marisa.

Elles se faisaient faire les ongles dans le salon de son quartier. La boutique s'appelait Sur le Bout des Doigts et le personnel se composait de Thaïlandaises maussades qui ne parlaient qu'entre elles, jamais aux clientes. Marisa avait choisi une pédicure. Jas, après s'être fait limer les ongles comme des griffes, avait choisi un vernis violet pailleté.

« Et Matt ? » avait demandé Jas.

Matt, chanteur-compositeur de son état, qui ne chantait ni ne composait jamais, était la dernière tocade de Marisa. D'une beauté incomparable, il était du genre à envoyer à Marisa des textos lyriques et des liens vers des chansons qu'il avait entendues et qui lui faisaient penser à elle. Le coup de foudre avait été immédiat, mais ce n'est qu'une fois la relation terminée qu'elle avait compris qu'un coup de foudre était le plus souvent un éclair envoyé par un dieu en colère sur un individu pour le punir – et qu'il n'y avait là-dedans rien de romantique.

Les premières semaines, son adoration lui avait été rendue avec ardeur, et puis Matt avait disparu quelques jours, ce qui l'avait plongée dans l'angoisse. Elle n'arrêtait pas de l'appeler, de lui envoyer des messages sur WhatsApp, mais elle n'obtenait pas de réponse – ses messages n'étaient même pas lus. Enfin, après une semaine entière de silence, il lui avait écrit : « Qu'est-ce que tu fais ? » Elle était tellement heureuse d'avoir de ses nouvelles qu'elle avait aussitôt oublié les longues périodes de torture, de tristesse et de doute, et ils avaient repris comme avant. Cela avait duré cinq mois, jusqu'à ce que Matt sorte de sa vie sans un mot d'adieu, en la bloquant brutalement sur son téléphone.

« Quoi, Matt ? avait-elle dit tandis que l'employée lui frottait les pieds avec une lime rectangulaire.

— Il t'a bien fait perdre la tête. Tu n'étais pas toi-même. Tu te laissais marcher dessus.

— Non, pas du tout. C'était un cas particulier. »

Mais aujourd'hui, à bien y repenser, Jas avait eu raison. Marisa avait pris le côté imprévisible de leur relation pour de la passion, elle avait confondu l'angoisse avec l'excitation qu'on ressent au début d'une histoire, les fameux papillons dans le ventre. Et elle avait déployé toutes les tactiques à sa disposition pour maintenir son intérêt. Si elle avait eu un peu moins besoin de lui, si elle avait arrêté de poser des exigences ou des ultimatums quand il n'entendait pas les désirs qu'elle exprimait, si elle avait su se séparer de cette partie d'elle, et puis de telle autre et encore de telle autre, pour ne surtout pas être source de problèmes, *alors* elle aurait été récompensée. Là, elle aurait été digne de son attention sans partage.

« Peu importe, lui avait dit Jas en tendant la main devant elle pour examiner le violet criard au bout de ses doigts. De toute façon, Matt était un crétin. Tout ce que je dis, c'est que tu dois être plus forte. Tu n'as pas besoin de faire semblant d'être quelqu'un d'autre pour avoir un mec. Tu devrais essayer d'être toi-même. »

Ouais, c'est ça, avait eu envie de répondre Marisa. Être elle-même était la dernière chose dont elle avait envie.

Elle accepte donc de prendre un ou une locataire, elle dit oui parce que cela enlèvera de la pression à Jake, et ainsi il sera davantage présent pour elle. Ce locataire, lui dit-il, occupera la chambre d'amis dans l'extension sous les toits qui forme une suite privée. Le wi-fi fonctionne là-haut, donc il n'y aura pas besoin d'y mettre une télévision, la plupart des gens regardent des trucs sur leur ordinateur portable, non ? Il propose d'acheter un micro-ondes, une bouilloire et un minifrigo pour que leur locataire soit plus ou moins autonome. Marisa valide tout.

Et puis Kate arrive. Kate, qui, à trente-six ans, est plus vieille que Marisa. Elle travaille dans le département publicitaire d'une société de production. Elle parle doucement, a un visage vivant aux traits nets, des cheveux bruns avec une frange indisciplinée et trop longue, si bien que lorsqu'ils la rencontrent, Marisa remarque que Kate passe son temps à souffler pour la dégager de devant ses yeux. Elle est menue, osseuse, avec des seins plats, et elle porte des salopettes en jean et des T-shirts que Marisa ne peut s'empêcher de trouver inappropriés pour une femme de son âge. Néanmoins, elle est soulagée que Kate ne puisse pas être attirante pour Jake, qui a toujours affirmé préférer les blondes avec des formes, des fossettes, des yeux clairs et une peau hâlée qui se pare de taches de rousseur au soleil. Marisa, en fait. En plus, Kate travaille dans un bureau, ce qui signifie qu'elle sera absente en journée et que Marisa aura la paix.

« J'apprécie ce que tu fais pour nous, dit Jake à Marisa, un soir. Sincèrement.

— Inutile d'en parler », répond-elle.

Il a décidé de faire la cuisine, pour une fois, et a préparé un plat compliqué à base de canard et de cerises. C'est trop riche pour elle, la sauce est trop épaisse, mais elle s'extasie, lui dit que c'est extraordinaire, et plus tard, quand ils vont se coucher, elle est sûre qu'ils ont pris la bonne décision.

Parfois, Marisa a l'idée saugrenue que Kate a déjà visité la maison dans une vie passée. Elle y est à l'aise, sans complexes. Elle installe sa brosse à dents dans la salle de bains de la chambre parentale, juste à côté des leurs. Dans le placard de la cuisine, elle met une de ses tasses, tachée par le thé, avec dessus le dessin d'un cheval noir accompagné des mots « Cheval Noir » en lettres capitales. Elle laisse ses chaussures de course près de la porte – « J'espère que tu ne trébucheras pas dessus », dit-elle à Marisa en les calant chaque matin contre la porte, tandis que des mottes de terre sèche tombent sur le paillasson.

Elle a une assurance dont Marisa a toujours rêvé mais qu'elle ne comprend pas vraiment. C'est sans doute une bonne chose. Cela veut dire qu'elles peuvent coexister tranquillement sans avoir à devenir amies. Elles garderont une relation fonctionnelle, lointaine, pratique, et quand Jake et elle auront économisé assez pour ne pas avoir besoin d'une locataire à la maison, la vie reprendra son cours normal. C'est temporaire, se répète-t-elle. Ce sera bientôt terminé.

Les semaines passent. Marisa progresse sur ses commandes. Elle a expédié le prince Moïse. Elle est plongée dans un nouveau projet pour des jumelles qui s'appellent Petra et Serena. Les parents lui ayant demandé de leur peindre un conte de fées avec une morale féministe, elle a décidé de faire des jumelles des princesses fougueuses qui s'habillent à la garçonne pour prouver qu'elles sont tout aussi capables que des garçons de diriger le royaume. Elle l'appelle *Les filles dirigent le monde*, un clin d'œil à Beyoncé, et elle passe un excellent moment à séquencer l'aventure. Sa planche favorite montre les jumelles, à six ans, vêtues de chemises écossaises et de chapeaux de paille, mâchouillant des allumettes comme deux garçons de ferme. Leurs boucles blondes sont attachées à la base de la nuque.

« Tu crois qu'ils vont nous reconnaître ? demande l'une d'un air nerveux.

— On est Peter et Stephen, idiote », répond l'autre.

Tout en esquissant ses illustrations, Marisa pense fugacement à sa petite sœur, à tout ce qu'elle a raté, à la camaraderie qu'elle aurait aimé avoir. Elle s'est sentie tellement seule. C'est aussi pour cela qu'elle veut si désespérément avoir un enfant avec Jake aujourd'hui. Quand on est mère, on n'est jamais vraiment seule.

Elle travaille pendant plusieurs heures, puis son dos endolori l'oblige à se lever. Elle tourne le cou d'un côté et de l'autre. La veille, elle a vu une affiche sur la vitrine d'un marchand de journaux du coin pour un cours de yoga prénatal à 10 heures. Sur un coup de tête, elle décide de s'y rendre.

Marisa a lu quelque part que celles qui cherchent à concevoir ont intérêt à s'entourer de femmes enceintes. Apparemment, les hormones déteignent sur vous, ou votre corps réagit aux phéromones de la grossesse, quelque chose dans ce goût-là – elle n'est pas sûre des détails scientifiques.

Elle enfile un bas de survêtement et un vieux T-shirt,

glisse les pieds dans des claquettes et s'attache les cheveux. Puis elle cale son tapis de yoga sur son épaule et quitte la maison en fermant la porte derrière elle. Kate n'étant pas encore partie au travail, elle ne verrouille pas à double tour.

Le studio se trouve dans une chapelle désaffectée récemment reconvertie, avec un plafond haut et du parquet au sol. Certaines fenêtres ont encore des vitraux et Marisa sent comme une vague odeur d'encens dans l'air. Sa mère l'emmenait toujours à la messe de minuit pour Noël. C'était la seule fois de l'année où elles allaient à l'église, et Marisa adorait cela parce qu'elle pouvait rester éveillée beaucoup plus tard que d'habitude. Elle aimait les chants, le sentiment de communion, et, à la fin, le curé lui proposait de choisir un chocolat dans une boîte de Quality Street. Elle prenait toujours le triangle vert argenté qui avait un goût de noisette et que sa mère appelait « praliné ».

« C'est votre première fois ici ? lui demande la prof tandis que Marisa déroule son tapis au premier rang.

— Oui.

— Formidable. »

C'est une grande femme très bronzée avec un tatouage de chiffres romains sur le bras gauche. Elle porte un legging semé d'étoiles et un débardeur sur lequel est écrit : « Inspirer. Expirer. Répéter. »

« Et à combien de semaines êtes-vous ? Juste pour que j'adapte.

— Oh. » Marisa hésite. Elle n'y avait pas réfléchi. « C'est... le tout début, bafouille-t-elle. Six semaines.

— Félicitations. Je m'appelle Carys.

— Marisa.

— Joli prénom, dit Carys. Bienvenue, déesse. »

Marisa la dévisage, à la recherche d'une trace de

sarcasme, mais n'en trouve pas. Déesse, donc. Carys vient se poster devant tout le monde et demande aux filles de s'asseoir jambes croisées devant leur tapis, elles peuvent utiliser les accessoires qu'elles veulent pourvu qu'elles se sentent à l'aise. Les autres femmes sont à divers stades d'avancement de leur grossesse. Le ventre arrondi de certaines est discrètement camouflé par l'élastique de leur legging. D'autres, à un stade plus avancé, bougent les bras et les jambes avec une sorte de lourdeur gracieuse, comme si elles nageaient dans les eaux troubles d'un marécage.

« Inspirez, dit Carys d'une voix autoritaire. Expirez. Et on recommence. »

Carys branche son téléphone à un câble sur le rebord de la fenêtre, et la pièce se remplit du son de cordes pincées soutenues par le battement rythmique d'un tambour tribal. La musique est trop forte pour que Marisa entende ce que Carys raconte, mais comme les autres ont l'air de savoir quoi faire grâce à une sorte d'instinct grégaire, elle fait de son mieux pour suivre et se cabre en arrière, genoux écartés, en une pose enfantine. Elle a toujours été nulle au yoga, nulle avec l'idée qu'il faut être dans le moment présent, concentrée sur ce qu'on fait. Marisa ne peut pas s'empêcher de se comparer aux autres femmes présentes. Sa voisine, dont le tapis est un peu trop proche du sien, est l'une de ces femmes filiformes et étincelantes dont le corps n'a pratiquement pas changé depuis l'adolescence. Elle a des épaules élégantes, des hanches fines, et un ventre discret proportionné au reste de son corps, qui accentue sa minceur au lieu de la masquer. C'est à ça que Marisa voudrait ressembler quand elle sera enceinte.

« Aujourd'hui, mon alarme ne m'a pas réveillée, dit Carys. Ce qui veut dire que j'étais un peu en retard pour tout. Je suis partie de mon appartement sans manger. J'ai oublié mon parapluie. Le premier métro était trop bondé pour que je monte. On est toutes passées par là. » Elle rit doucement. « Et je me sentais totalement *déconnectée*, vous voyez ? Déracinée de la Terre-Mère et, euh, à côté de mes pompes. Et je commençais à m'énerver, à m'angoisser. Et puis je me suis souvenue de ce que je vous dis chaque semaine. J'ai fait ce que je vous dis de faire. J'ai fermé les yeux. J'ai regardé vers l'intérieur. Et j'ai trouvé ma respiration. Parce que la respiration, c'est la vie. Et comme la belle tâche de faire naître de nouveaux êtres sur cette planète vous revient, vous avez besoin plus que jamais de libérer votre respiration. Laissez-la s'épanouir ! Libérez-la ! »

Sur le tapis, Marisa essaie de libérer sa respiration. De la blonde maigre à côté d'elle émane un râle venu du fond de l'œsophage. Marisa essaie d'émettre un râle plus profond encore, juste pour prouver qu'elle en est capable, mais il s'étrangle dans sa gorge et elle comprend que l'esprit de compétition n'est pas zen du tout.

« Comme disent les maîtres… lance Carys avant de poursuivre dans ce qui ressemble à du sanscrit mâtiné d'accent de Chelmsford : "*Sarva karyeshu sarvada.*" Je te prie de bien vouloir toujours écarter les obstacles à ma compréhension. »

Je te prie de bien vouloir écarter Carys de la salle de yoga, pense Marisa. Elle transpire déjà alors qu'ils n'ont pas commencé le cours à proprement parler.

S'ensuit une heure de flexions latérales et de postures du pigeon. La musique s'élève, enfle, retombe pour la posture finale de relaxation, pendant laquelle Carys s'embarque dans une digression nébuleuse sur la nature de la création (« Que signifie créer, être fertile, ouvrir son cœur aux merveilles de l'univers ? »).

Le cours terminé, Marisa roule son tapis. La blonde à côté d'elle croise son regard en souriant.

« Tu es nouvelle ?

— Oui, dit Marisa en dénouant sa queue-de-cheval, ses cheveux venant tomber sur ses épaules.

— C'est bien ce que je me disais, que je ne t'avais jamais vue. Elle est géniale, hein ? Tellement en harmonie. »

Marisa jette un coup d'œil à Carys. En pleine conversation avec une future mère à la grossesse très avancée, elle hoche la tête d'un air pénétré, les deux mains jointes en prière devant sa poitrine.

« Hum », fait Marisa, qui sait déjà qu'elle ne remettra jamais les pieds à ce cours. *Il doit y avoir des moyens plus faciles de déclencher des hormones de grossesse.*

« Je me sens toujours beaucoup mieux après être venue ici. Tu en es à combien ? »

Comme elle ne se souvient plus de ce qu'elle a dit à Carys, Marisa élude.

« Oh, je suis au tout début », répond-elle sans entrer dans les détails.

La femme hausse les sourcils mais, le silence se prolongeant, elle enchaîne : « Eh bien, bon courage. À la semaine prochaine.

— Aucune chance » murmure Marisa avant de sortir du studio aussi vite que possible en évitant de croiser le regard de Carys.

Ce n'est qu'une fois dans le couloir, au moment de pousser la porte et de se retrouver dehors, qu'elle aperçoit du coin de l'œil une silhouette familière.

Il lui faut un petit moment pour la reconnaître. Cheveux noirs. Frange. Sarouel gris et – évidemment – un crop-top floqué du logo d'une marque de sport hors de prix. Et quand tout se recombine en une forme humaine,

Marisa doit encore battre des paupières pour être certaine qu'il s'agit bien d'elle. La locataire.

« Kate. »

Marisa est stupéfaite de la trouver là. Kate serait-elle une fouineuse ? Marisa comprend avec un certain malaise que Kate a pu l'observer tout à loisir pendant le cours depuis le fond de la salle. Mais elle n'est sûrement pas enceinte… si ? Et puis, très vite, Marisa se rappelle qu'elle non plus n'est pas enceinte et qu'elle ne peut pas lui poser la question sans avoir à y répondre.

« Je ne t'avais pas vue. »

Kate sourit, révélant des dents légèrement de guingois.

« J'étais au fond ! Je travaille de la maison aujourd'hui, alors je me suis dit que j'allais venir faire un tour. »

Son tapis de yoga matelassé, moucheté de gris, avec un motif de feuilles de palmier tourbillonnant, fait partie des plus chers. Kate l'a roulé et il pend à son épaule par une sangle violette. Marisa remarque que les ongles de pied de Kate sont couverts d'un vernis orange brillant – alors que le rose des siens s'écaille, elle a un besoin urgent de pédicure.

« Le cours t'a plu ? demande Marisa.

— Oui ! Je t'ai vue y aller et je me suis dit que j'allais te rejoindre et me mettre au fond. Je trouvais que ce serait un truc sympa à faire ensemble, tu vois ? »

Kate semble détendue, à l'aise, comme s'il était parfaitement normal de suivre sa propriétaire qui sort de sa maison et va à un cours de yoga prénatal, sans explication. Son regard exprime une sincérité désarmante, comme si elle s'attendait à ce que Marisa apprécie son geste. Marisa, de son côté, la trouve franchement sans-gêne.

« Sauf que ça n'a pas été le cas.

— Quoi donc ? dit Kate en ouvrant la porte.

— On ne l'a pas fait ensemble. Tu étais cachée au fond. »

Kate s'esclaffe.

« Je ne me cachais pas ! Je voulais juste ne pas empiéter sur ton espace. »

Drôle de manière de le montrer, songe Marisa. Elles arrivent dans la rue.

« Ça te dirait de prendre un café ? demande Kate. On pourrait bavarder.

— Non, je suis désolée, dit Marisa, confuse, et s'en voulant de l'être. J'ai un projet à rendre. Le boulot…

— Ah, oui. La peinture ! Comment ça marche ? »

Comment se débarrasser d'elle ? Pourquoi toutes ces questions ? Elles se font face sur le trottoir, et Marisa croise les bras pour tenter de créer une frontière physique entre elles.

« Ça va bien, merci.

— Super. Tu aimes travailler dans cette pièce ? »

Elle se montre juste amicale. Ce n'est pas comme ça que Marisa aurait procédé, mais elle doit s'efforcer de ne pas juger. Elle calme sa respiration en suivant les conseils de Carys. Inspire. Expire. Chasse toute pensée angoissante de ton esprit.

« Oui. La lumière est parfaite.

— Je suis tellement contente. »

Pourquoi es-tu contente ? se demande Marisa. C'est *ma* maison, putain.

« OK, bon, dommage pour le café, ce sera pour une autre fois. » Kate tend la main et lui serre le bras. « Je suis très heureuse qu'on vive ensemble. »

Elle la fixe avec une telle intensité que Marisa se sent clouée par son regard, d'autant que son sourire ne monte pas jusqu'à ses yeux qui restent noirs, concentrés. Marisa baisse les manches de son sweat sur ses bras pour se dégager.

« Je ferais bien d'y aller.

— Bien sûr », dit Kate.

Tandis qu'elle s'éloigne, elle sait sans avoir besoin de regarder que Kate n'a pas bougé. Elle traverse la rue au feu et tourne à gauche, près du café dont le nom est écrit en lettres dorées sur la vitrine, et quand elle se retourne, Kate est toujours là.

Kate lève un bras et la salue.

« On se voit à la maison ! » crie-t-elle depuis le trottoir d'en face.

Marisa lui répond d'un geste automatique de la main. Puis elle presse le pas jusque chez elle et, au moment de fermer la porte derrière elle, elle s'aperçoit qu'elle a retenu son souffle tout le long du chemin.

6

Le lendemain, dans son atelier, Marisa n'arrive pas à se concentrer. Elle fixe la photo de Petra, l'une des jumelles de six ans, qu'elle a épinglée sur son tableau en liège, en une vaine tentative de communiquer ses traits à la pointe du pinceau qu'elle tient suspendu au-dessus d'une feuille de papier vierge. Petra est jolie, plus que sa sœur, ce qui semble injuste vu que ce sont de vraies jumelles. Mais ce genre de choses n'est pas quantifiable, et Marisa a fini par l'accepter. Ce n'est pas le simple fait physique de l'apparence de l'enfant : tout se passe dans une fossette du menton, ou dans la manière dont ils froncent les yeux ou rient, révélant ou non des petites dents blanches comme des diamants.

La photo de Petra dont elle dispose a été prise lors d'une sortie en famille à la plage. La fillette porte un maillot de bain bleu, avec des imprimés de danseuses orange qui font des pirouettes, et elle tourne le dos à une dune, donc elle doit faire face à la mer. Il y a du vent, et les cheveux blonds ondulés de Petra volettent, quelques mèches venant se plaquer sur son visage. Elle regarde droit vers l'appareil avec intensité et assurance. La plupart des enfants souriraient sur demande. Ou ils refuseraient tout bonnement de poser. Ou encore ils feraient ostensiblement la tête. Mais Petra ne fait rien de tout cela. Elle se tient là, petite fille calme et costaude au milieu du vent, du sable, et elle attend qu'on prenne la photo.

Quand ses parents ont envoyé par e-mail à Marisa les photos des jumelles, elle les a imprimées comme elle le fait toujours. Mais cette image-là, elle l'a agrandie pour en doubler la taille originale. Elle l'attirait. Ou plutôt, la petite fille l'attirait. Qu'est-ce que cela fait d'être aussi sûre de la place qu'on a dans le monde ? De ne pas s'inquiéter sans cesse de savoir si les gens vous aiment ?

C'est difficile à traduire en une succession de coups de pinceau. Marisa arrive à reproduire ses attributs physiques – elle trouve l'autre jumelle, Serena, beaucoup plus facile à peindre –, mais il manque quelque chose, la vitalité du caractère de Petra demeure absente, le portrait reste plat et inerte.

Elle essaie une couleur de chair différente, ajoutant une touche d'orange au rose, puis elle lui met une jupe à la place de la robe, puis un short à la place de la jupe, mais rien ne fonctionne. Elle y est depuis 6 heures du matin, elle est sortie du lit avant que Jake se réveille et avant que Kate parte pour le travail. Elle a à peine dormi, n'a rêvé que par bribes. À un moment, elle s'est redressée en sursaut dans le lit, persuadée que Kate était penchée sur elle et examinait son visage de près.

Elle n'avait pas envie de la voir ce matin, pas après son apparition bizarre au cours de yoga. Elle en parlera plus tard à Jake. Pour l'instant, il faut qu'elle se concentre sur son travail. Son site « Des histoires à soi » n'a pas de commandes pour les mois à venir. L'été est toujours calme, avant la frénésie de Noël, mais même si Marisa y est habituée et qu'elle met d'ordinaire de l'argent de côté afin de traverser cette période, cette année elle a dépensé ses économies à cause du déménagement. Ne pas avoir de revenus réguliers lui fait peur. Quand ils ont emménagé ensemble, le salaire de Jake était plus que suffisant pour eux deux, mais l'état de leurs finances est plus précaire aujourd'hui et ils doivent surveiller leurs dépenses. Ces derniers temps, il est stressé et distrait, encore moins affectueux que d'habitude. Cela l'inquiète, mais elle s'efforce de ne pas se comporter comme une idiote. Elle se rappelle qu'il l'aime, que leur amour est fort, qu'elle n'a pas besoin d'être rassurée chaque jour.

Bien qu'elle reconnaisse ce glissement familier vers la panique, elle essaie de se concentrer sur le positif. Elle compte les bons points avec ses doigts. Il veut un bébé avec elle. Il l'a encouragée à télécharger sur son téléphone une application qui permet de suivre son cycle. Il est tellement heureux de l'avoir rencontrée. Ils vivent ensemble. Ce sont des faits. Et en plus de tout cela, il y a une autre vérité immuable que Marisa garde enfouie en elle, et qu'elle déterre uniquement lorsqu'elle a besoin d'en sentir le poids concret entre ses mains, et cette vérité est la suivante : Jake n'est pas sa mère. Jake ne l'abandonnera pas.

À dix-sept ans, Marisa avait fugué de sa pension tout un week-end. Elle avait tapé elle-même une lettre et imité la signature de son père, informant la maîtresse d'internat qu'on lui avait diagnostiqué un cancer de la prostate et qu'il désirait que sa fille vienne le voir à la maison pour le week-end.

« On essaie de garder le moral, avait-elle dit à cette femme, Mme Carnegie, qui l'avait convoquée dans son bureau. Je me suis renseignée et il paraît que c'est assez banal chez les hommes de son âge. Il y a de bonnes chances de guérison. »

Marisa était fière d'avoir enjolivé son histoire avec un tel luxe de détails. Elle avait décidé que l'attitude la plus convaincante serait celle de la battante courageuse. Des larmes auraient été de trop, même si elle était capable de pleurer à volonté. Devant Mme Carnegie, elle voulait faire passer l'idée que cette nouvelle la bouleversait mais qu'elle prenait les choses avec pragmatisme, sans se laisser aller à imaginer le pire. Mme Carnegie, qui était du genre à cheval sur tout, apprécierait.

« Absolument, Marisa, avait répondu sans hésitation la maîtresse d'internat. C'est très bien de garder espoir. »

Elle avait enlevé ses lunettes, qui pendaient sur sa poitrine volumineuse au bout d'une chaîne en plastique de couleur.

« Quelqu'un vient te chercher ?

— Eh bien, en temps normal, ç'aurait été mon père, avait expliqué Marisa. Il n'y a que nous deux, comme vous savez, mais... » Ici, Marisa s'était autorisée à avoir la voix un peu tremblante. « Il n'est pas en état, alors je vais prendre le train. »

Mme Carnegie avait hoché la tête, dit : « Très bien, très bien », et signé l'autorisation.

Son père n'était pas malade, bien sûr. Il n'avait jamais su que Marisa lui avait attribué une maladie mortelle, et lorsqu'il était apparu à la fin du trimestre, l'air en pleine forme quoique un peu étourdi, Marisa avait prévenu sa maîtresse d'internat que leurs prières avaient été exaucées et que son père avait totalement guéri.

« En revanche, il n'aime pas en parler », avait-elle

prévenu. Avec un sourire bienveillant, Mme Carnegie avait posé la main sur l'épaule de Marisa.

« Je comprends. Je n'en soufflerai pas un mot. »

L'autorisation de Mme Carnegie précieusement rangée dans la poche de son blazer, Marisa s'était retrouvée presque comme par magie dans le monde extérieur. Son école, un édifice néogothique où ne manquaient ni les gargouilles ni la tour qu'on disait hantée, se trouvait juste à côté de la gare de la ville. Elle n'avait eu qu'un court trajet à faire à pied avant de monter dans un train à destination de Londres.

Une fois assise dans le compartiment, elle enleva son blazer et enfila une veste en jean. Elle roula trois ou quatre fois l'ourlet de sa jupe d'uniforme bleu marine, jusqu'à ce qu'elle remonte au-dessus de ses genoux. Elle déboutonna sa blouse blanche, noua les deux pans devant son nombril, puis enleva la barrette de ses cheveux avant de les secouer pour les laisser flotter sur ses épaules. Enfin, elle se maquilla dans les toilettes du train et dut s'y reprendre à deux fois pour appliquer l'eye-liner à cause d'un soubresaut de la voiture qui fit déraper le crayon sur son visage, laissant une bavure de khôl en travers de sa joue.

Marisa avait appris à se maquiller grâce aux magazines pour ados. Après avoir lu un article intitulé « Ton maquillage pour le bal de fin d'année », elle avait acheté ou volé tous les produits nécessaires. Dans le miroir sale du train, elle passa deux couches de mascara sur ses cils : « Les cils soulignés sont à la mode ! » expliquait le magazine. Elle mit du fard couleur crème sur ses paupières, souligna les pommettes avec de la poudre bronzante. Et après avoir ajouté une bonne dose de gloss à paillettes sur ses lèvres, elle recula pour examiner son reflet. Elle paraissait plus âgée qu'elle ne l'aurait pensé, son visage semblait détaché du reste de son corps, presque méconnaissable. Mais elle finit par s'y habituer et elle sourit. Elle trouvait qu'elle avait l'air sexy, délurée. Un peu comme Britney Spears dans ce clip, ou comme la vieille photo de Brigitte Bardot que son père lui avait montrée un jour.

Quand le train arriva en gare de Paddington trois heures plus tard, c'était le milieu de l'après-midi. Elle avait soigneusement prévu son trajet et savait qu'elle devait emprunter la Circle Line de Paddington à King's Cross, et de là changer pour prendre la Northern Line en direction de High Barnet. Il y avait un embranchement sur la Northern Line, elle l'avait repéré, donc il fallait faire attention à ne pas le rater. Même si apparemment on pouvait encore changer à Camden Town au cas où on se trompait. Kentish Town était sa destination.

Quelques mois après le départ de sa mère, Marisa avait surpris une conversation téléphonique de son père. Il était tard, elle aurait dû dormir, mais elle avait deviné à la voix basse et au ton urgent de son père que le sujet était important. Petite, déjà, elle était sensible aux intonations et aux blancs dans les conversations, et elle était devenue une experte pour sentir ce qu'on taisait sous les mots.

« Aucune idée, disait son père lorsque Marisa, en chemise de nuit, s'accroupit discrètement contre la rampe d'escalier avant de presser son oreille entre deux barreaux de bois verni. Comme j'ai dit, elle n'a pas laissé d'adresse. »

Il y eut un long silence pendant lequel la personne à l'autre bout du fil parlait. Marisa comprit, sans avoir besoin d'autres détails, qu'ils discutaient de sa mère.

« C'est carrément irresponsable, putain, t'as raison. Mais à quoi je m'attendais, aussi ? »

Marisa n'avait jamais entendu son père jurer. Il mangeait ses mots et il avait l'air en colère. Peut-être avait-il bu du whisky.

« Oh, je ne sais pas. La dernière fois que j'en ai entendu parler, c'était Kentish Town. »

Ce nom s'enfonça dans la mémoire de Marisa, elle le ressortirait ultérieurement pour l'examiner de plus près.

« Ah ! Complètement. Oui. Enfin… »

Un autre long silence.

« OK, alors. Oui. C'est gentil d'appeler, ça me fait plaisir. Désolé si j'ai été larmoyant, c'est juste… »

Marisa s'apprêtait à retourner dans sa chambre sur la pointe des pieds, consciente que le coup de fil allait se terminer et que son père risquait de monter pour vérifier si elle dormait.

« Marisa ? » Il avait l'air surpris qu'on lui pose la question. « Oh, elle va bien, elle va bien. Elle l'a pris du mieux possible. Aucun problème. »

Elle se sentit fière de ne pas poser de problèmes. Des années plus tard, elle comprendrait qu'elle aurait dû en poser beaucoup plus.

Elle arriva à la station de métro de Kentish Town peu après 16 heures. On était en automne, le ciel commençait déjà à s'assombrir, gagné par le crépuscule. Une fois en haut de l'escalator, après avoir passé sa carte pour franchir le tourniquet, elle se rendit compte que son plan n'allait pas plus loin. Kentish Town était la somme totale de ses connaissances. Elle n'avait pas d'autre indice sur ce qu'avait fait sa mère pendant toutes ces années, et ce n'était pas faute d'avoir écouté un nombre incalculable de conversations téléphoniques et fouillé le moindre tiroir de la maison dans l'espoir de trouver des papiers intéressants. Mais elle tombait toujours sur de vieilles listes de courses, des trombones éparpillés et des clés qu'elle ne reconnaissait pas et qui correspondaient à des serrures depuis longtemps oubliées.

Elle s'était imaginé Kentish Town comme un petit village pareil à ceux qu'elle voyait dans les vieux dessins animés de son enfance. Il y aurait une place, un pub avec une façade en bois, de jolies maisons avec des treillis de roses, et tout le monde connaîtrait tout le monde, de sorte qu'elle n'aurait aucun mal à trouver sa mère. Il suffirait d'attendre, de garder les yeux ouverts et peut-être simplement de demander au magasin du coin si on connaissait quelqu'un du nom de Harriet Grover.

Mais il n'y avait pas de place, pas de pub, pas la moindre jolie maison. Lorsqu'elle émergea de la station de métro, elle se retrouva sur un trottoir crasseux séparé du trafic intense par une maigre rambarde. Un homme en gilet rouge qui vendait *Big Issue*[1] se pencha vers elle et lui fourra un exemplaire du journal dans les mains avant qu'elle ait pu comprendre ce qui se passait.

« Non, non, merci, dit-elle en le lui rendant.

— Bah casse-toi, alors ! » vociféra l'homme en lui tournant le dos.

Un bus passa bruyamment en crachant des gaz d'échappement. Elle avait parfaitement conscience de faire tache dans le paysage, ne sachant pas où elle allait alors que tout le monde autour d'elle marchait d'un pas décidé. Une femme en tailleur rouge. Un homme qui tenait un petit chien en laisse. Une fillette qui poussait

1. Journal social vendu par des SDF. *(N.d.T.)*

une poupée aux yeux de verre dans son landau, que sa mère tirait par la main pour la faire avancer plus vite. Un ado au téléphone – un Nokia, le même qu'elle – qui braillait à son interlocuteur qu'il refusait de faire cette putain d'interview et qu'il avait intérêt à arrêter d'en parler, merci. Tous ces gens étaient à moitié en train de courir et ils lui jetaient des regards impatients parce qu'elle restait immobile sans savoir quoi faire, comme si être perdu avait quelque chose de curieux – elle aurait au moins dû avoir l'obligeance de faire semblant d'être occupée.

Pourtant, elle gardait confiance. Elle avait la certitude irrationnelle que si elle déambulait un peu, elle finirait par apercevoir sa mère. Dix ans avaient passé mais elle était certaine de la reconnaître immédiatement, elle tournerait à un coin de rue et elle verrait une silhouette familière, des épaules tirées en arrière, des cheveux ébouriffés, des hanches marquées, et ce serait elle. Elle sentirait son odeur, mélange de vanille et d'effluves quasi imperceptibles de l'unique cigarette Silk Cut que sa mère s'autorisait chaque jour. Plus le savon qu'elle utilisait, celui avec des motifs à fleur sur l'emballage. Oui, Marisa en était sûre, elle reconnaîtrait sa mère n'importe où.

Pour Anna, elle en était moins convaincue. Il était plus dur d'imaginer quel genre de petite fille de dix ans était devenu le bébé, mais elle devait ressembler un peu à Marisa au même âge. C'était logique. Même si elles étaient séparées depuis longtemps, elles restaient sœurs.

Elle s'éloigna de la station et remonta la rue, qui décrivait une courbe. Il y avait un pub au coin, elle jeta un coup d'œil à l'intérieur par la fenêtre. Il avait l'air chaleureux et accueillant, les tirettes de bière brillaient dans la lumière tamisée. Bien qu'elle n'ait que dix-sept ans, Marisa était déjà allée à maintes reprises dans des pubs. La pension leur accordait des libertés remarquables. Elles avaient le droit de fréquenter un bar en ville tant qu'elles ne buvaient pas d'alcool, une règle si souvent transgressée que ce n'était plus une règle. Le week-end, Marisa et ses amies signaient une décharge et disaient à Mme Carnegie qu'elles allaient dans le bar autorisé, et à la place elles prenaient le train pour Worcester et présentaient leurs fausses cartes d'identité aux videurs du Cargo, une boîte minable dont le DJ jouait tous les samedis soir ce qu'il appelait les « classiques du club ». Elles buvaient du rhum-Coca, dansaient et Marisa remuait la tête en rythme, d'avant en arrière, en se rapprochant toujours plus du garçon qui lui plaisait. C'était une bonne danseuse, elle apprenait rapidement les mouvements qu'elle voyait dans les clips vidéo. Elle n'était certes pas la plus belle, mais la piste était son royaume. Dans l'éblouissement prismatique des stroboscopes, quand la ligne de basse cognait dans sa cage thoracique, elle pouvait avoir le garçon qu'elle voulait.

Dans le pub de Kentish Town, elle se sentit aussitôt nerveuse. Il n'y avait que quatre autres clients : deux hommes assis au bar et un couple à une table qui se tenait par la main, poussant du coude la salière et le poivrier qui menaçaient de tomber. Rassurée par la présence du couple, elle leva le menton et ramena ses épaules en arrière comme on le leur avait appris lors de la leçon de maintien organisée par l'école pour les élèves qui candidataient à des petits boulots.

« Qu'est-ce qui vous ferait plaisir ? »

Le barman la dévisageait en souriant.

« Un rhum-Coca, s'il vous plaît. »

Elle fixa le dos du barman tandis qu'il préparait

son verre. Il était plus jeune qu'elle ne l'avait pensé en le regardant de l'extérieur, et elle voyait ses épaules jouer sous sa chemise à carreaux. Ses manches relevées révélaient des muscles bien dessinés qui couraient sur ses avant-bras éclairés par les lumières du plafond.

« Et voilà, dit-il en lui présentant un verre qui lui parut trop plein.

— Merci. »

Elle avait détecté un accent australien dans sa voix.

« C'est combien ? »

Il balança sur son épaule droite le torchon dont il se servait pour essuyer le bar.

« Offert par la maison.

— Quoi ? Mais…

— C'est notre offre les soirs de semaine. Le premier verre est offert. »

Il lui fit un clin d'œil. Elle rougit.

« OK, marmonna-t-elle. Merci. »

Elle s'assit à une table près des toilettes, dans la partie la moins désirable du pub – elle savait que personne ne viendrait l'y déranger. Elle voulait être seule. Elle trempa les lèvres dans son verre, la morsure de l'alcool et la douceur du Coca-Cola bataillèrent à l'arrière de sa langue, et finalement c'est le Coca qui l'emporta. Elle avala une gorgée. Puis une autre. Bientôt, elle avait vidé la moitié du verre et sentait monter la brume d'ivresse qu'elle recherchait. Elle sortit son téléphone et lança sans enthousiasme une partie de Snake. Elle avait juste besoin de rester assise quelques minutes, de finir son verre, et ensuite elle irait chercher sa mère. Elle avala le reste du rhum-Coca.

« Un autre ? »

Elle sursauta et tourna la tête. Le barman était à côté d'elle.

« Oh… Je… je pensais qu'il fallait commander au bar », bégaya-t-elle en se détestant d'avoir l'air aussi pathétique.

Si elle avait vraiment été une adulte, elle aurait su exactement comment se comporter. *Joue-la cool, bordel de merde.*

Le barman lui adressa un nouveau clin d'œil. Marisa avait toujours été persuadée que personne ne faisait de clins d'œil à part les acteurs dans les feuilletons ou les personnages dans les mauvais romans d'espionnage. Mais ce gars n'arrêtait pas.

« Pour les clients spéciaux, je sors de ma cage. »

La façon dont il prononça le mot « cage » lui donna un frisson.

Il posa la main dans son dos.

« Je plaisante. Alors, qu'est-ce que ce sera ? Un autre rhum-Coca ? »

Elle acquiesça. Un de plus, ça ne pouvait pas faire de mal. Rien qu'un, juste pour se débarrasser de sa nervosité, et elle se lèverait, elle partirait et tout irait bien.

Mais le barman, dont elle ne tarda pas à apprendre qu'il s'appelait Kevin, lui apporta verre sur verre, et elle avait peur d'être malpolie en disant non. Elle était de plus en plus inquiète à l'idée de ne pas être capable de payer la note, cependant elle finit par se souvenir de la carte de crédit que son père lui avait donnée pour ses cours de conduite et les urgences, et elle se détendit. Au bout du quatrième rhum-Coca, elle commençait en effet à être très détendue. Elle éclata de rire à quelque chose que venait de dire Kevin, une histoire de cheval avec une longue tête qui commandait un verre et il y avait une autruche dans la blague vu qu'il parlait d'un oiseau avec des pattes qui lui montaient jusqu'au cul, et Marisa trouva cela tellement hilarant qu'elle ne put s'arrêter de rire pendant une minute entière.

À un moment, le couple et les deux hommes avaient quitté le bar, elle ne se rappelait pas les avoir vus partir, et il n'y avait plus qu'elle et Kevin, qui avait avancé une chaise près de sa table, et quand elle lui demanda s'il n'était pas censé bosser, il haussa les épaules et dit : « J'ai presque terminé, de toute façon », et elle s'aperçut qu'il avait pris la bouteille de rhum avec lui, ou alors elle était là depuis le début, elle ne se rappelait pas, mais il continuait à remplir son verre et il n'y avait plus que du rhum, pas de Coca, et elle buvait, pas parce qu'elle était angoissée mais parce qu'elle ne l'était plus et qu'elle voulait préserver cette précieuse sensation, ne plus s'inquiéter de rien. Elle allait boire un dernier verre et elle partirait. Un de plus, et puis elle paierait la note et elle partirait, elle irait faire ce qu'elle était venue faire c'est-à-dire… quoi au juste ? C'était quelque chose d'important… pourtant… pourquoi ne s'en souvenait-elle pas ? Ça lui échappait, ça lui filait entre les doigts comme un collier qui tombe en tournoyant inexorablement vers le fond de l'océan. Ah oui, c'était ça. Elle était venue trouver sa mère.

« Je suis venue chercher ma mère », dit-elle à Kevin.

Sortis de sa bouche, ces mots avaient une étonnante tonalité joyeuse.

« Comment ça, ma belle ? »

Quand avait-il commencé à l'appeler « ma belle » ? C'était peut-être la première fois, mais il y avait un côté familier, comme s'il l'avait déjà fait, comme si peut-être leurs chemins s'étaient déjà croisés dans une vie antérieure et est-ce que ce ne serait pas drôle, vraiment, si Kevin connaissait sa mère et que c'était pour ça qu'elle avait atterri là, dans ce pub dont elle voyait maintenant qu'il n'était ni accueillant ni sûr mais miteux, et les toilettes quand elle s'y rendit puaient l'urine et le Red Bull, mais elle s'en foutait. Elle s'amusait. C'était tellement amusant ! Non ?

Par habitude, elle jeta un coup d'œil à son reflet dans le miroir. Elle avait l'air floue mais sinon ça allait. Elle remit un peu de gloss parce qu'il n'y en a jamais trop, et à son retour, elle vit Kevin qui lui présentait sa veste en jean pour qu'elle glisse les bras dans les manches, ce qu'elle fit sans poser de questions, après quoi il la conduisit dans la rue et le sol se mit à tanguer sous ses pieds si bien que tout à coup elle eut du mal à garder son équilibre, et c'était encore plus drôle que la blague de Kevin, qui à la réflexion n'était pas drôle du tout, plutôt abominable en fait, mais ça n'avait aucune importance parce qu'il avait été très gentil avec elle, c'était très gentil de lui avoir servi tous ces verres.

« Je n'ai pas payé », bafouilla-t-elle.

Les mots se cognaient comme des autos tamponneuses sur sa langue.

« Je t'ai dit, ma belle. C'est la maison qui offre. Maintenant, on te ramène chez toi.

— Je dois retrouver ma mère. »

Kevin éclata de rire.

« OK, ma belle. On n'en a pas pour longtemps. Ensuite, tu iras chercher qui tu veux. D'accord ? »

Elle hocha la tête.

Elle avait confiance en Kevin. C'était un Australien, après tout, comme les garçons de la série *Summer Bay*, il portait une chemise et il était assez beau de profil. Elle sentit son bras s'enrouler plus fermement autour du sien et elle pensa au boa constricteur dont on leur avait parlé en cours de biologie, qui repliait son corps froid et serrait avec une puissance capable d'arrêter la circulation sanguine et les battements du cœur.

« T'es un serpent ? » demanda-t-elle en tournant la tête vers lui.

C'était lui qui portait son sac à dos dans lequel se trouvait son téléphone – elle l'avait rangé après le deuxième ou peut-être le troisième verre. Elle n'avait aucun moyen de prévenir qui que ce soit de ce qu'elle faisait. D'ailleurs elle ne savait pas où elle était, Kevin la guidait dans des rues inconnues, il faisait noir et ils marchaient depuis dix minutes, ou peut-être quinze, voire une ou deux heures, elle n'aurait pas pu dire, et puis ils se retrouvèrent devant une porte, il sortit un trousseau de clés et elle vit une ancre tatouée à l'intérieur de son poignet lorsqu'il ouvrit. Elle pénétra dans un couloir, il alluma la lumière, lui fit monter un escalier, ouvrit une autre porte et ensuite il commença à lui enlever ses vêtements et voulut qu'elle s'allonge sur le tapis et elle sentit ses genoux céder sous la pression et il lui écarta les jambes avec ses mains – l'une après l'autre comme si elle était une poupée – et à ce moment-là elle tenta de se dégager et de dire non mais il était trop tard et elle était trop soûle et trop faible et trop jeune et, soudain, trop effrayée. Il était au-dessus d'elle, si près qu'elle pouvait presque lire l'étiquette à l'intérieur du col de sa chemise et elle choisit de se concentrer là-dessus, sur les deux mots cousus en blanc sur noir, « River Island », pendant qu'il maintenait son bras droit au sol en déboutonnant son jean de sa main libre. Elle ne bougeait plus. Ses traîtres de muscles se soumettaient. Il y eut une seconde de silence absolu, d'immobilité absolue.

Puis il la viola.

Quand ce fut derrière elle, quand elle eut quitté l'appartement de Kevin le lendemain matin, elle ne put en parler à personne. Elle avait menti à l'école pour sortir. Son père n'était pas au courant de sa petite escapade, et de toute façon ils n'étaient pas assez proches pour qu'elle se confie à lui. Elle se détestait d'être restée toute la nuit, mais elle n'avait nulle part où aller. Elle s'était mise tout au bord du lit double de Kevin pour qu'il ne la touche pas de nouveau, mais ce n'était pas la peine de s'en faire. Elle avait perdu tout intérêt pour lui dès le moment où il s'était retiré. En découvrant les taches de sang sur le tapis, il avait dit : « Merde, tu aurais pu me prévenir », et Marisa n'avait pas compris s'il voulait dire qu'elle aurait dû le prévenir qu'elle était vierge ou s'il pensait qu'elle avait ses règles.

Elle s'était relevée, un filet chaud coulait à l'intérieur de sa cuisse, et elle était allée dans la salle de bains où elle s'était assise sur les toilettes, prostrée, dans l'espoir que s'arrête la douleur brutale et déchirante dans son bas-ventre. Elle savait que le lendemain elle aurait des bleus. Elle marquait facilement, se rappela-t-elle en essayant de dédramatiser et de se convaincre qu'elle l'avait voulu.

Plus tard, bien plus tard, elle apprendrait que les victimes d'agression sexuelle disent que certaines choses leur ont été « arrachées » – leur dignité, leur virginité, comme dans son cas, voire leur identité –, mais Marisa avait au contraire le sentiment qu'on avait mis de force quelque chose en elle, un genre d'éclat d'obus autour duquel toute sa personne allait devoir grandir dans les années suivantes, le muscle et la chair contraints dans leur développement jusqu'à ce que la cicatrice devienne une partie difforme d'elle avec laquelle il faudrait apprendre à vivre.

Elle n'en avait jamais parlé à Jake. Même s'il ne se passait pas un jour sans qu'elle y pense, elle ne voyait plus cet événement d'une manière compréhensible pour qui ne l'avait pas vécu. Tout avait changé après son viol, il n'y avait pas d'autre choix que d'accepter cette nouvelle réalité. Et cela, elle l'avait fait. Quand elle avait commencé à fréquenter des hommes vers vingt ans, elle y avait mis une détermination farouche. Elle voulait à tout prix faire d'autres expériences de l'intimité afin de guérir les blessures que Kevin avait infligées à son âme. Cela la rendait difficile à saisir, un peu trop intense et compliquée lors des premiers rendez-vous, incapable de maîtriser les codes du dating précisément à cause de leur simplicité. Elle trouvait toute la mécanique trop directe, c'était un foutoir faussement innocent et vraiment dangereux.

Elle n'avait jamais retrouvé sa mère. Mais avec Jake, elle avait trouvé quelqu'un qui l'acceptait comme elle était, sans poser trop de questions, et quand elle était tombée amoureuse de lui, elle n'avait pas eu droit à des feux d'artifice ou à des grands huit émotionnels. Il n'y avait pas eu de coup de foudre. Elle avait découvert quelque chose de beaucoup plus beau encore. Le répit.

7

Kate prépare le dîner. Elle a insisté, disant « C'est le moins que je puisse faire » et « Vous êtes tellement généreux avec moi », si bien que Marisa la laisse montrer sa reconnaissance. Cette dernière remarque, sur un ton taquin et à demi sarcastique, est ponctuée d'un rire et d'agaçantes moues comiques. Elle me connaît à peine, fulmine Marisa. Jake est ravi, d'autant plus que Kate fait des macaronis au fromage : « Ton plat préféré, je sais. »

Kate ne peut pas être au courant de son goût pour les macaronis au fromage à moins qu'elle-même ou Jake ne lui en ait parlé. Or elle n'en a rien dit. Elle suppose donc que cela vient de Jake. Quand ont-ils eu l'occasion de se parler ? Marisa est presque tout le temps à la maison. Elle n'aime pas l'idée qu'ils discutent tous les deux sans elle.

Si ridicule que cela puisse paraître, l'instinct de propriété de Marisa s'étend aux macaronis au fromage. Dans sa tête, elle s'imagine expliquer à Kate qu'ils n'ont pas besoin de ses pâtes, que les macaronis au fromage sont *sa* spécialité, qu'elle en prépare quand elle veut remonter le moral à *son petit ami, dont elle essaie actuellement de tomber enceinte*, merci beaucoup.

Mais bien sûr elle ne dit rien de tout cela, et elle doit supporter le spectacle de Kate dans sa cuisine – *sa* cuisine – s'affairant comme si tout lui appartenait.

« Alors, où Jake a-t-il mis le paprika ? se demande Kate à voix haute, sous le regard de Marisa, qui l'observe depuis le canapé.

— Dans le placard à droite de l'évier, répond Marisa juste pour lui montrer qu'elle connaît la place des condiments aussi bien que Jake.

— Ah oui ! Pardon ! » Kate la regarde bizarrement. « Je n'avais pas fait attention que je parlais à voix haute. »

Marisa fait semblant de regarder le journal du soir à la télévision. Sur l'écran, un homme politique au visage rougeaud et aux yeux plissés répond à des questions sur ses projets en matière de relations internationales, face à un présentateur à la cravate bleu et vert qui l'interrompt et conteste toujours plus ses propos.

« Mais vous ne pensez pas sérieusement… » demande le journaliste alors même que tout le monde sait que cet homme politique *est* sérieux et qu'il ne sert à rien de commencer une question de cette façon à moins de rechercher son hostilité.

« Si vous voulez bien me laisser finir une phrase… » réplique l'homme politique.

Voilà ce qu'est devenue la politique, se dit Marisa : deux hommes épris de leur voix suffisante et de la pompe qui les entoure, faisant assaut de sophismes et d'arguments rhétoriques jusqu'à ce que l'un des deux l'emporte, leur discussion faussée n'ayant qu'un très vague rapport avec la réalité quotidienne des gens. En temps normal, elle éteindrait, mais elle veut surveiller ce que Kate fait sans qu'elle le remarque. Alors elle fixe l'écran et essaie de s'abstraire de leur baratin tout en jetant des coups d'œil discrets vers la cuisine, où Kate s'active devant le four en sortant un nombre disproportionné de gamelles et de poêles. Elle fredonne un air, et c'est cela – ce fredonnement – que Marisa trouve le plus désagréable, pour des raisons qu'elle n'arrive pas bien à définir.

Kate vide une bouilloire d'eau dans une casserole, mélange le paprika et ce qui ressemble à du jaune d'œuf dans un bol. Qu'est-ce qu'elle fabrique avec le paprika et le jaune d'œuf, bon sang ? se demande Marisa. Au moins, ses macaronis au fromage ne seront pas aussi bons que les miens avec toutes ces saloperies dedans…

Depuis le cours de yoga, son antipathie pour Kate n'a fait que croître, pareille à une marée inexorable, elle ne peut plus se le cacher. En plus, elle va avoir ses règles, et les hormones la rendent irritable et intolérante. Dans la cuisine, Kate fouille dans sa poche et en sort une barrette. Marisa la regarde relever ses courts cheveux bruns en couronne sur son crâne et fixer la barrette. Des mèches lui échappent et retombent sur son visage. Elle porte un haut marin à rayures et un jean à pattes d'eph que Marisa ne pourrait pas porter sans que cela ait l'air absurde et baroque. Mais avec ses hanches fines et sa silhouette garçonne, Kate peut se permettre cette tenue à la mode. Marisa baisse les yeux et examine ses propres vêtements : une robe d'été ocre délavée qu'elle a rapportée de vacances sur une île grecque, ample, confortable et mouchetée de peinture après le travail de l'après-midi. Comme elle n'a pas quitté la maison de la journée, elle ne porte pas de maquillage. Ses cheveux tenus par un pinceau auraient besoin d'un shampooing. Au poignet, elle a le bracelet à breloques argenté qu'elle n'enlève jamais, avec des fers à cheval et des boussoles miniatures pendus aux chaînes. C'est un cadeau de son père pour ses dix-huit ans. Alors qu'elle avait déjà déménagé à cette époque et qu'elle faisait à peine l'effort de garder le contact, il lui avait envoyé ce bracelet dans une enveloppe à bulles, maladroitement enroulé dans du papier de soie, et accompagné d'une carte couverte de son écriture ronde familière expliquant qu'il avait appartenu à sa mère et qu'elle aurait voulu qu'il lui revienne.

Kate a plusieurs trous à chaque oreille mais elle ne porte que de délicates créoles en or, parfois serties de minuscules diamants étincelants, à la fois discrètes et élégantes. Autour du cou, elle a trois fines chaînes elles aussi en or poli et à la troisième, la plus longue, pend un médaillon rond gravé d'un simple « K ». Marisa se demande ce qu'elle garde dedans. Du paprika, sans doute.

« Pardon, tu disais ? »

Kate a tourné la tête dans sa direction, et Marisa comprend que son petit rire sarcastique intérieur s'est fait entendre.

« Rien. C'est juste ce que ce type raconte, dit-elle avec un geste vers la télévision.

— Mon Dieu, quel connard celui-là », lance nonchalamment Kate, l'injure allant se perdre dans la pièce qui se remplit petit à petit de vapeur et de l'odeur du fromage.

Là encore, ce n'est pas que Marisa soit particulièrement prude ou qu'elle ne jure jamais, mais quand même : si elle était nouvelle locataire dans la maison de quelqu'un, elle n'est pas sûre qu'elle se permettrait un tel relâchement dans sa façon de parler. Peut-être est-elle injuste. Peut-être.

« Jake devrait rentrer vers 19 h 30, annonce-t-elle depuis le canapé.

— Oui, je sais », répond Kate sans lever les yeux des fourneaux.

Finalement, elles entendent la clé jouer dans la serrure de la porte d'entrée à 20 h 20. Kate a mis les macaronis au fromage dans le four, sorti serviettes et verres de vin, et rempli la carafe d'eau agrémentée de feuilles de menthe prélevées dans une jardinière – « Je trouve que ça donne un goût plus rafraîchissant, pas toi ? »

Marisa, qui n'a pas d'opinion sur la question, marmonne un assentiment évasif.

« Je suis là ! » lance Jake depuis l'entrée.

Il arrive dans la cuisine et va directement vers Kate en passant devant Marisa comme s'il ne la voyait pas.

« Oh, Kate, ça sent fantastiquement bon. »

Il jette un coup d'œil dans le four.

« On n'ouvre pas la porte du four tant que ce n'est pas terminé, dit Kate en lui tapant sur la main pour rire.

— OK, OK, promis.

— Salut », dit Marisa.

Elle les regarde tous les deux, côte à côte, avec la bizarre impression d'être de trop.

« Oh, salut, Marisa. »

Jake lui fait un signe de la main avec un grand sourire.

Il ne vient même pas l'embrasser. Si elle ne quitte pas la pièce, elle va fondre en larmes devant eux et se couvrir de honte. Alors elle se précipite vers la porte, grimpe l'escalier quatre à quatre et se réfugie dans son atelier. Elle claque la porte derrière elle et s'y adosse. Les larmes viennent, comme elle s'y attendait, et elle ne les essuie pas. Elle s'autorise un moment d'indulgence et de mièvrerie, elle sait pourtant qu'elle n'a aucune raison de pleurer, au fond, c'est simplement qu'elle est sur les nerfs, angoissée et fatiguée. Tellement fatiguée.

Cela fait des jours et des jours qu'elle se sent fatiguée et qu'elle n'arrive pas à le surmonter.

On frappe à la porte.

« Marisa ? »

La voix de Jake, inquiète.

« Tu vas bien ?

— Oui, ça va. Vraiment. J'ai juste besoin d'un moment. »

Un silence de l'autre côté.

« OK, bon, si tu es sûre. »

Elle l'entend prendre une longue inspiration et elle imagine sur son visage cette expression qu'elle connaît bien : aimante, soucieuse, anxieuse. Il a gâché quelque chose mais ne comprend pas quoi. D'une certaine façon, il est toujours ce garçon de sept ans qu'on a envoyé en pension. Il a autant besoin d'être materné que d'être aimé. Et elle aussi. C'est pour cela qu'ils sont faits l'un pour l'autre.

« Ne t'inquiète pas, Jake. Rien de grave. Je descends dans une minute, laisse-moi juste… euh… terminer cet e-mail, conclut-elle sans conviction.

— D'accord. On se retrouve en bas. Prends ton temps. »

Elle écoute ses pas s'éloigner puis se laisse choir par terre. Elle est tellement épuisée que la dernière chose dont elle ait envie c'est de bavarder poliment avec Kate et sa marinière à la fois chic et confortable. Elle va s'accorder quelques minutes pour se reprendre et puis elle descendra. Elle se rend dans la salle de bains, s'asperge le visage d'eau froide, et soudain elle avise le test de grossesse dans sa trousse de toilette. Elle pense à ses règles qui sont censées arriver dans quelques jours, au fait qu'elle se sent tellement fatiguée, elle se rappelle qu'ils font tout ce qu'ils peuvent pour avoir un enfant, et elle s'étonne qu'il lui ait fallu tant de temps pour envisager cette explication.

Assise sur les toilettes, elle attend de faire pipi, et quand sa vessie commence à se vider, met l'extrémité du test sous le jet d'urine. Ensuite, elle remet le bouchon de plastique rose en place et pose le test sur le bord du lavabo pendant le nombre de minutes nécessaire, et lorsque sa montre lui indique qu'il est l'heure de vérifier, elle jette un regard timide à la petite fenêtre et découvre que deux lignes sont apparues – deux traits verticaux violets qui sont la preuve irréfutable qu'elle est enceinte.

Elle hurle de joie, assez fort pour que Jake remonte l'escalier en courant. Et cette fois, elle le laisse entrer.

8

L'excitation initiale passée, Marisa trouve les premières semaines de grossesse pénibles. Elle est crevée, l'épuisement parcourt ses veines et s'infiltre peu à peu dans le creux de son estomac, où ça barbote et gargouille aux moments les moins opportuns. Au cours de ce premier trimestre, elle éprouve une déconnexion permanente, comme si elle n'habitait pas tout à fait son corps. Ses goûts en matière d'alimentation se transforment d'un coup. La simple idée d'un légume vert lui donne envie de vomir. Elle peut manger de l'houmous et du pain, et tout ce qui est beige, mais rien d'autre. Elle ne ressent pas le calme intérieur auquel elle s'attendait après avoir lu tous les livres spécialisés et les magazines de santé qui parlent de maternité rayonnante. À la place, elle se noie dans la paperasse : les brochures qui apparaissent dans sa boîte aux lettres à peine son médecin informé, les tracts hideux qui lui recommandent de s'inscrire à des cours prénataux ou qui vantent les mérites de l'allaitement. Elle se rend consciencieusement à tous les rendez-vous obligatoires à l'hôpital, accompagnée par un Jake aussi enthousiaste qu'un jeune chien fou. Elle retourne au cours de yoga pour femmes enceintes et serre les dents quand Carys parle de la Terre-Mère, des énergies maternelles et de la déesse en chacune d'elles.

À la maison, elle passe le plus clair de son temps au lit ou étendue sur le canapé. Elle regarde la télévision en journée et souscrit à une offre en ligne qui lui permet d'accéder aux dernières émissions de télé-réalité américaines. Il y en a une où l'on suit les aventures de l'équipage d'un yacht de luxe. Elle devient inexplicablement accro et se retrouve à ouvrir son ordinateur portable dès le petit déjeuner pour se tenir au courant des derniers imbroglios amoureux entre les hommes et les femmes du bateau, ou découvrir le calvaire du chef à qui l'on présente la liste des préférences alimentaires du prochain client oligarque au régime sans gluten.

« Je ne sais pas comment tu fais pour regarder ce truc ! » lance Kate un matin.

Le ton est celui de la plaisanterie, mais Marisa sent le jugement qui pointe derrière. Kate regarde *Newsweek* et écoute Radio 4. Avant de partir au bureau le matin, Kate ne mange qu'une tartine de pain de seigle avec une fine couche de Marmite. Marisa, elle, ne supporte rien d'autre que des croissants au petit déjeuner. Elle s'inquiète, bêtement, à l'idée de prendre du poids.

Elle travaille un peu chaque jour, mais sa peinture manque d'énergie. Elle n'arrive pas à donner vie aux enfants. Frustrée, elle déchire plus d'illustrations qu'elle n'en garde, jetant des poignées entières de feuilles à la poubelle.

Jake ne comprend pas son apathie. Il va au travail comme toujours et quand il rentre le soir, il lui rapporte des choses pour lui faire plaisir : une nectarine parfaitement mûre un soir, mais elle n'en veut pas et il finit par la manger à sa place tandis qu'elle regarde le jus couler le long de son menton, en colère contre lui parce qu'il est nul et qu'il a l'air fier de sa nullité. Imaginez ça, manger une nectarine et ne même pas être foutu de s'essuyer le menton ! Une camarade d'école américaine avait un jour qualifié un de ses oncles d'« empoté », et c'est le mot qui lui vient à l'esprit en voyant Jake vaquer dans la maison en laissant derrière lui, sur la table basse ou n'importe quelle surface plane, une ribambelle de tasses sales que Marisa, c'est certain, mettra dans le lave-vaisselle. Elle se rend compte qu'il est habitué à ce que les gens fassent les choses pour lui. Il appartient à cette catégorie de personnes qui n'ont jamais à s'inquiéter d'apprendre les règles parce que ce sont elles qui les font.

Une nuit, au lit, elle s'en veut et regrette toutes ses méchantes pensées. Jake est adorable. Il est gentil. Il est bon. Elle peut lui faire confiance. Il la soutient, il est heureux d'avoir ce bébé avec elle. Elle le surprend parfois qui la regarde à l'autre bout de la pièce, et son excitation se lit sur son visage.

« J'ai l'impression que ton ventre commence à enfler un peu », lui dit-il un matin où ils prennent le café dans le jardin.

Elle ne s'autorise plus qu'un seul café par jour, qu'elle déguste à petites gorgées pour le faire durer. Le soleil de cette fin d'été étire sa lumière pâle sur les dalles de la terrasse, qui prennent la nuance blanc-jaune de la flanelle naturelle.

Marisa regarde son ventre. Elle ne voit pas de différence, ce qui ajoute à son sentiment d'irréalité. Comment peut-elle fabriquer une personne à l'intérieur sans qu'il y ait de signe extérieur ? En regardant Jake, elle comprend qu'il *veut* voir un début de ventre. Il a tellement envie qu'il existe. Attendre n'est pas son fort, il lui a même avoué une fois que l'impatience était son principal défaut. Elle sourit, pose sa tasse de café par terre, puis change de position de manière à grossir subtilement son ventre.

« Oui, ment-elle. Je crois que ça commence. »

Jake se penche et approche ses lèvres de son nombril.

« Bonjour, petit chéri, murmure-t-il. J'ai hâte de te rencontrer. »

Elle baisse les yeux sur l'endroit duveteux, à la base de la nuque, où ses cheveux dessinent un V. Une bouffée d'amour pour lui monte en elle tandis qu'elle sent son odeur de savon frais.

« Je t'aime, dit-il à son ventre.

— Je t'aime aussi », murmure-t-elle.

Ainsi donc tout va de nouveau très bien, et quand il s'en va au bureau, Marisa, dans un élan de motivation, termine l'histoire des princesses jumelles avant l'heure du déjeuner, oubliant complètement pendant cinq heures d'affilée qu'elle est enceinte. Elle s'inquiète un peu que tout change entre eux quand ils auront un bébé, que Jake ne soit pas assez disponible pour l'aimer autant qu'il l'aime maintenant. Elle est angoissée à l'idée qu'après lui avoir donné ce qu'il désire le plus, elle ne présente plus aucun intérêt pour lui.

« Ne sois pas idiotc », sc dit-cllc tout haut dans la pièce vide, et la certitude de sa propre voix la réconforte.

En bas, elle entend la porte d'entrée claquer. Puis, impossible de se tromper, la voix de Kate.

« Salut ? »

Marisa sort sur le palier, le pinceau à la main.

« Kate, dit-elle. Je ne t'attendais pas. »

Dans l'entrée, la silhouette de Kate se découpe sur le carrelage. De l'étage, Marisa la voit en plongée, une perspective qui l'écrase et lui fait une tête disproportionnée par rapport à son corps. Kate porte une combinaison à pois dont les manches relevées laissent voir la finesse de ses poignets. Une ceinture en cuir à la boucle en or surdimensionnée souligne sa taille mince. Marisa n'a jamais pu porter de ceintures. Elle ne comprend pas le principe. Elles lui paraissent étranges, ostentatoires, comme si Kate essayait de passer pour quelqu'un qu'elle n'est pas. Elle ne porterait jamais non plus de vêtements à pois, elle se méfie des motifs, ils ont tendance à accentuer ses formes et à lui donner un côté vulgaire, lourdaud, alors qu'elle se voudrait féminine et légère, prête en tout temps à improviser un pique-nique dans un champ de fleurs sauvages. Comme Kate, en fait. Kate serait parfaite lors d'un pique-nique. Un pique-nique en toute décontraction, bien sûr, dans un parc d'East London, avec des amandes salées et de la bière artisanale.

« C'est vrai. J'avais un rendez-vous, je me suis dit que j'allais repasser me changer. Ça, ajoute Kate en montrant ses escarpins noirs brillants, ce n'est vraiment pas pratique pour marcher vite. Enfin, pour marcher tout court, en fait. »

Aux pieds, Kate a des chaussures à talon avec des lanières sur les chevilles. Elle ne porte pas de chaussures aussi sophistiquées d'habitude, et Marisa est frappée une fois de plus par l'élégance de sa tenue.

« Cool, dit Marisa, en regrettant aussitôt ce choix de mot. Je suis en train de bosser, donc…

— Tu veux un café ? »

Kate a les yeux levés vers elle, et un air vaguement implorant sur le visage.

« Oh. Eh bien… » Le mauvais côté quand on travaille à la maison, c'est qu'on ne peut jamais trouver d'excuse crédible. « J'ai déjà pris mon café du jour, et…

— Une tisane, alors ? »

Il y a un court silence.

« J'aimerais bien bavarder, dit Kate. Mais si tu es occupée, je comprends. Pardon. »

Elle commence à retirer ses chaussures avec des gestes heurtés, une main contre le mur pour tenir l'équilibre, et Marisa voit bien qu'elle est énervée, à présent.

« Non, non, ça va, dit Marisa. Une infusion, pourquoi pas. Je vais juste poser ça. »

Elle brandit le pinceau, d'où une coulée verdâtre dégouline sur sa paume.

Kate lui fait un grand sourire.

« Oh, super ! Je vais allumer la bouilloire. »

Revenue dans son atelier, Marisa laisse le pinceau à tremper dans le bocal d'eau, ôte sa blouse et la suspend au crochet à l'arrière de la porte. Autant en finir vite avec cette stupide tisane. Ne reste plus qu'à faire semblant d'avoir un moment de complicité entre filles : sourire, hocher la tête, et espérer que Kate reparte plus vite qu'elle ne l'aurait fait sans cela.

En bas, Kate est assise sur un tabouret de bar près de l'îlot central de la cuisine. Elle s'est fait couler un café et feuillette un supplément du journal du dimanche, à demi affalée sur la surface en marbre. Son imperméable est posé manches étendues sur le dos du canapé, on dirait un de ces cadavres dessinés sur le sol par la police dans les feuilletons. Elle fredonne un air.

Fais comme chez toi, après tout, songe Marisa. Elle est encore plus irritable depuis sa grossesse, la moindre chose à tout instant peut provoquer un coup de sang en elle. La veille, elle s'est emportée contre un piéton qui traversait alors que le petit bonhomme venait de passer au rouge.

« Eh, dit Kate, qui se redresse et met le magazine de côté. Je ne savais pas quelle infusion tu voudrais.
— Camomille, ça ira. Je vais en chercher.
— Non, non, laisse-moi faire. »
Sans laisser à Marisa le temps de l'en empêcher ou de protester qu'elle est chez elle et qu'elle est parfaitement capable de se faire une tisane, Kate commence à s'affairer dans la cuisine, sort un sachet du bocal, puis une tasse du placard, et elle attend que la bouilloire siffle. Marisa se hisse sur un tabouret. Elle a les jambes en coton. Elle observe Kate qui verse l'eau dans la tasse, remarquant l'économie de chacun de ses gestes, la souplesse de chaque mouvement. Elle a un creux entre l'épaule et le haut du biceps, Marisa l'a déjà remarqué. On ne le voit pas aujourd'hui parce qu'elle a des manches longues, mais Marisa sait qu'il est là : le petit muscle compact, l'assurance qu'il lui donne. Quand Kate applaudit, il n'y a pas de chair molle qui pend sous ses bras. Aucun excès de chair chez elle. On dirait qu'elle a été moulée dans une argile brune et souple.
« Et voilà. »
Kate lui présente une tasse et une soucoupe avec une petite cuillère sur laquelle, suppose Marisa, elle est censée poser le sachet de tisane. Elle n'aurait jamais pensé à ça. Elle fait exprès de laisser le sachet infuser trop longtemps, jusqu'à ce que la camomille soit d'un jaune noirâtre.
« Tu veux du miel ? propose Kate.
— Non merci.
— Alors, dit Kate en se penchant vers elle pour la regarder droit dans les yeux, comment tu te sens ?
— Bien. »
Elle boit une gorgée qui lui brûle la langue.

« Je veux dire, avec la grossesse et tout. Comment ça se passe ? Je veux *tout* savoir. »

Marisa rit.

« Vraiment ? »

Mais Kate semble effectivement attendre une réponse. Marisa trouve bizarre sa manière de s'investir dans sa grossesse. Ils ont été obligés de lui en parler le soir où ils l'ont appris, puisque Kate attendait en bas avec ses macaronis au fromage. La table était dressée pour le repas, elle avait entendu crier et elle voulait savoir ce qui se passait. Quand ils lui ont annoncé, Kate était presque aussi extatique que Jake. À un moment, un voile est passé sur ses yeux et Marisa a eu l'impression qu'elle allait se mettre à pleurer.

Il y a la même émotion latente maintenant, dans la cuisine, tandis que leurs tasses refroidissent.

« C'est comment ? demande Kate. D'être enceinte. »

Marisa a pitié d'elle à cet instant. Son agacement diminue. Cela doit être bien triste de voir une femme plus jeune être enceinte et amoureuse, alors que la vie de Kate ne tourne qu'autour de son travail.

« C'est génial, ment Marisa. C'est ce que j'ai toujours voulu. D'une certaine façon, je crois que c'est pour ça que je suis là. En tant que femme, je veux dire. »

Kate tique.

« Enfin, tu n'es pas moins une femme parce que tu n'es pas enceinte, se hâte-t-elle d'ajouter. Ce n'est pas ce que j'ai voulu dire.

— Je sais. »

Kate a un pauvre sourire.

« Ça fait bizarre d'avoir quelque chose qui pousse dans ton corps et sur lequel tu n'as aucune prise. Je me sens un peu patraque.

— Comme si tu étais détachée de toi-même. »

Kate se ressert du café.

« Oui, exactement », dit Marisa, surprise par sa perspicacité.

Jake, lui, n'a pas l'air du tout de comprendre cette notion.

« Ça doit faire un peu peur. C'est toi qui le fais, mais en même temps… je ne sais pas… ce n'est pas toi, non ? Pardon, c'est terriblement mal dit…

— Non, enfin, j'adore, la coupe Marisa. J'adore savoir que j'apporte une nouvelle vie dans ce monde et que je rends Jake heureux.

— Moi aussi ! dit Kate, qui se penche vers elle et lui serre le bras. C'est tellement spécial. »

Voilà. Voilà pourquoi Kate la met mal à l'aise. C'est parce qu'elle n'a pas de limites. Elle essaie constamment de s'immiscer dans des affaires qui ne la concernent pas, d'affirmer une intimité qui n'existe pas et qui se mérite. Il y a du désespoir dans ses tentatives de rapprochement. Marisa ne veut pas être son amie.

Elle retire son bras.

« Merci pour la tisane, dit-elle. Je ferais bien de m'y remettre…

— Oui, oui, bien sûr. Moi aussi, je dois retourner au travail. Je vais ranger ici. Monte. »

Kate ramasse les tasses et les met dans le lave-vaisselle. L'imagination de Marisa lui joue peut-être des tours, mais elle serait prête à jurer que les yeux de Kate se sont discrètement remplis de larmes. Je ne peux pas m'occuper d'elle en plus du reste, songe Marisa en grimpant l'escalier. Ses émotions, c'est son problème. Elle s'assoit à son bureau, prend le pinceau et s'efforce de rassembler ses pensées. Elle prend une profonde inspiration, régule sa respiration en comptant jusqu'à quatre. Mais pendant tout le reste de l'après-midi, un trouble l'accompagne, tel un chat tapi dans un coin de la pièce, et elle a beau s'y efforcer, elle ne parvient pas à l'ignorer.

9

Plus tard, quand Jake rentre du travail, elle lui en parle.

« Donc, Kate est arrivée au milieu de la journée alors que j'étais dans l'atelier, dit-elle tandis qu'il vide sa sacoche – une sacoche noire en tissu extensible qui contient son ordinateur portable, d'innombrables chargeurs et, parfois, des vêtements de sport trempés de sueur et rangés en boule dans un compartiment séparé.

— Oh, c'est super. »

Il est distrait et elle parle à son dos tandis qu'il va et vient dans la pièce, enlevant sa veste et dénouant sa cravate avant de se vautrer dans le canapé. Presque instantanément, il commence à regarder quelque chose sur son téléphone.

« Oui, je ne l'attendais pas, à vrai dire. Ça a totalement foutu en l'air ma concentration. »

Il lève les yeux vers elle, surpris.

« Désolé », dit-il, son téléphone toujours à la main mais baissé, et avec l'écran noir.

Elle attend, laisse un silence éloquent. Jake se tourne vers elle.

« Ça ne devrait pas arriver, dit-il. C'est ta maison.

Tu dois pouvoir travailler sans être dérangée. Je lui en parlerai.

— Non, surtout pas », dit Marisa.

Elle n'a pas envie que Kate sache qu'ils ont discuté d'elle.

« J'en fais sans doute trop. Avec les hormones et tout ça, peut-être… enfin, je devrais sans doute relativiser.

— Oui. Comment ça va, Marisa ?

— Bien. Tout va bien en bas. »

Elle baisse les yeux sur son ventre, toujours plat sous l'élastique de son bas de survêtement.

« Tant mieux », dit-il en retournant à son téléphone.

Elle est en train de perdre son attention. Ses deux pouces s'activent à toute vitesse sur l'écran.

« Je peux te demander quelque chose ?

— Hum, fait Jake sans relever la tête.

— C'est juste moi ou Kate est un peu… » Elle cherche le bon mot, un qui sera précis mais pas trop critique. Jake déteste la méchanceté, elle doit donc formuler les choses avec soin. « … en manque d'affection ? »

Là, il lâche son téléphone sur les coussins du canapé, la fixe et croise les bras. Un pli apparaît au-dessus de l'arête de son nez. Il prend son temps avant de répondre.

« Qu'est-ce qui te fait dire ça ? »

Sa voix est glaciale et Marisa comprend aussitôt qu'elle a mal évalué la situation. Une fois, elle lui a demandé ce qui lui déplaisait le plus au travail et il a répondu du tac au tac, sans même avoir à réfléchir : « Les histoires, les ragots. » Elle en a pris bonne note, se promettant de ne jamais rien dire qui puisse être interprété de cette façon.

« Quelque chose qu'elle a dit tout à l'heure, répond Marisa en tentant de garder une voix neutre, posée.

On aurait dit qu'elle essayait de rentrer dans ma tête, elle me posait plein de questions sur ce que ça fait d'être enceinte, et c'était juste…

— Oui ? »

Il a un ton tranchant.

« Peut-être que j'ai mal interprété. »

Elle bat piteusement en retraite.

« Sans doute, dit-il. Comme tu l'as dit, les hormones provoquent des réactions imprévisibles. »

Ce n'est pas tout à fait ce qu'elle a dit, mais elle se contente de hocher la tête, lèvres serrées.

« Si tu lui donnais une chance, je suis sûr que tu t'apercevrais que Kate est charmante. Elle s'inquiète pour toi, c'est tout. On s'inquiète tous les deux. »

Ce « tous les deux » lui transperce le cœur.

« Comment cela ? »

La colère bouillone en elle.

« Il n'a pas échappé à notre attention, commence Jake, dont le langage devient toujours plus formel quand il est bouleversé ou énervé, que tu te comportes un peu… » Il s'interrompt, la regarde. Ses épaules se relâchent. Il se lève, vient vers elle et passe la main sur ses épaules.

« De manière irrationnelle ? demande-t-elle.

— Pas irrationnelle, non, je ne dirais pas cela.

— Tu viens de le dire. »

Il rit, recule d'un pas.

« Non, c'est toi qui l'as dit. J'ai dit : *pas* irrationnelle, répéte-t-il en appuyant sur la négation. Disons plutôt de manière un brin… erratique. Et on s'inquiète, c'est tout. Pour toi et pour le bébé. »

Elle se raidit.

« Je vais parfaitement bien.

— Hier, reprend-il comme si elle n'avait rien dit,

je suis descendu et j'ai trouvé une casserole de lait en train de bouillir sur la gazinière.

— Quoi ?

— Une casserole de lait…

— Oui, j'ai entendu. Mais je ne bois pas de lait, pourquoi en aurais-je mis à chauffer ? »

C'est vrai. Elle prend du lait d'amande dans son muesli parce qu'elle préfère le goût. C'est Kate qui achète du demi-écrémé au supermarché.

« OK, bon, ni Kate ni moi n'avons mis de lait à bouillir, alors…

— Alors c'était moi ? »

Elle est à deux doigts de hurler.

« Je n'ai pas envie que tu te mettes dans tous tes états, dit Jake en lui prenant la main, comme pour calmer un animal sauvage. Mais ce n'est pas la seule chose qui s'est passée, non ? »

Il la regarde.

« Tu te rappelles quand tu t'es énervée à cause de la musique ? »

Le week-end précédent, Marisa essayait de peindre et elle n'arrivait pas à se concentrer à cause de la musique très forte au rez-de-chaussée. Elle a fermé la porte, la fenêtre, fait des torsades de feuilles de journal qu'elle s'est mises dans les oreilles en guise de bouchons d'oreilles, mais rien n'y a fait. Il y avait une guitare stridente et une batterie tellement lourde que le sol semblait vibrer sous ses sandales. Quand elle en a eu assez, elle est descendue et a trouvé Kate et Jake dans le salon. Jake, appuyé contre le manteau de la cheminée, riait à quelque chose que Kate venait de dire, et Kate se tenait trop près de lui, si près à vrai dire que leurs têtes se touchaient presque.

« Tu te souviens de celle-là ? criait Kate pour se

faire entendre par-dessus la musique. Un putain de classique. »

Jake hochait la tête en rythme.

« Ouais, disait-il. J'adore. »

Marisa avait été désarçonnée. Jake n'écoutait presque jamais de musique. Il préférait les podcasts, ou Radio 5 pour le sport. Elle avait l'impression qu'il essayait de se la jouer cool et de se faire bien voir de Kate, ce qui était vraiment pathétique. Mais sa colère se dirigeait surtout contre Kate, qui s'était mise à tournoyer dans la pièce en agitant les bras comme si elle était à un concert.

« Hé ! » avait dit Marisa en s'adressant à Jake. Il ne l'avait pas entendue. « ALLÔ ? » avait-elle crié.

Kate s'était arrêtée brusquement de danser. Elle portait des ballerines léopard, un jean moulant et un T-shirt avec écrit « Ciao Amour » en travers de sa poitrine.

« Oh. Salut », avait dit Kate, les joues rouges.

Jake avait souri à Marisa comme si tout était normal.

« Vous pourriez baisser la musique ? J'essaie de bosser. »

Ils l'avaient fixée, interloqués.

« La musique ? avait demandé Kate.

— Oui, avait répondu Marisa en jetant un coup d'œil appuyé à Jake pour qu'il la soutienne.

— Ce n'est pas tellement fort », avait dit Kate.

Marisa était furieuse. Comment osait-elle ?

« C'est assez fort pour que j'aie dû mettre des bouchons d'oreilles.

— Oooookaaaay, avait dit Jake en étirant les voyelles de manière complètement superflue. Pardon. »

Il était allé vers l'enceinte et avait coupé la musique.

« Merci », avait dit Marisa.

Kate n'avait pas bougé du milieu de la pièce. Elle

regardait Marisa avec ahurissement, comme si sa réaction était insensée et qu'elle avait peur d'elle.

Marisa était repartie, avait fermé la porte derrière elle, puis avait attendu en tendant l'oreille. Rien. Mais dès qu'elle avait atteint l'escalier, elle avait entendu un rire de femme et Jake qui disait de ne pas faire de bruit. La musique avait repris, moins fort cette fois.

« Tu te souviens ? lui demande Jake, planté devant elle. Quand tu nous as demandé de baisser le son ?

— Bien sûr. »

Il hausse un sourcil et la dévisage avec intensité, comme s'il essayait très fort, vraiment, d'entrer en empathie avec les besoins de sa femme enceinte. Ses yeux sont d'un bleu si clair qu'ils ont l'air irréels.

« Ce n'était pas… disproportionné, d'après toi ? »

Elle a envie de l'envoyer se faire foutre. Mais elle préfère lui tourner le dos et mettre sa colère en sourdine.

« Je suis désolé, dit Jake. C'est peut-être déplacé.

— Oui, répond-elle avec raideur. Oui, c'est déplacé. »

Il soupire, et c'est cela – ce soupir appuyé censé exprimer sa patience infinie – qui la fait finalement sortir de ses gonds.

« Pourquoi tu prends le parti de Kate plutôt que le mien ? C'est injuste ! Je t'ai dit que je n'avais pas fait bouillir le lait. Et votre musique était super forte, merde.

— Non.

— Si ! »

Elle entend sa véhémence, mais elle n'arrive pas à se retenir. Sa gorge se serre et pendant un instant terrible, elle a l'impression qu'elle va vomir là, au beau milieu de la cuisine, sur le carrelage de chez Porcelanosa. Malaga beige. Impeccable.

« Vous vous liguez contre moi !

— Pas du tout. »

Il est d'un calme imperturbable qui la rend encore plus furieuse. Il tend la main, veut effleurer son bras.

« Désolé, reprend-il d'un ton conciliant. Je n'ai pas du tout envie que tu aies l'impression qu'on se ligue contre toi. C'est horrible. On va faire plus attention.

— Arrête de dire "on". Vous n'êtes pas mes parents. »

Il rit.

« Ça, c'est certain. »

Son regard est de nouveau prévenant, le coin de ses yeux plissé.

« Tant que tu vas bien et que tu as tout ce qu'il te faut… dit-il. C'est difficile pour moi de comprendre ce que ça te fait d'être enceinte. Je suis juste un pauvre mec largué sur ce sujet. »

C'est au tour de Marisa de rire.

« Mais non. Tu es un mec génial.

— Je n'en suis pas si sûr. »

La lumière commence à baisser dans la cuisine. Le bout du jardin est dominé par un parc de logements sociaux. De l'autre côté de la clôture s'élève une grande tour circulaire et sombre qui abrite un escalier desservant une série d'appartements. Les fenêtres sont petites, en plastique, elles ne s'ouvrent que de biais, et de quelques centimètres uniquement, si bien que l'édifice a l'aspect désagréable d'une tour de garde. Parfois, Marisa imagine des hommes armés glissant le canon de leur fusil sous les fenêtres à simple vitrage pour les tenir en joue.

Elle frissonne.

« Tu as froid ? » demande Jake.

Elle secoue la tête.

« Tu veux bien me prendre dans tes bras ? »

Les yeux de Jake s'arrondissent. Le rouge lui monte

aux joues. Donc elle peut *encore* le gêner, se dit Marisa, elle a toujours ce pouvoir. Il est tellement anglais, tellement convenable et refoulé. Elle ne lui demande pas de se mettre tout nu et de la prendre sur le comptoir de la cuisine, quand même ! Quelques secondes passent. Il fait mine de réfléchir à sa requête. C'est une plaisanterie entre eux et, comme toutes les petites blagues des couples, elle n'est pas aussi drôle que la première fois.

« Bien sûr », dit-il.

Elle vient se lover contre son torse, respire son odeur tandis qu'il croise les mains pour la serrer fort contre lui. Elle ferme les yeux, s'autorise à se sentir en sécurité. Ils s'emboîtent parfaitement l'un dans l'autre – le menton de Jake arrive pile sur le haut de son crâne, comme si leurs tailles avaient été conçues tout exprès pour qu'ils s'imbriquent.

« Tout ira bien », murmure-t-il, et elle veut le croire, elle enroule ses bras autour de sa taille, pose ses mains dans le creux de ses reins. Elle se presse contre lui, et puis elle entend tousser.

Jake l'écarte brusquement de lui. Une mèche de cheveux s'étant enroulée autour d'un de ses boutons de chemise, elle pousse un cri quand il la repousse. Il lui faut un moment pour comprendre ce qui se passe.

« Pardon », entend-elle dans son dos.

Kate. Bien sûr. Toujours là.

« Marisa était juste… » Jake bafouille. « Elle est un peu bouleversée, alors je… » Il ramène ses cheveux en arrière. « Je le réconfortais. »

Il déglutit, sa pomme d'Adam descend et remonte dans sa gorge.

« Je vois ça », dit Kate.

Marisa pouffe. Elle ne peut pas s'en empêcher. Jake se trouble pour un rien.

« Il n'est pas très doué pour les démonstrations d'affection, hein ? »

Sa question s'adresse à Kate, qu'elle a décidé de généreusement inclure. Et ensuite, elle lance : « Je pensais aller chercher des plats vietnamiens ce soir, tu veux te joindre à nous ?

— Avec plaisir, dit Kate sans enthousiasme.

— Super. Je vais finir en haut, et ensuite je commande. »

Marisa se retourne et fait un clin d'œil à Jake en quittant la pièce. Il détourne la tête en essayant de ne pas sourire. Elle a l'impression d'être une vilaine collégienne qui vient d'être prise en flagrant délit par un prof sévère. Elle se demande depuis combien de temps Kate était là avant qu'ils l'entendent tousser.

L'échographie de la douzième semaine. Ils prennent un Uber pour l'hôpital, et lorsque la technicienne place la sonde sur son ventre, une image pixélisée en noir et blanc apparaît sur l'écran. Les contours forment un quasi-demi-cercle qui donne un sentiment de vertige à Marisa. Et là, au centre de cette courbe monochrome, se devine une silhouette évoquant une constellation extraterrestre. Sur l'écran, les petits points blancs s'animent, pulsent, et la forme se contracte telle une amibe.

« Voilà le battement cardiaque », leur dit l'échographiste.

Jake, hypnotisé, a les larmes aux yeux. Marisa, elle, ne ressent rien, et elle en est surprise – et un peu effrayée, aussi. Elle voudrait connaître les mêmes émotions que Jake, mais l'image granuleuse sur l'écran de l'hôpital lui paraît si éloignée de l'idée qu'elle se fait d'un être vivant, d'un bébé qui respire et qui crie qu'elle n'arrive pas à voir le rapport. Elle sait qu'elle est enceinte, mais elle ne le sent pas. Il y a une couche invisible de papier bulle autour d'elle, une enveloppe, et, quoi qu'elle fasse, impossible de se débarrasser de cette barrière entre elle et le reste du monde.

L'échographiste leur explique qu'ils ont « de quoi se réjouir », Jake répond « OK, OK », comme s'il était en état de choc.

« Bravo, ma chérie », lui dit-il avec tendresse.

Une fois de plus, elle le trouve infantilisant, mais elle se mord l'intérieur des joues, se force à sourire, et il ne remarque rien. L'idée du papa qu'il va être semble grandir et occuper tout l'espace disponible dans son esprit. Il n'y a plus de place pour elle. Marisa est devenue un réceptacle. C'est sa pire crainte : qu'elle devienne dispensable une fois qu'elle aura mis au monde leur bébé.

Fais comme si tout allait bien et tout ira bien, se dit-elle. Elle aimerait pouvoir en parler à Jas, mais le silence entre elles dure depuis si longtemps que le fossé semble infranchissable. Marisa a tellement répété qu'elle prenait la bonne décision qu'admettre un doute, même mineur, serait une humiliation.

De retour à la maison, elle annonce à Jake qu'elle est fatiguée et qu'elle va se coucher. Elle se glisse sous le duvet sans enlever ses vêtements. Peut-il lui apporter quelque chose ? Elle fait signe que non. Depuis la chambre, elle l'entend chantonner joyeusement dans le salon. Le plancher craque sous ses pas. Les bruits de sa présence l'apaisent, elle baigne dans son épuisement comme dans une mare froide et sombre. Et elle s'endort.

Elle rêve qu'elle doit prendre un avion. Elle sait qu'elle n'a pas bien fait ses valises, mais elle n'arrive pas à trouver le temps pour mettre toutes ses affaires dans des bagages avant que l'avion décolle. Elle rate un premier vol, un deuxième, puis encore un autre, et chaque fois c'est un soulagement que l'horaire soit dépassé, mais ensuite elle se rend compte qu'elle doit prendre l'avion d'après, et elle est toujours à court de temps, ses affaires ne cessent de proliférer, elle ne peut pas tout prendre, elle est forcée de faire le tri entre ce dont elle a le plus besoin et ce qu'elle est prête à laisser à jamais.

Elle a presque fini quand, toujours dans son rêve, elle repère une paire de chaussons en laine roses pour bébé cachés sous un gros tapis. Elle soulève le tapis, récupère les chaussons, les examine à la lumière et, subitement, elle sait que ce sont ceux de sa sœur. Elle les laisse tomber, ferme la valise qui de toute façon déborde déjà, la fermeture éclair se tord tandis qu'elle force. Ce n'est qu'une fois dans l'avion, la ceinture bouclée, qu'elle est saisie par la peur qu'en réalité les chaussons n'appartiennent pas à sa sœur mais à son propre bébé, bébé qu'elle a oublié dans sa précipitation.

Marisa se réveille en sursaut, haletante. Elle est en sueur, son T-shirt lui colle au dos.

« Je suis réveillée, je suis réveillée », répète-t-elle.

Elle écarte une mèche de son front et passe deux doigts sous ses yeux pour enlever le mascara qui a dû couler. Dehors, il fait noir. Elle n'a pas tiré les rideaux, et le halo cafardeux d'un lampadaire derrière le cadre de la fenêtre projette de petits carrés de lumière sur le duvet. Elle frissonne. Elle se sent vulnérable, comme à découvert.

Elle sort un gilet du placard – un de ces cardigans épais, amples, avec de grandes poches – et s'enveloppe dedans. La sieste n'a eu aucun effet bénéfique sur elle. À vrai dire, elle est plus fatiguée qu'avant. Sa gorge est sèche, son ventre, noué. Elle s'étire de tout son long, les crampes d'estomac disparaissent. Elle est faible mais n'a aucune envie de manger. Et pourtant il va falloir, sinon Jake va s'inquiéter.

« Tu as besoin de plus d'énergie pour fabriquer un petit être humain, lui serine-t-il depuis un moment. On va te nourrir davantage ! »

Elle ne supporte pas l'idée qu'il l'observe d'un air inquiet pendant le dîner, quand elle chipote sur les légumes dans son assiette. Assise dans le lit, elle fait mentalement l'inventaire des aliments qui ne la rebuteraient pas. Tous les légumes, hors de question. Les tomates aussi. Les avocats lui donnent la nausée.

Les céréales ? Le lait lui fait horreur.

Les tartines ? Trop sec. Et le miel est un repoussoir absolu.

Pour finir, elle pense à une pomme de terre au four. Simple. Elle pourrait peut-être mettre de l'houmous dessus ? Pas de beurre, en tout cas. Pas de fromage. Peut-être un peu de sel, si elle ose.

Encouragée par cette pensée, elle roule jusqu'au bord du lit et se lève. Oui, se dit-elle, une pomme de terre au four. Elle se sentira plus forte, davantage elle-même. Elle porte un T-shirt gris délavé et le même legging qu'à l'hôpital. C'est un vieux legging confortable en lycra noir, qui bâille aux genoux. Elle ne s'est pas lavée aujourd'hui, un petit fumet métallique émane de ses aisselles, mais elle est pratiquement sûre que personne à part elle ne peut le sentir. Bien qu'elle ait les traits relâchés de qui vient de se réveiller, elle ne se donne même pas la peine de jeter un coup d'œil à son reflet dans le miroir avant de descendre. Cela ne lui ressemble pas, cette indifférence envers son apparence. Au tout début, avec Jake, elle réglait l'alarme de son téléphone et le glissait en mode vibreur sous son oreiller pour être debout une demi-heure avant lui, histoire de se brosser les dents et de mettre de la crème hydratante. Ainsi, elle était sûre de toujours se présenter sous son meilleur jour.

Depuis quelque temps, elle pense souvent à ce qui se passerait si sa main dérapait pendant qu'elle manie le recourbe-cils. Visions bizarres et dérangeantes de cils arrachés par la pince guillotine. Elle n'arrive plus à se couper les ongles, pour la même raison. Et si elle se poignardait avec la partie pointue du coupe-ongles ? Qu'est-ce que cela ferait de l'enfoncer dans une de ses voûtes plantaires jusqu'à ce que le sang coule sur le carrelage de la salle de bains ? Ces images sont si vivaces qu'elle est au bord de l'évanouissement. Elle s'assoit, courbée en deux, la tête entre les genoux.

Cela faisait une éternité que Marisa n'avait pas eu de visions de ce genre. La dernière fois, c'était… mais elle n'a pas envie d'y penser. Elle se refuse à penser à cette spirale infernale, à cette sensation d'être aspirée par des sables mouvants. Elle va bien. Elle a Jake. Elle est heureuse. Ils vivent dans une maison parfaite. Ils attendent un bébé.

Ce sont des choses stables, des crochets solides auxquels suspendre ses peurs. Des faits concrets, sûrs. Rien d'autre ne compte.

Elle croit que Jake est toujours dans le salon, là où elle l'a laissé, mais lorsqu'elle passe la tête par la porte, elle ne l'y trouve pas. Il y a un creux dans l'assise du fauteuil et un livre à moitié lu posé sur la table basse, le dos tordu parce qu'il n'utilise jamais de marque-page. Elle déchiffre le titre : *Rebecca*, de Daphné du Maurier. Cela ne ressemble pas à Jake de lire autre chose qu'un manuel d'économie ou un magazine. Il n'aime pas les romans. Ça doit être Kate.

Si Jake n'est pas là et qu'il n'est pas non plus à l'étage, alors il est sûrement dans la cuisine. Marisa descend l'escalier qui mène au sous-sol. Le cerveau embrumé par le sommeil, par l'alanguissement qui succède au rêve, elle ne fait pas attention en entrant au bruit en provenance du canapé. Elle songe fugacement à la pie et se demande si elle s'est de nouveau introduite dans la pièce.

« Je me suis dit que j'allais manger une pomme de terre au four », lance-t-elle en se tournant vers l'îlot, où elle s'attend à trouver Jake en train de préparer le dîner, voire de lui verser un verre de jus de pomme en prévision de son apparition. J'ai dû lui manquer, pense Marisa. Il va vouloir parler de l'échographie, partager son excitation, réfléchir au prénom du bébé, à la couleur dont ils peindront sa chambre, à la manière dont ils l'annonceront à sa mère, maintenant que le délai des douze semaines est passé, et il lui dira qu'elle doit se préparer mentalement à l'affronter. Alors qu'elle fait un effort pour ne pas se laisser submerger par la fatigue et la nausée, son esprit revient soudain à la réalité et elle s'aperçoit que non seulement Jake n'est pas là où elle le pensait, mais que le bruit en provenance du canapé ne vient pas d'un oiseau entré par mégarde, mais ressemble davantage à celui que font deux personnes collées l'une à l'autre quand elles se séparent à la hâte. Dans la périphérie de son champ de vision, elle croit apercevoir deux formes. Elle pense à l'échographie, aux points noirs et blancs qui se contractaient puis s'éloignaient les uns des autres.

« Merde », entend-elle Kate marmonner.

Kate se poste tout au bout du canapé, mettant la plus

grande distance possible entre elle et Jake, qui, Marisa s'en rend compte, était assis si près d'elle que leurs cuisses se touchaient forcément.

« Super, dit Jake en se levant et en lissant ses cheveux du plat de la main. Pour la pomme de terre au four, je veux dire. »

Il essaie de sourire alors qu'un poids vient écraser la poitrine de Marisa. Un vent de grande tempête fait sonner ses oreilles. Elle a l'impression d'être le personnage du dessin animé de son enfance : le coyote dont les jambes tournoient dans le vide quand il dépasse le bord du ravin, l'intensité de son mouvement lui permettant de rester suspendu en l'air pendant quelques secondes avant d'être rattrapé par la gravité et de chuter dans le précipice.

Son cœur cogne et cogne dans sa poitrine oppressée, et sa gorge palpite, comme si un grand trou s'était ouvert dans son œsophage.

Jake rougit. Il rougit vraiment. Ses yeux furètent à droite et à gauche, incapable qu'il est de la regarder en face. Sa chemise est ouverte, quatre boutons à partir du cou.

Kate, assise jambes croisées dans la pénombre, ouvre de grands yeux. Elle fixe Marisa avec ce qui semble être un air de défi. La lumière est si faible que Marisa ne distingue pas son expression, juste le scintillement de ses yeux noirs et de ses lèvres, enflées et roses comme si quelque chose avait été écrasé contre elles. Comme si quelqu'un l'avait embrassée.

Marisa n'a pas bougé de devant le four. Elle se demande si elle n'est pas encore en train de rêver. Si cela ne fait pas partie de son cauchemar. Ou d'une de ces visions surréalistes qui l'assaillent ces derniers temps. Quoi que ce soit, elle n'arrive pas à digérer la réalité – s'il existe une réalité – de ce qui vient de se passer. Il vaut mieux garder cela pour plus tard, pense-t-elle. Elle s'en occupera à un autre moment. Pour l'instant, elle veut juste revenir à la normale. Comme avant qu'elle ne descende cet escalier. Elle a simplement imaginé le pire. Oui, se dit-elle, voilà ce qui s'est passé. Son imagination lui joue des tours. C'est tout.

« Oui, dit-elle. Je ne me vois pas manger autre chose. »

Jake s'approche d'elle avec un grand sourire.

« Formidable. Si c'est ce que tu veux, on va te préparer une pomme de terre au four. »

Kate est immobile sur le canapé. Marisa croise le regard de sa locataire, lui sourit. C'est un sourire létal. Kate détourne les yeux, et à cet instant elle sait.

Je vais te détruire, pense Marisa. Elle sourit encore quand Kate quitte la pièce.

10

Elle commence à la suivre. Au départ, c'est presque pour rire. Marisa se dit qu'elle ne le fera qu'une fois, histoire de s'apaiser, comme on s'attend dans un téléfilm à ce que la femme délaissée se mette à suivre celle qu'elle soupçonne d'être la maîtresse de son mari. Elle a conscience de l'absurdité de la chose, mais cela ne la décourage pas, ce premier jour, d'enfiler un bonnet très bas sur le front, de fausses lunettes de vue et une veste militaire trop grande pour elle achetée exprès dans une friperie. Dans le miroir de l'entrée, elle contemple avec satisfaction son reflet. De loin, il est presque impossible de distinguer ses traits.

Enfermée dans son atelier, elle écoute les bruits de pas de Kate puis le claquement de la porte d'entrée lorsqu'elle quitte la maison. Comme toujours, Jake est parti travailler depuis plusieurs heures, si bien qu'il n'y a personne pour demander à Marisa ce qu'elle fabrique lorsqu'elle dévale l'escalier et se précipite dans la rue. Elle repère Kate, deux cents mètres plus loin, qui marche d'un bon pas vers la station de Vauxhall. Elle attend qu'elle arrive au bout de la rue et tourne à droite pour traverser le parc de logements sociaux, puis elle la suit en gardant une distance prudente. Il y a un chantier de construction près de l'aire de jeux pour enfants. Des bulldozers retournent la terre, semblables à des dinosaures.

Kate s'arrête pour vérifier quelque chose sur ses chaussures. Marisa, quelques encablures en retrait, se fige. Elle renfonce le bonnet sur ses oreilles. Sa respiration est hachée à cause de l'excitation. Cela fait des semaines qu'elle ne s'est pas sentie aussi pleine d'énergie.

Elles montent dans le même train, mais dans des compartiments différents. Marisa s'assoit près de la fenêtre entre les wagons afin de pouvoir surveiller Kate. Une vitre latérale a été baissée, et elle accueille avec bonheur le vent rafraîchissant qui lui fouette le visage.

Après quatre stations, Kate se lève et se tient à une barre tandis que le train s'arrête en tremblant le long du quai. Oxford Circus. Marisa descend, slalome dans la foule pour ne pas perdre de vue la tête de Kate au milieu de la mêlée.

Kate s'est fait couper les cheveux récemment, elle ramène une mèche rebelle derrière l'oreille et la mèche reste en place, obéissante, comme si elle voulait publiquement démontrer qu'elle est une excellente mèche. Sous son bonnet, Marisa transpire du front et ses cheveux sont plaqués sur son crâne tandis que les extrémités qui en dépassent frisottent. Cela fait deux jours qu'elle n'a pas pris de douche. L'allure soignée de Kate lui est un affront personnel.

Marisa reste sur la droite de l'escalator, cachée derrière un homme large d'épaules portant un gilet de sécurité. Quelques mètres devant elle, Kate décide soudain de dépasser les gens immobiles, ses cheveux balançant d'un côté à l'autre, aussi fiables qu'un métronome. Marisa ne peut courir le risque de l'imiter. Elle se ferait remarquer immédiatement s'il prenait l'idée à Kate de tourner la tête.

Elle décide donc de rester à sa place, les jambes bien écartées, parce qu'elle se sent soudain prise de vertige. Elle tend la main, essaie en vain de trouver quelque chose à quoi s'accrocher.

« Vous allez bien ? »

La femme derrière elle, une mamie avec à la main un sac Sainsbury froissé, la regarde avec inquiétude.

« Oui, ça va, merci beaucoup.

— Faites attention. Je me souviens de cette étape », dit la dame âgée avec un regard entendu vers son ventre.

Baissant les yeux, Marisa comprend que sa grossesse commence à se voir. Sa veste s'est ouverte et son petit bidon se montre, bosse encore discrète.

Marisa s'efforce de sourire. Elles arrivent en haut de l'escalator et la dame semble décidée à lui faire la conversation.

« Merci, je dois… dit-elle en montrant les tourniquets.

— J'étais sage-femme, vous savez. »

Marisa hoche la tête.

« Oh, intéressant ! En tout cas… »

Le temps qu'elle se débarrasse de la vieille dame, Kate a disparu. Lorsque Marisa émerge au grand jour à Oxford Circus, elle cherche alentour, les yeux plissés, et a un instant d'inquiétude jusqu'à ce qu'elle aperçoive l'imperméable familier de Kate. Elle a déjà traversé Regent Street et marche sur le trottoir d'en face. Marisa se précipite, bouscule des gens pour traverser à son tour avant que les feux ne changent – « Hé, faites gaffe ! » entend-elle un homme lui crier avec hargne –, mais cela ne suffit pas. Le feu de signalisation passe au vert et les voitures et les bus démarrent. On s'agglutine autour d'elle, chacun se fait sa place tandis qu'elle voit Kate disparaître dans les rues de Londres, bondées comme chaque matin.

Le lendemain, elle répète l'opération. Elle va un peu plus loin à chaque fois. Au troisième jour, elle piste Kate jusqu'à un immeuble de bureaux aux fenêtres teintées du quartier de Soho, avec un accueil surmonté d'un néon à la lumière bleue agressive qui dit : « Faites comme vous aimez ». La semaine suivante, elle prend l'habitude de passer la matinée assise au café d'en face, un genre de fast-food sain qui propose des œufs brouillés dans des boîtes en carton et de petites barquettes d'houmous. Leurs pailles en papier sont rayées de rouge et de blanc, comme des sucres d'orge. Elle vérifie son téléphone, envoie un e-mail à l'occasion. Quand elle s'ennuie, elle sort son carnet et écrit : des observations, des pensées, des angoisses. Elle trouve le processus cathartique. À midi, elle guette Kate mais celle-ci ne déjeune jamais dehors, et en milieu d'après-midi, Marisa rentre chez elle démoralisée.

Son travail en souffre. Elle accumule les retards sur ses commandes. Jake lui dit qu'elle a l'air « distraite » et lui demande si tout va bien.

« Oui, oui, répond Marisa. C'est juste, tu sais… La grossesse. »

La grossesse devient l'excuse pour tout : pour aller se coucher tôt et éviter les conversations à trois ; pour ne pas coucher avec Jake ; pour ne plus lui préparer ses plats préférés, les aliments crus lui donnant la nausée. Ainsi, elle parvient efficacement à se mettre en retrait de l'atmosphère perturbante qui règne à la maison quand Kate s'y trouve. Jake se montre attentionné depuis l'incident dans la cuisine, et elle remarque qu'il se tient à l'autre bout de la pièce quand Kate est dans les parages et qu'il lui sourit souvent d'un air rassurant. De son côté, Kate est discrète et calme, elle passe les soirées à lire son livre ou à regarder la télévision avec le volume en sourdine.

« Ça vous dérange si je regarde quelque chose ? demande-t-elle en s'installant dans le canapé.

— Pourquoi ça gênerait ? répond Marisa en haussant les épaules.

— Je me disais juste… tu sais… tu pourrais avoir envie de regarder un autre truc, répond Kate en se mordillant un ongle.

— Non.

— OK », dit Kate sur un ton passif-agressif, comme si c'était Marisa qui faisait des manières.

Elle observe les interactions entre Kate et Jake avec une fascination morbide. Elle se convainc qu'elle n'a pas envie de trouver d'autres signes de leur connivence, et en même temps elle n'arrive pas à s'empêcher d'en chercher. Elle voudrait avoir confirmation de ses soupçons tout en sachant que cela la démolirait. Que cela ferait voler en éclats tout ce qu'elle a toujours désiré. Que cela détruirait la seule relation en laquelle elle a jamais cru. Pourtant elle ne cesse d'y revenir, à cette croûte toute fraîche qu'elle asticote du bout de l'ongle, grattant le sang séché comme pour en tester la résistance, et, en dessous, celle de la peau si fragile qui commence tout juste à se reconstituer.

J'ai peut-être vraiment tout imaginé, se dit-elle. Après tout, il faisait noir et elle venait de se réveiller. Elle fait toute une histoire à partir de rien, elle se monte la tête à cause de ses hormones déchaînées qui accroissent son insécurité affective. Ce n'est rien de plus. Évidemment qu'il n'y a rien entre Jake et Kate.

Mais tout de même. Il y a eu cet incident avec la musique – quand ils dansaient tous les deux comme des ados pendant qu'elle travaillait à l'étage. Il y a cette étrange intimité entre eux, cette drôle de possessivité dont Kate a fait preuve envers Jake dès ses premiers pas dans la maison, la manière dont elle a affirmé que cette place était la sienne, occupant l'espace, dispersant ses affaires dans différentes pièces. Elle voit la main de Kate effleurer le dos de celle de Jake quand elle le croise dans le couloir. Du coin de l'œil, elle remarque que Kate le remercie en posant sa main sur son bras quand il lui apporte une tasse de thé. Ils croient qu'elle n'a pas repéré leur petit manège. Marisa les laisse penser qu'elle ne soupçonne rien. Elle laisse filer, le temps de trouver comment réagir. Elle observe. Elle prend des notes. Elle a l'impression de monter un dossier qu'un jour on lui demandera de présenter.

Le soir, elle reste parfois debout alors que Jake et Kate vont se coucher. Elle prétexte qu'elle veut avancer dans son travail avant l'arrivée du bébé, mais à la place elle s'assoit à son bureau et écrit furieusement dans son carnet. « Je crois qu'il a une liaison avec Kate », écrit-elle encore et encore, toujours sur la même page, jusqu'à ce qu'elle soit noire de son écriture et qu'elle se sente soulagée de l'avoir exprimé si crûment. L'idée ainsi transférée perd en partie sa capacité à lui faire mal.

Lors de sa troisième semaine de filature, le soleil revient de façon inopinée. Arrivée à Oxford Circus, Marisa a tellement chaud qu'elle retire son bonnet et passe la main dans ses cheveux pour se rafraîchir. Elle déboutonne sa veste militaire et l'enroule autour de sa taille. Comme d'habitude, Kate est descendue du métro devant elle. Marisa la regarde monter l'escalator. Elle attend sur le côté parce qu'elle sait maintenant qu'elle a assez de temps pour la rattraper avant qu'elle sorte de la station.

En haut de l'escalator, Marisa arrive dans le hall.

Elle s'avance vers les tourniquets en fouillant dans son sac, à la recherche de son téléphone, lorsqu'on lui attrape le bras avec une force telle qu'elle tourne sur elle-même en poussant un cri de douleur.

« Hé ! Oh ! » s'écrie-t-elle en essayant de se dégager.

Mais elle voit soudain le visage de Kate à quelques centimètres du sien.

« Pourquoi tu me suis ? » lui dit cette dernière, si proche que Marisa sent des postillons atterrir sur ses joues. Son haleine chaude sent le café. « Pourquoi tu me suis, hein ?! »

Marisa est trop choquée pour réfléchir. Elle s'est tellement habituée à sa routine qu'elle ne saurait même plus la justifier à ses propres yeux. Elle n'a rien à répondre à Kate, aucune explication à lui donner.

« Tu as intérêt à *arrêter*, c'est compris ? »

Kate la foudroie du regard, les traits déformés par la colère. Elle n'a pas lâché son bras, ses doigts s'enfoncent dans la chair tendre au-dessus du poignet avec une telle fermeté que Marisa imagine déjà les bleus en train de se former : roses, d'abord, puis violacés.

« Ça *suffit*. »

Une bile acide remonte dans la gorge de Marisa. Elle voit maintenant combien il serait facile de démontrer que c'est elle qui dépasse les bornes, pas Kate. C'était un piège, et elle s'est jetée dedans.

« Oui, d'accord, OK, dit Marisa d'un ton vaincu. Désolée.

— Tu as de la chance que je n'aie pas appelé la police.

— Ne fais pas ça, s'il te plaît. »

Kate la lâche. Marisa remue son bras pour faire circuler le sang.

Quand elle relève la tête, elle voit que le visage de Kate s'est un peu radouci. Ses paupières sont légèrement ombrées, avec une pointe aux coins des yeux ; khôl et mascara ont été parfaitement appliqués, sans amas disgracieux. Kate ne porte pas de rouge à lèvres. Ce matin, Marisa a mis trop de gloss, et maintenant des mèches de cheveux se collent à ses lèvres. Comparée à l'élégance tout en retenue de Kate, inaccessible, Marisa se trouve vulgaire et stupide. Le bébé pèse lourd dans son ventre, il déforme tout son être.

« S'il te plaît, n'en parle pas à Jake », murmure Marisa en ravalant des larmes qu'elle n'a pas senties monter. Sa voix s'étrangle. Elle est pathétique, de chuchoter ainsi.

Kate soupire. Derrière elle, un homme en uniforme, en pleine collecte pour une association de vétérans, agite une boîte en fer-blanc. Le crépitement des pièces contre la tôle s'ajoute à la cacophonie dans la tête de Marisa.

« OK, je ne dirai rien », concède Kate en nouant la ceinture de son manteau.

Elle lisse le tissu de l'imperméable du plat des deux mains, comme si elle voulait se débarrasser d'une saleté. Ou comme si elle voulait se débarrasser de moi, se dit Marisa.

« Je n'ai pas envie de l'embêter avec ça. »

Marisa se mord l'intérieur des joues jusqu'à sentir le goût du sang. Les larmes sont remplacées par un feu qui fait bouillir son sang dans ses veines. La colère se retire en elle, pareille à une fronde prête à tirer sur sa cible. Elle hoche la tête, tourne les talons et descend l'escalator, sans savoir ce qui de la colère ou de l'humiliation finira par l'emporter.

Mais le temps de monter dans le train, elle sait. La colère.

C'est toujours la colère qui gagne.

11

Cette nuit-là, elle ne dort pas. Encore une fois. Le bruit de la circulation, auquel elle n'avait jamais fait attention, est plus fort. Elle commence à se dire que le sommeil ne sert à rien, elle fonctionne parfaitement bien sans. Elle se demande pourquoi elle a perdu tant de temps à dormir sous sa couette alors qu'elle aurait pu faire tellement de choses à la place. Elle imagine tous les tableaux qu'elle aurait pu peindre, toutes les commandes auxquelles elle aurait pu répondre. Elle aurait écrit son propre livre pour enfants. Son travail serait exposé dans les meilleures galeries du monde. On porterait des toasts au champagne en son honneur dans ces soirées privées où l'on bavarde poliment, sans éclats de voix, et où elle circulerait avec aisance sous les regards admiratifs des convives, qui tous voudraient lui parler et s'émerveilleraient de son talent et de son succès.

« Tu vois, dirait-elle à sa mère, debout devant une œuvre abstraite, des coulées rouges et orange dégoulinant sur la toile comme du sang de boucher. Je suis *quelqu'un*. »

Elle passe les premières heures du jour à son bureau, dans l'atelier, et elle attend que le soleil se lève sur le jardin, que l'escalier de la tour de logements sociaux projette son ombre sur l'herbe. Alors elle sort une feuille, la scotche, mais au lieu de peindre comme elle l'a prévu, Marisa griffonne des mots au Sharpie noir. Elle veut expérimenter une forme différente. Elle veut utiliser la typographie dans ses illustrations, comme elle a vu une fois un artiste conceptuel américain le faire en découpant des bandes de texte rouges et blanches pour les coller sur des photographies de femmes aux yeux clos, de maisons vides dans des rues en ruine, de mers démontées aux ciels noirs et de prostituées sur des pas de porte.

Elle se souvient d'une petite amie que son père a eue – la première d'une longue série. C'était deux ans après le départ de sa mère et de sa sœur, juste avant qu'elle rejoigne la pension. Il l'avait ramenée un soir tard, pensant sans doute que Marisa dormait déjà. Mais elle avait entendu la voiture se garer, une portière claquer côté chauffeur, puis l'autre côté passager, et ensuite la clé qui tourne dans la serrure, le tintement des verres dans la cuisine et, enfin, les bruits sourds et les murmures dans l'escalier et sur le palier.

L'odeur de la fumée de cigarette. La toux étouffée de son père. Son pas titubant jusqu'à sa chambre, qui lui disait qu'il était soûl.

La cloison séparant leurs chambres était fine. Elle entendit le gloussement de l'inconnue, assourdi par la paroi de plâtre, puis le rire grave de son père. Qu'avait pu dire cette femme pour le rendre hilare comme cela, songea Marisa, et pourquoi elle-même n'arrivait-elle jamais à le faire rire ? Pourquoi était-il toujours aussi triste avec elle alors qu'il était heureux avec d'autres ?

Tapie sous sa couette, elle entendit les soupirs, les

baisers, le bruissement des draps, le craquement de la tête de lit, les grognements étouffés des adultes qui essaient d'être discrets mais n'y parviennent pas, puis un glapissement aigu et son père qui disait à la femme de se calmer, sa fille dormait dans la chambre d'à côté, ce qui fit redoubler les rires.

Ça va, se dit-elle, c'est juste un rêve. Et ainsi, tout en sachant que c'était faux, Marisa parvint à s'enfoncer dans une approximation de sommeil. Elle était douée pour se raconter des histoires, et dans les histoires tout se terminait toujours mieux que dans la vraie vie. Le lendemain matin, elle enfila son uniforme d'écolière et descendit prendre le petit déjeuner. Son père, assis comme d'habitude à la table en pin dont le bois usé portait des traces de tasses antédiluviennes, se tourna vers elle quand elle entra.

« Marisa, dit-il d'une voix cérémonieuse. Bonjour, ma chérie. »

Il portait une chemise, une cravate et un gilet en laine, et c'est cela – l'effort qu'il avait fait pour avoir l'air normal – qui l'alerta sur l'autre présence dans la cuisine. Marisa tourna la tête et découvrit une femme à la maigreur provocante installée dans le fauteuil à bras rouge à côté du radiateur. Ses fins cheveux noirs étaient tenus par un chouchou de velours. Elle avait un visage anguleux, la peau tendue sur des pommettes saillantes, et sa bouche était masquée sous une couche de rouge à lèvres. Elle portait une blouse de soie blanche sous une veste en tweed – une veste bas de gamme, imitation d'une pièce de créateur, élimée au col, avec des fils bleu marine qui tombaient comme de mauvaises herbes sur ses clavicules.

Elle serrait son café entre ses longs doigts pâles, penchée sur la tasse comme si elle voulait s'y réchauffer.

Sa tête avait l'air trop grosse pour le reste de son corps ; on aurait dit qu'elle allait s'effondrer sur elle-même. La manière dont elle se tenait – les jambes croisées, le dos courbé, la tête en avant – donnait l'impression qu'elle se préparait à l'impact.

« Salut, petite puce, dit la femme.

— Marisa », dit son père. Il se leva, et la serviette qui se trouvait sur ses genoux tomba par terre. « C'est… euh, je te présente mon amie, Jacqueline.

— Jackie, s'il te plaît ! » rectifia-t-elle en gloussant comme la veille.

La porcelaine blanche de sa tasse à café était maculée de rouge à lèvres. C'était une des tasses de sa mère, avec un dessin de lion. Marisa ne s'en était pas servie depuis que sa mère était partie. Elle la conservait dans le placard comme une pièce de musée attendant le retour de sa propriétaire. Son père n'en avait jamais parlé mais elle avait remarqué que lui non plus n'y touchait pas.

« Bonjour », dit Marisa en baissant les yeux pour ne pas avoir à soutenir son regard trop longtemps.

Jackie posa sa tasse et s'avança vers elle en ouvrant ses bras en grand, et Marisa s'aperçut avec horreur que cette femme attendait un contact physique.

« J'aime les câlins, dit Jackie en éructant un rire de fumeuse. Viens ici, ma puce. »

Pas moyen d'y échapper. Elle eut l'impression de serrer une corde à linge noueuse dans ses bras.

« Là, là, dit Jackie en passant sa main dans son dos. Je crois que je vais te voir souvent, maintenant. »

Pendant que ses narines s'emplissaient de l'écœurante odeur de patchouli de Jackie, Marisa eut l'étrange certitude que celle-ci faisait un clin d'œil à son père. L'étreinte terminée, elle s'assit à la table les joues en feu.

Son père était toujours debout. Il avait l'air médusé, comme si le monde s'était mis à tourner à une vitesse incompréhensible pour lui.

Assieds-toi, bon sang, avait-elle envie de lui dire. Assieds-toi et redeviens mon père.

Elle jeta un coup d'œil au paquet de cornflakes et à la bouteille de lait entier, visiblement ouverte avec les dents, et se sentit prise de révulsion. Elle recula sa chaise et se leva en cognant la table.

« Je n'ai pas le temps, dit-elle. Je suis en retard pour l'école.

— Il n'est que 8 h 15, protesta son père.

— Ils travaillent dur de nos jours, hein ? dit Jackie sans s'adresser à personne en particulier. Je suis désolée pour toi, ma puce. »

Marisa se tourna vers Jackie et, avec un sourire, lui dit : « Allez vous faire foutre. » Les mots résonnèrent, clairs, limpides, dans le silence. C'était la première fois que Marisa utilisait un langage pareil devant son père. Elle était encore jeune, il n'imaginait sans doute pas qu'elle connaissait ce genre de formules. Pourtant, elle ne devait pas être si petite à ses yeux : il l'avait bien laissée seule à la maison pour aller au restaurant avec Jackie.

Il y eut un moment de choc. Jackie recula d'un pas et se cogna contre le fauteuil. Le père de Marisa, outré, la fusillait du regard, ses deux yeux comme des têtes d'épingle. Elle ne l'avait jamais vu autant en colère. Comme il ouvrait la bouche pour prononcer des paroles dont elle savait déjà qu'elles seraient irréparables, elle s'enfuit de la maison en courant avant de les entendre, elle courut dans la rue et sur tout le chemin jusqu'à l'arrêt de bus où elle se rendit compte qu'elle n'avait ni manteau ni cartable et qu'elle devrait se débrouiller sans. Dans le bus, personne ne lui parla. Sans qu'elle sache pourquoi, elle irradiait l'anormalité depuis le jour où sa mère était partie. On aurait dit qu'elle dégageait un champ de force de solitude et que tout le monde était d'accord pour dire qu'il ne servait à rien de chercher à la connaître.

Elle ne revit jamais Jackie.

Au fil des ans, Marisa s'était positionnée en rivale de toutes les petites amies que son père lui présentait. Et elle finissait toujours par gagner : son père arrêtait de les fréquenter. La dernière fois qu'elle l'avait vu, c'était le jour où il était venu lui rendre visite dans son appartement à Londres. Il portait un vieil imperméable et une cravate mouchetée de taches de nourriture. Ses sourcils avaient épaissi, il était maigre – plus maigre que dans son souvenir – et, malgré les taches de nourriture, semblait sous-alimenté. De ses yeux chassieux, il avait examiné son minuscule studio en l'assommant de compliments hypocrites. Elle sentait son haleine chargée de gin. Elle lui avait fait un thé qu'il avait bu, assis dans le canapé, sans retirer son manteau.

« Tu es sûr que tu ne veux pas que je mette ton manteau quelque part ?

— Oh non, non. Je ne veux pas te déranger. »

Il avait l'air si vieux et si faible. Elle s'était dit qu'il n'allait sans doute pas tarder à mourir et cette pensée s'était accompagnée d'un pincement au cœur. Pas parce que sa mort laisserait un vide dans sa vie, mais parce que l'absence avait été de tout temps la marque de son existence.

Après cela, elle ne l'avait jamais recontacté. Elle ignorait ses coups de fil et ses pathétiques cartes d'anniversaire « À ma fille », et il avait fini par ne même plus essayer.

Quand Marisa avait emménagé avec Jake, elle ne lui avait pas communiqué son adresse.

Dans son atelier, elle regarde le soleil se lever. Le ciel couvert tourne au jaune nicotine et son bureau vire au sépia. Impossible de travailler dans cette lumière. Elle prend le ruban de masquage et entreprend d'en couvrir les vitres. C'est mieux. Le chauffage central démarre, les tuyaux tremblent comme les cordes d'un voilier. La maison lui semble plus bruyante qu'avant, comme si ses entrailles étaient devenues audibles. Elle met les mains sur ses oreilles pour bloquer le son. Cela ne fonctionne pas. La maison vibre autour d'elle, dirait-on. En baissant les yeux sur la feuille devant elle, elle s'aperçoit qu'elle l'a couverte de lignes noires, une toile d'araignée de fils entremêlés.

Son ventre passe au-dessus de son bas de survêtement. Elle ne se rappelle plus quand elle a mis ce pantalon, mais cela remonte à quelques jours. Elle pose les deux mains sur son estomac bombé, le presse doucement avec l'espoir de sentir quelque chose – n'importe quoi – qui la relierait à cette profusion croissante de cellules en elle. Elle a beau savoir qu'il est trop tôt, elle s'imagine qu'elle sent le bébé remuer à l'intérieur, des mouvements soudains qui lui font comme une démangeaison interne. Les sites Web lui disent que « Bébé a déjà des cheveux qui poussent », que « Bébé se sert de ses muscles faciaux pour grimacer et sourire » et que « Bébé fait à peu près la taille d'un citron, ou de votre poing fermé ».

Elle ferme son poing, le place sous son nombril et le laisse là, les jointures blanches de ses doigts contre sa peau. La taille d'un poing. Elle imagine qu'elle ramène son bras en arrière, dans un geste fluide comme celui d'un archer, et qu'elle envoie son poing dans la figure de Kate. Elle imagine Kate, hébétée, levant la main vers son nez tandis qu'un filet de sang se met à couler d'une de ses narines. Elle imagine la peur de Kate qui lui tourne le dos pour fuir. Elle imagine lui donner un grand coup dans la nuque, cette fois avec une force telle qu'elle s'effondre par terre. Elle imagine la regarder avec satisfaction, de sa position en surplomb, pendant qu'elle gémit sur le sol, puis elle imagine qu'elle-même disparaît – tout son corps se volatilise, comme si l'élastique du temps claquait et qu'elle sautait dans le trou ainsi créé pour s'éclipser.

Sur son téléphone, elle surfe sur des sites dédiés au parcours de grossesse.

« Les intestins de Bébé produisent du méconium, c'est-à-dire l'excrément qui sera le premier expulsé après sa naissance. »

« À la quatorzième semaine, les parties génitales pleinement développées font leur grande apparition. »

Elle visualise un pénis ou une vulve miniature arrivant à un bal costumé très chic et descendant gracieusement un escalier sang et or sur les accords élégants d'un quartet à cordes.

« Lavez-vous souvent les mains – et ayez toujours du gel hydroalcoolique sur vous, au cas où vous n'auriez pas de lavabo à disposition –, ne partagez pas vos boissons, votre nourriture, votre brosse à dents, et fuyez les gens malades comme la peste. N'hésitez pas à confiner un mari malade sur le canapé. »

Un mari. Elle n'a pas de mari. Elle a Jake, chez qui elle vit et qui a une liaison avec leur locataire alors que Marisa est enceinte de bientôt quatre mois. La précarité de sa situation lui saute au visage. Elle a envie de vomir. Elle se dit qu'elle devrait pleurer, mais là où il devrait y avoir des émotions, elle ne voit qu'une béance dans laquelle elle chute sans fin.

« La plupart des désagréments du premier trimestre s'estompent, il y a des chances pour que vous ayez plus d'énergie et que vous vous sentiez davantage vous-même. Et les bonnes nouvelles ne s'arrêtent pas là : terminées, les nausées matinales et les excursions nocturnes aux toilettes pour faire pipi. »

Elle ne sait pas quoi faire. Et pourtant. Elle doit faire quelque chose.

Les heures passent. Plus tard, dans la cuisine, elle se fait une tisane, le café étant étiqueté par les sites de grossesse comme l'une des innombrables substances nocives qu'elle ne doit ingérer qu'avec une prudence extrême. Elle s'assoit à la table, le regard perdu dans le jardin. L'herbe est trempée, il a plu dans la matinée, et une toile d'araignée scintille dans le coin de la porte vitrée. Marisa regarde les fils argentés réfracter la lumière.

Tant d'efforts pour construire une maison, songe-t-elle. Sa tête est lourde. Elle pose le menton sur sa poitrine pour se masser la nuque. Pendant que sa main frictionne ses muscles, elle aperçoit un rectangle gris et plat posé sur l'une des chaises. Il a été poussé sous la table, et elle ne l'aurait pas vu sans ce changement de position. L'ordinateur de Jake. Il l'emmène au travail normalement, il a dû l'oublier en partant aujourd'hui.

Elle sort son téléphone de la poche de son peignoir. Et puis, juste avant de l'appeler, elle change d'avis. Elle prend l'ordinateur et le pose sur la table. Ses bords sont arrondis, sa surface légèrement granuleuse au toucher. Elle l'allume. Elle connaît le mot de passe de Jake. Elle l'a vu le taper sur son clavier, une fois, tandis qu'elle se tenait derrière lui et faisait semblant de s'occuper du lave-vaisselle.

Elle le rentre : « 143Richborne ». C'est leur adresse. Peut-être que ça a encore un sens pour lui : cette maison, leur maison, leur bébé, elle ?

L'écran s'illumine et un tableau de la Renaissance s'affiche. Une Vierge Marie aux joues roses, avec de longs cheveux blonds enroulés autour du cou, et un petit Jésus bien en chair, tous deux sur fond de paysage italien. Il aime l'art dévot.

Marisa ne sait pas trop ce qu'elle cherche. Elle se persuade qu'elle a allumé l'ordinateur pour regarder les infos. Elle est très isolée ces derniers mois, distraite par son implication dans leur nouvelle vie, et elle a perdu de vue ce qui se passe dans le monde extérieur.

Mais avant qu'elle ait eu le temps de visiter le site de la BBC, une alerte s'affiche en haut à droite de l'écran. Elle voit le nom de Kate apparaître en noir dans un rectangle gris.

« Tu l'as vue ce matin ? »

Il faut un moment à Marisa pour saisir ce qui se passe. Mais elle finit par comprendre. L'ordinateur est connecté aux textos du téléphone de Jake, et elle assiste donc à ses échanges en temps réel. En bas de l'écran se trouve une icône composée de deux bulles qui se chevauchent, l'une bleue, l'autre blanche, avec des points de suspension. Un cercle rouge avec le chiffre « 1 » clignote comme un œil au-dessus.

Message non lu.

Marisa clique sur les bulles et les voilà : des messages à foison, de Kate à Jake et de Jake à Kate.

La première chose qu'elle remarque, c'est le nombre de baisers. Jake ne conclut jamais les textos qu'il lui envoie avec des marques d'affection – c'est sa façon de faire, croyait-elle. Il va au plus vite parce que son temps est compté quand il est au travail.

Mais elle se trompait. Quand il écrit à Kate, ses textos s'accompagnent de rafales de xxxx, comme si son doigt dérapait sur la touche ou qu'il composait des poèmes absurdes. Les lignes sont tellement denses qu'on pourrait croire qu'il rédige des paragraphes entiers pour un document secret-défense.

Il y a des centaines de messages. Elle remonte le fil de leur discussion, longtemps, pour voir quand ils ont commencé, mais l'écran continue à lui proposer de « charger plus de messages ». Son cœur implose. L'air quitte ses poumons.

Je t'aime, a écrit Kate le 2 juin. Soit quelques semaines après qu'elle a emménagé à la maison, calcule Marisa. Mais les messages remontent à bien plus loin. Ils se connaissaient déjà. Tout cela – faire semblant qu'elle est locataire, dire à Marisa qu'ils ne peuvent pas assurer leur loyer sans aide extérieure –, c'est un coup monté. Elle s'est fait avoir. Jake a exploité l'amour inconditionnel que lui voue Marisa afin de faire emménager sa maîtresse avec eux. Comment a-t-elle pu être aussi stupide ?

Sa gorge s'emplit d'un goût métallique. Elle déglutit, s'étouffe avec sa salive. Elle n'a rien mangé depuis des heures, peut-être des jours, qui sait, et qu'est-ce que ça peut foutre ? Le haut-le-cœur de son estomac à vide ne soulève rien. Elle se couvre la bouche de sa main, tassant la peur à l'intérieur comme des grains de café dans un filtre.

Ma chérie, je n'arrête pas de penser à toi, a écrit Jake le 15 juillet. *Mets ta lingerie ce soir.*

Il a signé d'un émoji clin d'œil et d'une aubergine.

Ah OK mais et Marisa ?

On trouvera un moyen. Encore un émoji clin d'œil.

Je veux juste être sûre qu'elle va bien.

Elle va bien, a répondu Jake. Fais-moi confiance. Pas besoin de s'inquiéter.

Le pire, c'est que ce soit aussi cliché. Elle avait de l'estime pour Jake. Elle le croyait différent : honnête, franc, stable. Pas passionné, mais fiable. Il s'avère qu'elle ne connaît pas du tout l'homme dont elle est censée être amoureuse. Il s'avère que c'est un adolescent attardé en proie à une passion interdite et qu'il communique en multipliant les allusions sexuelles et les émojis vulgaires. Il s'avère qu'il se fout de Marisa de la manière la plus infâme qui soit. Il la traite comme une idiote parce qu'elle s'est comportée comme une idiote bornée, aveugle, tandis qu'il baisait leur locataire. Pendant tout ce temps, Marisa a cru qu'il était réservé et peu démonstratif, mais indéniablement amoureux d'elle – elle porte leur enfant ! C'était soi-disant ce qu'il désirait le plus. Et voilà qu'elle comprend avec stupeur que son détachement n'est pas un signe d'intégrité : c'est tout simplement qu'il la trompe depuis des mois. Voire depuis le moment où ils se sont rencontrés.

Mais quel est le but ? Montrer qu'il peut le faire ? Se servir d'elle comme d'une pondeuse pendant qu'il s'envoie en l'air ailleurs ? C'est peut-être un psychopathe : elle a lu un livre sur les psychopathes et elle sait que l'un des facteurs significatifs est leur absence d'empathie et leur charme superficiel. Tout Jake. Elle qui croyait qu'il était très profond. En réalité, c'est un hologramme. Un imposteur. Un hypocrite qui se moque du mal qu'il peut faire.

Son poignet lui fait mal. En baissant les yeux, elle s'aperçoit qu'elle l'a gratté jusqu'au sang. Comme un automate, elle se lève et ouvre le placard sous l'évier, où se trouve une boîte de mouchoirs. Elle en presse un contre son poignet. Des taches rouge-brun apparaissent sur le papier blanc. À la vue de son sang, Marisa est submergée par une bouffée de rage pure, violente. Devant elle est posé un plat en céramique, décoré de motifs entrelacés, qui contient quatre citrons. Jake l'a rapporté d'un voyage en routard au Mexique quand il était étudiant, et elle sait qu'il l'adore, il lui donne l'impression d'être toujours jeune.

Sans réfléchir, elle prend le plat et le jette contre le mur d'en face. Les citrons volent et rebondissent par terre. La céramique explose avec fracas et elle croit entendre un cri, puis elle se rend compte que c'est elle qui crie. Elle crie, mais il n'y a pas de mots. Elle hurle, les mains sur son ventre tendu, elle sent le poids imaginaire de sa grossesse entre ses doigts et elle hurle encore, jusqu'à ce que sa gorge lui fasse mal, jusqu'à ce qu'elle n'entende plus rien d'autre que son malheur. Le malheur d'avoir cru si bêtement à l'amour. Le malheur de porter un enfant qui ne naîtra pas entouré de deux parents qui s'aiment. Le malheur d'avoir été ridicule, de s'être crue digne de l'amour de Jake, d'avoir cru à tout cela. Elle la comprend maintenant, la leçon que la vie essayait de lui donner. Et cette leçon, c'est qu'elle ne sera jamais assez bien. Le monde lui rit au nez parce qu'elle a brièvement osé croire le contraire.

« Espèce de saloooope ! » vocifère-t-elle, étirant la dernière syllabe au point de la transformer en un vagissement ininterrompu qui ne garde qu'un vague écho du son original. Elle ne sait même pas si l'insulte s'adresse à Kate, à Jake ou à elle-même.

Marisa laisse les éclats de céramique par terre. Elle se souvient comme elle était impressionnée par la taille de cette cuisine la première fois qu'elle l'a vue. Elle était intimidée par sa beauté et son côté adulte : les surfaces lisses, le plancher mat, le lave-vaisselle sur lequel il suffisait d'appuyer deux fois, deux coups secs, pour que la porte s'ouvre. Maintenant, tout cela lui semble aussi irréel qu'un mauvais cauchemar. Cette pièce se moque d'elle. Les murs se referment sur ses pensées enfiévrées, les concassent en un minuscule cube de douleur. Un mal de crâne lui cogne subitement les tempes. Les livres de cuisine, gentiment rangés sur les étagères à côté de la gazinière, lui clament le dégoût qu'elle leur inspire. Les verres de vin dans le placard, bulbeux et étincelants, trinquent pour se féliciter de l'avoir si bien dupée. Et dehors, le grand escalier de la tour d'habitation, plus haute que jamais, occulte toute lumière en elle – tous ces pixels d'espoir qui luisaient dans les tréfonds de son esprit s'éteignent à mesure que la noirceur recouvre tout. Qui était-elle pour avoir de l'espoir ? Qui était-elle pour croire que la vie était de son côté ?

Elle souffle bruyamment, desserre les poings, compte jusqu'à dix.

« Quand je suis en colère ou énervée, ou quand je pense que personne ne m'écoute, je compte jusqu'à dix », lui a dit sa mère un jour. Marisa, qui devait avoir cinq ou six ans, était allongée sur son lit, la respiration saccadée et les joues en feu. « Essaie, ma chérie. »

Elle convoque sa mère tout en comptant – six, sept, huit –, et lorsque son image apparaît, inaltérée dans sa mémoire, elle recouvre son calme.

Elle retourne vers l'ordinateur ouvert sur la table. La rage a déserté son esprit, ses actions sont désormais gouvernées par une froideur glaciale. Elle s'aperçoit qu'elle peut désormais examiner les textos de manière moins passionnée, presque comme des objets de curiosité.

Tu l'as vue ce matin ?

Le dernier message de Kate, suspendu dans l'éther. Et puis : trois petits points, qui apparaissent l'un après l'autre en une succession rapide. Jake est en train de taper.

Non. Elle était dans son atelier. Je n'ai pas voulu la déranger. X

Jusque dans l'infidélité, Jake est pointilleux sur la grammaire et la ponctuation.

Puis : encore trois points de suspension qui scintillent sur l'écran comme une chenille. Jake est en train de taper.

Ne t'inquiète pas. Tout va bien se passer. Et bientôt, nous serons une vraie famille. Je t'aime. Xxxxx

Elle a la nausée. Ainsi donc, ce n'est pas juste une liaison. Apparemment, Jake et Kate se voient à l'avenir comme une « vraie famille ». Mais comment, au juste ? C'est elle qui est enceinte de son enfant… à moins… non… cette idée est trop… est-ce qu'ils… ?

J'ai hâte, répond Kate. Je t'aime aussi x

À moins… qu'ils n'aient prévu d'attendre jusqu'à l'accouchement, puis de se débarrasser de Marisa ? Ils ne feraient pas ça. C'est trop cruel. Après tout ce qu'elle a dit à Jake sur l'abandon de sa mère, l'idée qu'il fasse exactement la même chose à leur enfant lui donne envie de lui arracher les cheveux. Quel putain de salaud.

Réfléchir. Elle doit réfléchir. Réfléchis, Marisa. Réfléchis, réfléchis, réfléchis.

Mais elle n'arrête pas de revenir aux textos.

5 juillet

JAKE : Tu es extraordinaire, je t'aime. Quoi qu'il arrive, ne l'oublie pas.

En lisant ses mots, son cœur se serre.

20 août

KATE : Serai en retard ce soir. Ne m'attends pas.

La décontraction et le naturel de leur relation sont frappants. L'idée qu'il l'aurait attendue pour… quoi ? Un petit coup rapide dans le canapé d'en bas pendant qu'elle dort à l'étage ?

12 septembre

KATE : Inquiète pour Marisa. Elle a l'air à cran.

JAKE : Tout est sous contrôle. Tu t'inquiètes trop. Xxxxx.

KATE : OK.

15 octobre

KATE : Merde, Jake. Elle vient de se pointer à mon boulot.

JAKE : QUOI ?

KATE : J'ai tellement flippé.

JAKE : Je t'appelle dès que possible.

Marisa revient au dernier message. Elle fixe l'écran en se demandant si les trois petits points vont réapparaître, si l'un d'eux va taper un autre texto encore plus incriminant. Elle pense à Kate, ses hanches fines et sa silhouette mince de ballerine. Kate est très disciplinée, de la nourriture qu'elle mange à ses exercices quotidiens en passant par son habitude de consulter son agenda chaque dimanche soir pour se remettre en tête ses rendez-vous de la semaine. Marisa n'a pas d'agenda sur son téléphone. Elle a un vieux carnet rempli de gribouillis et de pensées raturées.

Que va-t-elle faire ? Dans un mauvais film, comme ceux qu'elle regarde sur les chaînes du câble l'après-midi au lieu de travailler, étendue sur le canapé, qui s'intitulent *L'Assassin de ma mère* ou *L'Histoire de Heidi Brown*, il n'y aurait aucun doute. La femme bafouée ferait ses valises dans un accès de juste indignation. Mais Marisa n'a nulle part où aller. Elle a rendu les clés de l'appartement qu'elle louait quand elle a emménagé avec Jake. Elle n'a pas été payée depuis des semaines parce qu'elle a négligé son travail. Elle a l'impression d'avoir perdu toute envie de travailler. Traquer les moindres faits et gestes de Kate lui a pris plus de temps qu'elle ne l'aurait cru, et le peu qu'il lui restait a été occupé par des siestes ou des rêveries éveillées, le regard perdu dans le vide.

Elle n'a pas envie de renoncer à la belle maison et à son appréciable niveau de vie. Elle s'y est habituée. Elle a perdu le contact avec Jas, même si elle pourrait sans doute lui demander de l'héberger. Mais l'humiliation de devoir expliquer ce qui lui arrive serait insupportable. Elle n'a pas parlé à son père depuis des années.

Et pourtant, peut-elle rester avec Jake ? Elle va devoir l'affronter, il y aura une dispute, des cris, et puis… quoi ? Et s'il la mettait au pied du mur en lui expliquant que c'est terminé et qu'il veut vivre avec Kate ? Marisa se transformera en mère célibataire vivant dans un petit appartement merdique, et Jake viendra faire sa visite un week-end sur deux. C'est impensable. Jake et elle ne sont même pas mariés. C'est lui qui paie le loyer. Elle n'a aucun droit, légalement parlant.

« Compte jusqu'à dix, imagine-t-elle sa mère lui dire, penchée sur elle, si bien qu'une longue mèche blonde – pareille aux siennes en ce moment – tombe et vient lui chatouiller la gorge. Compte jusqu'à dix, ma chérie, et ensuite tu verras comment tu vas. »

Voilà ce que je vais faire, décide Marisa. Je vais compter jusqu'à dix, encore et encore, jusqu'à ce que je trouve quoi faire.

DEUXIÈME PARTIE

12

C'est Kate qui revient en premier. La maison est plongée dans l'obscurité, les fenêtres sont noires. Il fait frisquet à l'intérieur. Le chauffage central n'est pas encore allumé. Il faudra qu'elle rappelle à Jake de le reprogrammer, maintenant que l'hiver approche. Il sait faire ce genre de choses.

La première chose qu'elle fait en entrant, avant même d'ôter son manteau, est de tirer les rideaux du salon. Elle n'aime pas que les passants puissent les épier depuis la rue, or la lumière leur permet de voir tout l'intérieur de la maison.

Elle suspend sa parka à l'un des crochets alignés dans le vestibule. Elle n'a toujours pas allumé la lumière. C'est après avoir enlevé son écharpe et son bonnet, comme elle se passe la main dans les cheveux, qu'elle l'entend : un bruit comme un frottement, puis un craquement.

Kate se fige, retient sa respiration et tend l'oreille dans l'obscurité. Un coup de klaxon au loin. Dehors, quelqu'un a allumé une radio, elle entend un jingle discordant.

Rien d'autre. C'est sans doute juste la vieille maison qui travaille, se dit-elle. Elle ne s'y est pas encore faite.

Avant, elle vivait dans un immeuble moderne avec un concierge dans le hall. Elle n'aimait pas l'aspect aseptisé du bâtiment, mais elle s'y sentait en sécurité.

Les murs de Richborne Terrace, eux, sont chargés d'histoire. Elle a fait une recherche sur le site du recensement et elle a découvert que la maison était occupée en 1901 par un dénommé J. Humphrey, retraité, qui avait travaillé sur les quais, avec sa femme et ses trois enfants, et – étonnamment – par une autre famille de quatre personnes, avec à sa tête un certain Patrick Lancton, facteur. En face se trouve un bloc de maisonnettes basses construites après les bombardements de la Seconde Guerre mondiale, qui ont rasé les constructions originelles. Kate ne croit pas aux fantômes, enfin pas tout à fait. Parfois, elle se demande si elle ne sent pas quand même une présence à côté d'elle, celle d'un ancien aux mains calleuses à force de manœuvrer des barges d'un bout à l'autre de la boueuse Tamise.

Toujours dans le couloir, elle est traversée d'un frisson.

Dehors, le ciel s'est vidé de ses couleurs. On a remonté les aiguilles d'une heure le mois dernier et, depuis, les jours sont de plus en plus courts. Il est 18 heures mais on dirait qu'il est minuit. Même la lune, qu'elle devine par la vitre au-dessus de la porte, se cache derrière des traînées de nuages.

Elle pose son sac par terre et sort son téléphone pour vérifier ses messages. Jake lui a envoyé un texto pour lui dire qu'elle lui manque et qu'il rentrera à 19 h 30. Comme chaque fois que son nom s'affiche, elle ressent une petite décharge délicieuse. Elle déverrouille l'écran et commence à écrire : « Pas de problème. » Ses pouces volent pour taper sa réponse. Elle envoie le texto, range le téléphone dans la poche de son pantalon, puis elle se tourne pour chercher à tâtons l'interrupteur sur le mur.

Après la lumière brillante du téléphone, ses yeux peinent à s'ajuster à l'obscurité, et l'interrupteur n'est pas là où il devrait être. Elle avance légèrement, sa main glisse le long du plâtre.

Le téléphone vibre contre sa cuisse. Elle tend de nouveau la main vers sa poche et c'est là qu'elle l'aperçoit : une ombre noire qui se rue sur elle, grossissant de plus en plus, comme une tache d'encre. Elle n'a pas le temps de lever les bras pour se défendre. Elle comprend trop tard que les bruits qu'elle a entendus ne venaient pas des vieux tuyaux ou de fantômes inexistants, mais d'une chose qui lui souhaite du mal.

Avant que Kate ait le temps de réagir, une masse énorme, informe, lui fracasse le crâne avec une violence telle que son cou craque, lâche, et qu'elle bascule en avant. Ses pensées s'atomisent en un point blanc aveuglant. Elle s'écroule. Elle a toujours cru qu'elle crierait le jour où elle serait agressée. Mais face à la terreur, il s'avère que Kate n'émet pas un son. Avant de s'évanouir, elle pense à une eau brune, visqueuse, qui recouvrirait son visage. Elle imagine la lanterne faible d'une barque qui s'éloigne lentement dans les ténèbres et le limon, et elle qui essaie en vain de la rattraper tandis que le courant l'aspire vers le fond de la rivière.

Quand elle revient à elle, sa jambe droite engourdie repose sur une surface dure et froide. Ses paupières collent, les ouvrir lui demande un effort. Elle voit flou et se rend compte qu'une de ses lentilles de contact a glissé, que ses bords secs la démangent. Elle cille – une fois, deux fois, trois fois – et tout se remet en place. Un kaléidoscope de motifs apparaît, une mosaïque de bruns et de bleus qui tremblotent avant de prendre consistance : des carreaux. Sa joue est glacée. Elle est étalée sur le flanc, la tête à même le carrelage du sol, son épaule droite écrasée sous elle. Sa cheville gauche est tordue selon un angle bizarre. Sa tête cogne, palpite. Elle sent un liquide coaguler désagréablement dans sa nuque. La pensée du sang lui ferait tourner de l'œil, elle ferme les paupières, rien qu'une minute, pour se débarrasser de l'image.

« Kate. »

Son nom.

« Kate. »

Encore. Son nom, prononcé par une voix qu'elle reconnaît sans la reconnaître.

« Ouvre les yeux, Kate. »

Elle a toujours le tournis. Quelqu'un a renversé une boule à neige sous son crâne et ses pensées flottent, insaisissables, en suspension.

« Kate. »

C'est une voix de femme. Une voix qu'elle connaît, mais pas intimement. C'est quelqu'un pour qui elle s'est inquiétée. Et puis, soudain, ça lui revient. Marisa. Dieu merci. Marisa est là. Elle a dû rentrer après elle, elle a dérangé l'intrus et trouvé Kate gisant dans l'entrée.

« M… rrrsa », marmonne Kate.

Elle a une dent qui bouge. La langue enflée. Elle voudrait dire à Marisa qu'elle est contente qu'elle soit là, mais impossible.

« H… rrrsment, t-tuai-la.

— Ne parle pas », lui répond Marisa.

Kate ouvre complètement les yeux. Elle voit le bout des chaussons de Marisa : des bottines de laine beige pelucheuses que Kate a toujours détestées. Elles font mémère, alors que Marisa est encore jeune. Elle ne sait pas se mettre en valeur. Mais est-ce bien le moment de penser à cela ? Elle doit se concentrer. Se lever, se faire examiner par un médecin. Marisa a déjà dû appeler une ambulance, c'est sûr. Mais pourquoi Marisa est-elle en chaussons si elle arrive de dehors ?

Kate essaie de dégager son épaule, de prendre appui sur le sol pour se redresser et s'adosser au mur. Cette ébauche de mouvement déclenche une vague de douleur électrique dans ses côtes et le long de son épine dorsale.

« Aaaaaah ! » gémit-elle.

La dent se déchausse complètement. Elle roule dans sa bouche et va se loger sous sa langue. Kate étouffe. Elle est à deux doigts de vomir. Elle parvient enfin à recracher la dent, qui atterrit sur un carreau blanc maculé de sang.

Elle repose sa joue sur le carrelage glacé le temps de laisser passer la nausée. Pourquoi Marisa est-elle assise là ? Pourquoi n'essaie-t-elle pas de l'aider ?

« Assieds-toi, Kate. »

Marisa a une voix monocorde, presque robotique. Elle tente peut-être de la secouer à sa manière. Elle doit penser que c'est le meilleur moyen de la sortir de son état de choc.

« Ambulance », dit Kate.

Sans la dent, elle arrive mieux à articuler.

« Tu n'as pas besoin d'ambulance, Kate. Tu vas très bien. Je veux juste parler. »

C'est le premier signal troublant qui atteint les synapses désagrégées de Kate. Oh, pense-t-elle, en fait Marisa ne va pas m'aider. Ça n'a pas l'air d'être son intention. Tiens.

Puis Kate remarque qu'elle ne peut pas bouger les jambes. Elles sont comme collées l'une à l'autre, impossible à soulever. Elle tend le cou et voit une corde nouée fermement autour de ses cuisses. Elle la reconnaît, c'est la corde que Jake a achetée pour faire de l'exercice à la maison. Le week-end, il la passe derrière un montant de la clôture au fond du jardin, et il s'accroupit et se relève en tirant dessus pour brûler la graisse autour de son ventre. Maintenant, la corde aux fibres entrelacées est serrée autour de ses jambes. Kate suit du regard le reste de la corde qui traîne à terre dans l'entrée. Et dans la fraction de seconde qui précède la confirmation visuelle de son intuition, elle comprend : c'est Marisa qui tient l'autre bout.

« Salut, toi. »

Marisa est assise sur une chaise de cuisine, très calme dans la demi-pénombre, la corde enroulée plusieurs fois autour de sa main. Ses cheveux blonds tombent librement sur ses épaules. Elle porte un gilet gris, un T-shirt sale, pas de sous-vêtements. Son ventre bombé ressort. Elle se tient jambes écartées. Il y a une étrange nonchalance dans sa pose. Elle rappelle à Kate un tableau de la Vierge à l'Enfant qu'elle a vu sur l'ordinateur de Jake : le fragment d'un vieux retable médiéval, avec une Marie monumentale et impassible sur fond de feuilles d'or. Le seul indice de sa relation au bébé sur ses genoux, qui a presque l'air d'un adulte, est la légère inclination de sa tête, enveloppée d'un tissu bleu et or. Même ses mains, élégamment placées autour de l'enfant, ne semblent pas toucher sa chair.

« Depuis combien de temps vous couchez ensemble, Jake et toi ? »

Marisa pose la question d'une voix tranquille, mais ses joues se colorent d'un point rouge discret suggérant le feu de la colère. Kate est tellement surprise par sa question, tellement ahurie par l'absurdité surréaliste de la situation qu'il lui faut un moment pour saisir ce qu'elle dit. Pendant une seconde, elle oublie d'avoir peur.

« Quoi ?

— Tu m'as entendue. »

Kate a un rire nerveux. Elle essaie à nouveau de se redresser et, cette fois, y parvient. En se penchant en avant, elle ramène le poids mort de ses jambes jusqu'à ce qu'elles forment approximativement un angle de quatre-vingt-dix degrés avec le reste de son corps. Puis elle s'adosse contre le mur, épuisée par l'effort. Une goutte de sueur perle au bout de son nez. Elle l'essuie du revers de la main, s'aperçoit que c'est du sang.

« Que… Qu'est-ce que tu m'as fait ? » demande-t-elle.

Marisa hausse un sourcil.

« Oh, Kate, Kate, Kate. Ce que je t'ai fait n'est rien en comparaison de ce que toi, tu m'as fait.

— Je ne sais pas de quoi tu parles. »

Kate se met à pleurer. Et elle s'en veut de pleurer.

« Pourquoi je saigne ?

— Ne t'inquiète pas. Tu survivras. C'est juste une petite commotion. »

Elle n'a jamais vu Marisa comme ça, aussi froide et distante. Même son langage a un vernis médical. D'habitude, elle est chaotique, confuse, voire superstitieuse. Kate l'a toujours trouvée un peu désespérée, au fond. Étrange, oui. Ces derniers temps, son comportement erratique était même devenu inquiétant. Mais là, on est au-delà de tout ce qu'elle aurait pu imaginer.

On dirait que Marisa tient quelque chose entre ses mains, posées sur ses genoux. L'entrée est toujours plongée dans l'obscurité, à part la faible lumière qui filtre par une porte ouverte plus loin dans le couloir. Mais un objet scintille bel et bien entre les mains de Marisa, et Kate comprend que c'est un couteau. Elle a un couteau.

La panique s'empare d'elle. Elle regarde autour d'elle, cherche un moyen de s'échapper mais il n'y a rien. Pas de fenêtre. Et de toute façon, pas moyen de fuir avec les jambes attachées. Elle pleure toujours, elle sanglote même, la gorge nouée. Elle commence à crier dans l'espoir que quelqu'un l'entende. Mais elle sait que les murs de la maison sont épais. Ils n'ont jamais entendu aucun bruit venant des voisins. Pas une fois.

Son hurlement dérange Marisa.

« Chut, Kate, chut. »

Mais Kate continue parce que ça la rassure. Elle est toujours vivante. Il reste de l'espoir. Alors elle crie. Pas un mot intelligible, non, juste un hurlement, et plus elle hurle, plus elle se rend compte que Marisa s'agite.

« Kate, s'il te plaît, arrête. Chut, chut, chut, maintenant. Tu vas bien. Tout va bien. Je ne vais pas te faire de mal. Je te promets. »

Marisa se penche et pose délicatement le couteau par terre. Kate reconnaît un des couteaux de la cuisine, un de ceux qui ont besoin d'être affûtés. Elle s'en est servie l'autre jour pour découper une tomate, et la lame est si émoussée qu'elle a eu du mal à la trancher. Ce souvenir la calme. Marisa ne peut pas la blesser avec ce couteau. C'est pour lui faire peur, rien de plus.

« Je veux juste te parler », dit Marisa. Sa voix a changé, elle est moins plate, plus enfiévrée. « J'ai l'impression que je deviens folle, et je veux simplement parler. »

Ah ça, oui, a envie de dire Kate, tu deviens complètement folle. Personne de sain d'esprit n'agit de cette façon. Depuis des mois, elle s'inquiète pour Marisa, qui ne dort et ne mange presque plus. Sans parler de sa manière de fureter dans la maison comme si elle espionnait Kate. Elle repense à cette fois, il y a quelques semaines, où elle a trouvé Marisa en train de la suivre à Oxford Circus. Elle a eu tellement peur qu'elle en a parlé à Jake.

« On dirait que tu l'obsèdes, lui a-t-il dit en écartant doucement une mèche de ses yeux. Comme si elle était amoureuse de toi. »

Mais elle savait déjà, à ce moment-là, qu'elle n'était pas inoffensive. Il y avait quelque chose de plus sombre. Elle avait l'impression que Marisa voulait *être* elle, habiter son corps, se coudre un vêtement fait de sa peau.

« Ça ne peut pas être bon pour le bébé, a-t-elle dit à Jake. Je m'inquiète vraiment pour elle. Elle n'est plus toute seule, maintenant. C'est surtout pour le bébé que ça me fait peur. »

Ils avaient des projets tous les deux, pour après l'arrivée du bébé. Sur ce qu'ils feraient. Ils seraient heureux une fois Marisa hors de leurs vies.

« Je sais, a-t-il répondu. Je vais lui parler. »

Et Kate lui a fait confiance. Comme toujours.

13

Ils se sont rencontrés il y a six ans. Il se moque toujours d'elle parce qu'elle a tendance à oublier la date. C'est Jake qui pense aux anniversaires, aux cartes, aux petits cadeaux pour la Saint-Valentin, avec des références complices à leur histoire, mais elle se rappelle parfaitement que c'était il y a six ans, à la fête qu'elle avait organisée pour son trentième anniversaire. À l'époque, elle travaillait sur la promotion d'un film indépendant à petit budget réalisé par un ami – c'était une faveur qu'elle lui faisait, à vrai dire, elle n'y gagnait rien, mais elle croyait au film, un film passionnant et nécessaire sur une petite fille de douze ans placée en foyer puis violée par un des psychologues du centre. Kate avait réussi à convaincre deux critiques en vue d'assister à la projection, ils avaient adoré et lui avaient mis cinq étoiles dans leurs journaux, ce qui avait donné de la visibilité au film et permis d'augmenter la distribution en salles, cantonnée au départ à une poignée de cinémas. Maintenant, l'ami de Kate, Ajesh, était courtisé par les pontes des grands studios, dont l'un semblait intéressé par un projet autour d'une adolescente qui découvre qu'elle n'a aucun sens inné de la morale. Le titre de travail était *Badolescent*.

« Katie ! » hurla Ajesh en arrivant dans le pub.

Lui seul avait le droit de l'appeler Katie. Pour l'occasion, elle avait mis une robe de satin bleu et des talons plus hauts que d'habitude ; après tout, c'était sa fête, elle avait le droit de s'habiller comme une salope si elle en avait envie. Elle avait déjà bu trop de champagne. Elle se dirigea avec un grand sourire vers Ajesh, superbe dans son costume de velours, avec ses habituelles lunettes écaille de tortue.

« Joyeux anniversaire, ma chérie, lui dit-il en la serrant dans ses bras. Putaiiiin, t'es canon ! »

Ils avaient couché une fois ensemble, à l'université. Ça s'était bien passé mais pas assez pour qu'ils aillent plus loin, et ça n'avait pas nui à leur amitié, même si penser à lui excitait parfois Kate – ce qu'elle ne lui avait jamais avoué. Il sentait le tabac et le Red Bull.

« Merci », dit-elle en reculant pour exécuter une petite courbette qui menaça de lui faire perdre l'équilibre.

Elle était plus soûle qu'elle ne l'aurait cru. Il passa son bras autour de sa taille pour la retenir.

« Viens que je te présente mes potes. »

Ajesh fit signe à deux hommes d'avancer. Tous les deux étaient en costume.

« Vous êtes tous les deux en costume, dit bêtement Kate.

— C'est parce que ce sont des gens très importants, contrairement à nous. Tu sais, des adultes responsables avec de vrais métiers, hein, les gars ? »

Le plus grand se pencha vers elle et lui tendit une boîte contenant une bouteille de champagne de luxe.

« J'espère que ça ne te dérange pas qu'on s'incruste. »

Il avait l'air gentil, son sourire faisait plisser le coin de ses yeux d'une manière très satisfaisante.

« Merci. C'est bien meilleur que les trucs que je bois normalement.

— Je t'ai dit, Katie. Ils ont la classe.

— Comment ça se fait que tu les connais, alors ? »

Ajesh, qui avait toujours la main autour de sa taille, lui caressait gentiment la hanche. Elle laissait faire et y prenait même plaisir. Elle était belle et c'était sa soirée.

« Eh bien, Jake et son ami Steve, ici (le plus petit des deux, qui lui adressa un clin d'œil), financent mon prochain film.

— Pas tout le film, dit Jake sans se départir de son sourire. Juste assez pour être invité à la fête d'anniversaire d'une belle femme de trente ans. »

Elle haussa un sourcil. Elle se sentait fondre sous son regard, comme si tous ses muscles se détendaient. Doucement, pour ne pas rompre le charme du moment, elle retira la main d'Ajesh de sa hanche. Puis elle fit un pas en avant, vers Jake. Elle avait besoin d'être près de lui. Son costume n'était pas noir, comme elle l'avait pensé, mais bleu marine. Il n'avait pas de cravate – elle découvrirait plus tard qu'il l'avait enlevée et rangée dans sa poche de veste. Les deux boutons du haut de sa chemise étaient ouverts, révélant un triangle de peau qu'elle eut immédiatement envie de lécher. Elle aurait voulu se mettre sur la pointe des pieds, se coller à son grand torse bien dessiné et écraser ses lèvres contre le moindre centimètre de sa peau. Elle n'avait jamais ressenti une telle urgence physique et, au cours de cet instant unique et fugace, Kate eut la prémonition que toutes ses coucheries jusqu'à présent, tous ses flirts, ses relations, ses baisers n'avaient été que des histoires superficielles l'amenant ici, devant lui. Elle avait eu tout faux depuis le départ. Elle jouait dans un bac à sable alors qu'il y avait une plage sauvage à explorer, qui s'étendait à perte de vue.

Le plus bizarre, c'est qu'ils n'avaient même pas tellement parlé. Comme s'il y avait eu un accord tacite entre eux dès que Jake avait franchi la porte du pub pour se mêler à ses amis. Il devait en être ainsi. C'était une évidence d'une simplicité inéluctable.

Elle ne se souviendra plus de grand-chose après cette bouffée d'excitation initiale. Le reste de la soirée lui reviendra par bribes. Ils ont dansé tous les deux sur *Mr Brightside*, sautant dans tous les sens, en sueur, tout sourire, la chemise de Jake à moitié sortie de son pantalon, la veste tombée depuis longtemps. Ils ont bu le champagne qu'il avait apporté à même le goulot, Jake renversant la bouteille pour qu'elle en lèche les dernières gouttes, leurs regards rivés l'un à l'autre par-dessus l'étiquette jaune. Elle a fait un discours plein d'émotion devant tous ses amis réunis, mais elle avait surtout envie d'impressionner Jake, debout au fond de la salle et qui dépassait tout le monde d'une tête. Elle a trempé le bout de son doigt dans le petit pochon de plastique rempli de poudre qu'Ajesh lui a présenté, puis l'a léché. Les lumières, la musique, la sensation d'être pile au bon endroit. Et puis, quand tout le monde est défoncé, ou soûl, ou les deux, Jake l'attrape par la main, l'attire dans le couloir, la plaque contre le mur en la tenant par la nuque avec sa grosse main, et il l'embrasse, sa langue contre la sienne, le poids de son corps contre le sien.

Ils s'embrassent longtemps, et quand il s'écarte, il prend son visage à deux mains, caresse avec ses pouces la peau toute douce juste en dessous des yeux, et il dit : « Te voilà enfin. »

Il passait beaucoup de temps dans son appartement. C'était un studio, il n'y avait pas vraiment la place pour qu'un homme d'un mètre quatre-vingt-dix emménage de façon permanente. Il disait que cela ne le dérangeait pas, et laissait des vêtements en une pile nette au fond du placard, sans jamais se plaindre que ses chemises soient froissées quand il les enfilait le matin pour partir au travail. Quand elle le voyait mettre son pantalon et passer sa veste avant de faire un nœud Windsor parfait à sa cravate, elle s'étonnait qu'il ait l'air à ce point adulte.

Il avait seulement trois ans de plus qu'elle, mais au travail Kate n'avait pas à porter des tenues formelles ou à se comporter en adulte. Au contraire, même. Dans le cinéma, il était préférable de s'habiller comme si on avait toujours vingt ans. Ses bureaux étaient situés au cœur de Soho, et elle passait encore la plupart de ses soirées dehors avec ses collègues – des hommes affublés de lunettes à grosse monture et de baskets flambant neuves, qui se prenaient pour des stars du hip-hop ; des femmes en pantalon treillis, les cheveux lissés, sportives et relax, qui se prenaient pour des mannequins. Une ou deux fois par semaine, la soirée dérapait et un nombre aléatoire d'entre eux finissaient la nuit au Groucho – les yeux brillaient, ils reniflaient sans cesse et s'entassaient dans les toilettes pour partager des lignes de coke malgré le panneau accroché au mur qui proclamait : « Cet établissement ne tolère pas la drogue ».

À la sortie, ils titubaient bras dessus bras dessous au milieu de la rue avec une impétuosité juvénile tandis que les taxis passaient en klaxonnant, leur criant de dégager. Ils attendaient le bus de nuit pendant que les balayeurs commençaient à nettoyer les trottoirs, et ils rentraient chez eux dormir deux heures avant de repartir au travail avec des lunettes noires, un imprimé léopard et de l'eye-liner, encore défoncés de la veille. Les stigmates de la fête se lisaient sur leurs visages, accrochés là comme des peluches sur un pull.

Ils étaient intouchables. Ils s'amusaient *tellement* – ils répétaient cela comme un mantra – que cela leur semblait la seule manière de vivre. Ils avaient pitié des types en costard, des « bourges », des directeurs exécutifs, des esclaves de leur paie, des banquiers et des consultants en management, et ils se définissaient par opposition à eux. Peu importait qu'ils soient moins bien payés, qu'ils ne cotisent pas à la retraite, que leurs patrons les traitent comme des stagiaires améliorés. C'était le principe qui comptait, si flou soit-il. Le personnel était politique, ils l'affirmaient en hochant la tête avec conviction, sans trop savoir ce que cela signifiait. Ils étaient anarchistes, ils réécrivaient les règles du travail, de la vie, du monde dont leurs parents avaient hérité. Sauf qu'ils ne faisaient que produire des films, vendre du simulacre et aller à des projections privées gratuites avec des bouteilles d'eau minérale et des sandwichs triangulaires de chez Pret À Manger sur des plateaux en plastique, exigeant que les journalistes signent des accords de confidentialité avant de leur envoyer un e-mail pour leur demander ce qu'ils en avaient pensé. La valeur morale de leur travail ou les contradictions inhérentes à leur position ne pouvaient être remises en question tant qu'ils votaient à gauche et qu'ils triaient leurs déchets.

Une partie du travail de Kate quand elle avait rejoint son entreprise consistait à organiser des séances de promotion, c'est-à-dire à réserver pour deux jours une suite d'hôtel où les acteurs, accompagnés d'une nuée d'assistants, de conseillers et de brûleurs d'encens, s'asseyaient dans un fauteuil matelassé, enveloppés d'un improbable halo glamour, pendant que les journalistes de la presse, de la radio et de la télévision venaient leur poser encore et encore les mêmes questions.

« C'était comment, de travailler avec untel et untel ? »

« Comment vous êtes-vous préparé pour le rôle ? »

« Pourquoi avez-vous rompu avec untel ? »

Et, exclusivement pour les femmes avec enfants : « Comment arrivez-vous à jongler avec tout cela ? »

Et, exclusivement pour les femmes sans enfants : « Est-ce que vous voulez fonder une famille ? »

Kate veillait discrètement au bon déroulement des interviews depuis la salle de bains. Assise sur le bord d'une baignoire en marbre, elle guettait les questions expressément bannies par l'entourage de la célébrité. C'était bizarre. Elle n'était pas censée assister à l'interview, mais tous ceux qui participaient à la scène savaient qu'elle écoutait et, quand un journaliste s'aventurait en territoire interdit, elle devait jaillir de la salle de bains tel un garde du corps et mettre un terme à l'entretien. Kate détestait ce rôle, qui la rendait toujours nerveuse. Souvent, les journalistes étaient bien plus âgés qu'elle et c'était étrange de les interrompre, elle avait un peu l'impression de les priver de leur liberté d'expression. Pourquoi ne pouvaient-ils pas poser les questions qu'ils voulaient ? Pour quelle raison les stars auraient-elles été incapables d'expliquer qu'elles ne voulaient pas répondre à ceci ou à cela ?

Elle avait demandé à sa boss, Mica, la cheffe du département marketing, et Mica avait planté son regard dans le sien avant de répondre : « C'est que les stars sont de gros bébés qui ont besoin qu'on fasse tout à leur place. Elles perdent toute capacité à prendre des décisions. »

Kate avait éclaté d'un bref rire nerveux.

« Tu généralises, non ? »

Mica ne la quittait pas des yeux. Elle portait des créoles en or, un rouge à lèvres corail mat, ses cheveux étaient coupés en un carré court, et tout son look était un peu intimidant.

« Ma chérie, ce n'est pas notre job de nous demander pourquoi c'est fait de cette façon. Notre job, c'est de le faire. OK ?

— OK, mais…

— Non. Tu vois, chérie, c'est exactement ce qu'on ne fait pas. On ne commence pas à discuter de ça. On n'a pas envie que la promotion de notre beau petit film soit perturbée par un crétin qui raconte… je ne sais pas… que Hitler n'était pas si mal, par exemple. »

Kate ricana.

« Quand même…

— Tu serais surprise, chérie, dit Mica en croisant les bras, ce qui fit tinter les bracelets en or à ses poignets. Tu serais surprise. »

Kate suivit le conseil de Mica et fit ce qu'on lui demandait. Elle monta dans le département marketing et finit par remplacer son ancienne boss, partie créer une marque *lifestyle* de leggings de luxe et de rouleaux en cristal pour le visage en expliquant qu'elle était en burn out et qu'elle voulait ralentir le rythme, mener une existence qui aurait plus de sens. Kate avait acheté des trucs sur son site Internet, une fois. Ce n'était pas mal, mais hors de prix. Les leggings avaient des fermetures éclair dorées aux chevilles.

Quelques mois plus tard, l'un des films de la boîte de prod sombra dans les abîmes du box-office après une conférence de presse au cours de laquelle le réalisateur avait expliqué qu'un livre écrit par un négationniste notoire n'était « pas sans mérite », et Kate se souvint de ce que Mica lui avait dit. Elle n'était même pas choquée. Elle adressa un mémo sur la gestion de la crise aux distributeurs du film. Tout son travail consista à limiter la casse en détournant l'attention et en rédigeant des excuses que le réalisateur finit par signer sans les avoir lues. Ils postèrent le texte sur Twitter, où il reçut vingt-cinq mille likes.

Maintenant, Kate voyait des filles comme elle démarrer avec le même idéalisme et la même candeur qu'elle, et elle comprenait à quel point Mica avait dû la trouver agaçante. Cependant, toutes ces expériences l'avaient endurcie – imperceptiblement au départ, puis comme d'un seul coup, lui donnant l'impression que sa transformation s'était opérée en une nuit. Elle avait perdu son amour pour les films grand public et oublié ses anciennes certitudes sur le pouvoir de l'art, sa capacité à transformer les gens. Elle considérait avec cynisme les campagnes de pub, les opérations de promotion grossières dans les suites d'hôtel, le lobbying sans fin dans les festivals et les requêtes stupides des stars hollywoodiennes qui exigeaient qu'on leur dégote un chef macrobiotique à 3 heures du matin à Soho. Ce qui explique pourquoi, lorsque Ajesh lui avait demandé son aide pour son film, elle avait sauté sur l'occasion. Elle avait apprécié de s'intéresser de nouveau à un projet ; de travailler tard le soir sur la table pliante de son salon, qui faisait aussi office de bureau. Elle sortait moins avec ses collègues, et elle s'apercevait que cela ne lui manquait pas. Elle était plus âgée, elle avait moins d'énergie, la coke commençait à la lasser, elle était prête à ce que les choses changent, comme un joueur de jeux vidéo pressé d'arriver au niveau suivant. Quand Jake avait débarqué à la fête de ses trente ans, elle avait su. Senti que c'était ce qu'elle attendait. Il n'y avait pas que lui. Il y avait tout ce qu'il représentait. La vie adulte. L'intimité. Se ranger. S'extraire du jeu.

Il était très sincère, ce qu'elle adorait. Il ne fonctionnait pas comme les gens de son monde, qu'il ne comprenait pas. Les paillettes et les noms connus ne l'impressionnaient pas. Il aimait les chiffres, les feuilles de calcul, les opérations mathématiques avec un sens précis. Et il l'aimait beaucoup, elle, ça se voyait. Au bout de trois mois, il lui proposa d'emménager chez lui. Kate était locataire tandis que Jake, avec son côté pratique, avait acheté son appartement avant l'explosion du marché immobilier. Il occupait un étage entier d'une vieille demeure à Battersea, près du parc. L'ancienne Kate aurait tordu le nez à cette idée, persuadée que c'était un quartier bien trop snob et huppé : ce coin du sud-ouest de Londres ne pouvait être peuplé que de jeunes étudiants en pantalon rouge et doudoune sans manches destinés à devenir experts fonciers dans le but exprès de pouvoir un jour gérer le domaine familial. Mais la Kate de trente ans décida de ne pas être aussi obtuse que la Kate de vingt ans l'aurait été. D'ailleurs, le salaire de Jake était bien supérieur au sien et il se proposait de payer le plus gros des traites mensuelles, ne lui demandant qu'une contribution négligeable.

L'appartement lui-même était plus joli qu'elle ne l'aurait cru : le plafond était bas mais il y avait de grandes fenêtres, deux chambres dont l'une avec salle de bains privative, des tapis marocains un peu partout au sol, et, dans la cuisine, des étagères blanches garnies d'une vaisselle à motifs que la mère de Jake lui avait offerte. La grande salle de bains avait une douche immense que Jake appelait la « salle d'eau ».

« C'est une douche, Jake, avait rectifié Kate après son emménagement.

— Non, c'est une salle d'eau, avait-il dit en l'attrapant par les épaules pour lui masser le dos, faisant rouler ses pouces sur les nœuds. C'est ce qu'a dit l'agent immobilier. »

Elle avait ri.

« Ah, dans ce cas… C'est vrai que les agents immobiliers sont connus pour dire toujours la vérité. »

Il s'était penché vers elle, l'avait embrassée, et elle s'était pressée contre lui pour sentir sa chaleur, sa solidité et les battements réguliers de son cœur.

« Je t'aime », avait-elle dit, et jamais elle ne l'avait autant pensé.

Le sexe était bon. Pour être tout à fait franche, ce n'était peut-être pas le meilleur amant qu'elle avait connu, mais dans le contexte, ça allait. Le contexte étant que c'était un homme bien et qu'il l'aimait. Chaque fois qu'elle avait trouvé le sexe exceptionnel par le passé, c'était avec des narcissiques finis qui se glorifiaient de leurs performances et n'envisageaient en aucun cas un rapport amoureux. Elle avait confondu l'angoisse qui nouait le ventre avec les premiers signes d'une passion romantique, cru à tort que l'amour était forcément incertain, comme une valise à moitié faite attendant un voyage sans cesse ajourné.

À l'inverse, avec Jake, elle était rassurée. En sécurité. Il était attentionné au lit, il lui demandait toujours ce qu'elle voulait, s'inquiétait de savoir s'il lui faisait mal, si sa position était confortable, si elle prenait du plaisir, même si au fond tout ce que Kate voulait c'était se faire dominer et baiser dans les règles, sans blabla inutile. Elle parlait beaucoup trop dans la vie de tous les jours pour avoir envie de bavasser au lit. Elle en avait tellement marre des négociations, tellement marre de ces gens qui ne savaient pas ce qu'ils voulaient. Mais elle avait honte de ses désirs secrets, contre lesquels son surmoi féministe se révoltait. Alors, la normalité du sexe avec Jake finit par sécréter une sorte d'apaisement.

Ce qu'il y avait de plus excitant chez Jake, c'était qu'il avait toujours envie d'elle. Cela lui donnait l'impression d'être sensuelle et désirable. Le sexe devint meilleur à mesure qu'ils passèrent du temps ensemble. Jake finit par apprendre comment son corps réagissait au toucher, et Kate s'efforça de débrancher ses pensées pour ne plus exister que comme une pure entité physique, et de cette manière ça fonctionna. Pour un temps, en tout cas.

14

Plus tard, lorsque leur vie aurait implosé, Kate se mettrait au défi de trouver le moment exact où ça avait commencé à dérailler. Elle n'en avait pas eu conscience sur le moment mais, rétrospectivement, elle arriva à la conclusion que c'était quand elle avait rencontré la mère de Jake. C'est à cette occasion que les premières tensions avaient eu lieu entre eux, et le malaise était resté ensuite, comme un éclat de verre oublié sur le carrelage de la cuisine après qu'un plat s'est brisé : on ne le remarque pas jusqu'au jour où on marche dessus pieds nus.

Ils étaient ensemble depuis six mois lorsque Annabelle avait lancé son invitation. La mère de Jake l'appelait tous les dimanches à 17 heures pour prendre des nouvelles. Kate entendait son timbre de voix strident à l'autre bout du fil quand il discutait avec elle, assis sur le canapé du salon, et elle avait remarqué que Jake changeait de voix quand il lui parlait. Il donnait l'impression de rechercher son approbation.

Kate trouvait étrange qu'un homme de son âge ait une relation aussi soumise et mielleuse avec sa mère. Les rares fois où Jake manquait le créneau de 17 heures, Annabelle lui faisait sentir combien il l'avait heurtée.

Un dimanche soir où Kate et Jake étaient allés au cinéma, en rallumant son téléphone à la fin de la séance, il avait trouvé quatre appels en absence et trois messages d'Annabelle, de plus en plus frénétiques.

« Merde, fit Jake. Je ferais bien de l'appeler. Sinon elle va s'inquiéter.

— OK », répondit Kate en se dégageant de son bras.

Il n'était pas question d'interférer dans leurs rapports, mais elle voulait tout de même lui faire comprendre que c'était bizarre.

Il appela, Annabelle finit par se radoucir, et le lendemain il lui envoya un bouquet de fleurs, ce que Kate trouva plus qu'exagéré.

« J'imagine que je devrais être contente que la seule autre femme dans ta vie soit ta mère, dit-elle sur le ton de la plaisanterie, mais ce n'était pas vraiment une plaisanterie.

— Tu es la seule avec qui j'ai envie de coucher. »

Ce n'était pas assez rassurant pour Kate. Elle nota qu'il n'avait pas critiqué Annabelle et n'avait pas cherché non plus à prendre ses distances avec elle.

« Ma foi, c'est un soulagement.

— Elle va t'adorer. »

Là encore, ce n'était pas ce que Kate voulait entendre.

Elle laissa tomber. Jake lui expliqua qu'il était proche de sa mère parce qu'il était son seul garçon, et l'aîné qui plus est, si bien qu'Annabelle lui faisait totalement confiance. Mais il semblait étrange qu'elle ne se tourne jamais vers ses filles ou vers son mari, le père de Jake.

« Oh, Chris n'est pas très doué pour ce genre de choses », lui expliqua Jake d'une manière si automatique qu'elle eut le sentiment qu'il répétait une leçon apprise par cœur.

Il appelait son père par son prénom quand il voulait le diminuer.

« Quel genre de choses ? demanda-t-elle.

— Eh bien, il est très gentil, aimable et tout, mais il n'a pas vraiment de colonne vertébrale. C'est ma mère qui porte la culotte.

— Je croyais qu'il était médecin.

— Oui, généraliste. À la retraite. Il n'a pas fait d'étincelles.

— Et tes sœurs ? »

Il tressaillit.

« C'est compliqué. Il y en a deux qui habitent à l'étranger, et Millie ne donne jamais de nouvelles…

— Ta mère pourrait quand même l'appeler.

— Elle le fait. Mais on a toujours été plus proches. »

Il revint à ce qui l'occupait – un match de rugby à la télévision –, son bras passé sur ses épaules, et la discussion fut close. Il ne comprenait jamais le sous-texte ou les ressorts profonds des questions de Kate. Il la trouvait parfaite et ne devinait jamais rien des pensées qui la travaillaient. Cela faisait partie de son charme inconscient, elle le savait – on ne pouvait pas tout avoir, de toute façon.

Ainsi donc, il valait mieux éviter le sujet de sa famille. D'ailleurs, Annabelle et Chris vivaient à plusieurs centaines de kilomètres, à Tewkesbury, et tant que Kate n'avait pas à passer de temps avec eux, elle se disait qu'il ne servait à rien de creuser.

Mais un jour l'invitation tomba, *via* un de ces appels du dimanche soir. Jake était comme d'habitude assis sur le canapé tandis que Kate feuilletait un magazine dans la chambre. Elle l'entendait parler.

« Oui, maman. »

« Très bien, merci. »

« Oh, on ne fait pas grand-chose ce week-end, en fait. Le projet est vendu, donc c'est tout bon. »

« Oui. »

« Hum-hum. »

« Oh. OK. Ouaip. »

« Euh, non, elle n'est pas à côté de moi. Il faut que je lui demande. »

Il entra dans la chambre et lui tendit le téléphone.

« C'est ma mère. Elle veut te parler. »

Kate avait l'étrange sentiment qu'elle allait s'entendre dire d'aller jouer plus loin, comme si Annabelle risquait de lui exprimer sans ambiguïté qu'elle n'était pas assez bien pour son fils adoré. Au lieu de saisir le téléphone, elle rabattit la capuche de son sweat pour enfouir sa tête dans le cocon de coton, comme une enfant. Elle ne savait même pas pourquoi elle faisait cela. Jake secoua le téléphone en articulant en silence : « Prends-la. »

Elle finit par saisir le combiné et le coller contre son oreille.

« Allô ?

— Bonjour. Kate ? »

La voix était claire, impérieuse.

« Oui.

— C'est Annabelle, la mère de Jake.

— Oui. Je sais. »

Annabelle eut un petit rire sec et Kate se rendit compte que sa réponse était impolie.

« Comment allez-vous ? demanda-t-elle avec un entrain forcé. Je suis ravie de vous parler !

— Moi aussi, je suis contente de vous parler, Kate, et de mettre une voix sur ce nom que j'entends sans cesse. Je crois qu'avec Jake, vous… » Une pause, brève mais pesante… « vous vous *fréquentez* depuis, quoi, trois ou quatre mois ?

— Six mois, en fait, mais…

— Six ! Mon Dieu ! »

Kate regarda Jake, adossé contre l'encadrement de la porte, bras croisés, le front légèrement plissé. Elle se demanda s'il avait délibérément raccourci la longueur de leur relation pour que sa mère ne se sente pas menacée.

« Et vous passez déjà beaucoup de temps ensemble, continua Annabelle. On dirait que vous êtes toujours chez lui quand j'appelle.

— Eh bien, je… » Donc, Jake n'avait pas dit à sa mère qu'ils vivaient ensemble. « En effet, conclut-elle pauvrement.

— Écoutez, je dois me dépêcher parce que j'ai une paella au four, mais je disais justement à Jake que j'aimerais que vous veniez déjeuner un week-end. Le jour qui vous conviendra. Je sais que vous, les jeunes, vous êtes tout le temps occupés, alors je vous laisse choisir la date et on se débrouillera. Sauf le 20. Je ne peux pas, le 20, à cause de la chorale. Et pas le 30 non plus, mais n'importe quelle autre date sinon, ce sera *par-fait*.

— Merci », dit Kate, même si c'était le genre d'invitation qu'elle n'aimait pas. Il était impossible de trouver une excuse valable quand en face on ne proposait pas de date précise. « J'en serai enchantée.

— Formidable. J'ai hâte. »

Le silence entre elles se prolongea quelques secondes de trop. Kate regardait ses pieds au bout du lit. Elle portait des chaussettes en laine marron. Plus loin, elle apercevait les cimes des arbres du parc et une petite traînée de nuages rougeâtres.

« Vous pouvez me repasser Jake ?

— Oh oui, bien sûr, pardon. »

Elle tendit le téléphone. Jake haussa les sourcils d'un

air interrogateur, mais elle fit semblant de ne pas l'avoir vu et se replongea dans son magazine. Kate détestait rencontrer la belle-famille. C'est pour cela qu'elle n'avait pas parlé à Jake de rencontrer ses propres parents. C'étaient des gens très gentils, très bien, qui votaient conservateur et vivaient dans une maison mitoyenne, mais qui avaient assez peu de rapport avec ce qu'elle était maintenant. Ils ne la comprenaient pas et elle ne les comprenait pas, et des deux côtés on respectait ce constat. Elle se méfiait des adultes incapables de s'inventer hors de l'unité familiale. Elle ne voyait pas au nom de quoi elle devait se conformer aux conventions et se traîner à la campagne, les cheveux sagement noués en queue-de-cheval, jusqu'à la maison d'Annabelle la bourgeoise avec son mari effacé, Chris, juste parce qu'elle avait choisi d'avoir une relation avec leur fils.

Le lit se creusa – Jake s'allongeait près d'elle. Elle le sentit se lover contre elle, ses genoux venant se caler derrière les siens. Il l'embrassa dans le cou.

« Ça va ? demanda-t-il. Je sais que c'est le genre de choses que tu détestes mais je voulais te dire que j'apprécie les efforts que tu fais. »

Elle tâcha de se détendre.

« Maman va t'adorer, j'en suis sûr. »

Elle se tourna vers lui et l'embrassa.

« Je le ferai pour toi. »

Et elle tint parole.

Trois semaines plus tard, ils firent la route jusqu'à Tewkesbury. Cette voiture était leur premier gros achat en commun, Jake avait fouiné pendant des jours sur le site AutoTrader avant de dénicher une occasion valable : une Volkswagen Polo gris argent avec un nombre de kilomètres raisonnable au compteur, à vendre 2 000 livres seulement à cause d'une rayure à l'avant qui ne les dérangeait ni l'un ni l'autre. La description alertait sur le fait que la voiture n'avait été conduite « que par des femmes », ce que Kate avait trouvé hilarant.

« On devrait envoyer un e-mail pour demander quel *genre de femmes* c'était, avait-elle commenté, amusée.

— À quel genre de femmes refuserais-tu d'acheter une voiture ? avait-il demandé en souriant.

— Une femme vulgaire, qui ne se respecte pas. Tu sais, celles qui portent trop de lycra et qui clopent par la vitre côté passager de la bagnole de leur meilleure amie. »

Il avait éclaté de rire sans comprendre la référence à *No Scrubs* de TLC. Il n'écoutait jamais de musique, préférant les émissions de sport ou d'info à la radio. Ils avaient juste un amour commun pour Oasis.

« On examinera les femmes en question, avait dit Jake en l'attirant à califourchon sur ses genoux. Et si on ne les trouve pas au niveau, on refusera d'acheter leur voiture. »

Ils s'étaient embrassés, et lorsqu'elle s'était écartée de lui pour contempler son beau visage, Kate avait songé qu'elle n'avait jamais autant aimé quelqu'un. Ce n'était pas seulement de l'amour, qui n'était pas toujours synonyme de complicité. Là, elle avait les deux.

Lorsqu'ils s'étaient rendus dans une petite tour des années 1950 à Lambeth pour acheter la voiture, ils n'étaient pas tombés sur une femme vulgaire mais sur un homme qui avait pris leur argent et donné les clés.

« Voilà, mon cher, comment fonctionne le patriarcat, avait dit Kate, assise sur le siège passager, tandis que Jake manœuvrait pour sortir du parking.

— Ça te dérange que j'oublie le patriarcat une journée si ça me permet de faire une bonne affaire sur une voiture ?

— Je ne sais pas trop, mais pour cette fois je vais laisser couler. »

Elle avait passé les doigts sur son avant-bras semé de taches de rousseur et, quand ils avaient fait l'amour, elle s'était imaginée renversée sur le capot de la voiture, avec la chaleur du moteur qui montait dans ses reins, tandis qu'elle jouissait.

Elle y repensa tandis qu'ils allaient rencontrer les parents de Jake. Ils n'avaient jamais baisé dans la voiture. Certes, elle était trop petite et ça n'aurait pas été confortable, mais elle aimait bien l'idée. Elle aurait été gênée de le proposer à Jake, de peur qu'il ne se moque d'elle et la prenne pour une perverse. Son attitude vis-à-vis du sexe ressemblait à sa vision de la vie, à savoir : moins il y a de complications inutiles, mieux ça vaut.

Elle tourna la tête et observa Jake de profil au volant – c'était toujours lui qui conduisait, parce qu'il était plus doué qu'elle. Il avait pris le soleil à leur pique-nique de la veille au parc de Battersea – où ils avaient apporté une couverture, une bouteille de rosé, une baguette et un pot d'houmous du supermarché dans l'objectif avoué de s'enivrer dans la chaleur de l'après-midi.

« Ça va ? » lui demanda Jake.

Elle hocha la tête.

« Ne sois pas nerveuse. Tu es superbe. »

Kate n'était pas nerveuse, contrairement à ce qu'il croyait. Elle savait être polie, charmante, convenable, mais surtout, elle sentait qu'il était plus sage de ne pas tenter de conquérir le cœur d'Annabelle ou d'établir une fausse connivence avec elle. Elle avait l'intuition qu'il était préférable de la garder à distance.

Elle alluma la radio pour couper court à la conversation. La voix d'une chanteuse pop qui avait forcé sur la réverbe monta dans l'habitacle. Bien qu'elle n'éprouve aucune nervosité, elle avait choisi sa tenue avec soin. Pas parce qu'elle souhaitait impressionner Annabelle, mais pour se sentir autant en confiance que possible. Elle avait donc mis son jean préféré, des talons compensés et une blouse moutarde déboutonnée en haut pour révéler un gros collier en or. Elle avait utilisé le sèche-cheveux ce matin, si bien que sa chevelure était plus volumineuse que d'ordinaire, et elle avait travaillé ses mèches rebelles pour dessiner un carré plus net. Rouge à lèvres, mascara sombre, une touche de fard sur les pommettes, et le tour était joué. Elle savait que Jake aimait le rouge à lèvres. Il trouvait que ça lui donnait l'air d'une Parisienne, et chaque fois qu'il disait cela, elle riait de la permanence aveugle du désir masculin.

Il leur fallut trois heures pour arriver à destination, ils traversèrent les collines de Chiltern, l'interminable succession des ronds-points de Swindon, puis la campagne idyllique des Cotswolds, et enfin Jake mit le clignotant et s'engagea dans une petite voie privée débouchant dans la cour d'une imposante maison de brique rouge. Quand Jake évoquait sa maison d'enfance, il parlait toujours d'une ferme, mais Kate comprit que ce n'était pas tant une vraie ferme que la version idéalisée et bourgeoise de ce que ses habitants croyaient être une ferme. Elle compta quatre cheminées sur le toit, et il y avait des linteaux de pierre sculptés à chaque fenêtre. La porte d'entrée était flanquée de part et d'autre de deux arbres miniatures élagués pour que le branchage et les feuilles forment deux parfaites sphères vertes. Le gravier de l'allée était si propre qu'il semblait tiré d'un décor de théâtre. La maison était entourée de champs et de bois, et, en sortant de la voiture, Kate entendit des oiseaux chanter.

« Tu me charries, dit-elle comme il la prenait par la main.

— Quoi ?

— C'est magnifique. »

Il rougit.

« Merci. »

Elle n'avait pas voulu faire un compliment. « Magnifique » n'était pas le bon mot, se dit-elle. C'était *intimidant*, et elle s'en voulait de se sentir intimidée.

La porte s'ouvrit avant même qu'ils aient appuyé sur le bouton de la sonnette d'époque victorienne.

« Mon chéri ! »

Annabelle se précipita dans les bras de Jake, enfouissant sa tête dans son cou. Leur étreinte dura plusieurs secondes avant qu'elle le lâche.

« Et vous devez être Kate. »

Annabelle s'avança vers Kate et prit ses deux mains dans les siennes.

« Laissez-moi vous regarder, dit-elle en la scrutant des pieds à la tête. Vous êtes très *mince*, dites ! »

Jake s'esclaffa.

« Maman, arrête ! Tu es obsédée par le poids.

— Oh, je plaisante. C'est un compliment pour nous, les femmes, pas vrai, ma chère ? »

Elle obligea Kate à l'embrasser et Kate ferma les yeux, craignant que son agacement ne se voie.

« Je suis tellement contente que vous soyez là, dit Annabelle en regardant Jake par-dessus l'épaule de Kate. Entrez, entrez. »

L'accolade se termina de manière abrupte, et Annabelle entra dans la maison.

« Moi aussi, je suis heureuse de vous rencontrer », répondit Kate en lui emboîtant le pas.

Il faisait frais dans l'entrée, dont le carrelage à motif rouge et noir rappelait à Kate la pension de son enfance. Dans la pénombre, elle put enfin examiner Annabelle. Elle était grande, avec un maintien élégant. Son corps dégageait une certaine force malgré sa sveltesse. Elle avait de grandes mains et de longs doigts ornés de fines bagues dorées. Elle était très bronzée, avec sur le côté droit du visage deux taches de vieillesse en forme d'archipel brun pâle. Ses yeux étaient d'un bleu clair, comme celui d'une mer peu profonde à travers laquelle on voit le sable. Elle portait un ample gilet de lin blanc par-dessus un caraco vert cendré, un pantalon de lin blanc et des babouches mauves dont elle avait replié le cuir sous les talons, exposant ses chevilles.

« Salut, papa », dit Jake, et Kate vit une silhouette apparaître dans l'encadrement d'une porte. Chris serra la main de son fils, puis vint vers Kate et l'embrassa sur les deux joues. Il portait un chandail bordeaux avec des pièces aux coudes, et son regard était aimable.

« C'est gentil de votre part d'avoir fait tout ce chemin », dit-il d'une voix qui se perdit aussitôt en sinistres échos dans la maison.

Il les invita à le suivre dans le parloir, comme il l'appelait, une pièce fleurie et légère dont les fauteuils anciens étaient tapissés de motifs de muguet.

« Et maintenant : buvons. »

Chris s'affaira devant un meuble-bar sous l'étagère de livres. Kate repéra un exemplaire de *Civilisation* de Kenneth Clark et plusieurs photographies encadrées d'enfants mal peignés. Elle se rendit compte qu'elle avait toujours à la main le bouquet de tulipes qu'elle avait achetées chez le fleuriste à Battersea. Les tiges commençaient à s'écraser sous le papier brun qui les enveloppait, déjà détrempé.

« Oh, j'oubliais, Annabelle, c'est pour vous. »

Annabelle la regarda bizarrement. Elle s'avança dans sa toilette en lin, prit les fleurs et les tint à bout de bras comme si elles risquaient de la tacher. Son sourire figé semblait faux.

« Merci, Kate, s'extasia-t-elle. J'allais vous dire qu'on ne fait pas de chichis dans cette maison et que vous pouvez m'appeler Annabelle, mais je suis heureuse que vous vous sentiez suffisamment à l'aise pour avoir de vous-même pris cette liberté. » Elle pencha la tête pour respirer le parfum des fleurs. « C'est très gentil de votre part. Normalement, je ne m'embête pas avec des fleurs coupées, vous savez, nous avons tellement de beautés dans le jardin. Oh ! » Elle eut un bref éclat de rire. « Suis-je bête ! Bien sûr que non, vous ne pouvez pas savoir. C'est la première fois que vous venez ici, n'est-ce pas ? Pardonnez-moi, ma chère, je m'y perds avec toutes les "amies" que Jake nous a présentées. » Elle avait prononcé le mot « amies » comme entre guillemets. « Quelle idiote je fais. On vous fera visiter tout à l'heure, d'accord, Jake ? Vous irez voir le petit cottage que nous avons restauré dans l'une des dépendances. Oui. Charmant. » Elle leva en l'air les tulipes, qui semblèrent presque se faner sous son regard. « Vraiment, elles sont… *superbes*. Voyons voir, il faut que j'essaie de me souvenir où sont les vases. Asseyez-vous, asseyez-vous, je vous en prie ! »

Annabelle gesticulait en direction des fauteuils.

Ils s'assirent. Elle sortit de la pièce non sans avoir pressé l'épaule de Jake de sa main libre et déposé un baiser sur son crâne comme s'il était un gros bébé. Kate croisa le regard de Jake. Il lui fit un clin d'œil. Elle se força à respirer lentement. Quelques heures à tenir et ils s'échapperaient.

« Et voilà. »

Chris lui mit un immense verre de gin-tonic dans les mains. Elle but une grande gorgée tandis qu'Annabelle revenait dans le parloir avec un verre de vin blanc pour lancer un toast improvisé. Kate faisait attention à ne pas boire trop vite.

« Je voulais juste vous dire à quel point je me réjouis d'avoir Jake à la maison et de rencontrer sa très chic petite amie.

— Bien dit ! » renchérit Chris, au milieu de la pièce, en levant un verre de gin encore plus grand que celui de Kate.

Son sourire flottant suggérait que ce n'était pas son premier de la journée.

Annabelle prit place sur le sofa à côté de Jake, posant sa main libre sur sa cuisse comme si elle en était propriétaire ; Kate s'installa dans un fauteuil trop raide à l'autre bout de la pièce. Chris s'apprêtait à s'asseoir sur un pouf en cuir usé près de la cheminée, mais Annabelle l'interrompit : « Cacahouètes, mon chéri !

— Oh, oui, pardon », dit-il en se redressant aussitôt, ce qui fit craquer tout son squelette.

Il se dirigea vers le bar, sortit un paquet de format familial et en versa une portion ridicule dans un minuscule bol en cristal qu'il déposa cérémonieusement sur la table basse encombrée de vieux exemplaires de *Maison & Jardin*. La table étant trop loin pour Kate, elle se contenta de boire son cocktail et eut bientôt la tête qui tournait. Chris avait eu la main lourde sur le gin.

« Alors », dit Annabelle en se renversant dans le sofa, les jambes croisées avec grâce. Kate avait lu quelque part que les femmes de la haute société croisaient les jambes selon un angle précis pour que leur peau ne garde pas de rougeurs. « Comment vous êtes-vous rencontrés ?

— Je me suis incrusté à la fête d'anniversaire pour les trente ans de Kate, dit Jake en se tournant vers Kate avec un grand sourire.

— Mon Dieu, dit Annabelle. Mais c'est malpoli !

— Ça allait, Annabelle. Il est arrivé avec du champagne, alors je l'ai laissé entrer. »

Elle avait décidé d'utiliser le prénom de la mère de Jake autant que possible au cours de la conversation.

« J'aurais fait pareil », dit Chris en gloussant.

Annabelle ne riait pas, elle regardait Kate droit dans les yeux, un léger sourire au coin des lèvres. Elle ne fit aucun commentaire, et il y avait du pouvoir dans son silence. Kate sentit un picotement sur sa nuque. Elle but une gorgée de gin sans chercher à relancer la conversation, comme elle l'aurait fait en temps normal. Elle sentait qu'Annabelle la testait, et elle refusait de céder. Le silence s'éternisa jusqu'à ce que Jake se penche pour prendre des cacahouètes et fasse le tour de la pièce pour en proposer aux autres.

« Tu ne peux pas te servir de là où tu es », dit-il à Kate, qui fut contente qu'il s'en soit aperçu.

Ils déjeunèrent dans la cuisine (« Inutile de se mettre dans la salle à manger alors que nous ne sommes que quatre, non ? » trancha Annabelle), sur une longue table en pin couverte d'une nappe en tissu lavande, dont Kate apprit qu'ils l'avaient rapportée d'un de leurs nombreux séjours en Provence. La vaisselle offrait encore plus de motifs floraux que le mobilier du parloir, et le pain aux céréales fut servi tranché dans un bol sur lequel était écrit « BOL ». Les manches des couteaux et des fourchettes étaient en ivoire, jaune nicotine.

Pour sortir des cuisses de poulet fumantes et des citrons confits de sa cuisinière en fonte, Annabelle fit tout un cinéma, attachant ses longs cheveux d'un blond cendré et mettant un tablier. Le plat était accompagné de pommes de terre écrasées et de brocoli bouilli.

« Blanc ou rouge ? demanda Chris en montrant une bouteille de chaque. Le rouge est un bon petit cru. Le blanc est un sancerre très frais.

— Ou rosé. Je sais qu'il y a des gens qui aiment le rosé, ajouta Annabelle comme s'il s'agissait d'une manie bizarre, voire d'une faute de goût.

— Rouge, s'il vous plaît », répondit Kate, qui vit ensuite les autres prendre du blanc.

La conversation fut dominée par Annabelle, qui posa une ribambelle de questions à Jake sur son travail, et comment tel collègue se portait, et quels étaient ses projets à l'avenir, et ton appartement au fait, et as-tu acheté l'étagère que tu aimais, etc. Pour Kate, l'objectif était évident : elle voulait lui montrer qu'elle connaissait tout de l'intimité de son fils, ce qui ne laissait de place pour personne d'autre.

Jake, qui n'avait pas de zones d'ombre et qui n'aurait pas pu repérer une arrière-pensée chez quelqu'un même si sa vie en avait dépendu, répondit avec volubilité puis se resservit, et Annabelle loua son appétit.

« En voulez-vous encore, Kate ? lui demanda-t-elle en poussant le plat de poulet dans sa direction. Je vous en prie. Ça ne peut pas vous faire de mal.

— J'ai assez mangé, je vous remercie, Annabelle. C'était délicieux. »

Annabelle se redressa, les épaules en arrière, et remit le plat au milieu de la table.

« Quel dommage de laisser des restes. Je vais te préparer un Tupperware, Jake.

— Hum, oui, avec plaisir. Merci, maman. »

Sous la table, Kate serra le poing et enfonça ses ongles dans sa paume.

« Je vous ressers ? » proposa Chris, qui commença à remplir son verre avant qu'elle ait eu le temps d'accepter.

Elle avait déjà compris que l'alcool rendrait plus supportables ses rapports avec la mère de Jake, et elle se demanda combien de temps Chris avait mis à parvenir à la même conclusion.

Ils retournèrent dans le parloir prendre le café, agrémenté d'une vieille boîte de chocolats sans doute pêchée au fond d'un placard où ils gardaient ce qu'on leur offrait et qui ne les intéressait pas. Kate prit une truffe au praliné par politesse et remarqua qu'elle était couverte d'une fine couche de sédiment blanc, ce qui trahissait une date de péremption dépassée de plusieurs mois. Elle l'avala en deux rapides bouchées pour ne pas en sentir le goût.

Annabelle continuait son assaut conversationnel tandis que Chris, passé entre-temps du vin au whisky, hochait la tête par intermittence pour faire croire qu'il écoutait. Elle décrivit leurs projets pour l'été (la Provence, suivie peut-être d'un « tour » à Séville même s'il y faisait excessivement chaud à cette période) avant de leur offrir un compte rendu exhaustif de l'actualité des sœurs de Jake (Millie venait de décrocher une promotion, Julia se plaisait davantage à Hong Kong qu'elle ne l'aurait cru, et Crapaud avait pris la tête de son département à l'université de Dublin).

« Pourquoi l'appelez-vous Crapaud ? » demanda Kate.

Annabelle, surprise de cette interruption impromptue, se racla la gorge.

« Ma foi, c'est son surnom, nous l'avons toujours appelée de cette façon dans la famille, n'est-ce pas ?

— À vrai dire, je l'appelle plutôt Olivia aujourd'hui, dit Jake.

— Pourquoi donc ?

— C'est un peu bizarre d'appeler sa sœur avec le nom d'un amphibien, quand on est ailleurs qu'ici. »

Kate rit.

« Mais c'est affectueux ! protesta Annabelle. Bref, Kate, pour répondre à votre question, quand elle était bébé, elle faisait de drôles de bruits au moment de faire son rot. Un peu comme *croak*, *croak*, et puis Julia était encore petite et n'arrivait pas à dire "Olivia". Crapaud, c'était plus facile et mignon... Enfin, vous savez comment ces choses se font. »

À vrai dire, Kate ne savait pas comment « ces choses » se faisaient. Elle n'avait jamais rencontré une famille prête à appeler une fille adulte « Crapaud ». C'était un privilège particulier que de pouvoir donner à ses enfants des surnoms peu flatteurs sans que cela affecte leurs chances dans la vie. Kate n'avait jamais eu de surnom, et elle les trouvait infantilisants et stupides. Elle frissonnait même quand Jake l'appelait « chouchou ».

Le bavardage d'après manger se prolongea encore deux heures, au cours desquelles Annabelle posa très exactement *une* question à Kate sur son travail, dont elle n'écouta pas la réponse. Enfin, Jake profita d'un blanc dans la conversation pour dire : « On ferait bien d'y aller, il commence à faire noir », et il s'approcha de Kate, la prit par la main et, lorsqu'elle se leva, lui déposa un bref baiser sur les lèvres, là, devant ses parents.

« Merci », lui murmura-t-elle à l'oreille.

Il ne lâcha pas sa main tandis qu'ils traversaient le couloir pour récupérer leurs manteaux. Annabelle s'affaira autour de Jake, lui donnant un vieux sac de course de chez Waitrose rempli de boîtes Tupperware contenant les restes, tandis que Chris souriait benoîtement sur le seuil. Il devait voir double, songea Kate en lui rendant son sourire.

« Chéri, dit Annabelle en serrant longuement Jake dans ses bras. C'était merveilleux de te voir. Tu me manques, tu sais. » Sa voix était à deux doigts de se briser. « Tu devrais venir plus souvent. Je n'aime pas que tu sois tout seul, là-bas à Londres.

— Je ne suis pas tout seul, dit Jake en s'écartant. J'ai Kate.

— Bien sûr, mais ce n'est pas... »

Annabelle s'interrompit, puis s'obligea à prendre Kate dans ses bras à son tour. Kate sentit le médaillon du collier d'Annabelle contre sa clavicule. Elle arrivait à peine aux épaules de la mère de Jake.

« J'ai été ravie de vous rencontrer, Kate, dit-elle d'un ton qui semblait plus sincère qu'au début de la journée.

— Merci. Je... je suis très contente aussi, Annabelle.

— Prenez soin de mon garçon, d'accord ?

— Oh, ne vous inquiétez pas pour ça. Vous pouvez me faire confiance. »

Ils montèrent dans la voiture et firent des signes de la main par la vitre jusqu'au bout de l'allée. Puis Jake mit le clignotant et tourna à gauche sur la route.

« Merci. Tu as été extraordinaire, dit-il. Je n'ai jamais vu ma mère si... »

Méchante, pensa Kate. Froide. Condescendante. Possessive.

« ... impressionnée. »

Elle chercha sur son visage l'esquisse d'un sourire,

un rictus indiquant qu'il se moquait, n'importe quel signe disant qu'il n'était pas sérieux. Il n'y en avait pas.

« Quoi ?

— Je savais qu'elle t'adorerait.

— Attends, tu es en train de me dire… Tu penses… que ta mère a agi de cette façon parce qu'elle m'aime bien ? »

Jake se tourna vers elle, l'air surpris.

« Oui. Tu peux être sûre qu'elle t'a bien aimée. »

Kate allait faire une plaisanterie, histoire de crever l'abcès, de démontrer l'absurdité de leur conversation, quelque chose qui obligerait Jake à admettre qu'il la faisait marcher, que oui, sa mère était horrible, et non, ils ne reviendraient jamais. Mais elle se retint. L'expression de Jake l'en dissuada. Il établissait simplement un fait dont il était convaincu. Il ne voyait pas que sa mère s'était comportée comme une harpie, et le lui expliquer nécessiterait de déconstruire plus de trente ans d'influence maternelle toxique. Annabelle s'était enroulée autour de sa psyché comme une plante grimpante.

« Oh, finit par dire Kate. Tant mieux. Je n'étais pas sûre, franchement. »

Elle avait choisi ses mots avec une prudence dont elle n'était pas coutumière, comme si elle essayait de trouver son chemin dans le brouillard.

« Je crois qu'elle sent que c'est sérieux entre nous, elle n'est pas habituée.

— Non ? »

Kate posa sa main sur le genou de Jake, à l'endroit précis où elle avait vu sa mère en faire autant quelques heures plus tôt.

« Et ces nombreuses *amies* que tu as amenées et à qui tu as montré le jardin ? »

Il lui fit un clin d'œil.

« Je ne sais pas de quoi elle parle. Je n'ai fait venir que deux ou trois filles ici, et elles ne peuvent pas rivaliser avec toi.

— Vraiment ? »

Il tourna la tête pour la regarder.

« Oui. »

Il se concentra de nouveau sur la route et, pendant quelques minutes, ils roulèrent dans un silence qui n'avait rien de pesant. Au moment où elle se penchait pour allumer la radio, Jake reprit la parole.

« Je t'aime et je veux passer le reste de ma vie avec toi. »

Elle le dévisagea, le cœur battant, pleine d'espoir.

« Je sais que tu ne veux pas te marier », s'empressa-t-il d'ajouter.

Kate lui avait dit dès le départ que par absence de foi religieuse et par féminisme, elle ne voulait pas être prise au piège d'une tradition patriarcale. Son sérieux l'avait fait rire.

« Ça me va, avait-il répondu. Il se trouve que je n'ai jamais eu pour ambition d'être un patriarche religieux. Ça la foutrait mal sur mon CV. »

Là, dans la voiture, il lui dit : « Je veux fonder une famille avec toi. »

Elle posa sa tête sur son bras, sentant la douceur de sa chemise propre contre sa joue.

« C'est ce que je veux aussi. »

Kate s'émerveilla de cette vérité : elle voulait porter les enfants de Jake. C'était une sensation nouvelle, pourtant elle avait l'impression qu'elle avait été toute sa vie inscrite en elle. Jake et elle formaient une petite famille, maintenant.

À l'époque, ça semblait vraiment aussi simple.

15

Ils planifièrent tout avec soin. Kate attendrait la fin de l'année pour arrêter la contraception. Ses deux gros films seraient sortis et elle aurait moins de pression au travail ensuite. Ils commenceraient à chercher une maison plus grande dès que Kate tomberait enceinte. L'appartement était parfait pour eux deux, et peut-être avec un bébé, mais la famille s'agrandirait et ils pouvaient s'offrir plus d'espace (ou plutôt, comme Kate devait sans cesse se le rappeler, *Jake* le pouvait).

Pendant leurs promenades au parc le week-end, ils discutaient des prénoms qu'ils aimaient (Matilda pour une fille, Oscar pour un garçon), se racontaient comment ils seraient des parents différents des leurs, se chamaillaient à propos des écoles privées : Kate était farouchement contre, Jake trouvait que s'ils avaient les moyens, il était évident qu'ils devaient donner la meilleure éducation possible à leurs enfants ; ils convinrent de ne plus en parler pour le moment, puisqu'il n'y aurait pas à prendre de décision avant des années après la naissance du bébé.

C'était tellement génial d'avoir un projet à deux, un sujet de conversation perpétuel quand la discussion se traînait, une image qu'ils dessinaient ensemble, ajoutant des détails au premier plan ici et là, choisissant une couleur différente pour telle partie du ciel, prenant un pinceau plus fin pour peindre la figure minuscule qu'ils allaient concevoir. Kate était rassurée d'être avec quelqu'un qui n'avait pas peur d'un engagement à long terme, qui croyait à l'égalité, au partage et à la communication. Après tant d'années à rencontrer des hommes n'ayant que des miettes d'affection à offrir, c'était une lente révélation d'être nourrie d'amour en abondance. Jamais il ne l'avait laissée tomber, même quand sa mère avait tout fait pour les séparer.

Après ce déjeuner du dimanche sous tension, Annabelle avait soumis Jake à un tir de barrage de coups de fil : était-il sûr pour Kate ? Était-il vraiment amoureux ? N'allaient-ils pas un peu trop vite ? Elle disait cela uniquement parce qu'elle l'aimait, bien sûr – il comprenait, n'est-ce pas ? –, et ainsi de suite jusqu'à ce que Jake, malgré sa tendance à toujours accorder à sa mère le bénéfice du doute, finisse par ignorer son numéro quand il s'affichait. Même lui – le dévoué Jake, rempli d'amour filial – ne pouvait donner à Annabelle la quantité astronomique d'attention qu'elle réclamait. Par la suite, Annabelle tenta d'appeler Kate, elle lui laissa des messages pour l'inviter à prendre un café la prochaine fois qu'elle viendrait en ville : « Je passe chez Peter Jones, j'adorerais qu'on se voie. Entre filles. »

Kate répondit par des textos fuyants, et peu à peu l'échange se tarit.

« Elle n'aime pas l'idée qu'elle est en train de me perdre », déclara Jake un soir où ils s'étaient assis sur le rebord de la fenêtre de la cuisine pour boire un Aperol Spritz en contemplant les toits de Londres.

Kate trouvait que c'était une drôle de manière d'aimer pour une mère, mais elle ne dit rien.

« Elle va t'adorer, attends un peu. Une partie d'elle t'aime déjà, d'ailleurs. C'est juste que vous êtes toutes les deux un peu…

— Ne dis pas ça, Jake.

— Quoi ?

— Tu allais dire qu'on est un peu pareilles. »

Il éclata de rire et se passa une main dans les cheveux, les faisant bouffer comme des plumes de pigeon.

« Touché. C'est ce que j'allais dire.

— Alors que *a)* c'est faux, et *b)* si c'était vrai, ça ferait de toi un gros tordu avec un grave complexe d'Œdipe.

— Bien vu.

— On n'a qu'à accepter que nous ne serons jamais vraiment proches, mais que ce n'est pas grave vu qu'elle habite à Tewkesbury.

— C'est pour ça que mes sœurs sont parties.

— Je veux bien le croire. »

Il leva son verre pour trinquer avec elle.

« À nous deux.

— À nous deux.

— On n'a besoin de personne d'autre, dit Jake en lui jetant un de ces regards dont il avait le secret.

— Personne. »

Ils trinquèrent en prenant bien soin de se regarder dans les yeux, car ils savaient tous les deux que sinon cela entraînerait sept ans de mauvais sexe, or ils avaient l'intention de beaucoup coucher ensemble dans ce laps de temps.

Elle arrêta la pilule en janvier, après quinze jours non-stop de fêtes arrosées et de repas chargés entre collègues, sans compter une journée de Noël particulièrement alcoolisée : ils étaient restés à l'appartement à ouvrir des bouteilles de cabernet en s'empiffrant de beurre au brandy devant la télévision. Un pur moment de félicité. Mais avec le retour au travail était venue l'habituelle léthargie de l'année nouvelle. Elle décida de faire le Dry January et de ne pas boire d'alcool pendant un mois, tandis que la température passait sous la barre du zéro et que la nuit mangeait le jour. Elle se rappela qu'elle désintoxiquait son corps pour une bonne raison, mais les journées lui semblaient interminables et ses plages de sommeil, trop courtes.

En février, constatant qu'elle n'était pas tombée enceinte, elle n'en pensa pas grand-chose. Ses hormones devaient retrouver leur équilibre après une année de pilule, se dit-elle, et janvier avait été épuisant. En mars, pour se rassurer, elle fit une recherche en ligne sur le délai moyen que mettait une femme de son âge pour tomber enceinte, et s'aperçut qu'elle avait nourri de faux espoirs. En moyenne, il fallait compter un an.

Avril vint et passa. Puis mai. En juin, elle eut un accès de colère en voyant du sang au fond de sa culotte, ce qui l'obligeait encore à aller chercher ses tampons au fond du placard de la salle de bains. Et quand elle eut de nouveau ses règles en juillet, elle fondit en larmes. Elle ne s'était pas rendu compte à quel point elle désirait tomber enceinte avant cela. Mais ils en avaient tellement parlé, ils avaient fait tous ces projets, et voilà que son corps les empêchait d'avancer. Elle n'en parla pas à Jake, qui ne posa pas de questions.

Elle acheta des tests d'ovulation chez Boots et urina consciencieusement dessus chaque matin pour vérifier son taux de HCG afin de surveiller les moments où elle avait le plus de chances de libérer un ovule. HCG était le sigle pour « hormone chorionique gonadotrope », apprit-elle en ligne. Internet lui révéla également trois techniques susceptibles de l'aider à tomber enceinte : se frotter contre l'entrejambe renflé d'une statue parisienne, porter un piercing à la narine gauche et faire l'amour sur le géant de Cerne Abbas. Ces suggestions la firent sourire, mais elle les retint malgré elle.

En août, ils partirent en vacances à Mykonos et elle s'accorda un mois de répit. « Détends-toi », c'est ce qu'on lui répétait quand elle racontait qu'ils essayaient d'avoir un bébé. « Tu vas partir en vacances, te soûler un soir, faire l'amour, et tu tomberas enceinte sans même l'avoir fait exprès. Il faut que tu arrêtes de stresser. »

Mais à force de ne pas vouloir être stressée, Kate finit par être plus préoccupée que jamais. Elle fut tendue pendant toutes les vacances, et quand Jake lui demanda ce qui n'allait pas, elle n'osa pas lui dire. Elle avait honte, et elle croyait que c'était sa faute.

De retour chez eux à la rentrée, ils perdirent l'habitude de faire régulièrement l'amour. Septembre et octobre passèrent en un clin d'œil, avec une cohorte d'occasions manquées. Elle travaillait tard, mais sans passion pour ce qu'elle faisait. En novembre, Kate décida qu'elle initierait des rapports sexuels entre eux à tous les moments de fertilité de son cycle, mais elle avait du mal à le faire de manière naturelle ou sensuelle car elle ne cessait presque jamais d'y penser pendant l'acte. Allaient-ils concevoir cette fois ? Et le saurait-elle, aurait-elle un sentiment différent, y aurait-il un signe cosmique que c'était fait ? Devait-elle rester allongée une demi-heure ensuite, comme elle l'avait lu, pour que le sperme ait le temps de se frayer un chemin le long de son utérus ? Était-il vraiment utile de garder les jambes en l'air pendant ce temps ? Ce serait ridicule, et puis elle ne voulait pas avoir l'air obsédée, même si elle l'était. En même temps, elle s'inquiétait que Jake soit obnubilé par l'idée d'avoir un bébé et qu'il se dise qu'elle n'y mettait pas du sien. Tout cela tourbillonnait dans sa tête chaque fois qu'ils couchaient ensemble, et quand Jake était sur le point de venir, il lui arrivait de faire semblant d'être elle aussi près de jouir, histoire d'en finir au plus vite, qu'il éjacule en elle sans ces salamalecs interminables qui ne lui semblaient plus du tout nécessaires. Quelle importance pouvait avoir leur plaisir alors qu'elle échouait si ostensiblement à faire ce que les autres femmes réussissaient sans y penser ?

Puis ce fut de nouveau décembre, une année entière s'était écoulée, ils avaient accepté d'aller chez Annabelle et Chris pour Noël et Kate le redoutait, mais ils chargèrent la voiture et firent le trajet jusqu'à la ferme-qui-n'était-pas-une-ferme et à leur arrivée, Kate était si dévastée qu'elle s'excusa et alla tout de suite se coucher. Elle savait qu'Annabelle préférerait de toute façon ne pas l'avoir dans les pattes. Elle pleura, la tête enfouie dans la taie d'oreiller bordée de dentelle, parce qu'elle se sentait seule.

Elle sombra dans un profond sommeil et se réveilla une demi-heure plus tard comme on frappait à la porte. Jake entra, une tasse de thé à la main. Il la posa sur la table de chevet et s'assit à côté d'elle. Écartant les cheveux de ses yeux, il mit sa main fraîche sur son front chaud.

« Ça va ? »

Elle hocha la tête, ne se faisant pas confiance pour parler sans pleurer.

« On ne dirait pas, Kate. Tu as l'air triste. Ça fait des mois que tu as l'air triste. »

Elle ne dit rien. L'odeur terreuse du thé lui chatouillait les narines.

« Tu veux qu'on en parle ? »

Kate allait dire non, mais elle se ravisa en se rendant compte qu'elle avait envie d'en parler. Très envie.

« Je ne suis pas enceinte.

— Non. »

Il lui prit la main.

« C'est ça qui te tracasse ? »

Elle hocha la tête.

Il soupira.

« Je suis désolé, mon amour, dit-il. Je suis désolé que ça te rende triste. Mais… » Elle sentit qu'il choisissait ses mots avec beaucoup de soin. « Ça ne fait qu'un an. Sois moins dure avec toi. Ça va venir. En temps et en heure. »

Kate se redressa contre l'oreiller et but une gorgée de thé.

« Tu as mis du sucre ?

— Oui. Je me suis dit que tu en aurais besoin. Pour la douceur et l'énergie.

— Tu trouves que je ne suis pas assez douce ? »

Jake nota sa tactique de diversion et choisit d'en rire.

« Je te trouve parfaite », reprit-il avec le plus grand sérieux.

Elle se frotta les yeux avec ses poings.

« Tu crois vraiment que ça va venir ? »

Il posa les mains sur ses joues pour l'obliger à le regarder.

« Oui. J'ai une foi totale en nous. Peu importe s'il faut six mois de plus ou même un an, ou quel que soit le temps que ça prendra, parce qu'on a toute la vie ensemble.

— OK, mais j'aimerais bien avoir un bébé avant mes quatre-vingt-cinq ans. »

Il laissa ses mains retomber. La lumière déclinait dehors. Elle observa son profil dans la pénombre, le creux et la bosse de sa pomme d'Adam quand il déglutissait.

« Pardon, dit-elle. Je ne voulais pas avoir l'air désinvolte. Je ne prends pas la situation à la légère.

— Je sais. » Les yeux baissés sur le plancher, il fixait les motifs rouge et or du tapis. « Tu parles comme si tu étais aux portes de la mort. Tu as trente et un ans, ce n'est pas comme si tu n'avais pas le temps.

— Oui, je sais. Tu as raison. »

Parler lui avait fait du bien. Elle se sentait soulagée, et plus proche de Jake qu'elle ne l'avait été depuis des mois. Elle rejeta la couette et se pelotonna contre lui, les bras passés autour de son cou, la tête posée sur son épaule. Il lui caressa les cheveux.

« Ça va aller. »

Elle le crut. Comme toujours.

Noël ne fut pas aussi horrible qu'elle l'avait craint. La cuisine d'Annabelle était atroce, comme d'habitude, mais sa conversation semblait moins agressive, comme si elle avait perdu le goût du combat. Elle posa même quelques questions à Kate, notamment quel était son livre préféré, à quoi Kate répondit *Middlemarch*, ce qui mit Annabelle en extase.

« Ce passage où ils sont en lune de miel, dit Annabelle, les joues chauffées par le cognac d'après dîner, quand Dorothea dit qu'elle pensait que l'amour serait comme un océan alors que ce n'est guère qu'un bassin… oh, c'est *parfait*. »

Assis dans son coin habituel du parloir, Chris, sur

qui tout semblait glisser en général, sembla soudain se réveiller.

« Du calme », dit-il.

Ils éclatèrent tous de rire et Kate s'étonna, non pas seulement des goûts littéraires d'Annabelle, mais de la chaleur qu'elle dégageait à cet instant.

Bien entendu, elle ne se priva pas de recourir à ses petites vexations habituelles, plaçant Jake à côté d'elle à chaque repas, racontant des anecdotes familiales qui excluaient Kate, allant jusqu'à sortir à un moment un vieil album de famille rempli de photos de Jake et de son ex.

« Oh, c'est drôle, j'avais complètement oublié qu'on avait autant de photos de Charlotte et toi. Je voulais juste te montrer cette photo hilarante de Crapaud... voyons voir, où est-elle ? »

Elle posa l'album sur la table à manger, dans un angle qui permettait à Kate de le voir parfaitement tandis qu'elle tournait les pages en commentant à l'occasion : « Charlotte était vraiment une très gentille fille » ; « Jake, regarde, chéri, tu as l'air tellement jeune, beau et heureux sur celle-ci ! » ; ou encore : « Qu'est-elle devenue, Charlotte ? Tu es encore en contact avec elle ? »

Jake secoua la tête.

« Aucune idée, maman.

— Dommage. Je serais très contente de la revoir. »

Sous la table, Jake serra la main de Kate.

Mais Kate trouvait cela plus amusant que méchant. Les piques d'Annabelle manquaient tellement de subtilité qu'il lui aurait paru vulgaire de s'en offusquer.

Quand ils revinrent à Londres, alourdis de restes de dinde enveloppés dans de l'alu ainsi que d'une barquette contenant une dizaine de pruneaux au lard fumé,

Kate s'étonna de constater qu'elle avait plutôt passé un bon moment. Plus que cela, même. Elle était détendue.

« Ce n'était pas si mal, dit-elle à Jake sur la route.

— Je te l'avais dit. Maman te trouve géniale. » Il fit un grand sourire. « Même si elle n'est pas encore prête à se l'avouer pour le moment. »

16

Les mois passaient et elle n'était toujours pas enceinte. En avril, ses règles eurent plusieurs jours de retard. Elle acheta un test à la pharmacie et s'assit sur les toilettes en s'adjurant de garder son calme, de ne pas se laisser aller à croire que cette fois, sûrement, c'était la bonne. Elle remit le bouchon sur le test et attendit que les lignes apparaissent. Elle laissa quelques minutes filer puis baissa les yeux sur la petite ouverture ovale. Une ligne était visible, pâle, comme un trait au fusain sur un buvard. Son souffle se bloqua dans sa gorge tandis qu'elle attendait qu'une seconde ligne apparaisse, parallèle à la première, mais elle ne vint jamais, et au contraire la première trace se fit de plus en plus sombre et nette, jusqu'à ce que sa présence ne fasse que souligner cruellement l'absence indiscutable d'une autre à ses côtés, tel un arbre dans une rue au soleil ne projetant aucune ombre. C'était impossible, songea Kate. Se demandant si, dans sa hâte de le déballer, elle avait mal lu les instructions, elle vérifia sur le paquet, mais le visuel indiquait bel et bien qu'une ligne signifiait « pas enceinte », et deux lignes « enceinte ». La vérité était là, sous ses yeux.

Elle se mit à pleurer, consumée par sa propre stupidité, d'avoir cru que cette fois ce serait différent. À quoi bon l'espoir, s'il n'existait que pour être anéanti, mois après mois, dans la douleur ? Elle jeta le test à la poubelle et n'en parla pas à Jake. Le lendemain matin, ses règles arrivèrent. Elle but plus que de raison ce soir-là, de la tequila et un mélange tout fait de margarita, et l'alcool lui frappait le gosier comme autant de coups de poing brutaux et parfaitement ajustés.

Jake ayant trouvé le test de grossesse dans la poubelle de la salle de bains, elle dut lui expliquer. Il la serra contre lui en lui caressant les cheveux, mais elle restait inerte dans ses bras.

Peu à peu, quoique de manière perceptible, Kate enveloppa ses émotions d'une couche de cynisme. C'était un réflexe de protection. Chaque fois qu'une amie annonçait sa grossesse à grand renfort d'échographies postées sur Facebook, elle grognait et lançait une plaisanterie acerbe à Jake. Elle traversait la rue pour éviter les femmes avec des bambins, horripilée par la vue de leurs petites menottes dans ces grandes mains d'adultes. Elle commença à se plaindre des gosses qui criaient au restaurant et à fuir les environnements où elle savait qu'il y aurait des nouveau-nés sur lesquels on attendrait qu'elle s'extasie. C'était trop de souffrance.

C'est Jake qui proposa qu'ils cherchent une maison, histoire de penser à autre chose.

« On ne devrait pas mettre notre vie sur pause en attendant que tu tombes enceinte, dit-il. Cela engendre beaucoup plus de stress que nécessaire.

— La situation est vraiment désespérée si tu penses qu'acheter une maison sera moins stressant que faire un enfant », répondit-elle d'une voix atone.

Néanmoins, elle accepta et ils passèrent plusieurs

semaines à faire des visites, à comparer les tailles des jardins et des salles de bains, à se demander s'ils avaient vraiment besoin chacun d'un bureau, s'il fallait examiner la carte scolaire, et enfin ils trouvèrent un endroit qu'ils adoraient, la vente se déroula sans accrocs ni délais et ils emménagèrent, ouvrirent les cartons, choisirent les couleurs et achetèrent un canapé en velours violet, et tout le processus les occupa un peu plus de quatre mois, après quoi ils n'eurent plus rien pour se distraire.

Kate montait et descendait l'escalier de la nouvelle maison, pas encore habituée à tout cet espace, elle entrait dans la chambre prévue pour le bébé et elle s'asseyait par terre, imaginant le mobile qu'ils suspendraient au plafond et l'alphabet des animaux qu'ils accrocheraient au mur, et elle imaginait aussi le sourire sur le visage du bébé qui l'accueillerait quand elle entrerait dans la pièce en pleine nuit pour le nourrir.

Sauf que rien ne se produisait. Une autre année passa, ils prirent rendez-vous chez leur médecin pour que Kate fasse une prise de sang, laquelle révéla quelques jours plus tard qu'il n'y avait rien de notable, mais comme ils étaient en phase de conception depuis deux ans (EPDC, comme on disait sur les forums Internet), on les envoya à l'hôpital local afin d'y discuter de leurs options avec un spécialiste, le Dr Cartwright.

Lors de leur première rencontre, Kate apprécia le Dr Cartwright. Il parlait bien, il avait des cheveux ondulés poivre et sel, et il était beau comme ces détectives à l'air fatigué dans les feuilletons. Il leur expliqua à quels tests avancés ils allaient se soumettre : échantillons de sperme, échographie pelvienne, et une procédure qui consistait à mettre un révélateur dans son utérus « pour voir ce qui se passe là-dedans », et Kate imagina une fête d'enfer à l'intérieur de son utérus, des noceurs ivres et inconscients affalés sur les marches, comme dans le tableau de Gin Lane peint par Hogarth.

Les résultats tombèrent : rien ne clochait. Le Dr Cartwright déclara que leur infertilité (son incapacité à tomber enceinte avait un nom à présent, c'était diagnostiqué comme un problème) était « inexpliquée ». Il passa en revue les différentes possibilités et ils décidèrent d'essayer la FIV. Kate n'avait pas compris qu'il lui faudrait s'auto-administrer des injections d'hormones quotidiennes afin de faire croire à son corps qu'il traversait la ménopause.

« C'est la phase de suppression », expliqua le Dr Cartwright, qui se cantonnait au factuel. Kate avait l'impression qu'on lui demandait de mater tous ses réflexes naturels, comme s'ils se comportaient mal depuis trop longtemps.

Ensuite, il y avait d'autres injections pour stimuler les ovaires afin qu'ils produisent le nombre requis d'ovules. Sauf que tous les deux jours, quand Kate venait pour son échographie, l'impassible infirmière espagnole lui disait qu'il n'y en avait pas autant qu'ils l'auraient voulu. Chaque fois, Kate quittait l'hôpital démoralisée et triste, et avant de repartir elle s'arrêtait à la cafétéria pour prendre une camomille (le café était déconseillé). Elle s'asseyait sur un banc près de la vitrine, entourée d'hommes blêmes en peignoir qui tiraient derrière eux leur sac de perfusion monté sur roulettes, et de familles entières réunies autour d'un enfant en fauteuil roulant qui mangeait un muffin au chocolat, et elle laissait son regard se perdre dans la rue en s'émerveillant de l'animation du monde, qui continuait à fonctionner sans difficulté alors qu'elle n'arrivait même pas à accomplir la fonction biologique la plus naturelle de la femme.

Elle ne pleurait pas. Les hormones la rendaient vaseuse, mais pas larmoyante. Elle avait l'impression de voir le monde derrière des lunettes sales et d'avoir les oreilles bouchées par du coton. Le jour où l'infirmière lui expliqua qu'il n'y avait qu'un follicule qui semblait assez mûr pour contenir un ovule, puis lui demanda si elle était sûre de vouloir qu'on le prélève, sachant qu'il y avait d'autres procédures moins invasives, Kate n'eut pas besoin de refouler de larmes. Elle répondit simplement qu'elle voulait aller au bout de la démarche. D'ailleurs, il suffisait d'un bon ovule, non ?

Mais pour une raison ou une autre, ce n'était pas un bon ovule. Enfermé dans une boîte de Petri avec le sperme de Jake, il ne fut pas fécondé. Il n'arriva pas au stade légendaire du blastocyste, à partir duquel les chances de succès de l'insémination augmentaient significativement. Il ne contenait pas ce qu'il fallait. Il avait échoué à tenir ses belles promesses.

Ce soir-là, ils vidèrent deux bouteilles de vin à eux deux.

« On va réessayer, dit Jake. C'est pour cela qu'on dit qu'il faut trois cycles en moyenne. Il n'y a aucune raison de s'inquiéter. »

Assise à la table de leur nouvelle cuisine, dans la lumière oblique du crépuscule qui pénétrait par les portes vitrées, Kate n'osait pas croiser son regard. Il tentait de la réconforter, elle le savait, mais elle sentait aussi au ton dc sa voix qu'il commençait à paniquer. Elle se pencha vers lui et posa sa main sur la sienne. Elle était trop fatiguée pour ajouter quoi que ce soit.

17

Ils firent un deuxième cycle avec le Dr Cartwright. Cette fois, il parvint à extraire sept ovules (c'est la formule qu'il utilisa, comme s'il était un chien fouillant les broussailles à la recherche de faisans morts). Trois d'entre eux furent fécondés, mais seuls deux embryons continuèrent à se diviser pour produire le nombre voulu de cellules, et un seul fut suffisamment bien classé par l'embryologue pour être transféré. Les autres ovules, qui n'avaient pas atteint les standards requis, furent évincés comme des élèves ayant échoué à leurs examens, et Kate, qui avait été une élève consciencieuse à l'école, le prit comme un affront personnel. Elle avait toujours pensé que si on faisait ce qu'il fallait, qu'on travaillait dur, qu'on avait de bons résultats, un boulot stable et qu'on essayait globalement d'être quelqu'un de décent, la vie progressait selon le cours désiré. Et la maternité en faisait partie. C'était comme ça que ça devait se passer, non ?

Elle pensa à ses ovules jetés dans une poubelle d'hôpital et se demanda ce qu'ils allaient devenir.

L'unique embryon viable fut implanté dans son utérus, et pendant douze jours magnifiques, au cours desquels les infirmières lui conseillèrent de ne pas se fatiguer, de garder les jambes en l'air, de ne pas faire d'activités trop éprouvantes et de ne pas prendre de bain, elle se sentit indiscutablement enceinte.

« Parce que tu l'es, lui dit Jake, les joues rouges de plaisir. Il n'y a pas de doute. » Il l'embrassa sur le bout du nez. « Je suis fier de toi, mon amour. »

Kate était plus heureuse et plus en paix qu'elle ne l'avait été depuis une éternité. Pendant ces douze jours, elle arrêta de changer de trottoir pour éviter landaus et poussettes, choisissant plutôt de faire un grand sourire aux parents, comme s'ils partageaient déjà une affinité secrète. Elle imaginait que les femmes devinaient son état, qu'il y avait des phéromones spéciales que seules les mères pouvaient renifler l'une chez l'autre. Elle fit de longues promenades le long de la Tamise en écoutant des livres audio, photographiant avec son téléphone les hérons qu'elle voyait patauger près de la rive. Elle mangeait sainement : de grands bols pleins de verdure, de chou et de cubes de patates douces, et elle démarrait chaque journée par un jus de céleri. Elle était en harmonie avec son corps, enveloppée dans son unicité : elle et son embryon, ses cellules qui se multipliaient pendant qu'il nidifiait contre la paroi utérine, comme la nature l'avait prévu.

Le treizième jour, elle commença à saigner. Pas beaucoup. Juste une tache couleur rouille au fond de sa culotte, qu'elle choisit d'ignorer. Le saignement se renforçant au cours des heures suivantes, Kate alla sur Internet et fouilla de façon obsessionnelle les forums sur la grossesse, se concentrant sur les histoires qu'elle voulait trouver et rejetant celles qui auguraient de mauvaises nouvelles. L'implantation pouvait provoquer des saignements, lut-elle, c'était le signe que cela progressait de façon positive. Elle s'accrocha à cette idée pendant la nuit d'insomnie qui suivit, mais au matin il y avait une tache rouge sur les draps.

Jake était endormi à côté d'elle. Quand son réveil sonna une heure plus tard, il ouvrit les yeux ; elle lui faisait face et il comprit instantanément – elle le vit, et le fait qu'il n'ait pas davantage foi en elle la mit en colère.

« Ça n'a pas fonctionné », dit-elle avant de lui tourner le dos.

Elle pensait qu'il ferait un geste vers elle, qu'il la prendrait dans ses bras comme d'habitude, mais Jake ne bougea pas. Plusieurs minutes s'écoulèrent. Un son étouffé se fit entendre de l'autre côté du lit. Elle se tourna de nouveau et comprit, le cœur serré, que Jake pleurait. Il se pinçait l'arête du nez pour ne pas faire de bruit, mais lorsqu'elle se colla contre son dos et lui murmura : « Je suis tellement désolée », il se mit à sangloter pour de bon, de gros sanglots entrecoupés de halètements désespérés.

Il se laissa réconforter et finit par prendre un mouchoir dans le paquet sur la table de chevet.

« C'est la merde, hein ? » dit-il enfin.

Elle hocha la tête. C'était la première fois que son optimisme flanchait, et elle se rendit compte que depuis tout ce temps il essayait juste de faire bonne figure.

Elle se sentait tellement mal de n'avoir pas été capable de garder leur bébé. Encore une fois, c'était sa faute.

Il serra sa main.

« Je t'aime, Kate. On va avoir un bébé, même si cela prend plus de temps que prévu. Et quand on aura notre bébé, on l'aimera encore plus à cause de tout ce qu'on aura traversé. »

Sa main était chaude contre la sienne. De la rue leur

parvint le bruit pétaradant d'une moto qui démarrait. Le soleil filtrait à travers les volets. Elle aurait souhaité qu'il disparaisse, qu'il se mette à pleuvoir, que la météo corresponde à son état d'esprit.

Elle embrassa sa joue humide, puis ses lèvres. Il lui rendit son baiser avec une passion fougueuse en l'attrapant par la nuque. Comme s'il essayait de lui prouver quelque chose – quant à savoir quoi, et pourquoi, elle préféra ne pas se poser la question.

Le Dr Cartwright leur dit qu'il était préférable de faire une pause de quelques mois avant de procéder à une nouvelle tentative.

« Prenez du temps pour vous remettre. Partez en vacances. »

Les murs de son bureau étaient couverts de photos de bébés dans les bras de mères aux yeux brillants et d'hommes fatigués-mais-heureux. Sur plusieurs de ces photos, le Dr Cartwright apparaissait avec un grand sourire satisfait. Sur l'une d'elles, les manches de sa chemise à carreaux retroussées, il portait deux bébés identiques, un niché dans le creux de chaque bras – des jumeaux.

« Est-ce que ça en vaut la peine ? » demanda soudain Kate.

Dans la chaise en plastique à côté d'elle, Jake eut l'air surpris.

Le Dr Cartwright croisa son regard.

« C'est une décision que vous devez prendre à deux, dit-il. Mais d'après mon expérience avec des centaines de patients, je peux vous dire qu'ils trouvent tous que ça en vaut la peine. »

Il parlait avec pondération. Ses manières professionnelles semblaient spécialement conçues pour que Kate se trouve de plus en plus hystérique. Son attitude avait changé depuis leur premier rendez-vous, quand il lançait des plaisanteries et faisait régner un vent d'optimisme. Désormais, le Dr Cartwright était frustré qu'elle ne réponde pas à ses attentes. Lui avait fait sa part, après tout. À plusieurs reprises, il lui avait expliqué qu'elle ne « réagissait pas correctement aux traitements », comme si les traitements eux-mêmes ne pouvaient être tenus pour responsables, et encore moins lui qui les prescrivait.

« Merci, docteur Cartwright, dit Jake. On va prendre un peu de temps pour réfléchir à la suite. »

Ils allèrent boire un café à la cafétéria du rez-de-chaussée. Au lieu de partir en vacances, ils passèrent deux mois à faire d'autres choses. Ils reçurent des amis à dîner. Ils allèrent au cinéma, dans des galeries et des restaurants qu'on leur avait recommandés. Annabelle vint les voir, elle resta un week-end dans la chambre prévue pour le bébé, où ils avaient temporairement installé un lit double. Elle se montra d'une politesse scrupuleuse, offrant un gros bouquet de pivoines à Kate pour la remercier de son accueil. Une fois seulement elle revint à son ancienne ligne de conduite, quand elle leur demanda pourquoi ils avaient emménagé dans une si grande maison.

« C'est un vrai palais, dit-elle, même si c'était loin d'être le cas, surtout en comparaison de son immense ferme à la campagne. Vous n'avez pas besoin d'autant de place, si ? »

Ils étaient assis sur le canapé en L dans l'extension de la cuisine. Kate et Annabelle partageaient une bouteille de chablis tandis que Jake buvait une bière Peroni à la bouteille, en dépit des protestations de sa mère, qui trouvait qu'il aurait dû prendre un verre.

« Tu n'aimes pas la maison ? demanda Jake.

— Oh, non, non, je n'ai pas dit ça. Elle est charmante. Et vous l'avez aménagée avec… enfin, elle est très agréable. Je me demandais juste si vous ne vous sentiez pas un peu perdus dans un endroit aussi grand, parfois. »

Annabelle le regardait, la tête légèrement inclinée. Elle portait un de ses gilets amples en laine et avait le poignet alourdi par un gros bracelet en or qui cognait contre son verre chaque fois qu'elle buvait une gorgée. Kate la resservit sans rien dire.

« On ne se sent pas perdus, répondit Jake. Et nous ne serons pas toujours que deux, tu sais.

— Je ne comprends pas.

— Eh bien, quand on aura des enfants… »

Annabelle éclata de rire.

« *Des enfants ?* s'écria-t-elle comme si Jake venait d'évoquer une théorie du complot particulièrement grotesque. Mais vous n'êtes pas… enfin, je… vous n'êtes même pas mariés, chéri ! »

Kate eut un rire bref et nerveux. Jake, lui, peinait à se contenir.

« On n'est pas au XIXe siècle, ma chère mère.

— Non, je sais, mais…

— En fait, nous essayons de faire un enfant et ça n'a pas été facile, alors je… nous apprécierions un peu plus de tact sur ce sujet. »

Quand Jake était furieux, il utilisait des tournures de phrases formelles et surannées.

Annabelle le regarda comme s'il venait de lui mettre une gifle. Sous son fond de teint couleur pêche, elle était livide.

« Je suis navrée de l'apprendre », dit-elle en posant son verre sur la table basse.

Elle se leva du canapé et sortit de la pièce en laissant derrière elle un sillage de parfum Christian Dior.

Kate vida son verre d'un trait.

« Ça s'est formidablement bien passé », dit-elle sèchement.

Jake alla vers le comptoir de la cuisine et jeta sa bière vide dans la poubelle avec une force telle que Kate s'étonna de ne pas l'entendre se casser. Elle aurait dû faire un geste vers lui et tenter d'apaiser les choses avec Annabelle, mais elle était épuisée. Elle dit qu'elle allait se coucher et le laissa débarrasser les verres de vin.

Le lendemain matin, au petit déjeuner, Annabelle s'assit très droite, immobile, sans toucher à la tartine posée devant elle. Elle n'avait pas mis sa couche habituelle de maquillage, remarqua Kate. Elle semblait vieille et pâle. Il était évident qu'elle voulait montrer qu'elle était blessée.

« Un peu de café, Annabelle ? » proposa Kate.

Jake, assis face à sa mère, lisait ostensiblement *The Economist* pour ne pas avoir à interagir avec elle.

« Je suis désolée si mes propos vous ont paru déplacés, finit-elle par dire d'une voix blanche. Je n'avais pas compris... que c'était un sujet aussi difficile pour vous deux. »

Jake leva le nez de son journal et croisa le regard de sa mère, sans répondre. Bon, se dit Kate, apparemment, c'est moi qui vais devoir lui expliquer.

« Pour que vous sachiez, Annabelle nous avons fait une FIV. »

Annabelle ne semblait pas comprendre.

« Un traitement pour la fertilité, précisa Kate. Apparemment, je n'arrive pas à concevoir naturellement.

— *Nous* n'y arrivons pas, rectifia gentiment Jake.

— Oh, je vois. Et quelles sont vos chances, d'après les médecins ? s'enquit poliment Annabelle.

— Environ trente pour cent, répondit Kate.

— On a fait deux cycles. Sans succès, ajouta Jake. On nous en conseille un troisième. »

Annabelle prit le pot de confiture et en tartina son pain refroidi. Puis elle posa délicatement le couteau et en mordit un petit morceau qu'elle mâcha pensivement.

« Je m'inquiète pour vous deux, c'est tout, dit-elle après un moment.

— Ça va aller, dit Jake.

— Je ne voudrais pas que vous vous montiez la tête et que vos espoirs soient déçus », continua-t-elle, le front plissé.

Tendant la main, elle serra le bras de Kate.

« Vous connaissez mon amie Trisha ? Sa fille a fait cinq FIV, sans succès. Ils ne savent pas pourquoi. C'est comme ça, il faut croire. Et ça doit être horrible à vivre, ma chérie. Je m'inquiète juste que les docteurs vous proposent toutes sortes de procédures médicales alors qu'il n'y a peut-être rien à faire, d'autant que les traitements sont épuisants, non ? D'après ce que j'en sais, bien sûr. Je n'ai jamais eu à traverser moi-même une chose pareille. »

Kate fit son maximum pour ne pas se laisser atteindre par les paroles d'Annabelle. Un an plus tôt, elle aurait, à juste titre, fulminé contre la nature intrusive de son commentaire, mais elle semblait ne plus avoir la force mentale ou physique de se défendre. De toute façon, se dit-elle, ce ne sont pas les affaires d'Annabelle. Elle regrettait que Jake lui en ait parlé.

« C'est usant, oui, répondit Jake. Kate est héroïque. »

Annabelle battit lentement des paupières, ses yeux

bleus paraissant devenir encore plus clairs à mesure qu'elle parlait.

« Pauvre Kate, dit-elle en lui tapotant le bras. Cela doit être dur. J'ai lu quelque part que faire une FIV pour les femmes qui ne peuvent pas concevoir, ça revient à faire une chimiothérapie sur un malade du cancer en phase terminale. »

L'espace d'une ou deux secondes, Kate préféra croire qu'elle avait mal entendu. Elle retira son bras et se leva en repoussant brusquement sa chaise, qui tomba à la renverse sur le sol. Jake voulut la prendre dans ses bras, mais elle s'écarta de lui. Pas maintenant. Elle était furieuse contre eux deux. Contre Annabelle pour ce qu'elle venait de dire, et contre Jake parce qu'il était de la même famille qu'elle.

« Ça ne m'aide pas, Annabelle », dit-elle sur un ton contenu.

Puis elle sortit de la cuisine et quitta la maison en oubliant son manteau, si bien qu'à son retour, deux heures plus tard, elle était trempée et glacée. Jake l'accueillit en la serrant contre lui dans l'entrée.

« Elle est partie, dit-il. On a eu une grosse engueulade. Je suis désolé. Elle ne te reparlera plus jamais de cette manière. »

Kate ne le repoussa pas, mais elle ne répondit pas. Elle s'étonnait de se sentir si seule malgré sa proximité physique avec l'homme qu'elle aimait.

Le troisième cycle produisit neuf ovules (« Ça monte chaque fois ! » s'exclama le Dr Cartwright avec un enthousiasme qui donna à Kate l'envie de lui envoyer un coup de poing). Quatre d'entre eux furent fécondés, et deux implantés dans son utérus, de sorte qu'elle fut techniquement enceinte de jumeaux, sauf que, cette fois, elle n'eut pas du tout l'impression d'être enceinte. Elle acceptait que l'insémination échoue avec un fatalisme qui lui semblait plus sûr que l'alternative du faux espoir, et lorsqu'elle recommença à saigner au dernier jour des deux semaines d'attente, elle ne fut ni surprise ni bouleversée. Au cours des dix-huit mois précédents, elle avait développé une immunité à la fluctuation des émotions. Elle était comme ces robots qu'elle avait vus une fois à l'aéroport de Séoul, de retour d'un festival de cinéma. Ils se déplaçaient partout dans le terminal avec une expression amicale sur le visage, un écran tactile permettant d'obtenir les réponses aux questions qu'on se posait. C'est ce qu'elle était devenue : au travail, à la maison, avec Jake. Elle répondait aux questions, elle prenait part aux conversations, mais elle ne ressentait aucune émotion sous la surface. Si elle s'était laissée aller à être affectée par une broutille, de broutille en broutille, elle aurait inéluctablement fini par se préoccuper de choses de plus en plus grosses, jusqu'à l'écroulement final, comme un point de crochet raté ruine tout l'ouvrage.

Ils contactèrent une clinique privée. Elle était située dans un immeuble sur Great Portland Street, à côté d'un traiteur de luxe qui vendait des parts de cake au citron et à la polenta. Finis, les muffins au chocolat et les hommes sous perfusion, songea Kate la première fois qu'ils s'y rendirent.

La clinique lui délivra une carte en plastique, comme s'ils s'inscrivaient à une bibliothèque, puis on les fit monter à l'étage pour la consultation, et ils patientèrent dans une salle d'attente meublée de chaises en similicuir blanc et de tables basses à pieds chromés, avec des piles de vieux *Tatler* et des brochures pleines de photos artistiquement floues de pieds de bébés dans des mains d'adultes. Ils croyaient que passer dans le privé serait l'équivalent de voler en classe affaires par rapport à l'économique, mais les rendez-vous avaient tout autant de retard, et les bureaux des spécialistes étaient tout autant encombrés, leurs murs couverts de photographies de bébés et de cartes de remerciements, si bien que Kate avait toujours l'impression d'être une femelle défaillante à qui l'on disait que sa réserve ovarienne était trop basse ou que son utérus était « inhospitalier ». Elle se sentait comme une chambre d'hôte mal notée sur TripAdvisor.

Leur spécialiste – encore un homme, un médecin israélien, le Dr Abadi – leur expliqua sans prendre de gants que leurs chances allaient s'amenuisant, mais il ajouta qu'ils avaient frappé à la bonne porte pour obtenir « le résultat désiré ». Lors du premier rendez-vous, il fit passer une échographie à Kate et attendit là, les yeux tournés, tandis qu'elle enlevait son jean, sa culotte, et qu'elle cherchait à se couvrir avec une serviette qui grattait.

Aux quatrième et cinquième cycles, comme elle ne réagissait pas aux médicaments, le Dr Abadi augmenta les doses. Elle se sentait constamment au bord des larmes. Ces cycles n'ayant rien donné, il y eut des examens complémentaires pour chercher ce qu'on appelait des cellules tueuses naturelles, ou une éventuelle fragmentation de l'ADN, ou encore de possibles cicatrices utérines, et ils furent soumis tous les deux à de longs traitements antibiotiques pendant lesquels ils n'eurent pas le droit de boire, ce qui les rendit irritables.

Et puis – joie ! – la sixième tentative de FIV produisit une grossesse. Kate traversa les deux semaines d'attente sans saigner, et lorsqu'elle fit un test au matin du quinzième jour, elle ne pleura pas, elle resta assise sur les toilettes, en état de choc pendant plusieurs minutes. Puis elle retourna dans la chambre, annonça le résultat à Jake, et ils fondirent tous les deux en larmes.

« Oh, mon amour, lui murmura-t-il dans le creux de l'oreille. Je suis tellement heureux. »

Mais Kate n'arrivait pas à éprouver une joie simple et totale. Elle avait trop conscience de tout ce qui pouvait arriver, ses expériences passées lui avaient volé le bonheur candide permis aux autres futurs parents. Elle aurait aimé être plus naïve, désapprendre tout ce qu'elle n'avait pas demandé à savoir et que les circonstances lui avaient imposé. Mais chaque fois qu'elle allait aux toilettes, elle vérifiait qu'il n'y avait pas de taches de sang, et dès qu'elle avait une crampe d'estomac ou un élancement, elle craignait le pire et se retrouvait face à cette vérité essentielle : le monde pouvait s'écrouler sans avertissement.

Le Dr Abadi la plaça sous stéroïdes et sous anticoagulants. Elle devait se faire des injections dans le ventre tous les matins, exactement comme pour une FIV. Les aiguilles lui laissaient des bleus tout autour du nombril, dessinant la carte astrale d'une galaxie inconnue. Tout le monde lui disait qu'elle était enceinte, mais Kate n'avait pas le sentiment de l'être. Elle ne se sentait pas différente. Elle pressait ses seins dans ses mains pour vérifier s'ils avaient enflé. Elle aurait voulu la nausée qui monte avec l'odeur du café. Elle se demandait pourquoi elle n'était pas fatiguée, alors que les forums sur Internet affirmaient que c'était un passage obligé.

En quête de réassurance, elle s'inscrivit sur l'un d'eux sous un pseudonyme et demanda si l'on pouvait être enceinte sans avoir l'impression de l'être. Elle eut un déluge de réponses.

« Pas la peine de t'inquiéter. J'ai eu aucun symptôme jusqu'à la semaine 8 et mon PA [Petit Ange] dort à l'étage. Elle a cinq ans », écrivait @fivguerriere.

« L'angoisse est un symptôme à 100 % ! » ajoutait @ttctlc.

« Si tu es inquiète, va voir ton spécialiste, lui conseilla @licornecyclique. Mais c'est le tout début, alors essaie de ne pas stresser ! Demande à l'HDTV [Homme De Ta Vie] de te faire un petit massage pour te détendre ! Mets les pieds en l'air ! Tu portes une cargaison précieuse !! xoxoxoxo »

Les messages étaient tous suivis d'un long addendum qui ressemblait à une signature d'e-mail. Là, chaque femme (il n'y avait que des femmes) décrivait l'histoire de sa fertilité avec un luxe de détails déconcertant, listant FC (Fausses Couches) ou GN (Gros Négatifs) et déclarant le nombre de FIV ratées, dont celles avec DO (Don d'Ovules). Chaque fin de commentaire était ainsi l'histoire d'une usure et d'une douleur réduites à quelques formules minimales, et au bout d'un moment, Kate finit par voir flou, elle éteignit l'ordinateur et se mit au lit.

Elle alla jusqu'à la septième semaine. Le Dr Abadi lui demanda de venir en avance pour la première échographie. Malgré sa terreur, elle était pleine d'espoir. Jake affichait sa confiance, il lui disait que tout irait bien, mais elle ne voulait pas le croire. Lorsque le Dr Abadi inséra la sonde dans son vagin, elle remarqua son silence de quelques secondes avant qu'il se mette à parler, et aussitôt elle comprit que les nouvelles ne seraient pas bonnes.

« C'est bien un sac gestationnel, dit-il en désignant l'écran avec son gant en latex. Malheureusement, il n'y a pas d'embryon, Kate. » Il parlait avec un accent très doux, ses « t » sonnaient comme des pierres tombant dans l'eau. « On aurait dû voir un embryon à ce stade, ce qui signifie que la grossesse ne se déroule pas comme prévu.

— Peut-être qu'elle se développe plus lentement ? tenta Kate.

— Dans le cas d'une grossesse naturelle, oui, ça pourrait être une possibilité. Il y a toujours un petit doute sur la date de conception. Mais dans notre cas, nous savons exactement quand nous avons introduit les embryons, donc… » Il secoua la tête. « Je suis vraiment désolé.

— Pas grave », dit Kate, sans savoir pourquoi elle prononçait ces mots.

Parce que si, c'était grave. Très grave, même.

Il évoqua les étapes suivantes. Soit elle attendait une fausse couche naturelle, mais il n'y avait aucun moyen de savoir quand celle-ci aurait lieu, soit il lui donnait des médicaments pour la provoquer. Elle choisit la seconde option, voulant se débarrasser au plus tôt de cet espoir déçu. L'idée de porter une chose morte en elle pendant un nombre de jours ou de semaines impossible à déterminer lui semblait inhumaine. Le Dr Abadi l'avertit que les douleurs seraient intenses, ça montait pendant les vingt-quatre premières heures, on passait un pic, et ensuite le pire était derrière.

Ils rentrèrent, burent du vin, et le lendemain, Kate se prépara : elle posa une serviette sur les draps et s'installa devant Netflix dans la chambre. Elle mit son téléphone en mode avion et inséra les premières pilules dans son vagin, conformément aux instructions. Puis elle attendit. Elle avala du paracétamol. Attendit encore. Environ deux heures après, les crampes commencèrent. Elle avait l'impression qu'un bulldozer retournait la terre à l'intérieur de son utérus. La douleur était si forte qu'elle crut s'évanouir. Elle venait par vagues, flux et reflux, et à un moment Kate vomit dans une bassine. Jake, qui avait pris une journée de congé pour s'occuper d'elle, entra dans la chambre, pâle et inquiet, pour lui demander comment il pouvait l'aider, mais il n'y avait rien à faire : personne ne pouvait traverser cette épreuve à la place de Kate.

La douleur la submergea et atteignit un pic pendant une heure et demie, puis elle diminua avec une étonnante rapidité et se fit plus sourde. Les saignements étaient épais, et elle ne s'autorisait pas à regarder lorsqu'elle chassait fluides et caillots de ce qui aurait pu être dans la cuvette des toilettes. Elle préférait ne pas penser à ce que cela représentait. Aux noms qu'ils auraient pu choisir. À l'enfant qu'ils auraient aimé.

Elle saigna et souffrit pendant une semaine avant que les douleurs cessent complètement. C'était une expérience barbare. Elle était révoltée que des femmes subissent un calvaire pareil, en colère que personne ne l'ait prévenue, et elle sut sans l'ombre d'un doute que plus jamais elle ne repasserait par de telles affres.

Avec beaucoup de tact, le Dr Abadi suggéra qu'ils commencent à envisager d'autres options.

« Cela fait quatre ans, n'est-ce pas, que vous avez entamé les démarches ?

— Oui », dit Kate en pensant à tout ce qu'ils avaient fait en vain.

Cela avait duré une éternité, et en même temps c'était passé en un clin d'œil.

« Le don d'ovules est une possibilité à laquelle vous devriez peut-être réfléchir, même si, comme je vous l'ai dit, Kate, vous avez des cicatrices à l'utérus qui pourraient vous empêcher de porter un bébé. »

Porter un bébé. L'expression était tellement bizarre. On portait ses courses. On portait un fardeau. On portait un toast.

« Donc, en fonction de ce qui vous semble le plus correct dans les circonstances qui sont les vôtres, vous pourriez envisager une maternité de substitution. Ou l'adoption. »

Lorsqu'il prononça ces mots, Kate fut atterrée de ressentir un tel soulagement. Le soulagement de n'avoir pas à recommencer, qu'on n'attende plus d'elle qu'elle essaie et essaie encore, puis qu'elle subisse la douleur et la tristesse quand l'échec serait consommé. Elle jeta un coup d'œil à Jake, qui se massait la nuque d'un air absent.

Ils remercièrent le Dr Abadi, bien que Kate ne sût pas vraiment de quoi. Ils sortirent de la clinique, laissant les photos de bébés et les plantes en pot derrière eux. L'adoption avait toujours été leur ultime option, celle vers laquelle ils se tourneraient en dernier, et il était étrange de l'avoir entendu évoquer de vive voix comme une possible prochaine étape. Ils entrèrent dans un café hors de prix, burent un cappuccino et grignotèrent les biscuits Amaretti qui l'accompagnaient.

« Comment tu te sens ? » lui demanda Jake. Penchée sur la table, elle remarqua qu'il ne lui prenait pas les mains comme il l'aurait fait habituellement. Toutes ces procédures l'avaient épuisé, lui aussi. Son visage avait perdu de sa superbe et son front s'était creusé de rides horizontales qu'elle n'avait jamais remarquées. Cette tension contrastait d'une drôle de manière avec le reste de son corps, élancé et musclé. Il avait fait beaucoup d'exercice afin de lutter contre le stress, il soulevait de la fonte à la salle de sport, courait de longues distances et faisait de la boxe avec un coach personnel tous les vendredis matin. Il avait investi dans des affaires de sport toujours plus sophistiquées : des marques spécialisées qu'il fallait commander aux États-Unis, avec des logos discrets mais visibles, et des baskets en tissu mesh à semelles légères censées imiter la sensation de courir pieds nus dans le Masai Mara. Il buvait des boissons protéinées, laissait la peau du blanc de poulet au bord de son assiette, si bien que lorsqu'elle la jetait dans la poubelle en débarrassant, Kate se sentait jugée par elle. Ces changements lui allaient bien, objectivement, mais elle trouvait son ancien torse plus confortable. Maintenant, il était dur quand elle posait sa tête dessus, et quand il la prenait dans ses bras, elle se sentait trop serrée.

Son propre corps lui était devenu comme étranger. Elle qui avait toujours été tonique, avec des muscles bien dessinés grâce au yoga, des abdominaux qui se devinaient sous la peau, désormais son ventre était flasque, rempli de fluides. Elle était convaincue que ses hanches s'étaient élargies. Elle ne faisait plus d'exercice depuis des mois. Elle avait sans doute grossi, l'effort pour tomber enceinte et pour se rétablir après chaque grossesse avait laissé des traces. Elle ne comprit que bien plus tard que ses impressions étaient fausses.

« Kate ? »

Elle se rendit compte qu'elle n'avait pas répondu à sa question.

« Je suis fatiguée, dit-elle.

— Qu'est-ce que tu penses d'une GPA, une gestation pour autrui ? Tu préfères peut-être qu'on en parle plus tard ? »

Alors qu'elle ne se sentait pas particulièrement triste, elle se mit à pleurer. Il lui tendit un mouchoir. Dans un coin du café, un bébé se mit à gémir, comme pour faire écho à son propre malheur, et la mère déboutonna sa blouse pour lui donner le sein. Le bébé, instantanément calmé, se mit à téter goulûment. En les regardant, Kate fut submergée par un mélange d'émerveillement et de jalousie. Elle était désespérée. Elle ne voulait rien tant qu'avoir un enfant. Elle n'était plus capable de voir autre chose. Elle avait l'impression qu'elle mourrait si elle ne devenait pas mère.

« Je crois que ça pourrait être une bonne idée, dit-elle d'une petite voix. C'est juste… Je ne m'étais pas attendue à être aussi triste de ne pas pouvoir faire quelque chose.

— Oh, mon amour, dit Jake. Je suis tellement désolé.

— Et est-ce qu'on peut se le payer ?

— Bien sûr qu'on peut. On fera modifier le remboursement du crédit de la maison s'il le faut. C'est plus important, non ? »

Elle hocha la tête, puis demanda : « Est-ce que tu m'aimes encore ? »

La dévastation se peignit sur le visage de Jake.

« Mais pourquoi tu me demandes ça ? Je t'aime plus que tout. Et on y arrivera. Ensemble. OK ?

— OK. »

Moins de deux semaines plus tard, ils contactèrent une agence professionnelle qui organisait des maternités de substitution. Ils furent conviés pour une prise de contact. Carol, une femme grisonnante à l'air compétent, vêtue d'une chemise en coton unie et d'escarpins confortables, commença par leur dire : « Je vais vous donner beaucoup d'informations. » Elle rit d'une manière qui rappela à Kate son ancienne prof de biologie. « Vous êtes prêts ? »

Elle leur expliqua qu'il était illégal de payer une mère porteuse au Royaume-Uni, on pouvait seulement couvrir ses frais ; qu'une mère porteuse devait agir par pur altruisme, parce qu'elle voulait aider ; qu'il y avait une période de trois mois « pour apprendre à se connaître » avant qu'un contrat ne soit signé ; qu'ils devraient décider s'ils utiliseraient les ovules de Kate ou ceux de la mère porteuse ; que l'agence avait un site Internet où les mères porteuses pouvaient choisir parmi les couples dans leur situation ; qu'il y avait régulièrement des conférences et des événements où les parents candidats étaient trois fois plus nombreux que les mères porteuses potentielles. Ils rapportèrent une dizaine de brochures, qu'ils lurent dans la cuisine, assis face à face, en buvant un thé bien fort. C'était agréable d'avoir un projet, quelque chose sur quoi ils avaient davantage prise, plutôt que de tout faire reposer sur des spécialistes au langage médical aliénant.

Le mois suivant, Carol les invita à un événement qui devait avoir lieu dans un hôtel à Coventry.

« C'est une soirée à thème. Les années 1920. Je ne sais pas si c'est votre truc, mais si ça vous dit, vous devriez venir. Vous rencontrerez beaucoup de couples qui ont eu le même parcours que vous, cela peut aider, de partager son histoire avec des gens qui la comprennent. »

Kate et Jake avaient beau détester tous les deux les déguisements, ils décidèrent que cela valait le coup et commandèrent donc des costumes sur Amazon : une robe garçonne en polyester pour Kate, accessoirisée de fausses perles et d'un porte-cigarette ; un costume large à rayures pour Jake. Ils se rendirent au Grand Eastern Hotel de Coventry, un bâtiment de deux étages, en briques jaunes, avec des tapis beiges à motifs diamants bordeaux. La chambre, chichement meublée, était sans charme : un lit avec un matelas en mousse ;

une bouilloire avec des sachets individuels de sucre et de crème ; du gel douche et du shampooing mélangés dans le même distributeur fixé au mur carrelé de la salle de bains. La fenêtre donnait sur le parking. Avec le contenu du minibar, ils se firent des vodka-tonics, qu'ils burent assis sur le lit, puis ils se regardèrent et éclatèrent de rire devant la bizarrerie de la situation. C'était la première fois qu'ils riaient ainsi depuis une éternité, semblait-il à Kate.

« Tu crois qu'on boit trop ? demanda-t-elle à Jake, sans savoir si elle posait sérieusement la question.

— Si tu ne peux pas t'en envoyer un ou deux après tout ce que tu as traversé, quand est-ce que tu en auras le droit ?

— Hum. »

Ils enfilèrent leurs costumes, Kate mit un rouge à lèvres sombre, et Jake lui dit qu'elle était tellement excitante dans cette tenue qu'elle devrait mettre la même chez eux un de ces jours pour qu'ils fassent l'amour. Légèrement éméchée par la vodka, Kate se sentit de nouveau belle. Main dans la main, ils traversèrent le couloir jusqu'à la salle de conférences où avait lieu la soirée. Elle était décorée de ballons en plastique dorés et d'affiches « WANTED » représentant Al Capone. La pièce était déjà à moitié remplie d'invités. Ils se dirigèrent tout droit vers le bar. Kate était nerveuse, sans comprendre pourquoi. Ils commandèrent deux vodka-tonics.

« Simples ou doubles ? demanda le barman.

— Doubles », répondirent-ils simultanément.

Dans leur dos, une voix inconnue les interpella.

« J'aime bien votre style. »

Ils se tournèrent et découvrirent une femme derrière eux. Elle avait une chevelure blonde sauvage, retenue par un serre-tête à plumes, et portait un costume d'homme sur un caraco blanc. Avec sa peau hâlée et son sourire aimable, elle était belle mais abordable, la femme idéale pour jouer la sœur canon du personnage principal dans un film grand public.

« Salut, dit-elle en leur tendant la main. Je m'appelle Marisa. »

18

MAINTENANT

« J'ai l'impression de devenir folle, dit Marisa. Je veux juste parler.

— OK, dit Kate d'une voix qu'elle espère apaisante. Je comprends. Parlons. Je te dirai tout ce que tu veux savoir. »

Les épaules de Marisa se relâchent. Elle a tout de suite l'air plus calme. Elle va poser le couteau sur le guéridon du couloir.

« Désolée pour ça, dit-elle. Je ne comptais pas m'en servir.

— Je sais. »

Elle sourit à Kate, un sourire en biais qui donne à tout son visage un air tordu. Elle a des nœuds plein les cheveux, elle n'a pas dû les laver depuis un moment, et Kate sent aussi son odeur corporelle, un musc prégnant sous ses vêtements.

« Oh, Marisa, dit Kate. Qu'est-ce qu'il y a ? »

La poitrinc dc Marisa se soulève, elle s'avachit sur sa chaise, des larmes se mettent à couler sur ses joues. Puis elle relève la tête et la fixe, cachée derrière les mèches ternes qui lui tombent sur les yeux. Kate se recroqueville contre le mur, elle voudrait pouvoir disparaître par la seule force de sa volonté. Mais il n'y a nulle part où aller, et elle a toujours les jambes ligotées.

« Marisa, ma chérie, tu ne veux pas enlever la corde, s'il te plaît ? Je te promets que je n'irai nulle part, mais c'est vraiment désagréable. »

Marisa, bouche grande ouverte, ne la quitte pas des yeux. Kate ne sait pas trop si elle comprend ce qu'elle dit. Marisa semble presque inatteignable. Comment avons-nous laissé les choses déraper à ce point ? se demande Kate. Comment est-ce arrivé ? Kate continue à parler d'une voix douce, comme si elle cherchait à amadouer un cheval sauvage avec un morceau de sucre dans le creux de la paume.

« S'il te plaît, défais la corde, ensuite on pourra parler. On ira s'asseoir sur le canapé de la cuisine avec une tasse de thé et on réglera ça. Il n'y a pas de problème. Je vais bien. Je ne suis pas en colère contre toi. S'il te plaît, Marisa. »

Au bout de quelques minutes, Marisa se redresse sur sa chaise, ramène ses cheveux en arrière à pleines mains et les attache en un nœud rapide. Son visage semble plus vivant d'un coup, peut-être réussit-elle momentanément à tenir ses démons intérieurs à distance. Elle se lève, pose une main sur son ventre en un geste protecteur. Elle se penche pour défaire les nœuds de la corde puis, voyant qu'elle n'y arrive pas, se sert du couteau avant de le reposer sur le guéridon. Petit à petit, la corde se desserre et le sang afflue dans les pieds de Kate.

« Merci, Marisa.

— Je ne veux pas aller dans la cuisine. On va rester ici. »

Marisa se laisse glisser contre le mur à côté de Kate. Elle est si près que Kate sent ses cheveux lui chatouiller la joue, et d'une certaine façon c'est encore plus effrayant que lorsqu'elle la dominait, un couteau à la main. Kate essaie de ne pas sentir son odeur, de repousser la terreur, de calmer sa respiration. Elle ferme les yeux un court instant pour rassembler ses pensées.

« Qu'est-ce qui se passe, Marisa ?

— Je sais, dit Marisa.

— Tu sais quoi ?

— Arrête. Je ne suis pas stupide. Je ne suis peut-être pas aussi maligne que toi, mais je ne suis pas aussi bête que tu le penses. Je t'ai déjà demandé une fois. Alors je vais te reposer la question : depuis combien de temps vous couchez ensemble, Jake et toi ? »

Kate est désarçonnée.

« Six ans, dit-elle. Tu le sais.

— Comment peux-tu me dire ça avec autant de désinvolture ? On t'invite chez nous et c'est comme ça que tu me remercies ? En brisant ma relation ?

— *Ta* relation ? »

Marisa hoche la tête et, d'un coup, Kate comprend tout. Elle voit ce qu'elle préférerait ne pas voir.

« Mais… enfin… Marisa… » Elle a du mal à trouver les mots. Sa voix est rauque, presque un murmure. Ce n'est quand même pas ce qu'elle a en tête, si ? Marisa ne peut pas… elle n'a pas… ce n'est pas possible… « Tu es notre mère porteuse », reprend Kate.

Marisa ne réagit pas, on dirait qu'elle n'a pas entendu.

« Tu es notre *mère porteuse*, répète Kate. Tu comprends ? »

Alors Marisa fait une chose très curieuse. Elle prend la tête de Kate entre ses mains et se met à rire, lentement au départ, puis son rire enfle et devient sonore, strident, inarrêtable.

« Oh, Kate, dit-elle entre deux éclats de rire. Kate,

Kate, Kate, pauvre petite chose. Tu te trompes. Je suis la femme de Jake. On va avoir un bébé tous les deux. Tu es notre locataire. »

Quand Kate était petite, son père allait à un vide-greniers le deuxième dimanche de chaque mois. De temps en temps, quand elle se levait assez tôt, il l'emmenait. Ils vivaient au fond d'une vallée, la route escarpée montait depuis la maison, puis redescendait de l'autre côté vers le village le plus proche. Il y avait peu de voitures à cette heure, si bien que le père de Kate roulait très vite jusqu'en haut de la colline et qu'elle sentait son ventre se soulever quand ils franchissaient le col.

« On décolle ! » s'écriait-elle, ravie. Il y avait une sorte de terreur et de jubilation à l'idée qu'il pourrait perdre le contrôle de la voiture, et quand ils continuaient leur route à toute allure, il fallait une ou deux secondes à Kate pour se réadapter au défilement rapide du monde extérieur.

En entendant Marisa parler de cette façon, et en comprenant l'ampleur de son déséquilibre mental, Kate retrouve cette impression de décoller du sol, sauf qu'ici il n'y a pas de retour à la normale. Cette fois, la voiture ne poursuit pas son chemin de l'autre côté. À la place, elle s'élève dans les airs et fait des tonneaux sur l'asphalte à une vitesse fatale et terrifiante.

« Marisa, dit Kate en essayant d'articuler de manière aussi claire que possible. Jake est mon compagnon depuis six ans. Nous n'arrivions pas à avoir un enfant. Nous t'avons demandé d'être notre mère porteuse et d'emménager avec nous. Tu portes notre bébé. Le nôtre. Pas le tien. »

Marisa ne dit rien pendant un long moment. Elle détourne la tête, ramassée sur elle-même, et Kate la voit triturer des bouts de peau autour des ongles de sa main droite. Elles restent assises en silence pendant de longues minutes avant que Marisa ne rouvre la bouche.

« Le problème, Kate… »

Elle est interrompue par un bruit de clé dans la serrure. La porte d'entrée s'ouvre. Jake est à la maison.

19

À CE MOMENT-LÀ

Ils n'arrivaient pas à y croire, au départ. Personne n'y croyait. Carol leur disait qu'il fallait des années à certains couples pour trouver une mère porteuse. C'était très rare qu'il y ait une candidate dès le premier événement. Mais Kate et Jake s'étaient tous deux senti des affinités avec Marisa. Plus tard, Kate se demanderait si c'était le désespoir qui leur avait fait croire à ces affinités inexistantes.

Et pourtant, ce soir-là, ils discutèrent tous les trois avec beaucoup de naturel de la bizarrerie (et du potentiel comique) de la situation. Marisa les interrogea un peu sur leur parcours de fertilité – tout le monde parlait de parcours de fertilité dans cette réunion –, mais ses questions n'étaient ni intrusives ni inconvenantes. Elle écoutait et acquiesçait avec une empathie qui ne semblait pas feinte. Elle leur dit qu'elle avait toujours voulu des enfants mais qu'elle n'était pas encore prête. Elle savait par des amies plus âgées qu'elle et par sa propre mère à quel point le combat contre l'infertilité pouvait être difficile.

« Il y a sept ans d'écart entre ma sœur et moi, expliqua Marisa. Ma mère a fait plein de fausses couches dans l'intervalle. C'était horrible pour elle. »

Kate la regarda en se demandant si l'infertilité était un trait génétique héréditaire. Comme si elle lisait dans ses pensées, Marisa continua : « Mais j'ai fait des examens et tout a l'air en ordre, alors je me suis dit que je pouvais sans doute le faire pour quelqu'un d'autre tant que j'étais jeune, étant donné que ma mère n'a pas eu cette chance, vous voyez ? »

Elle avait cette façon de parler des jeunes d'aujourd'hui, ponctuée de « genre » et de pseudo-interrogations inutiles, qui alourdissaient les phrases.

« Si je peux me permettre, tu as quel âge ? » demanda Jake.

Il avait bu quatre vodkas et commençait à se montrer beaucoup plus familier que d'ordinaire.

« Vingt-huit ans. »

Elle parlait avec une franchise et une absence totale de malice qui charmaient Kate. Elle était tellement habituée à avoir affaire aux gens cyniques des médias, avec leur vision du monde émoussée par des années de vie dans la grande ville, où l'attitude blasée et cool était plus valorisante que l'enthousiasme. À ses yeux, Marisa semblait intacte, comme une poupée tout juste sortie de sa cellophane. Elle avait grandi à la campagne, dit-elle, et en effet Kate la trouvait un brin démodée, elle faisait penser à une héroïne tombée des pages d'un roman de Thomas Hardy avec sa complexion saine, ses cheveux fauves, son sourire radieux et son sentiment de ne faire qu'un avec son environnement. Il y avait de la pureté chez elle. Kate l'imaginait très bien avec un bébé.

Marisa quitta la soirée avant eux – elle devait se lever tôt le lendemain matin –, et Kate aima aussi cela chez elle : le fait qu'elle soit assez raisonnable et à l'aise dans ses baskets pour s'en aller alors que la fête commençait tout juste à battre son plein.

« Je serais très contente de rester en contact avec vous, dit Marisa. Si ça vous semble approprié, bien sûr. Aucune pression ! »

Jake jeta un coup d'œil à Kate, qui hocha imperceptiblement la tête.

« Nous en serions très heureux aussi, répondit-il. Tu pourrais peut-être prendre mon numéro ?

— Avec plaisir, dit Marisa avant de sortir de son sac un vieux modèle d'iPhone à l'écran craquelé.

— Waouh, fit Jake. Tu as dû le faire tomber de sacrément haut. »

Marisa rit.

« Je voulais le changer, mais vous savez comment c'est. »

Jake rentra son numéro et lui rendit son téléphone.

« Je suis enchantée de t'avoir rencontrée », dit Kate, et elle le pensait sincèrement. Pour la première fois en quatre ans, elle sentait l'espoir renaître.

Carol leur conseilla de ne pas s'emballer.

« La route est très, très longue, dit-elle. Vous allez devoir apprendre à vous connaître, vérifier que vous êtes compatibles et que vous pouvez vous faire confiance sur la durée avec cette petite chose incroyablement précieuse. Et n'oubliez pas que Marisa est une rareté.

— C'est-à-dire ? demanda Kate.

— Eh bien, elle est plus jeune que la plupart des autres mères porteuses chez nous et elle n'a pas eu de bébé elle-même, ce qu'on préfère en général. Ce n'est pas obligatoire, bien entendu, mais c'est bien d'en avoir conscience. En plus, elle est célibataire, donc vous n'aurez pas à entretenir un compagnon.

En revanche, il faudra s'assurer qu'elle aura le soutien nécessaire si elle se lance avec vous.

— Mais sa jeunesse relative n'est pas un plus ? demanda Jake. En matière de fertilité, j'entends.

— Sans doute, oui. En tout cas, c'est bien d'en avoir conscience, répéta Carol. Avez-vous eu une discussion pour savoir quels ovules vous utiliserez ?

— Je pense qu'on prendra les ovules de la mère porteuse, si possible », dit Kate.

Sur ce point, ils suivaient les conseils du Dr Abadi, qui leur avait expliqué que cela augmenterait leurs chances de concevoir rapidement, mais Kate avait beau essayer de se convaincre que cela ne changeait rien, que le bébé lui appartiendrait dès qu'elle l'aurait dans les bras, elle avait du mal à accepter le fait que son enfant n'aurait aucun lien génétique avec elle.

« Très bien, dit Carol. Dans ce cas, vous devrez vous demander si cela ne vous dérange pas que Marisa ne vous ressemble pas, Kate.

— Elle ressemble pas mal à Jake, dit Kate.

— Je sais mais il fournira le sperme, donc…

— Oui, je suis au courant. J'y ai déjà beaucoup réfléchi. »

Et c'était vrai. Elle avait tourné et retourné cette idée dans sa tête, et elle était parvenue à la conclusion que les avantages présentés par Marisa dépassaient de loin son inquiétude égoïste. Jake voulait tellement être père, et elle-même ne supportait plus l'idée qu'il ne soit pas comblé. Alors, pour ne pas créer de problème, elle se répétait qu'il n'y en avait pas. Et petit à petit, cela devenait une version de la vérité.

« Je n'ai aucun problème avec ça », dit Kate à Carol.

Jake se pencha vers elle et serra sa main dans la sienne.

Sur les conseils de Kate, Jake restait régulièrement en contact avec Marisa par texto depuis la fête.

« Il ne faudrait pas saborder nos chances avec elle, dit Kate en plaisantant à moitié. Elle a peut-être récupéré plusieurs numéros l'autre soir. »

Assis sur le banc du jardin, ils admiraient l'hortensia qui venait de fleurir. Par-delà le mur d'enceinte au fond, quelqu'un jouait à un jeu vidéo avec le son à fond. Ils vivaient près d'un parc de logements sociaux, et une grande tour de brique rouge bouchait un segment rectangulaire du ciel au bout du jardin. C'est pour cela qu'ils avaient eu la maison à si bon prix – la femme de l'agence immobilière leur avait dit que cela rebutait beaucoup d'acheteurs, mais ni Jake ni Kate n'en étaient gênés. Après tout, Londres était un patchwork, des tours avaient poussé sur tous les terrains vagues laissés par les bombardements de la Seconde Guerre mondiale, collées souvent à de vieilles maisons, comme des couronnes en or près de vieilles dents jaunies. En vivant ici, ils avaient le sentiment d'être dans la vraie ville, pas dans une version expurgée. Kate aimait ce patchwork légué par l'histoire.

« J'ai l'impression de commencer une histoire avec quelqu'un, dit Jake en lui servant un verre de rosé.

— Comment cela ?

— C'est juste que je surinterprète chacun de ses messages parce que je veux montrer qu'on est intéressés, mais sans donner l'impression de mendier de l'attention. »

Elle rit.

« Tu es bête. »

Le vent et le soleil lui procuraient un début d'ivresse délicieux. Elle posa sa tête sur son épaule.

« La seule personne dont tu as le droit d'être amoureux, c'est moi. »

Il la serra contre lui.

« J'espère bien », répondit-il.

Un week-end, ils organisèrent un rendez-vous avec Marisa dans un café, en journée parce que cela leur semblait plus convenable. Kate mit une tenue présentable, rien de trop tendance, juste de quoi donner le sentiment de quelqu'un de fiable et de stable. Elle se décida pour une chemise de lin blanche, un jean et des baskets. Jake portait un T-shirt gris et son pantalon de toile préféré. Ils arrivèrent une demi-heure en avance afin d'avoir le temps de s'installer et de calmer leur angoisse, et ils choisirent une table près de la vitre pour que Marisa les voie tout de suite.

Lorsqu'elle les aperçut, elle vint droit vers leur table avec un grand sourire.

« Bonjour », dit-elle.

Ses cheveux tombaient sur ses épaules. Sans sa tenue de soirée, elle avait l'air encore plus saine et belle que dans le souvenir de Kate. Elle portait une robe estivale de coton rose dont les bretelles n'arrêtaient pas de tomber sur ses bras. Le bouton du haut, ouvert, révélait un triangle de soutien-gorge bleu. En la regardant, le premier mot qui vint à l'esprit de Kate fut : « mûre ». Elle sut d'instinct que cette femme allait porter leur bébé : c'était elle, et le fait de le savoir l'apaisa. Il lui sembla tout à coup logique que l'enchaînement des difficultés les ait menés à cet endroit précis, comme si leur bébé avait attendu pour naître que Marisa surgisse.

« On est tellement contents de te revoir », dit Jake en lui serrant la main.

Ils commandèrent des boissons, et le thé de Marisa s'accompagna de tout un attirail inutile, jusqu'à un petit sablier posé sur un plateau en bois, qui nécessita une longue explication de la serveuse sur la durée d'infusion requise.

« Eh bien, dit Jake. C'est un thé compliqué. »

Ils rirent.

« Je suis plutôt du genre English Breakfast », ajouta-t-il.

Kate ne put s'empêcher d'éprouver une bouffée d'affection en le voyant prendre ainsi en main la tâche difficile consistant à briser la glace, ce qui lui évitait de le faire. Elle avait envie de rester silencieuse pour l'instant, et simplement d'observer.

Jake et Marisa se racontèrent leurs familles respectives, comment ils avaient grandi, et Marisa peignit un tableau idyllique d'une enfance heureuse. Ses parents, dit-elle, étaient toujours mariés et heureux (« Ils ont placé la barre assez haut, je dois dire », précisa-t-elle), et elle était très proche de sa petite sœur, Anna.

« Et tu fais quoi dans la vie ? demanda Kate.

— J'écris et j'illustre des livres pour enfants.

— Oh, c'est merveilleux. »

Kate était ravie qu'elle soit artiste. Cela avait été une de ses inquiétudes : que ses gènes plus créatifs ne soient pas transmis au bébé.

« Merci ! Enfin, je ne suis pas Roald Dahl non plus. Je reçois des commandes de parents ou de membres de la famille qui veulent personnaliser des contes pour leurs enfants.

— Ça fonctionne comment ? »

Marisa ramena ses cheveux derrière ses épaules. Ils étaient longs et ondulés, le genre de cheveux qu'ont les mannequins des pubs pour les lotions solaires.

« Ils m'envoient deux photos, me donnent quelques traits de leur personnalité, et je pars de là. »

Elle leur expliqua qu'elle avait monté son affaire, « Des histoires à soi », et ils la félicitèrent pour ce nom qu'ils trouvaient excellent. Sous la table, Jake frotta son genou contre celui de Kate et elle serra sa cuisse, peinant à croire que la rencontre se passait aussi bien.

Ils ne parlèrent pas de la GPA avant d'avoir fini leur boisson, et c'est Marisa qui aborda le sujet.

« Je sais que nous n'en sommes qu'au tout début, mais je voulais juste vous dire que je vous aime vraiment bien tous les deux, et j'adorerais vous aider en étant votre mère porteuse. Si ça vous intéresse, bien sûr. » Elle rit un peu, gênée. « Sans vous mettre la pression ! »

Kate en avait les larmes aux yeux.

« C'est tellement… » Sa voix se brisa. « … généreux et incroyable à entendre. Merci. Excuse-moi. »

Comme elle ne voulait pas pleurer devant Marisa, elle alla aux toilettes et resta plusieurs minutes assise sur la cuvette à se tamponner les joues avec du papier roulé en boule. Elle prit de profondes inspirations. Sur la porte du cabinet était scotché un tract pour des cours de yoga avec bébé.

« Libérez votre déesse-mère intérieure », lut-elle à côté de la photo d'une femme à fortes hanches en caftan qui tenait un gros bébé à bout de bras.

Kate avait déjà vu cette affichette, qui l'avait fait enrager. C'était tellement grossier, sans cœur pour celles qui étaient dans sa situation, qu'elle avait dû se retenir de la déchirer. C'était comme ces posts sur Instagram de ventres arrondis photogéniques ou de nouveau-nés minuscules qui donnaient à Kate envie de hurler et lui faisaient regretter qu'il n'y ait pas une fonction de désactivation des contenus liés à la grossesse. Mais aujourd'hui, en fixant cette affichette, elle pouvait croire que son tour était venu.

Elle sortit son téléphone et rédigea un texto à l'intention de Jake : C'est la bonne, non ?

Elle envoya le message et attendit. Comme quelqu'un tentait d'entrer, elle tira la chasse d'eau, se lava les mains et les plaça sous le séchoir pour que la personne dehors sache que l'attente ne serait plus longue. Son téléphone vibra.

Sûr. Xxo.

Kate sortit des toilettes et fit un grand sourire à la femme qui entrait.

« Désolée », murmura-t-elle.

C'est en revenant des toilettes qu'elle vit, pendant une fraction de seconde, Marisa tendre la main et effleurer le poignet de Jake. C'était un geste furtif, comme pour souligner quelque chose dans la conversation, et Kate n'y prêta pas particulièrement attention. Elle retourna à la table et dit à Marisa qu'ils avaient une chance folle de l'avoir rencontrée.

20

Comme le leur avait conseillé Carol, ils passèrent beaucoup de temps ensemble pendant les trois mois qui suivirent. Ils firent des pique-niques. Ils allèrent à des conférences sur la GPA. Ils visitèrent des galeries d'art, des musées, allèrent au cinéma, et Jake et Kate s'asseyaient de part et d'autre de Marisa pour qu'elle ne se sente pas mal à l'aise. Ils eurent des dizaines de conversations sur les implications d'une grossesse de substitution : ils voulaient tous les trois se mettre au clair sur la démarche pour faire en sorte que ça fonctionne. Ils signèrent un contrat à trois qui stipulait que Marisa Grover transférerait la parenté légale à Kate Samuel et Jake Sturridge après la naissance du bébé. Marisa disait toujours « votre bébé ». Elle connaissait toutes les procédures médicales qu'elle devrait subir pour que ses ovules soient extraits puis fécondés avec le sperme de Jake, et elle rassurait Kate sur le fait que cette perspective ne l'effrayait pas.

« Désolée de te poser autant de questions, dit Kate un soir où ils se promenaient tous les trois le long de la rivière, dans Battersea Park. Je veux juste être sûre que tu sais dans quoi tu t'engages.

— Oh, mon Dieu, je comprends complètement,

répondit Marisa. Mais j'avais beaucoup réfléchi sur mon envie de le faire avant même de vous rencontrer, donc je crois que je sais où je mets les pieds.

— Ça fait plaisir à entendre », dit Jake.

Tout ce que Marisa leur disait était parfait. Ils auraient presque pu croire qu'ils l'avaient inventée. C'était trop beau pour être vrai.

Il n'y avait qu'une chose que Kate voulait changer : le logement de Marisa. Elle leur avait dit qu'elle louait un appartement dans le nord de Londres, mais quand ils lui avaient rendu visite, Kate avait été surprise de constater que c'était plutôt une studette qu'un appartement. La kitchenette et le lit occupaient la pièce principale, et la salle de bains était à peine plus grande qu'un placard. Il y régnait une odeur de plats mijotés et de plomberie défectueuse. Kate entendait le vacarme d'une musique très forte à l'étage du dessus. C'était humide, minuscule, et la fenêtre donnait sur une avenue bruyante. Les vitres étaient noires à cause des gaz d'échappement.

« Et si Marisa venait vivre chez nous ? » proposa-t-elle à Jake, plus tard ce soir-là.

Assis sur le canapé, ils buvaient un verre de vin en regardant un documentaire Netflix sur le dopage dans le cyclisme.

« Hum ? » Jake ne l'avait pas vraiment écoutée. Il prit la télécommande et mit sur pause. « Tu disais ? »

Tenant son verre par le pied, elle fit tournoyer doucement le vin pour que sa robe laisse des marques sur le côté.

« Je me demandais si on ne pourrait pas proposer à Marisa d'emménager avec nous. »

Jake, qui s'était penché pour prendre une chips dans

le bol posé sur la table basse, s'arrêta au milieu de son geste. Il se renversa en arrière et éclata de rire.

« Quoi ? »

Kate le regardait avec le plus grand sérieux. Comprenant qu'elle n'était pas en train de plaisanter, il se reprit aussitôt.

« Hum. Eh bien… Je ne m'attendais pas à ça. OK. Laisse-moi juste digérer une seconde. »

La télévision passa en mode économiseur d'écran et se remplit d'images sous-marines de dauphins nageant au ralenti.

« J'y ai réfléchi, et je n'aime pas l'idée qu'elle soit aussi loin de nous.

— Ce n'est pas si loin.

— Non, je sais, mais on fait tous les deux de gros horaires et ce serait plus facile de l'avoir à côté. C'est l'argument pratique, dit-elle, sachant comment Jake réfléchissait. Ensuite, sur le plan psychologique, je n'aime pas non plus qu'elle soit toute seule, sans aucun soutien familial. Ils vivent tous à la campagne, non ? D'ailleurs, ce serait beaucoup plus simple pour l'avoir à l'œil et vérifier qu'elle se nourrit sainement, qu'elle prend ses compléments et tout le reste.

— Mais…

— Et comme il est illégal de payer une mère porteuse, en dehors des frais raisonnables, ce serait une manière de la remercier pour le putain de service qu'elle va nous rendre. »

Jake ne répondit pas, mais elle sentait qu'il était passé de la stupéfaction à une évaluation rationnelle de sa proposition.

« On pourrait lui laisser la chambre d'amis, elle y installerait son atelier. Il y a largement la place. »

Jake voulut se resservir un verre de vin mais la bouteille était vide. Il se leva pour aller prendre une bouteille de rouge dans le casier. Il lui en proposa en se rasseyant sur le canapé.

« Merci », dit-elle en tendant son verre.

Elle ne parlait plus, laissant l'idée faire son chemin.

« OK, dit Jake.

— OK ?

— Je crois que c'est une bonne idée. »

Kate se jeta sur lui et le couvrit de baisers.

« Oh, je suis tellement contente que tu sois d'accord. Merci merci merci ! »

Jake rit et l'embrassa à pleine bouche. Sa langue avait un goût de tanin.

« En supposant que Marisa soit d'accord, dit-il en la prenant par les épaules, qu'est-ce qu'on dira aux gens ?

— Je ne sais pas… Qu'on a une locataire ?

— Même à ma mère ? »

Kate se rassit dans son coin du canapé.

« Non, je pense qu'on devrait dire la vérité à Annabelle.

— Elle ne comprendra pas, répondit Jake en secouant la tête.

— Non, admit Kate. Mais tant pis pour elle. »

Au bout du compte, la décision avait été assez facile à prendre. Kate en parla à Marisa le lendemain au téléphone.

« Kate, oh mon Dieu, c'est tellement généreux de votre part. Vous êtes sûrs ? »

Elle avait le souffle court, comme si elle venait de courir.

« Absolument. Nous serions ravis de t'avoir à la maison. Mais on ne veut pas que tu te sentes obligée.

Pourquoi ne viendrais-tu pas voir la chambre, histoire de prendre ta décision en connaissance de cause ?

— Avec plaisir ! »

Elles prirent rendez-vous pour le lendemain après-midi. Jake ne pouvait pas quitter le boulot à cause d'une réunion, mais Kate s'était libérée afin de faire visiter les lieux à Marisa. Excitée par cette perspective, elle passa deux heures à ranger et à rendre le moindre recoin aussi accueillant que possible. Dans la chambre d'amis, elle changea les draps et mit une sélection de ses livres préférés sur les étagères. En bas, elle alluma des bougies parfumées et nettoya toutes les surfaces de la cuisine.

Lorsque Marisa arriva, elles s'embrassèrent, puis Kate l'invita à entrer et commença à lui montrer toute la maison comme si elle travaillait dans une agence immobilière. Elle lui fit remarquer le double vitrage, gage de calme, les deux salles de bains (ce qui signifiait que Marisa aurait la sienne) et le fait que sa chambre était à un autre étage que la leur, assurant leur intimité à tous.

« Oh, tout est tellement beau, s'enthousiasma Marisa. La lumière est sublime. »

Dans la cuisine, Kate ouvrit les portes vitrées qui donnaient sur le jardin et une pie entra sans prévenir, qu'elle dut esquiver en baissant la tête. Dans le chaos qui s'ensuivit, l'oiseau cogna avec son aile un vase qui alla s'écraser par terre, puis il finit par ressortir. Kate, qui n'avait jamais aimé les oiseaux – ils étaient de sinistre augure à ses yeux –, s'efforça de le prendre à la légère.

« Bon débarras ! » dit-elle tandis que l'oiseau s'éloignait dans le ciel. Elle demanda à Marisa si ça ne l'avait pas trop perturbée.

Marisa lui répondit que pas du tout, qu'elle ne s'inquiète pas, et si Kate et Jake étaient vraiment sûrs, elle adorerait emménager avec eux pour les prochains mois, pendant l'aventure de la grossesse de substitution. Kate la serra si fort dans ses bras qu'elle sentit les battements de son cœur. Lorsqu'elle s'écarta, Marisa la regardait bizarrement, comme si un voile était tombé sur ses yeux, ou que son esprit était parti ailleurs. Un simple moment de flottement sans doute, d'ailleurs le voile s'effaça presque aussitôt.

Où était-elle partie dans sa tête ? se demanda Kate.

Elle raccompagna Marisa à la porte et la suivit un moment des yeux tandis qu'elle descendait la rue. Elle la vit sortir son téléphone et envoyer un texto à quelqu'un sur le chemin du métro. Après avoir refermé, Kate resta un moment immobile dans l'entrée à se féliciter que tout se soit si bien passé.

Ils aidèrent Marisa à emménager, portant les cartons dans l'escalier étroit de son appartement avant de les empiler à l'arrière de la camionnette qu'ils avaient louée pour l'occasion. Ils traversèrent la ville avec la radio allumée ; Marisa connaissait par cœur les paroles de toutes les chansons. Elle avait une belle voix, remarqua Kate, et c'était encore une chose qui la réjouissait eu égard à l'héritage génétique qu'elle léguerait à leur enfant. Marisa déballa rapidement et méthodiquement ses affaires et, le soir venu, confortablement installée dans leur maison, elle s'assit avec eux à la table de la cuisine. Ils eurent aussitôt l'impression qu'elle avait toujours été là. Kate se sentait comme en famille.

Marisa avait installé une table à dessin inclinée près de la fenêtre et elle passait de longues heures à travailler dans sa chambre, n'en sortant que pour le dîner.

En sandales et tenue de travail décontractée, elle avait les cheveux constellés de traces de peinture. Elle disait que cela faisait des années qu'elle n'avait pas aussi bien dormi. Elle se remplumait, et les poches sous ses yeux disparurent.

Jake et Kate faisaient leur possible pour qu'elle se sente la bienvenue. Ils étaient prévenants, ils lui demandaient toujours si elle voulait une tasse de thé ou un verre de vin, et ils s'efforçaient de ne pas trop se comporter en couple devant elle. Ils évitaient d'être tactiles ou de se montrer leur affection afin que Marisa ne se sente pas gênée. Le soir, ils faisaient l'amour discrètement pour ne pas qu'elle les entende.

Cela dura ainsi trois, peut-être quatre semaines. Plus tard, Kate n'arriverait plus à se souvenir du moment exact où elle avait commencé à soupçonner que les choses n'étaient peut-être pas exactement ce qu'elles semblaient être. Cela débuta par de petites choses – des gestes ou des faits presque impossibles à repérer à l'époque, mais qui lui paraîtraient rétrospectivement être les premiers moments d'une escalade inéluctable.

Il y avait cette manie qu'avait Marisa de déplacer les tasses dans le placard, poussant au fond celles que préférait Kate, ou sa façon d'utiliser le lavabo de la grande salle de bains pour se brosser les dents plutôt que d'aller là-haut, dans celle qu'ils lui avaient allouée. Elle aimait aussi prendre de longs bains dans leur baignoire avant d'aller se coucher, mais elle ne la nettoyait jamais après l'avoir utilisée. Elle téléchargeait des programmes télé sur le compte Apple sans demander la permission. Une fois, Kate la retrouva dans leur chambre, assise devant la coiffeuse, qui essayait ses bijoux.

« Oh, pardon, Kate ! » Elle ne semblait pas gênée du tout, comme si c'était la chose la plus normale du monde. « J'adore tes boucles d'oreilles, je voulais juste voir si elles m'iraient. Ça ne te dérange pas, j'espère. »

Et Kate ne vit pas d'autre possibilité que de répondre : « Non, bien sûr. »

Kate se disait qu'elle devait lâcher du lest. Pourquoi Marisa n'aurait-elle pas fait comme chez elle ? N'était-ce pas eux qui l'y avaient encouragée ? D'ailleurs, Kate n'avait pas envie de se la mettre à dos. Elle n'avait pas envie de perdre cette chance pour laquelle ils avaient tant sacrifié. Marisa était la mère porteuse parfaite, elle n'arrêtait pas de se le répéter. Quoi que veuille Marisa, et quoi qu'elle fasse, Kate devrait le supporter avec grâce et générosité jusqu'à ce qu'ils aient leur bébé. C'était le plus important, et cette idée guidait toutes ses actions. Ne pas bouleverser l'équilibre actuel. Ne rien faire dont elle puisse prendre ombrage. Ne pas oublier que tout était fragile, sous la surface.

Mais Marisa étendit subtilement son emprise sur la maison. Elle demanda si elle pouvait mettre certains de ses livres dans la bibliothèque, ce que Jake accepta volontiers. Lorsque Kate arriva dans le salon, elle s'aperçut que Marisa avait enlevé sa collection adorée de romans de chez Persephone Books à la reliure grise et qu'elle les avait laissés en piles, en vrac par terre. L'étagère était maintenant occupée par des beaux-livres de photographie et de nus féminins – le genre d'ouvrages que personne ne lit, mais qu'il faut avoir.

Une fois, après un rendez-vous de travail dans le quartier, elle repassa à la maison en pleine journée. Dès son arrivée, elle remarqua que ses baskets de course avaient été enlevées de leur place habituelle dans l'entrée. Marisa descendit l'escalier d'un air distrait.

« Oh, dit-elle. Je ne t'attendais pas. »

Kate essaya de ne pas prendre la mouche.

« Je vis ici ! dit-elle, feignant de s'en amuser.

— Je sais. C'est juste… Je suis habituée à avoir mon espace à moi en journée, tu vois ? »

Excuse-moi de respirer, pensa Kate tandis que Marisa remontait déjà l'escalier.

« Attends une seconde, Marisa. Désolée, mais tu sais peut-être où sont mes baskets ? »

Kate avait le sentiment de passer son temps à s'excuser avec elle. Elle avait toujours peur de dire un mot de travers.

« Oui, je n'arrêtais pas de trébucher dessus alors je les ai mises dans le placard sous l'escalier.

— Oh. OK. »

Le sourire de Marisa ne portait pas la moindre trace de gêne ou de culpabilité. La lumière déversée par la fenêtre du palier dans son dos tombait sur ses cheveux, l'entourant d'une sorte de halo doré. Marisa resta ainsi quelques secondes, immobile, les pieds fermement plantés, en la regardant droit dans les yeux avec un sourire fixe. Kate eut la nette impression qu'elle la défiait, mais elle ne voyait pas pourquoi.

« Merci », finit par dire Kate, qui se détesta pour sa lâcheté.

J'aurais dû lui dire que j'aime avoir mes baskets à cet endroit, maugréa-t-elle en enlevant son manteau. Pourquoi ne l'ai-je pas fait ? Mais en dépit de ses hanches larges, de ses cheveux en bataille et de ses salopettes d'artiste tachées, Marisa pouvait être intimidante. Elle ne faisait pas vraiment peur, non. C'était plutôt qu'on ne pouvait jamais savoir ce qu'elle pensait ou comment elle allait réagir.

Le temps passa. Kate n'en parla pas à Jake parce que, après tout, c'était elle qui avait eu l'idée de faire emménager Marisa chez eux, et elle se disait qu'il ne fallait pas exagérer la portée d'incidents somme toute assez triviaux. Elle mettait sa réaction sur le compte de son hypersensibilité au vu de leur situation, et elle était certaine que ses pensées étaient en quelque sorte brouillées par le stress de ce triangle peu conventionnel. Donc, Kate se tut. Elle se reprocha d'avoir été déraisonnable et se contenta de récupérer chaque matin ses baskets sous l'escalier et l'une de ses tasses favorites au fond du placard, jusqu'à ce que cela devienne un geste réflexe.

Puis Marisa se mit à cuisiner pour eux. Kate avait essayé de l'en dissuader parce que, même si elle appréciait la compagnie de Marisa, elle n'avait pas particulièrement envie qu'ils partagent tous leurs repas avec elle. Marisa expliqua que cela lui faisait plaisir, et Jake ayant mentionné en passant qu'il aimait les macaronis au fromage de sa mère, Marisa prit sur elle d'en préparer.

« Mes macaronis au fromage sont légendaires, lança-t-elle d'une voix guillerette. Tu peux me croire. »

Lors de leur première rencontre, ce qui avait attiré Kate chez Marisa était les certitudes qu'elle semblait avoir sur elle-même. Maintenant, elle se demandait s'il ne fallait pas plutôt y voir un excès de confiance. Parfois, quand ils évoquaient son travail, elle parlait d'elle-même en termes grandiloquents, se présentant comme « une artiste qui crée par la peinture et d'autres moyens d'expression », et Kate trouvait que c'était un poil exagéré dans la mesure où elle illustrait des livres pour enfants gnangnan et que la plupart de ses commandes venaient de parents passant par sa messagerie Instagram. Kate en avait vu quelques-uns, et ses contes de fées étaient en réalité des intrigues basiques illustrées d'images simples. Pour l'œil non averti de Kate, tous les livres pour enfants se ressemblaient. Jake, plus diplomate, posait des questions à Marisa sur la manière dont elle s'y prenait pour peindre les cheveux, quelles couleurs elle mélangeait pour obtenir telle nuance de chair, etc.

« Il faudra que tu en fasses un pour notre bébé quand il sera là ! lança-t-il avec entrain.

— J'adore cette idée », répondit Marisa.

Ses macaronis au fromage étaient excellents, en effet. Encore une chose qui agaça Kate : dans son esprit, la cuisine était son domaine, et d'ailleurs Jake la complimentait souvent sur sa capacité à improviser un frichti délicieux avec quelques restes. Et voilà que Marisa lui volait la vedette.

« Hum, c'est excellent, disait Jake en enfournant ses pâtes.

— C'est les lardons, expliqua Marisa. Ça, et les quatre types de fromage différents. »

Kate remarqua que tous les commentaires de Marisa s'adressaient exclusivement à Jake, comme si elle n'était pas là. Une fois encore, elle se dit qu'elle surinterprétait. La situation était délicate, après tout. Kate allait confier la conception de son enfant à cette femme plus jeune et plus fertile. Il était logique qu'elle veuille conserver les choses qu'elle était capable d'assumer, qu'elle revendique ce pour quoi elle était douée.

« Je me régale, dit Kate bien que le plat fût trop riche à son goût. Merci. »

Marisa lui sourit.

Jake, ayant vidé son assiette, se renversa en arrière dans sa chaise et regarda autour de lui avec contentement.

« J'ai hâte d'avoir un bébé, dit-il tout à trac. Je sais que ça peut avoir l'air bizarre. »

Kate croisa son regard et lui fit un petit clin d'œil. Sous la table, elle mit la main sur son genou.

« Pas du tout, protesta Marisa. Pourquoi ?

— Les hommes ne sont pas censés dire des choses comme ça.

— C'est idiot. »

Marisa posa ses deux coudes sur la table et cala son menton dans ses mains. Le col en V de son T-shirt bâilla, révélant son décolleté. Kate était si près qu'elle voyait la ligne de bronzage qui lui restait de ses vacances estivales, et la chair qui virait au blanc au début du mamelon.

« Moi aussi, j'ai hâte. Et je me fiche que ça ait l'air bizarre. »

Elle rit. Kate la dévisagea. Elle avait dit cela d'une façon très possessive, et en même temps nonchalante, comme si cette expérience était la sienne, alors que non. C'était la leur.

« On apprécie ce que tu fais pour nous, Marisa », répondit Kate en détachant chaque mot.

Marisa, qui était tournée vers Jake, reçut ce commentaire en inclinant légèrement la tête dans sa direction. L'atmosphère était lourde. Kate, que le poids de tout ce qui se jouait entre eux commençait à oppresser, dit brusquement : « Ça va être génial », puis elle se leva pour débarrasser.

Au lit ce soir-là, Kate roula sur le matelas et vint se coller contre le dos de Jake, les bras enroulés autour de sa taille. Il posa sa main sur les siennes et ils entremêlèrent leurs jambes. Elle enfonça son nez dans sa nuque, et ses cheveux fins et doux lui chatouillèrent les lèvres.

« Je t'aime, dit Jake.

— Je t'aime aussi. »

Elle ferma les yeux et essaya de dormir, mais en vain.

« Jake ?

— Hum.

— Tu crois que tout va bien ? Avec Marisa, je veux dire. »

Il se tourna vers elle, attentif désormais.

« Comment cela ?

— C'est juste… Ça paraît stupide, mais…

— Tu m'inquiètes.

— Oh, non, pardon, il n'y a pas de quoi s'inquiéter, c'est juste… elle est très à l'aise à la maison, tu ne trouves pas ?

— Eh bien, ce n'est pas ce qu'on voulait ?

— Sans doute. Mais… elle déplace mes affaires. »

Il rit doucement.

« Tu parles de tes baskets ?

— Oui !

— Elles étaient assez agaçantes à cet endroit, juste devant la porte d'entrée, tu sais.

— Tu es dans son camp ! »

Il la serra contre lui et enchaîna d'une voix joueuse : « Il n'y a pas de camp ! Ce n'est pas une compétition. On est tous ensemble là-dedans, non ? »

Elle parla contre sa poitrine, la voix assourdie.

« Et tu ne t'arrêtais plus de t'extasier sur ses putains de macaronis au fromage. »

Jake s'esclaffa.

« C'est *ça* qui pose problème ? Allez, Kate…

— C'est toujours ma cuisine que tu préfères ? »

Elle savait que c'était puéril, mais elle n'y pouvait rien. Elle avait besoin d'être rassurée.

« Bien sûr. C'est toi que je préfère. J'ai hâte d'avoir un bébé avec toi. J'aurais préféré qu'on n'ait pas besoin d'impliquer quelqu'un d'autre, mais comme on n'a pas le choix, on a trouvé quelqu'un qui a l'air très bien, et si son seul défaut énervant est de déplacer tes baskets, je crois qu'on pourra le supporter quelques mois, tu ne penses pas ? »

Elle se pelotonna contre lui.

« Tu as raison. Je sais que tu as raison. Pardon.

— Ne t'excuse pas. » Il écarta la tête et lui embrassa le bout du nez. « Ça doit être incroyablement dur pour toi. Mais le transfert d'embryon aura lieu dans quelques semaines, c'est tout ce qui compte. Je pense qu'on se sentira tous beaucoup moins tendus ensuite. »

Kate était contente d'avoir parlé. En exprimant ses craintes, elle avait crevé l'abcès. Maintenant, elle les voyait pour ce qu'elles étaient : les symptômes d'une paranoïa déclenchée par son insécurité quant à son rôle dans ce noyau familial inattendu. Le psy recommandé par l'agence l'avait prévenue qu'elle risquait de connaître des épisodes de ce genre. Il était important de faire la part des choses entre ce que son cerveau angoissé lui disait et ce qui se passait réellement. Une pensée n'était pas un fait.

« Tu es toujours la mère, la rassura Jake. Ne l'oublie pas. »

Jake était doué pour la calmer et la ramener à une vision plus rationnelle des choses. Elle referma les yeux. Le silence régnait dehors. Bientôt, Jake se mit à ronfler légèrement. Kate abordait les rivages du sommeil lorsqu'elle entendit le plancher craquer, puis des petits bruits de pas qui s'éloignaient rapidement.

Le lendemain, elle ne saurait pas dire si elle avait rêvé ou s'il y avait vraiment eu quelqu'un qui écoutait derrière la porte.

21

L'anniversaire d'Annabelle approchant, Jake proposa qu'ils emmènent ses parents déjeuner dans un excellent restaurant de Londres, en leur offrant en outre une nuit dans un grand hôtel.

« Elle adore ce genre de trucs, expliqua-t-il en présentant son idée à Kate. Et comme ça, elle ne restera pas dormir chez nous.

— De toute façon, elle ne pourrait pas, avec Marisa.

— Je sais. Mais le cadeau permet de maquiller la chose, et elle ne se sentira pas flouée. »

C'était un dimanche matin, Jake avait mis les croissants à chauffer dans le four. Il pleuvait des trombes dehors, et il y eut un bref intermède durant lequel des grêlons vinrent cogner contre les portes vitrées comme un sac de billes qu'on aurait renversé.

« D'accord, c'est une super-idée, dit Kate. On peut se le permettre ?

— Pas vraiment, mais je tiens à marquer le coup. Et en plus, cela nous permettra d'annoncer la GPA dans un cadre neutre.

— OK. »

Kate s'agaçait qu'il faille ménager Annabelle comme si elle était une enfant d'une sensibilité extrême. Elle en avait parlé à ses propres parents sans tourner autour du pot, et ils l'avaient soutenue dès qu'elle leur avait expliqué de quoi il s'agissait et pourquoi ils le faisaient. La seule inquiétude de sa mère était de savoir comment ils comptaient appeler le bébé et s'il porterait le nom de famille de Jake ou celui de Kate, étant donné qu'ils n'étaient pas mariés.

« On avisera le moment venu, avait répondu Kate. Il y a encore du chemin.

— N'attends pas trop, ma chérie, lui avait répondu sa mère avant d'allumer la bouilloire. Tu veux un thé ? »

Avec Annabelle, c'était une autre histoire. Depuis le jour où ils avaient commencé à chercher une mère porteuse, Jake s'angoissait à l'idée de devoir le lui annoncer. Kate avait du mal à comprendre pourquoi il se souciait tant de ce que sa mère pensait de lui. À trente-neuf ans, il avait parfaitement le droit de prendre ses propres décisions. Elle se demanda si c'était lié au fait d'être parti jeune en pension ; peut-être croyait-il inconsciemment qu'elle ne l'acceptait pas, et il essayait de combler ce manque depuis lors. Kate avait évoqué cette théorie devant Jake juste après leur rencontre, mais il l'avait balayée d'un revers de main en lui demandant de lui épargner « les foutaises psychanalytiques sur la pension » – ils n'en avaient jamais reparlé.

Il passa un coup de fil à Annabelle, qui se déclara ravie par ce cadeau d'anniversaire, et, le jour venu, Jake enfila un costume de lin et Kate une robe à fleurs et de petits escarpins. Puis ils descendirent l'escalier et prirent les clés dans le bol sur le guéridon de l'entrée. Comme ils récupéraient leurs manteaux, ils entendirent Marisa derrière eux.

« Vous allez où, tous les deux ? » demanda-t-elle.

Elle avait un pinceau dans une main et un bocal d'eau colorée dans l'autre.

« On emmène ma mère au restaurant pour son anniversaire, répondit Jake.

— Oh. Eh bien, amusez-vous.

— Ça m'étonnerait beaucoup, railla Kate.

— Kate… dit Jake avec une pointe de réprimande dans la voix. Merci, Marisa. »

Marisa ne bougea pas tandis que Jake ouvrait la porte et la tenait à Kate, qui passa sous son bras pour rejoindre la rue.

« J'adorerais la rencontrer à l'occasion », dit Marisa.

Kate la regarda avec stupéfaction. C'était quand même particulier de dire une chose pareille, non ? Ou était-ce normal qu'une mère porteuse veuille rencontrer la mère du futur parent légal du bébé qu'elle porterait ?

« Je ne te le souhaite pas », répondit sèchement Jake.

Kate mit son manteau.

« À plus tard, Marisa, lança-t-elle d'un ton désinvolte, mais qui signifiait que la conversation était finie.

— Oui, à plus tard ! Vous savez à quelle heure vous revenez ?

— Pas vraiment. On sera absents quelques heures, j'imagine. Bye. »

Jake ferma la porte et, par l'ouverture de la boîte aux lettres, ajouta presque en criant : « Amuse-toi bien ! »

Amuse-toi bien ? Kate en riait en traversant le parc de Vauxhall. Des ouvriers plantaient des parterres de lavande et créaient une nouvelle allée bitumée à travers les pelouses.

« Pourquoi lui as-tu dit ça ? Ce n'est pas une enfant.

— Je ne sais pas. J'avais l'impression d'avoir été

méchant en ne lui proposant pas de nous accompagner. Tu comprends ?

— Hum. C'était bizarre. »

Ils se rangèrent sur le côté pour éviter un cycliste.

« Peut-être qu'elle se sent seule ? Elle n'a pas l'air d'avoir d'amis, tu as remarqué ? »

Kate haussa les épaules.

« Elle nous a, nous.

— C'est sûr. »

Ils prirent la ligne de métro Victoria jusqu'à Green Park, et de là marchèrent sur une courte distance jusqu'au restaurant, The Wolseley. Ils étaient les premiers arrivés. Le maître d'hôtel les conduisit à leur table, au centre de la salle en fer à cheval, et ils s'assirent côte à côte sur la banquette pour regarder les gens. Le serveur leur demanda s'ils voulaient un journal à lire, ils déclinèrent. Il partit, revint avec une carafe d'eau, et Jake lui commanda un bloody mary.

« Faites-en plutôt deux, dit Kate. Très relevé pour moi. »

Depuis quelque temps, elle recherchait de plus en plus la libération narcotique de l'alcool, qu'elle dosait savamment. Elle en avait besoin pour se détendre, se disait-elle, et après tous ces mois à ne rien boire à cause des traitements pour la fécondité, elle avait le sentiment de le mériter.

Elle examina la table. Les menus étaient reliés de cuir, la salière et le poivrier, en argent. Un rideau tiré derrière la porte empêchait les courants d'air d'atteindre la clientèle, ce qui pour Kate était toujours la marque du vrai luxe.

Les parents de Jake arrivèrent avec un quart d'heure de retard et Annabelle se précipita vers la table d'un air stressé. C'était un torrent bouillonnant de soie céruléenne et de récriminations à propos des trains. Chris, qui arborait une veste en tweed et un sourire incertain, apparut quelques instants plus tard, le temps de confier leurs manteaux au personnel.

« Je suis vraiment navrée, dit Annabelle tandis que Jake se levait pour lui laisser sa place sur la banquette à côté de Kate. Le train a eu du retard à cause de quelqu'un qui est monté sur la voie. C'était horrible ! Tous les sièges occupés. Des gens debout. Même en première. » Elle marqua une pause. « Je t'ai envoyé un texto.

— Oh, désolé, maman, je n'ai pas regardé mon téléphone. Mais ce n'est pas grave, vous êtes là. On ne s'ennuyait pas.

— Je vois ça, dit-elle avec un coup d'œil à leurs cocktails déjà terminés.

— Je vais prendre la même chose, lança Chris en faisant signe au serveur. Quelqu'un d'autre ? »

Kate hocha la tête avec gratitude.

« Prends-moi une coupe de champagne, chéri, dit Annabelle. Après tout, c'est *mon* anniversaire.

— Mais oui ! On va même prendre une bouteille », dit Jake au serveur.

Annabelle posa sa main sur son bras.

« Merci, mon chou. Tu fais plaisir à ta mère. Tu es un bon garçon. »

Kate se retint de lever les yeux au ciel.

« Et comment vas-tu, Kate ? » Annabelle se tournait vers elle. « Désolée, je t'ai à peine dit bonjour dans la précipitation ! » Elle eut un petit rire sucré. Elle portait des saphirs aux oreilles, et un diamant pendait discrètement à la chaîne autour de son cou. Elle paraissait tendue, et chaque fois qu'elle bougeait la tête, ses boucles d'oreilles se balançaient en suivant le mouvement.

« Je vais bien, merci. C'est gentil de…

— Chéri, tu veux me passer mon pashmina ? »

Annabelle faisait signe à Chris, qui sortit un châle bleu pâle d'un sac en tissu aux armes du National Trust. Elle s'enveloppa les épaules en frissonnant.

« Je gèle, pas vous ? » Elle mit sa main dans celles de Kate. « Regarde comme j'ai froid !

— Oh, ma pauvre ! s'exclama Kate. Je suis sûre que vous allez vite vous réchauffer. Vous voulez que j'aille chercher votre manteau ?

— Non, non, non, cela prendrait trop de temps. » Annabelle retira sa main, agacée. « On commande, non ? Je meurs de faim. Pas toi, mon petit Jake ? »

Lorsque les plats arrivèrent, Annabelle ajouta du sel dans sa salade de poulet, secouant la salière pendant plusieurs secondes au-dessus de son assiette en expliquant que c'était « un peu fade ». Elle mangea la moitié de son plat, puis n'y toucha plus. La conversation tourna autour de Crapaud, qui avait récemment eu un conflit avec une étudiante à l'université de Dublin où elle enseignait. L'élève en question s'était plainte d'un commentaire transphobe que Crapaud aurait fait en cours, et maintenant Crapaud était suspendue le temps que les autorités de l'université enquêtent.

« Quand même, les gens sont tellement *sensibles* de nos jours. On ne peut plus rien dire sans se faire lyncher. »

Kate porta sa serviette devant sa bouche pour masquer son exaspération.

« Avec tout mon respect, Annabelle, ce n'est peut-être pas la métaphore la plus adaptée. »

Annabelle posa les yeux sur elle, comme si elle la regardait d'une distance très lointaine.

« Oh, je suppose que je n'utilise pas les mots qu'il faut ? C'est ce que je disais, on marche sur des œufs. »

Jake jeta un regard en coin à Kate, qui fit semblant de ne pas le remarquer. Elle savait ce qu'il lui expliquerait plus tard : ses parents étaient les produits d'une époque différente, tout était question de contexte, et même s'il ne défendait pas leur racisme ordinaire, il ne servait à rien de vouloir leur apprendre des manières de penser plus modernes. Kate n'était pas d'accord, elle se sentait obligée de pointer les attitudes discriminatoires. C'était l'un de leurs désaccords de fond, qui sans doute ne serait jamais résolu. Après tout, songea Kate avec indignation, Jake n'avait arrêté de voter conservateur que grâce à leur rencontre.

À la table, il y eut un silence gêné que Chris rompit en commandant une bouteille de picpoul.

Le repas suivit son cours. Kate se mordit les lèvres quand Annabelle aborda le sujet du Brexit en affirmant qu'elle avait rencontré l'autre jour une « femme de ménage immigrée » absolument merveilleuse chez son amie Trisha, ce qui l'avait convaincue que ce pays ne devait pas quitter l'UE : « Les gens qui travaillent dur, comme elle, méritent d'avoir une chance, je dis. Elle ne réclame pas d'allocations malgré ce que Farage et les autres de son acabit voudraient nous faire croire… »

Comme Jake n'arrêtait pas de remplir son verre à mesure que le repas se prolongeait, sa mère était de plus en plus ivre, et donc de plus en plus inoffensive. Au dessert, Annabelle, enfin désarmée, demanda à Kate de lui recommander des films à aller voir (c'était le seul moyen qu'elle avait trouvé pour communiquer avec elle, comme si elle ne savait qu'une chose sur la petite amie de son fils et qu'elle en faisait un usage immodéré – ce qui montrait à quel point elle s'intéressait à elle).

« Au fait, on a quelque chose à vous annoncer », dit Jake en posant sa fourchette et sa cuillère de part et d'autre de son soufflé au chocolat.

Annabelle, qui allait boire une gorgée de vin, s'arrêta au milieu de son geste et reposa son verre sur la table.

« Oh, c'est ce que j'espérais ! s'exclama-t-elle avant de se tourner vers Chris et de lui souffler tout bas : Je t'avais dit. »

Kate se rendit alors compte qu'Annabelle s'attendait à ce qu'ils parlent fiançailles.

« Nous n'allons pas nous marier », s'empressa-t-elle de préciser.

Il y eut un petit silence interdit. Annabelle resserra son pashmina autour de ses épaules d'un air blessé.

« Très bien, dit-elle. De quoi s'agit-il, alors ?

— Désolée, ajouta Kate quelques secondes trop tard. C'est juste… »

Elle se demandait comment faisait Annabelle pour toujours réussir à la mettre sur des charbons ardents.

« On ne va pas se marier, confirma tranquillement Jake. Mais on a quand même une grande nouvelle. En tout cas, pour nous, c'est une grande nouvelle.

— Tu es enceinte ! s'écria Annabelle. Oh, Kate, c'est merveilleux, je sais à quel point c'est important pour toi, et j'ai prié, *prié* tous les soirs pour que ça arrive. »

Elle passa son bras sur les épaules de Kate et la serra contre elle. L'étreinte terminée, Kate fut abasourdie de constater qu'Annabelle était au bord des larmes.

« Annabelle… dit Kate. C'est adorable de votre part.

— Je sais à quel point c'est extraordinaire d'être mère, et j'ai tellement envie que tu connaisses cela. »

Cet élan de sincérité était si inattendu que Kate fut à son tour débordée par ses émotions. Toutes les tensions de ces dernières années, y compris celles plus récentes liées à l'arrivée de Marisa sous leur toit, lui montèrent à la poitrine. Elle dut enfoncer ses ongles dans le creux de sa paume pour ne pas fondre en larmes.

« Malheureusement, non, je ne suis pas enceinte, parvint-elle à répondre. Mais je… nous espérons être bientôt parents.

— Ah ! » fit Chris avant de sombrer de nouveau dans le silence.

Le serveur survint, pile au mauvais moment, pour leur demander s'ils voulaient un café ou un thé. Jake lui demanda de leur accorder une minute et le serveur s'éloigna d'un air offusqué.

« Je ne comprends pas, dit Annabelle.

— Écoute, maman, commença Jake avec fébrilité. Comme tu sais, on essaie depuis un moment et rien n'a fonctionné, pour le dire franchement. Cela a mis une pression terrible sur Kate, qui l'a supportée avec un courage exemplaire… »

Comme il croisait son regard, elle lui adressa un infime signe de tête. Elle n'avait aucune envie qu'il s'appesantisse sur ce qu'elle avait traversé.

« Alors, sur le conseil de notre médecin, enchaîna Jake, nous avons décidé d'explorer une autre option, la maternité de substitution.

— La maternité de substitution ? répéta Annabelle, comme si elle prononçait des mots d'une langue étrangère.

— Oui, c'est quand une autre femme porte ton bébé…

— Je sais.

— Et, coup de chance, nous avons trouvé une candidate ! » Il essayait, en vain, d'expliquer tout cela avec une certaine nonchalance. « Elle s'appelle Marisa. Elle a très généreusement accepté de nous aider et on a encore de la peine à y croire, mais voilà. »

Hébétée, Annabelle ouvrait des yeux ronds. Kate ne l'avait jamais vue ainsi réduite au silence, le visage creux, soufflée. Elle était d'une immobilité totale, à l'exception de ses mains qui s'agitaient sur ses genoux tels de petits oiseaux.

Chris prit sa serviette, la plia avec soin puis la posa sur le côté de son assiette. « Ma foi, je crois qu'on devrait célébrer cela, non ? » C'était la phrase la plus longue qu'il avait prononcée depuis le début du repas. Il commença à remplir leurs verres et, parvenu à celui d'Annabelle, il se pencha sur la table et lui sourit en hochant la tête comme s'il encourageait un petit enfant.

« Merci, Chris, dit Kate.

— Oui, merci, papa.

— Ça ne doit pas être facile, dit Chris. J'admire le fait que vous ne renonciez pas.

— Ça va, maman ? demanda Jake.

— Quoi ? Oh. Oui. Oui. Je vais très bien. Désolée. C'est juste… Je suis un peu interloquée. »

Kate posa doucement sa main sur le bras d'Annabelle. La soie était froide, douce, elle collait un peu à sa paume.

« Il faut un moment pour se faire à l'idée, expliqua Kate. C'est sans doute un peu brutal comme annonce… »

Annabelle se tourna vers elle.

« Mais… vous n'êtes pas vraiment sérieux, si ? D'où la connaissez-vous, cette Marisa ?

— On l'a rencontrée *via* une agence spécialisée,

répondit Jake, bien que sa mère se soit adressée directement à Kate, le rictus sur son visage trahissant son dégoût. Tout est cadré sur le plan légal. On a signé un contrat qui fera de nous les parents…

— Légalement, peut-être, le coupa Annabelle, mais sur le plan génétique ? Ce n'est pas un détail. Surtout pour les hommes. J'ai lu quelque part qu'ils ont besoin que leurs enfants leur ressemblent pour s'attacher à eux. »

Kate faillit éclater de rire. Puis ce furent les larmes qu'elle dut refouler.

« Ce n'est pas ce que nous avons choisi, dit-elle d'une petite voix.

— De toute façon, ajouta Jake, l'éducation a bien plus d'importance que les gènes. »

Il marqua une pause. Annabelle mit son poing devant sa bouche pour camoufler son émotion.

« Et puis il y a des ressemblances », reprit Jake.

Il parla un peu de Marisa en soulignant que c'était une artiste, un détail qui plairait à Annabelle et à son snobisme culturel.

« On ne la paie pas, précisa Jake, c'est interdit. » Il laissa un blanc dans la conversation avant de poursuivre. « On prend juste en charge ses frais.

— Comment cela ? Son loyer, par exemple ? Combien ça va vous coûter ?

— Annabelle… » dit Chris en lui faisant signe de redescendre, comme s'il écrasait un buzzer du plat de la paume.

Annabelle prit une profonde inspiration, exhala avec impatience, puis se servit de l'eau gazeuse.

« On ne paie pas son loyer…

— C'est déjà ça, j'imagine, dit Annabelle.

— Parce qu'elle vit chez nous. »

Annabelle posa son verre si brusquement que de l'eau se renversa sur la nappe.

« Elle vit *chez vous* ? Mais… vous avez perdu la tête ? Vous ne devez pas être à l'aise. Ce n'est pas ça, être parents. Ça, c'est un ménage à trois ! Et l'idée, c'est que… » Sa voix baissa d'un ton, comme un murmure honteux : « Que tu l'insémines ? »

Kate aurait pu la tuer. Pour ne pas exploser, elle se leva et partit à grands pas vers les toilettes. Elle faillit perdre l'équilibre dans l'escalier en spirale qui menait au sous-sol. Après s'être enfermée, elle essaya de calmer sa respiration. Lorsqu'elle ressortit, il y avait une femme âgée debout près du lavabo, à côté d'elle, qui s'appliquait un rouge à lèvres d'un rose virulent.

« Vous allez bien ? » lui demanda celle-ci.

Dans le miroir, Kate vit qu'elle était pâle et que son mascara avait coulé.

« Oui, merci. Pardon.

— Ne vous excusez pas. »

La femme frotta ses lèvres l'une contre l'autre tandis que Kate se lavait les mains.

« Déjeuner en famille ? demanda la femme.

— Oui, répondit Kate en esquissant un sourire.

— Il n'y a rien de pire. »

Kate se sécha avec une épaisse serviette en papier pendant que la femme rangeait son rouge à lèvres dans son sac, un Chanel vintage, remarqua-t-elle.

« Bonne chance.

— Merci, dit Kate, plus calme maintenant. J'adore votre sac, au fait.

— Oh, vous êtes gentille. C'est ma fille qui me l'a offert. »

Et bien entendu, elle posa la question : la question finissait toujours par venir, Kate le savait – parfois, elle comptait le nombre de secondes qu'il fallait avant qu'elle tombe comme un couperet.

« Vous avez des enfants ? »

Non, non, je n'ai pas d'enfants. Mais si vous saviez à quel point ça me coûte de vous faire cette réponse, vous ne demanderiez pas.

« Non, dit Kate en froissant la serviette avant de la jeter dans un trou circulaire du lavabo en marbre.

— Oh. De toute façon, vous avez encore le temps. »

Kate trouvait extraordinaire que des inconnus se sentent un tel droit de propriété sur son utérus. Des gens qu'elle venait de rencontrer s'imaginaient connaître son âge, ses préférences sexuelles, l'urgence de son désir de maternité. Cette question, implicitement, présupposait que toutes les femmes devaient désirer avoir des enfants, que celles qui n'en voulaient pas n'étaient pas complètes. Avant, ça la rendait furieuse. Aujourd'hui, elle ne bronchait plus.

Elle laissa la femme quitter les toilettes en premier pour ne pas avoir à monter l'escalier avec elle. Lorsqu'elle revint à la table, la conversation avait sombré dans une impasse. Visiblement, des paroles avaient été échangées en son absence. Jake avait sans doute dit à ses parents qu'elle était cinglée, que son désir de maternité et son incapacité à tomber enceinte l'avaient rendue obsessionnelle. C'était injuste de sa part de penser une chose pareille, elle le savait. Mais il fallait bien qu'elle décharge sa souffrance sur quelqu'un.

Comme Kate approchait de la table, Annabelle se leva et fit un pas en avant, les bras tendus vers elle, de sorte que ses manches bleues s'affaissèrent comme des fleurs de crocus fanées.

« Kate, ma chérie, je suis désolée si je t'ai heurtée. »

Annabelle la prit dans ses bras. Cette démonstration

d'affection avait le même effet qu'un massage vigoureux sur des tissus abîmés : c'était un peu douloureux, mais ça soulageait aussi.

« Je suis très vieux jeu, et mal informée sur ces questions. Jake m'a tout expliqué. Je comprends, *vraiment*. Je pense que c'est extraordinairement courageux de ta part de faire cela, sachant que le bébé ne sera pas génétiquement de toi. Je m'inquiète pour vous deux, c'est tout. Je m'excuse si je me suis mal exprimée. »

Kate voulut se dégager, mais Annabelle refusait de la lâcher.

« Merci, Annabelle.

— Est-ce que tu pourras jamais me pardonner ? » dit Annabelle, recourant à l'hyperbole pour ne pas lui laisser d'autre choix que de dire oui, bien entendu, et non, ne vous inquiétez pas, je ne me suis pas sentie offensée, et oui, j'ai conscience que c'est une procédure hors normes, et oui, soyez tranquille, Annabelle, tout est sous contrôle, et bien sûr que je suis heureuse de vous voir aussi excitée à l'idée de devenir grand-mère.

Kate passa le reste du déjeuner dans une sorte de brouillard, buvant son café et mangeant ses truffes au chocolat avec des gestes automatiques qui semblaient lui venir d'une autre galaxie. Chris lui commanda un digestif alors qu'elle ne se rappelait pas en avoir demandé, mais elle le vida en trois gorgées. Elle lui en fut reconnaissante, et pendant que Jake demandait l'addition et payait, puis quand ils sortirent et hélèrent un taxi noir pour expédier ses parents à l'hôtel, elle était comme absente du monde.

Elle était triste, sans doute, mais d'une tristesse si profonde qu'elle ne savait pas comment l'appréhender.

22

C'était Marisa, maintenant, qui se faisait chaque matin des injections pour stimuler la production d'ovules. C'était Marisa qui stockait les petites fioles en verre dans le frigo, qui mélangeait la poudre avec le volume de liquide approprié, qui perçait la capsule avec une aiguille pour l'aspirer dans la seringue. C'était Marisa qui s'asseyait sur le canapé de la cuisine, qui soulevait son haut de pyjama, enfonçait l'aiguille en maintenant fermement son ventre, puis appuyait sur le piston. C'était Marisa qui relâchait sa chair tandis que la drogue se répandait dans ses vaisseaux sanguins. C'était Marisa qui jetait les aiguilles usagées dans la poubelle jaune et violet fluo fournie par l'hôpital, qu'ils gardaient au-dessus du frigo. Kate la voyait chaque fois qu'elle ouvrait la porte pour prendre le lait, et elle se rappelait toutes les fois où elle avait enduré sans succès la même procédure.

C'était Marisa qui faisait l'objet des questions pleines de sollicitude de Jake : comment se sentait-elle ? Avait-elle besoin d'aide ? Voulait-elle qu'il lui rapporte quelque chose de l'épicerie ? C'était Marisa l'élue, la glorieuse, la fertile, celle qui concrétiserait leur rêve, sauf que dans leur rêve original il n'y avait pas de tierce personne ; sauf qu'ils avaient dû adapter leur rêve, découper le tissu idéal de leur imagination pour le recoudre en tenant compte des circonstances, de la réalité, et même s'ils n'en parlaient jamais tous les deux, ils ressentaient tous les deux l'absence de cette ignorance et de cette innocence à laquelle avaient droit les bienheureux, tous ces couples dont la femme tombe enceinte et reste enceinte, et qui croient que c'est tout à fait normal ; ceux qui n'ont jamais à réfléchir à des alternatives ; ceux qui n'ont pas peur d'une perte de sang chaque fois que la femme va aux toilettes ; ceux qui prennent la parentalité pour un dû, comme s'ils cueillaient les fruits d'un arbre qui en donnerait éternellement.

Kate essayait de diverses manières, petites mais signifiantes, de s'impliquer. Elle dit à Marisa qu'elle voulait être là à chaque injection, lui proposa même d'appuyer elle-même sur le piston de la seringue.

« Non, ce n'est pas la peine, répondit Marisa. Je me débrouille bien toute seule, franchement. »

Mais j'en ai envie, se retint de répondre Kate.

Elle incluait Marisa dans leurs conversations, elle lui demandait si elle dormait suffisamment, si elle buvait assez d'eau. Elle voulait juste se montrer prévenante, mais elle voyait bien que Marisa s'en agaçait quand cela venait d'elle plutôt que de Jake, qu'elle la trouvait même intrusive, alors elle commença à se censurer, elle fit barrage à ses pensées avant de les exprimer à voix haute. Elle avait peur de faire quoi que ce soit qui puisse irriter ou bouleverser Marisa, qu'il fallait choyer et isoler de tout stress. Pendant les repas, Kate gardait souvent le silence tandis que Jake et Marisa bavardaient tranquillement. Jake était tellement plus doué qu'elle pour ce genre de choses.

Tout cela le mettait de bonne humeur, il était plein d'espoir et d'optimisme, sûr qu'ils auraient bientôt un bébé. Il se mit à siffloter dans la maison, à faire davantage d'exercice dans le jardin, son torse luisait de sueur quand il faisait des soulevés verticaux ou latéraux d'haltères toujours plus lourds. Lorsque le temps se réchauffa, Marisa prit l'habitude d'aller s'asseoir sur le banc et de lire pendant qu'il grognait et transpirait. Elle aimait avoir de la compagnie, disait-elle. En les observant derrière les portes vitrées de la cuisine, Kate se fit la réflexion qu'ils se ressemblaient : ils étaient tous les deux blonds, sains, énergiques. Chaque matin, dans le miroir, Kate voyait son visage hâve et ses yeux cernés. Elle était émaciée au niveau des clavicules, et son jean bâillait autour de sa taille. Sa minceur naturelle virait à la maigreur maladive. Ça la vieillissait, mais elle n'arrivait pas à y changer quoi que ce soit. Son corps ne lui appartenait plus. Il avait ses propres règles, sur lesquelles elle n'avait pas prise. Et elle était stupide d'avoir cru le contraire.

Un jour, elle mentionna le cours de yoga prénatal à Marisa, lui disant qu'elle avait lu dans un magazine qu'être entourée de femmes enceintes pouvait accroître la fertilité. Puis elle lui demanda si elle voulait essayer.

« Avec plaisir, dit Marisa avec ce sourire lumineux qui donnait toujours à Kate l'impression qu'elle se fourvoyait en voyant quelque chose d'étrange dans son comportement. Je veux bien voir ce que c'est.

— Super. Dis-moi quand tu voudras y aller et je t'accompagnerai. »

Marisa haussa le sourcil d'un millième de millimètre, puis son visage retrouva son apparence habituelle, comme si rien ne s'était passé. Mais Kate l'avait vu. Ou en tout cas elle en était persuadée, bien que ce fût difficile à affirmer. Marisa ne prévint pas Kate qu'elle suivait le cours. C'est par hasard que Kate la vit sortir de la maison, un matin, avec un tapis roulé sous le bras. Elle passa un coup de fil au bureau pour prévenir qu'elle travaillerait de chez elle, puis elle enfila un bas de survêtement et un T-shirt. Elle tenta de la rattraper, mais n'arriva pas à temps. Quand elle entra, toutes les femmes étaient déjà installées sur leur tapis et une musique d'ambiance s'élevait dans la salle.

Le cours fut ennuyeux, toutes les poses étaient conçues pour des stades de grossesse avancés. Kate était pressée que ça se termine. Marisa, au premier rang, faisait de son mieux pour suivre la coach, mais ses mouvements étaient pataudds et manquaient d'élégance, ce qui suggérait qu'elle était novice en la matière. Kate eut un regain d'espoir : au moins, elle était meilleure que Marisa au yoga. Cela lui semblait l'un des seuls domaines où c'était le cas.

À la fin du cours, Kate attendit que Marisa roule son tapis et se dirige vers la sortie. Lorsqu'elle la salua, elle fut surprise de la froideur de Marisa, qui semblait ahurie de la trouver là. Kate tenta de dissiper la gêne entre elles en faisant la conversation.

« Je t'ai vue y aller et je me suis dit que j'allais te rejoindre et me mettre au fond. Je trouvais que ce serait un truc sympa à faire ensemble, tu vois ?

— Sauf que ça n'a pas été le cas, dit Marisa.

— Quoi donc ? dit Kate en ouvrant la porte.

— On ne l'a pas fait ensemble. Tu étais cachée au fond. »

Kate se força à rire.

« Je ne me cachais pas ! Je voulais juste ne pas empiéter sur ton espace. »

Elles commencèrent à marcher dans la rue et Kate

proposa à Marisa d'aller prendre un café et de bavarder un moment. Marisa déclina en expliquant qu'elle avait du travail, et la discussion s'arrêta là. Restée en plan sur le trottoir, Kate regarda Marisa s'éloigner, puis se retourner en jetant un coup d'œil par-dessus son épaule. Kate la salua d'un grand geste de la main en espérant ne pas l'avoir offensée.

L'extraction de l'ovule eut lieu un mercredi. Ils prirent un après-midi de congé pour accompagner Marisa à la clinique. Elle était de bonne humeur. Apparemment, l'histoire du cours de yoga était oubliée. Elle portait une chemise bleu vif rentrée dans un pantalon en velours ample taché de peinture blanche à un genou. Il y avait toujours quelque chose chez elle qui faisait un peu négligé – comme si elle n'avait pas eu le temps de finir de s'habiller. Mais au moins, songea Kate, elle n'avait pas mis les sandales hideuses qu'elle traînait à la maison quand elle travaillait.

Le Dr Abadi était enchanté par les résultats.

« Très bien, dit-il en examinant les courbes. La progression est vraiment excellente. »

Il sourit à Marisa comme il n'avait jamais souri à Kate.

Jake passa dans une autre pièce pour fournir son échantillon. Il en ressortit une demi-heure plus tard, les mains dans les poches. Kate n'osa pas croiser son regard. Elle avait beau tenter de rationaliser, il restait déconcertant de penser que son sperme allait être utilisé pour féconder les ovules d'une autre femme. À quoi pensait-il quand il se masturbait ? se demanda-t-elle. Pensait-il à elle ? À une autre ? Ou se contentait-il de feuilleter les pages cornées des magazines porno fournis par la clinique ?

Pendant l'extraction elle-même, Jake et Kate allèrent patienter dans la salle d'attente.

« Je viendrai vous dire combien nous en avons le plus tôt possible, leur promit le Dr Abadi tout en conduisant Marisa derrière un écran.

— À tout à l'heure », leur dit Marisa en croisant les doigts.

Ils croisèrent les doigts, eux aussi.

« Tu t'en sors superbement », se força à lui lancer Kate d'un ton positif avant qu'elle disparaisse.

Plutôt que de s'appesantir sur les souvenirs d'une tristesse insondable qu'elle avait dans cette même pièce, Kate s'obligea à penser à la générosité de Marisa. Quel autre choix avait-elle, de toute façon ?

Jake lui serrait fort la main.

« Ça va ? » lui demanda Kate.

Il acquiesça, la mâchoire crispée.

« Tout va bien se passer », lui dit-elle en se penchant pour l'embrasser sur la joue.

Marisa produisit quatorze ovules. Le Dr Abadi était extatique.

« C'est un très bon chiffre. Très bon », répéta-t-il.

Quatorze, songea Kate. C'était excessif. On aurait dit que Marisa cherchait à lui prouver quelque chose.

À côté d'elle, Jake se détendit et esquissa un sourire.

« C'est merveilleux, dit-il en se levant pour serrer la main du Dr Abadi.

— Oui, abonda Kate. Formidable. »

Le lendemain, un numéro inconnu fit sonner le téléphone de Kate. C'était le Dr Abadi, pour lui annoncer que huit ovules avaient été fécondés. Elle appela Jake au travail, ils savaient tous les deux que c'était une excellente nouvelle mais qu'il fallait encore attendre avant de se réjouir. Les ovules fécondés devaient encore se diviser et multiplier leurs cellules au taux requis pendant cinq jours avant d'être mûrs pour l'insémination. Le cinquième jour, le Dr Abadi rappela Kate pour expliquer qu'ils avaient « six blastocystes parfaits ». Un blastocyste, comme elle le savait déjà, cela signifiait que les cellules se séparaient entre celles qui deviendraient le bébé et celles qui constitueraient le placenta. Elle savait aussi que le blastocyste devait éclore, tel un oisillon sortant de l'œuf, et briser sa coquille protectrice pour former la zone pellucide. Elle avait cherché l'étymologie du mot lors de leur premier cycle de FIV et avait découvert qu'il s'agissait d'un anneau brillant. Elle imaginait cet anneau comme un bracelet de feu, un écran de lumière protecteur autour de leur planète à trois.

Le Dr Abadi proposa d'implanter deux embryons, « mais avec des embryons de cette qualité, je vous préviens : vous devez vous préparer à des jumeaux ! » Il avait presque le vertige en disant cela, il dégageait une sorte de bonhomie avunculaire que Kate ne lui avait jamais connue. « Et puis on pourrait congeler les quatre autres, vous pourriez avoir plus d'enfants que vous ne l'auriez jamais imaginé. »

Ils suivirent son conseil, comme toujours. Ils le faisaient par la force de l'habitude, comme si dans leur désir désespéré de devenir parents, ils avaient perdu toute capacité à la pensée critique. Deux embryons furent implantés plus tard ce jour-là, puis ils prirent tous les trois un grand taxi noir pour rentrer de la clinique à Richborne Terrace. Dans un premier temps, aucun d'eux ne parla sur le chemin. Le chauffeur étant branché sur Magic FM, l'habitacle était peuplé de chansons pop à la mode. Assise à côté de Kate, Marisa se laissa aller en arrière sur la banquette. Jake, juché sur un strapontin en face d'elle, lui demanda si elle se sentait fatiguée.

« Un peu, oui. Ça doit être la sédation. Le Dr Abadi m'a dit que ça faisait le même effet que de boire deux gin-tonics et il n'avait pas tort. »

Le Dr Abadi avait déjà utilisé cette réplique avec Kate, mais elle n'en dit rien. Du coin de l'œil, elle vit Marisa poser ses deux mains sur son ventre. Tu en fais trop, pensa-t-elle peu charitablement.

Il y eut quinze jours d'attente, au cours desquels Marisa eut pour consigne de ne pas prendre de bains trop chauds et de ne pas faire d'activité éprouvante.

« Plus de yoga, dit-elle à Kate. Dommage !

— Je ne crois pas que ce cours puisse être considéré comme éprouvant, répondit Kate. Cela dit, il faut que tu te reposes. »

Pendant ces deux semaines, Kate apporta tous les jours le petit déjeuner au lit à Marisa.

« Ce n'est pas la peine », disait celle-ci tout en se jetant sur les tartines beurrées.

Kate s'asseyait au bord du lit et buvait un café pendant que Marisa mangeait. Elles bavardaient de choses et d'autres, des illustrations en cours de Marisa, du film sur lequel travaillait Kate, de tout, sauf de la chose qui les consumait. Kate se sentait plus proche de Marisa qu'elle ne l'avait été depuis des semaines. Elle commença à s'autoriser un infime regain d'optimisme. Elle avait de nouveau envie de cuisiner à Jake ses plats préférés. Le poulet rôti avec une sauce à la mie de pain maison. La ratatouille classique de Nigel Slater. La recette marocaine de tajine d'agneau aux pruneaux qu'elle avait trouvée dans un magazine gratuit de supermarché.

Et puis : les macaronis au fromage, qu'elle prépara un soir tandis que Marisa regardait la télévision dans le canapé. C'était le treizième jour du délai de deux semaines. Le lendemain, Marisa ferait son test de grossesse à la première heure, dès le réveil, pour que ses taux d'hormones soient à leur maximum. Ainsi, il n'y aurait pas de faux positif.

Kate était nerveuse mais aussi excitée, elle attendait avec impatience d'entendre Jake tourner sa clé dans la serrure, elle avait des papillons dans le ventre, comme aux premiers temps de leur relation. Elle avait envie d'être près de lui, de sentir ses bras autour d'elle. Dès son arrivée, il alla dans la cuisine, huma l'odeur de fromage qui émanait du four et vint près de Kate pour tenter de l'ouvrir, ce qu'elle l'empêcha de faire en lui mettant une petite tape sur la main : il ne fallait pas y toucher, ce n'était pas encore prêt.

« OK, OK, promis, dit-il en enlevant sa veste et en dénouant sa cravate.

— Salut, dit Marisa depuis le canapé.

— Oh, salut, Marisa », répondit Jake en la saluant gaiement.

Alors qu'il se retournait pour se servir un verre d'eau, Marisa sortit précipitamment de la pièce, la tête rentrée dans les épaules.

Kate retira ses maniques et les posa sur le comptoir.

« Que se passe-t-il ? demanda Jake.

— Aucune idée, fit-elle en haussant les épaules.

— J'ai dit quelque chose ? »

Elle rit, puis s'approcha, passa ses bras autour de son cou et l'embrassa à pleine bouche.

« Sans doute, plaisanta-t-elle. C'est sans doute ta faute. »

Il la regarda, lui ramena une mèche derrière l'oreille du bout des doigts. C'était un geste familier, de propriétaire, et Kate aimait cela.

« Je ferais bien de monter, dit-il. Pour voir si elle va bien.

— Oui, vas-y. Je termine, pendant ce temps. »

Jake parti, Kate sortit les macaronis fumants du four et les laissa refroidir un peu sur le comptoir tout en préparant une salade. Elle débita un concombre, éplucha un avocat, et lorsque Jake revint, elle était en pleine vinaigrette.

« Tout va bien ?

— Oui, oui », dit-il en chipant un morceau de concombre sur la planche à découper.

Quelques minutes plus tard, alors que Jake mettait la table et allumait des bougies, ils entendirent Marisa crier. Jake lâcha couteaux et fourchettes, qui tombèrent avec un bruit métallique, et courut là-haut avec une Kate en proie à la panique sur les talons. Quand ils arrivèrent devant la salle de bains du premier étage, la porte s'ouvrit et Marisa jaillit, le visage trempé, en brandissant un test de grossesse.

« Je suis enceinte ! s'écria-t-elle.

— Quoi ? fit Kate, prête à s'évanouir. Quoi ? »

Les épaules de Jake furent prises de soubresauts et il se mit à pleurer.

« Je n'arrive pas à y croire, répétait-il, je n'arrive pas à y croire. »

Il marcha vers Marisa, la serra contre lui, et Marisa était en larmes elle aussi, et Kate se plaqua contre le mur parce qu'elle sentait le monde trembler et ses genoux céder sous elle. Elle glissa à terre et se prit la tête à deux mains en se demandant d'où venaient les sanglots qu'elle entendait, jusqu'au moment où elle se rendit compte que c'étaient les siens.

23

Ils trouvèrent tous les trois leur routine. La grossesse devint le point focal autour duquel tournait leur quotidien. Comme Marisa devait dormir autant que son corps le réclamait, Jake et Kate veillaient à ne pas faire de bruit le matin, ils quittaient la maison sur la pointe des pieds, fermant doucement la porte derrière eux. Kate acheta de l'acide folique et des compléments alimentaires pour femmes enceintes, qu'elle stocka dans le placard au-dessus de l'évier. Elle chercha sur Internet des menus appropriés au début de grossesse et mangea des plats sains pleins de couleurs, de légumes verts et de poisson. Marisa étant presque incapable de les finir à cause des nausées, Kate les terminait à sa place, comme si elle pouvait lui transmettre les nutriments par osmose.

Le premier mois, Kate ne s'autorisa pas à y croire vraiment. Elle n'arrêtait pas de demander à Marisa de refaire des tests de grossesse, et celle-ci se pliait de bon gré à ces requêtes.

« Et voilà, disait-elle en lui tendant le bâtonnet avec les deux lignes roses ou le petit écran numérique affichant le mot "enceinte".

— Merci », répondait Kate.

Marisa la serrait dans ses bras.

« Ça ne me dérange pas du tout, tu sais. »

Kate se fit une collection substantielle de tests de grossesse positifs, qu'elle rangeait dans le tiroir de la salle de bains, à côté du lavabo. Il lui arrivait d'ouvrir ce tiroir juste pour les regarder, alignés les uns à côté des autres, afin de se rappeler cette vérité essentielle : ils attendaient un enfant. Après l'avoir si longtemps désiré, après avoir été tant déçus, ils y étaient arrivés.

Marisa accueillait sa nouvelle condition avec sérénité. Elle semblait plus calme qu'auparavant, et Kate commença à se dire qu'elle l'avait jugée trop hâtivement. Ils avaient vécu sur les nerfs pendant tout ce temps. Maintenant que la pression s'était envolée, c'était comme un courant d'air frais caressant l'herbe après un soleil de plomb.

Au lit, le soir, Kate s'endormait dans les bras de Jake et ne se réveillait pas avant le matin. Elle avait un sommeil lourd, sans rêves, et elle se sentait fraîche et dispo quand elle ouvrait les yeux. Jake commença à lui renvoyer des textos en journée, des petits messages pour dire qu'il pensait à elle, qu'il l'aimait ou qu'il avait envie de la baiser. En lisant ces messages derrière son bureau, Kate se rendait compte à quel point ils lui avaient manqué. Quand ils faisaient l'amour, sans bruit, il y avait une forme d'urgence entre eux ; elle avait l'impression qu'ils cherchaient à se coller, à fusionner, à se fondre l'un dans l'autre.

Au deuxième mois, Kate s'autorisa de nouveau à réfléchir à un prénom pour le bébé. Jake et elle avaient eu cette discussion d'innombrables fois, mais l'échec de ses cycles de FIV leur avait fait délaisser le sujet. C'était trop pénible d'imaginer un bébé avec un prénom, cela alimentait l'espoir, or l'espoir était un piège cruel quand on ne tombait pas enceinte.

Maintenant que Marisa portait deux embryons jumeaux d'excellente qualité, Kate avait davantage confiance. Elle aimait bien Maya et Eva pour des filles, et Leo et Oscar pour des garçons, mais elle n'en parla pas à Jake parce qu'ils savaient tous les deux que le sort était imprévisible et qu'il valait mieux ne pas tenter le destin.

Après avoir tant attendu, ces neuf mois supplémentaires lui semblaient déjà impossibles à supporter.

Ils prirent l'habitude, penchés sur le ventre de Marisa, de dire aux bébés qu'ils les aimaient. Ils murmuraient « Je t'aime » directement dans le nombril de Marisa, qui souriait gentiment en les regardant faire. Elle plaisantait en disant que jamais son ventre n'avait reçu autant d'attention.

Pendant un temps, tout fut parfait. Plus tard, lorsque tout sera terminé, Kate trouvera important de se le rappeler. Oui, pendant un temps, tout s'était très bien passé.

Au départ, ce furent de petites choses qui dérangèrent Kate, la mirent mal à l'aise sans presque qu'elle en ait conscience, comme le bourdonnement lointain d'une guêpe qui se cogne contre une vitre.

Le week-end, Marisa restait dans sa chambre jusque tard dans l'après-midi. Kate frappait à sa porte pour lui proposer une tasse de thé, mais elle ne répondait pas. Quand elle finissait par apparaître, elle ne communiquait pas avec eux, se contentant de répondre aux questions par des monosyllabes sans prendre part à la conversation autour de la table. Ils lui demandaient si elle se sentait bien, si elle avait besoin de quelque chose, ce qu'ils pouvaient faire pour elle.

« Je suis juste fatiguée, disait Marisa. Sinon ça va, franchement. »

La semaine, il était impossible de vérifier que tout se passait bien. De son bureau, Kate appelait la maison en pleine journée, mais Marisa ne répondait jamais. C'était peine perdue – elle n'avait jamais été très douée pour décrocher son portable, même avant cela. Le bourdonnement de la guêpe enflait et se rapprochait. Marisa passait le plus clair de son temps dans sa chambre, et lorsque Kate lui demandait pourquoi, Marisa expliquait qu'elle travaillait d'arrache-pied afin de tenir ses délais sur des commandes.

« J'adorerais voir tes dernières illustrations », dit Kate un jour, histoire de faire la conversation.

Marisa la regarda bizarrement.

« Je ne peins pas tellement en ce moment, j'écris.

— Oh ! fit Kate d'un air détaché. Tu es vraiment douée pour être capable de faire les deux. »

Il était vrai, Kate l'avait remarqué, que Marisa écrivait davantage. Quand elle était assise à sa place habituelle tout au bout du canapé, face à la télévision, pendant que Kate ou Jake cuisinait, Marisa griffonnait à toute vitesse dans un carnet, et le frottement du stylo accompagnait la discussion de son rythme heurté. Kate avait envie de lui demander sur quoi elle écrivait, mais quelque chose dans l'attitude de Marisa l'intimidait trop pour qu'elle l'ose.

« C'est moi qui suis bête ? demanda-t-elle à Jake un samedi, lors d'une promenade au parc de Battersea.

— Non, moi aussi j'ai remarqué qu'elle a changé. »

Le soleil fit une apparition soudaine, comme cela arrive souvent à Londres, et Jake sortit ses Ray-Ban de sa poche de veste.

« J'ai eu une petite conversation avec elle à ce sujet.

— Comment cela ?

— Eh bien, cette histoire de lait qui a débordé, et je ne savais pas comment t'en parler mais… »

Il regardait au loin par-dessus la Tamise, comme s'il refusait de croiser ses yeux.

« Quoi ? insista Kate. Allez, crache le morceau.

— Hum. Ma mère est venue lui rendre visite à l'improviste.

— Annabelle ? »

Jake sourit.

« Je n'ai qu'une mère.

— Encore heureux. »

Il lui expliqua qu'Annabelle s'était présentée à la maison et que Marisa l'avait invitée à prendre le café, et Kate ne sut pas si elle devait être furieuse qu'elle se soit imposée ou contente qu'elle ait manifesté de l'intérêt.

« Je crois qu'elle a trouvé ma mère un peu… vigoureuse, dit Jake comme ils passaient devant la pagode.

— Je veux bien le croire. Pauvre Marisa. Pas étonnant qu'elle soit un peu sur les nerfs, maintenant. »

Jake porta la tasse de café jetable à ses lèvres et but, la mousse de son cappuccino laissant une fine moustache au-dessus de sa lèvre supérieure.

« Il n'y a aucune raison de s'inquiéter, dit-il. Son changement d'attitude est sans doute lié aux hormones, non ?

— Les effets classiques du premier trimestre, ajouta Kate.

— Exactement. C'est normal de devenir un peu cinglée. Elle doit se sentir patraque et elle n'a pas envie de nous embêter avec ça.

— Tu as raison, dit Kate, rassurée par ces paroles.

— Au fond, conclut Jake en passant son bras autour de ses épaules, c'est sans doute bon signe. »

Mais à la maison, le malaise semblait s'installer. Kate avait espéré qu'en invitant Marisa à vivre chez eux, leur arrangement se normaliserait vite. Sauf qu'elle avait de plus en plus l'impression de cohabiter avec une ado aux sautes d'humeur imprévisibles, à qui il fallait tout céder pour préserver la paix. Lorsqu'elle demanda à Marisa ce qu'elle avait pensé d'Annabelle, Marisa sembla choquée par sa question.

« Comment es-tu au courant ?

— C'est Jake qui m'en a parlé. »

Kate ne comprenait pas pourquoi Marisa semblait fuir la conversation.

« Je sais qu'Annabelle peut être… intimidante, dit-elle en pesant chaque mot.

— J'ai trouvé que c'était une femme très impressionnante. Admirable, vraiment. »

Kate n'insista pas. Après tout, tant mieux si c'était ce que pensait Marisa, cela encouragerait Annabelle à soutenir leur projet. Ainsi, Jake et elle continuèrent à traiter Marisa comme une petite chose fragile, précieuse, qu'il fallait choyer et manipuler avec le plus grand soin. Marisa abritait leur bébé, ils se devaient de la protéger. Kate attribuait son apathie et sa distraction à la fatigue de la grossesse, et elle se tourna vers les forums en ligne en quête d'éléments étayant sa théorie.

« Je ne me suis jamais sentie aussi vannée, écrivait @ouestlegin42. J'ai dormi trois heures cet après-midi. »

« Quand j'étais enceinte de N1, j'étais tellement mal, ajoutait @MamanOurse. Comme si j'avais la gueule de bois, mais sans avoir bu mdr. Bon, je me rattrape maintenant ! »

« C'est clair, répondait @princessedelondres. Nous les mamans, on a besoin de temps pour nous ! »

Le week-end précédant l'échographie du premier

trimestre, Kate et Jake s'installèrent dans le salon pour lire des magazines tandis que Marisa était en haut. Ils étaient bien, tous les deux, comme à l'époque de l'appartement de Battersea, et Kate eut envie de mettre de la musique qui leur rappellerait ces premières années, avant que la vie devienne si compliquée. Elle fouilla dans les playlists de son téléphone jusqu'à trouver un vieil album d'Oasis, puis elle le brancha aux enceintes et lança le premier morceau.

Elle se mit à chanter les paroles à tue-tête, sautant et remuant la tête, les cheveux dans les yeux, comme à un festival, et Jake se joignit à elle, une main en l'air comme il le faisait toujours, et à présent ils s'époumonaient sur le refrain, avec sa ligne de basse qui tremblait sous leurs pieds et envoyait des vibrations dans tout leur corps. C'était tellement bon de lâcher prise, de s'emplir les poumons d'air, de bouger sans plus se soucier de rien, d'oublier un bref instant qu'ils étaient des adultes. Elle faisait de grands sourires à Jake, et puis la chanson se termina et il y eut un silence avant que le prochain morceau ne démarre.

Tous les deux pantelants, ils s'appuyèrent contre la cheminée pour reprendre leur souffle, hochant la tête en rythme tandis que s'élevaient la musique et les souvenirs qui lui étaient associés.

« Tu te souviens de celle-là ? dit Kate. Un putain de classique.

— Ouais. J'adore. »

Ils n'avaient pas vu Marisa. Ce n'est qu'en l'entendant crier « ALLÔ ? » qu'ils prirent conscience de sa présence. Ils la regardèrent, avec ses cheveux défaits qui tombaient comme des serpents sur ses épaules, et Kate remarqua dans ses yeux une lueur électrique qu'elle n'y avait jamais vue.

« Vous pourriez baisser la musique ? demanda Marisa d'une voix haut perchée, comme si elle ne la contrôlait pas, comme si elle n'avait pas même remarqué qu'elle parlait très fort. J'essaie de bosser. »

Elle se tordait les mains, s'enfonçait les ongles dans les paumes. Elle avait l'air à cran, déconnectée.

« La musique ? fit Kate.

— Oui.

— Ce n'est pas tellement fort.

— C'est assez fort pour que j'aie dû mettre des bouchons d'oreilles. »

Kate s'étrangla. Elle avait l'impression d'être une enfant qui se faisait gronder par son professeur. Sauf qu'elle avait envie de pouffer, pas de s'amender. Danser avait libéré quelque chose en elle. Elle était redevenue jeune et libre.

Elle croisa le regard de Jake, qui luttait lui aussi pour ne pas éclater de rire. D'une certaine façon, la posture de Marisa, bras croisés dans son gilet miteux, rendait la scène encore plus drolatique.

« Ooooookaaaay, dit Jake. Pardon. »

Il coupa la musique. Marisa resta là encore quelques secondes, à les foudroyer du regard. Puis elle tourna les talons et les laissa seuls. Kate attendit de l'entendre dans l'escalier pour enfin exploser. Alors elle se mit à rire d'un rire irrépressible, total, qui lui fit venir les larmes. Elle se couvrit la bouche des deux mains et Jake lui dit d'arrêter mais lui aussi riait, et soudain leur rire s'arrêta aussi subitement qu'il avait commencé. La pièce était vide et silencieuse, l'après-midi gâché, comme si du pétrole avait fuité dans une étendue d'eau et goudronné les ailes de tous les oiseaux jusqu'à ce qu'ils se noient.

À l'échographie, Marisa était redevenue elle-même : souriante, polie et si aimable avec le Dr Abadi qu'elle donna à Kate l'impression de flirter avec lui. Marisa avait les yeux qui brillaient en détaillant ses symptômes de grossesse : la fatigue, les seins gonflés, son aversion pour les légumes verts.

« Jake me prépare plein de bons petits plats, dit Marisa en cherchant le regard de ce dernier. Il me sauve la vie. »

Kate était déconcertée. C'était presque tout le temps elle qui cuisinait. Peut-être Marisa avait-elle mauvaise mémoire.

« Bien, très bien », répondit le Dr Abadi, affable.

Kate et Jake étaient assis à côté de Marisa, allongée dans le fauteuil inclinable. Ils se tinrent par la main tandis que le Dr Abadi appliquait le gel ultrason sur le ventre de Marisa, qui commençait tout juste à bomber – on ne pouvait le voir qu'en sachant ce qu'on cherchait –, puis il plaça le transducteur sur la gauche du nombril de Marisa.

« Alors, dit-il en tournant l'écran pour que Kate et Jake voient mieux. Voyons ce qui se passe là-dedans. »

Kate se crispa, déjà prête à encaisser la mauvaise nouvelle qu'on lui avait tant de fois annoncée par le passé. Elle ferma les yeux, elle préférait ne pas voir l'insupportable néant de l'écran noir.

« Voilà le battement cardiaque. »

Elle rouvrit les yeux et découvrit le Dr Abadi tout sourire.

« Un battement bien fort, robuste. »

En relâchant sa respiration, elle émit un petit gémissement involontaire. Puis elle aperçut le beau petit point blanc qui battait régulièrement, et elle fut aussitôt engloutie sous un tsunami d'amour.

« Mais où est le deuxième ? » demanda Jake.

Il n'y avait pas de second battement cardiaque.

Le Dr Abadi leur dit qu'un des jumeaux avait « disparu ». C'est le mot qu'il utilisa, comme s'il racontait un de ces tours de magie où on scie une boîte en deux, ou alors ceux où l'on tire le rideau de soie et il n'y a plus personne derrière.

« OK, dit Jake. OK. »

Évidemment, songea Kate. Évidemment qu'il devait y avoir aussi de la tristesse qui ruine ce moment de joie. C'était ce qu'elle attendait désormais de tout ce qui tournait autour de la fertilité. Il n'y avait jamais aucune bonne raison de se réjouir qui ne soit au moins un peu gâchée.

Sur le fauteuil, Marisa détourna le visage. Elle semblait au bord des larmes.

« Je suis désolé, dit le Dr Abadi, mais ici (il fit un geste vers l'écran), il y a de quoi être très heureux. Moi, je suis enchanté. »

En quittant l'hôpital, ils étaient en proie à des émotions contradictoires. Kate s'étonnait d'être aussi triste de la perte d'un des embryons, et en même temps, puisqu'il y avait toujours une grossesse qui se déroulait bien, elle était aux anges en s'imaginant avec un bébé dans les bras. *Son* bébé. Le leur.

Étrangement, c'est Marisa qui avait le plus de mal à accepter la situation. Dans le taxi qui les ramenait chez eux, elle n'arrêtait pas de s'excuser et de répéter qu'elle avait l'impression de les décevoir. Ils firent leur possible pour la rassurer, mais une fois arrivés à Richborne Terrace, elle indiqua vouloir être seule et monta faire une sieste.

Jake lui demanda s'il pouvait faire quelque chose, mais elle secoua la tête et grimpa dans sa chambre, où elle resta à dormir jusqu'à la fin de la journée. Kate et Jake avaient beau être inquiets pour elle, ils étaient en pleine euphorie. Ils s'étreignirent dans l'entrée. Jake dit qu'ils devraient ouvrir une bouteille de champagne, mais Kate trouvait que ce serait précipité, qu'ils risquaient de tenter le sort, et ils trouvèrent un compromis : une vodka-tonic. Jake leur versa une triple vodka, la tempéra à peine avec le tonic, puis il pressa des citrons et remplit les deux verres avec les glaçons distribués par le réfrigérateur, après quoi il tendit son cocktail à Kate et proposa qu'ils aillent s'asseoir dans le jardin.

Dehors, ils gardèrent le silence un moment, sans éprouver le besoin de dire quoi que ce soit, et conscients par ailleurs que la chambre de Marisa se trouvait juste au-dessus de leur tête et qu'il ne fallait donc pas faire trop de bruit.

Leur verre terminé, Jake prépara une deuxième tournée et Kate commença à se sentir ivre.

« C'est l'un des avantages d'avoir une mère porteuse, finit-elle par dire en levant son verre. J'ai le droit de boire.

— Il faut prendre le plaisir là où il se trouve, l'approuva Jake. On en a pas mal bavé, après tout.

— Tu l'as dit. »

Au bout du jardin, la tour de logements sociaux se découpait contre le ciel. Des lumières s'allumaient et s'éteignaient derrière les fenêtres étroites. Un avion passa, laissant dans son sillage une traînée blanche pareille à un fil de laine. Comme la lumière déclinait, ils rentrèrent s'installer sur le canapé. Kate ôta ses chaussures et ses chaussettes, puis posa ses pieds sur les cuisses de Jake en espérant qu'il prendrait l'initiative d'un massage, ce qu'il fit.

Il commença par lui frotter les orteils, les chevilles, et

ensuite il remonta le long de son jean vers ses cuisses, sa ceinture, et, en entendant sa respiration changer, elle ressentit un élan de plaisir en imaginant la suite. Il lui écarta les jambes, se glissa entre elles et se pencha pour l'embrasser. Elle l'attrapa d'une main par la nuque et posa l'autre sur sa queue qui se raidit, obéissante, dans son pantalon.

« On ne devrait pas, souffla-t-elle. Pas ici.

— Tu as raison. »

Mais il continua à l'embrasser et elle continua à le caresser, et comme le poids de son torse l'empêchait de se dégager, elle lui rendit ses baisers, sachant qu'ils ne devraient pas et excitée par cela – c'était justement le côté déraisonnable de la chose qui la rendait si nécessaire.

Ils étaient en train de s'embrasser lorsque Marisa entra dans la pièce sans crier gare. Et ils étaient encore bouche contre bouche lorsqu'elle lança : « Je me suis dit que j'allais manger une pomme de terre au four. » Kate repoussa Jake loin d'elle. Il essaya de reprendre contenance, se leva trop vite et s'avança vers Marisa d'un pas hésitant en remettant d'une main ses cheveux en place. Il essayait de faire comme si de rien n'était tandis que Kate reboutonnait sa chemise et souriait à Marisa afin d'atténuer leur gêne mutuelle.

Sauf que Marisa n'avait pas l'air gênée, mais dégoûtée. Elle était blême, et elle se tenait le ventre des deux mains. Kate ouvrit la bouche pour s'excuser puis se ravisa. Elle était chez elle, après tout. Ils s'aimaient, ils avaient le droit de se montrer de l'affection. Ils faisaient attention depuis des mois afin que Marisa ne se sente pas gênée, cela ne pouvait pas durer indéfiniment.

Jake bavardait poliment à propos de pommes de terre au four et de fromage fondu, essayant comme toujours de dissiper le malaise, mais Kate, chauffée à blanc par l'alcool, n'avait pas envie de faire repentance. Elle en avait assez que Marisa lui donne l'impression d'être une intruse sous son propre toit. Elle décida donc de soutenir son regard et de ne pas baisser la tête. Elle était ahurie par la colère qui semblait irradier de Marisa, comme s'il y avait entre elles un défi pour la propriété ou la possession des lieux. Kate la fixa longuement, attendant que Marisa détourne la tête la première. Il était crucial pour elle à cet instant de réaffirmer son pouvoir, en tant que maîtresse de maison et mère de ce bébé. Pour finir, Marisa choisit de quitter la cuisine.

Jake, une pomme de terre à la main, lui demanda si elle la voulait encore.

« Je n'ai pas faim, dit Marisa en s'arrêtant une seconde sur le seuil.

— Tu devrais manger quelque chose, Marisa, l'implora-t-il.

— Je t'ai dit, je n'ai pas envie de manger. Merde, à la fin. »

Kate était soufflée. Jake secoua la tête, perplexe, tandis que Marisa s'en allait sans s'excuser.

« Je n'aurais pas cru que la journée avait été si difficile pour elle », dit-il en remettant la pomme de terre dans le réfrigérateur.

Il avait une capacité sans limites à ne voir que le meilleur chez les gens, ce qui avait parfois le don d'agacer Kate.

« Si tu le dis… » répondit-elle.

Mais une part d'elle-même, enfouie tout au fond, savait que quelque chose clochait. Elle se resservit un verre et préféra ignorer cette vérité déplaisante.

24

MAINTENANT

Jake est à la maison.

Assise dans l'entrée à côté de Marisa, Kate se retient de faire un geste vers lui. Elle vient tout juste de réussir à calmer Marisa, qui a posé le couteau sur le guéridon et défait les cordes autour de ses cuisses. Elle ne veut pas risquer le moindre mouvement qui pourrait rompre cet équilibre précaire. À côté d'elle, Marisa marmonne, les épaules penchées en avant, la tête enfouie dans sa poitrine, effondrée sur elle-même à la manière de ces immeubles qu'on voit s'écrouler au ralenti aux infos. Sa terreur initiale passée, Kate se rend compte maintenant qu'ils ont affaire à quelqu'un qui a perdu la tête et qu'ils doivent agir avec une extrême prudence. Elle est d'un calme total. Le plus important est d'assurer la sécurité du bébé. Pour le reste, ils verront plus tard.

Elle fixe Jake en essayant de lui faire comprendre la situation juste par son regard.

« Qu'est-ce que… »

Il a un temps d'arrêt en découvrant ce qu'il a sous les yeux : les deux femmes adossées au mur, le couteau de cuisine, la corde, les traces de sang laissées par la dent de Kate sur le carrelage.

« Mon Dieu… vous allez bien toutes les deux ?

Et le bébé ? Qu'est-ce qui s'est passé ? J'appelle la police ? »

Il lâche sa sacoche et ses clés et, comme elle le voit prêt à se précipiter vers elle, Kate lui dit d'une voix aussi tranquille que possible : « Non, Jake, n'appelle personne. »

Il s'arrête net, stoppé par un obstacle invisible.

« Occupe-toi de Marisa, dit Kate. Elle est bouleversée. »

Marisa sanglote, à présent, et ses sanglots se mêlent à un autre son qui ressemble à un gémissement. Elle a la respiration saccadée tant elle est secouée par les larmes.

Au désespoir, Kate regarde de nouveau Jake en essayant de lui communiquer par télépathie la gravité de la situation.

Il semble comprendre. En partie, au moins.

Il s'agenouille à côté de Marisa et passe un bras autour de ses épaules.

« Tout va bien, lui dit-il. Tu es en sécurité. Tu vas bien. »

Marisa lève son visage couvert de larmes vers lui. Ses cheveux collent à ses joues, son T-shirt crasseux bâille.

« Oh, Jake… Qu'est-ce que tu m'as fait ?

— Je… Qu'est-ce que j'ai… »

Il regarde Kate par-dessus l'épaule de Marisa. Elle lui sourit faiblement et articule en silence : « Fais-moi confiance. »

« Marisa est persuadée qu'on a une liaison », dit Kate à voix haute, d'un ton qu'elle veut ferme et clair.

À cause de sa langue qui s'engouffre dans le trou laissé par sa dent, elle zozote.

« Je le *sais*, dit Marisa, qui appuie sa tête contre la poitrine de Jake. J'ai vu les textos. Je ne suis pas stupide.

— Marisa est sous le choc vu que je suis la locataire », explique Kate en détachant chaque mot pour permettre à Jake de comprendre l'ampleur du problème.

Elle a décidé en une fraction de seconde de jouer le jeu de Marisa afin que celle-ci reste calme jusqu'à ce qu'ils puissent aller chercher de l'aide.

« C'est pour cela qu'elle m'a suivie au travail l'autre jour. » Elle marque une pause pour s'assurer que Jake a compris. Il lui fait un très léger signe de tête pour indiquer que c'est le cas. « Et j'ai dit qu'on réglerait tout cela à ton retour. »

Marisa arrête de pleurer et lève la tête vers Jake.

« Je voulais juste te voir, dit-elle d'une voix plaintive. Parce que je porte notre bébé.

— Oui, tu portes notre bébé », répond Jake.

Kate est soulagée. Il joue le jeu lui aussi, même s'il ne comprend pas vraiment de quoi il retourne. Sa mâchoire est crispée, les tendons de son cou saillent. Il n'aime pas ce qu'il doit faire, mais elle n'y peut rien. Pour l'instant. La priorité, c'est la sécurité du bébé. Et donc, par extension, celle de Marisa.

« Je vais nous préparer du thé », dit Kate.

Elle prend appui sur ses deux mains pour se relever. Sa jambe est engourdie et elle a des fourmis dans le pied droit, mais à part cela elle est relativement indemne. Elle essuie son visage en sueur, regarde sa main et aperçoit du sang. Elle ne comprend pas le rapport entre ce sang et elle. Elle marche jusqu'à la cuisine dans une sorte d'hébétude, presque totalement détachée de la réalité. Elle se regarde remplir la bouilloire au robinet, puis appuyer sur le bouton pour l'allumer. Ensuite, elle prend le téléphone sans fil qui est posé près du pain, récupère les clés du jardin dans le tiroir du haut et ouvre la porte vitrée le plus discrètement possible. Elle avance dans le patio.

Elle ne veut pas appeler la police, une ambulance ou une autorité quelconque, qui risquerait de mettre en péril la grossesse. Et si Marisa était arrêtée ? Ou si le stress entraînait une fausse couche ? Et si on lui posait trop de questions et que Marisa finissait par garder le bébé ? L'accord qu'ils ont conclu tous les trois n'est pas contraignant d'un point de vue juridique. Rien ne sera définitif tant que le bébé ne sera pas né et que Marisa n'aura pas signé le transfert de parentalité.

Kate n'a pas envie non plus d'appeler Carol ou l'agence de maternité de substitution, de peur qu'ils ne souhaitent signaler ce qui s'est passé. Elle préfère ne pas savoir en quoi consiste leur protocole dans un cas comme celui-ci. Il faut traiter la situation rapidement, avec efficacité et discrétion, et trouver quelqu'un qui a une compétence médicale. C'est ainsi qu'elle en vient à penser à Chris. Il était médecin généraliste, avant la retraite. Il pourrait examiner Marisa et vérifier que le bébé va bien, non ? Oui, il saura quoi faire. Mais pour parler à Chris, il faudra tout expliquer à Annabelle. Ce n'est pas idéal, mais elle ne voit pas de meilleure option. Elle n'a pas de temps. Elle entend la bouilloire qui commence à siffler derrière elle. Il faut agir.

Elle compose le numéro d'Annabelle.

Après avoir raccroché, Kate revient dans la cuisine, met mécaniquement les sachets de thé dans les tasses, verse l'eau et le lait, ajoute un sucre pour tout le monde. Puis elle s'asperge le visage dans l'évier et se sèche avec une serviette. Elle aperçoit son reflet dans le miroir de la crédence. Ses cheveux sont en bataille, son mascara a coulé en traînées noires sur ses joues. Elle a aussi du sang séché au coin de la bouche et une entaille au front. Elle frotte ces marques, et le bout de ses doigts devient gris. Une fois ses cheveux remis en ordre, elle a presque retrouvé un air normal, si ce n'est son regard affolé. Elle pose les tasses sur un plateau et retourne en boitant dans l'entrée. Elle a les jambes en coton maintenant, et ses muscles sont douloureux.

Jake et Marisa sont tous deux assis par terre. Il a toujours le bras autour de son épaule. Marisa est plus calme, elle a cessé de pleurer.

« Le thé ! » annonce Kate avec une gaieté forcée.

Elle pose le plateau à côté d'eux.

« Merci, dit Jake. Est-ce qu'on… »

Kate secoue la tête, un mouvement si infime que personne d'autre que lui ne peut le remarquer.

« Marisa, dit-elle. Prends du thé. Ça te fera du bien. Tu te sentiras mieux. »

Elle lui tend sa tasse, que Marisa prend en levant les yeux vers elle. Elle a l'air méfiante, mais elle boit son thé, comme elle le lui a demandé, avant de laisser sa tête retomber contre la poitrine de Jake.

« Je suis tellement fatiguée, dit Marisa.

— Ferme un peu les yeux, dit Kate. Tu n'as plus aucune raison de t'inquiéter. Il faut que tu gardes ton énergie. Tu es à l'aise ici ou tu veux aller dans le canapé ?

— Ici, dit Marisa. Je reste ici. »

Elle se laisse glisser sur le sol jusqu'à ce que sa tête se cale sur les cuisses de Jake. Celui-ci étend ses jambes, et le bout de ses chaussures va toucher le mur d'en face.

« Ça va ? » articule-t-il en silence par-dessus la tête de Marisa.

Kate hoche la tête. Son téléphone portable est toujours

à l'intérieur de son sac à main, sur la table. Elle va le chercher à pas de velours. Elle n'a pas envie de perturber Marisa. Si elle pouvait s'endormir, ce serait aussi bien. Elle ouvre l'application Notes, tape sur son clavier et place l'écran devant les yeux de Jake pour qu'il lise.

« M. m'a attaquée quand je suis arrivée. Elle a perdu la tête. Complètement folle. Elle pense que vous êtes ensemble tous les deux. Et qu'on a une liaison. J'ai appelé tes parents. Ils arrivent. Chris a des calmants. Il faut qu'elle reste tranquille les trois prochaines heures. »

Jake lit, concentré. Kate reprend son téléphone et tape encore : « Mieux vaut faire comme si tu étais avec elle jusqu'à ce qu'on puisse discuter ? »

Jake acquiesce, puis serre la main de Kate, qui lui rend sa marque d'affection avant d'aller à l'étage. Elle n'a pas le temps pour l'émotion. Elle laisse Jake tapoter doucement l'épaule de Marisa, que sa présence apaise. Très bien, se dit Kate, c'est ce qu'il faut.

Dans les romans de gare ou les séries télé, Kate a très souvent lu et entendu que les mères sont prêtes à tout pour leurs enfants. Il y a des femmes qui trouvent en elles une force surhumaine pour soulever la voiture accidentée et dégager le corps meurtri de leur progéniture ; ou des mères qui luttent pour la justice et qui mènent une campagne victorieuse pour changer telle ou telle loi après le décès de leur enfant adoré sous les coups d'un criminel libéré trop tôt. Mais jusqu'à ce moment, Kate n'avait jamais vraiment compris l'essence de ce pouvoir. Elle se rend compte, et c'est une conviction profonde, incontestable, qu'elle fera tout pour son enfant alors même qu'il n'est pas encore né. C'est cela qui lui a fait tenir le coup quand elle subissait tous ces cycles éreintants de traitements pour la fertilité.

C'est cela qui lui a permis de supporter si longtemps le comportement erratique et terrifiant de Marisa, quitte à s'aveugler. Et c'est cela qui lui donne maintenant la force de faire croire à Marisa que tout va bien, oui, à Marisa qui vient de l'attaquer, et alors que sa tête lui fait encore un mal de chien, là où Marisa l'a frappée, et qu'elle a vu l'eau rougir dans l'évier quand elle a lavé le sang de son visage. C'est cela qui lui permet de faire taire sa colère et sa peur dans ces minutes cruciales. C'est cette force indicible qui lui dicte ses moindres faits et gestes. Cette clarté irréfutable qui l'habite rend toutes les décisions faciles à prendre.

Elle arrive devant la chambre de Marisa. Elle n'y est pas entrée depuis des semaines. Marisa garde sa porte fermée presque en permanence. Lorsque Kate lui a proposé que la femme de ménage y passe en vitesse, Marisa a répondu qu'elle préférait le faire elle-même. Kate a supposé qu'elle ne voulait pas être dérangée pendant qu'elle travaillait ou qu'elle dormait. Et de toute façon, le plus simple était de ne pas poser de questions.

Elle tourne la poignée et pénètre dans la pièce. Les rideaux sont tirés, si bien que d'abord elle ne voit pas le chaos. Quand elle allume la lumière, Kate est effarée. Le sol est couvert de vêtements en boule, de mouchoirs usagés, de cotons-tiges sales et de vieux emballages de fast-food. Une tasse de thé à moitié bue commence à être envahie de moisissure. Dans le coin, près de la prise, elle avise quelque chose qui ressemble à une grosse araignée beige. En s'approchant, Kate découvre que c'est un tas de nouilles à emporter en train de pourrir. Elle a un haut-le-cœur. La chambre sent la térébenthine, la transpiration et la nourriture avariée, ainsi qu'un écœurant relent douceâtre indéfinissable qui évoque l'arôme artificiel des bonbons. Elle pose une main sur sa bouche, s'oblige à de courtes inspirations. Elle va ouvrir la fenêtre pour que l'air frais s'engouffre dans la pièce.

« Qu'est-ce qui s'est passé ? » se demande Kate. La peur revient, non pas à cause de ce qui lui est arrivé, mais de Marisa. Ce qu'elle voit est le signe d'une personne profondément ébranlée. Effondrée, même.

Puis elle se tourne vers le bureau. Sur la vieille table d'architecte se trouvent plusieurs pots de confiture remplis de pinceaux plongés dans une eau couleur vase. Mais aucune trace d'illustrations. À la place, elle découvre des pages et des pages d'écriture. Les mots, tracés au marqueur, sont si rapprochés les uns des autres qu'elle n'y comprend rien au départ. En scrutant de très près, elle s'aperçoit que ce ne sont pas des mots mais des noms. Kate et Jake et Marisa, écrits encore et encore, en boucle, enchevêtrés comme des lianes, disséminant leurs racines sur tout l'espace disponible jusqu'à ce qu'il n'y ait plus le moindre espace vierge.

Le panneau de liège sur lequel Marisa épinglait les photos des enfants de ses contes de fées est désormais couvert de photos de Jake. Elles sont prises en plongée, on le voit faire de l'exercice dans le jardin, le torse luisant de sueur – Marisa a pris ces clichés depuis la fenêtre de sa chambre, comprend-elle. Jake n'a pas conscience qu'il est photographié, à part sur l'une d'elles où il plisse les yeux vers l'appareil, se protégeant d'une main contre l'éclat du soleil. Une autre photo semble montrer Marisa et Jake riant tous les deux. Mais en l'examinant, Kate remarque un bout déchiré et elle comprend que ce sont deux photos qui ont été collées ensemble pour créer une illusion de proximité.

Elle arrache le panneau de liège du mur et, sans réfléchir, le jette par la fenêtre. Elle entend un bruit sourd quand il atterrit en bas, sur la pelouse. Elle est en colère. Et en même temps, elle sait qu'elle ne doit pas se laisser déborder. Quelle folle furieuse, se dit-elle. Et puis : Cette folle furieuse porte notre bébé.

Comment ont-ils pu se faire avoir à ce point ? Au début, Marisa était parfaite. Elle avait l'air gentille, désireuse de les aider : une gamine saine, élevée à la campagne, qui posait un regard émerveillé sur le monde. Elle écrivait même des contes de fées pour gagner sa vie, bordel. Et tout se passait si bien entre eux, on aurait cru que c'était le destin qui l'avait envoyée. Comment cela a-t-il pu dériver ? Pourquoi ne sont-ils pas intervenus plus tôt, quand elle a commencé à dérailler ?

Cela étant, raisonne Kate, il était difficile de pointer ce qu'il y avait de bizarre dans son comportement. Et ils avaient tellement envie que ça marche. Comme si, par la seule force de leur désir, ils pouvaient faire en sorte que les choses se déroulent sans heurt. S'ils acceptaient les petites excentricités de Marisa, s'ils en parlaient tous les deux pour les justifier, alors tout se passerait bien, n'est-ce pas ?

Peut-être n'avaient-ils pas suffisamment interrogé les motivations de Marisa. Peut-être n'avaient-ils pas fait preuve d'assez de vigilance sur ce point, malgré les recommandations de l'agence. Peut-être n'avaient-ils pas assez écouté Carol quand elle les avait prévenus qu'ils allaient un peu vite en besogne. Mais avaient-ils eu tort ? Après tout ce qu'ils avaient traversé, en quoi était-ce mal de laisser l'espoir chasser tous les petits moments de doute ? Pourquoi les choses n'auraient-elles pas pu se passer facilement, pour une fois ? Pourquoi auraient-ils dû gratter la surface de leurs certitudes jusqu'à ce qu'elles se craquellent ? Pourquoi auraient-ils dû désespérer quand les autres couples voyaient leur foi naïve être récompensée par des grossesses et des accouchements sans complications ? Pourquoi n'auraient-ils pas eu le droit de croire que Marisa était la réponse à leurs prières ? Pourquoi, pour une fois, n'auraient-ils pas eu cette chance ?

Kate, en pleurs, s'essuie les yeux avec la manche de son pull. Elle se rappelle pourquoi elle est venue dans la chambre. Elle sait exactement ce qu'elle cherche. Ce n'est pas sur le bureau. Alors Kate se met à quatre pattes pour regarder sous le lit. C'est la cachette la plus basique, la plus évidente, et Kate est déjà certaine que c'est là que Marisa aura rangé son journal. Depuis des semaines, elle la voit griffonner furtivement dans un carnet Moleskine noir, et Kate ressent le besoin absolu de savoir ce qu'il contient.

La moquette sous le lit est couverte de moutons. Comme il fait noir là-dessous et que Kate n'y voit rien, elle tend le bras et tâtonne. Rien. Elle va se relever quand une idée lui vient. Cette fois, au lieu de balayer la moquette de la main, elle répète le même mouvement en haut, contre le cadre du lit. Ses doigts tombent soudain sur une forme souple coincée entre les lattes et le dessous du sommier. Kate la déloge, elle tombe par terre. Enfin, elle le tient. Le carnet.

Elle l'emporte sur le palier, se penche par-dessus la balustrade pour vérifier que Jake va bien. Il l'aperçoit, lui fait un sourire. Elle lève un pouce en l'air, il acquiesce en retour. Marisa est toujours allongée sur ses cuisses, la respiration régulière. Il lui caresse les cheveux d'une main, et même s'il a parfaitement raison de le faire, Kate ne peut s'empêcher d'éprouver un pincement de jalousie si violent qu'elle en tressaille. Mais elle chasse ce sentiment de ses pensées et s'assoit sur les marches du haut de l'escalier avant de commencer à parcourir les pages du carnet de Marisa.

Cela commence ainsi : « La maison est parfaite », et, en lisant, Kate se rend compte qu'elle raconte le jour où elle est venue à Richborne Terrace pour la première fois et où Kate lui a fait visiter la maison, quand elles ont été surprises par la pie entrée comme une voleuse dans la cuisine. En dehors de cet incident, Marisa n'a pas les mêmes souvenirs qu'elle de l'événement. Elle mentionne à peine Kate et la GPA, et elle n'utilise pas son nom. En tournant les pages, Kate voit le même schéma se répéter encore et encore : des scènes entières de leur vie racontées depuis le point de vue tordu de Marisa, où elle a presque effacé Kate du récit, parlant d'elle comme de « la locataire ». Marisa s'est inventé de toutes pièces une relation avec Jake. Leur rendez-vous au café, sous sa plume, ressemble à un rendez-vous amoureux. Marisa a même écrit des passages où Jake lui fait l'amour, ce qui est forcément faux puisque, même sans vérifier, elle sait que tous les soirs dont Marisa parle dans son journal, Jake était au lit avec elle.

Plus elle lit, plus elle sent le sol se dérober sous ses pieds. Elle est épouvantée par ce qu'elle découvre, mais elle est incapable de s'arrêter. Sa fascination a un caractère morbide. Elle n'arrive pas à croire au mal que s'est donné Marisa pour protéger l'intégrité de ses mensonges. Son histoire est si convaincante qu'à un moment, Kate commence à se demander si ce n'est pas en partie vrai. *Peut-être Jake est-il tombé amoureux d'elle. Peut-être ont-ils eu une liaison.* Mais elle repousse cette pensée à peine ébauchée dans son esprit. Absurde, se dit-elle. C'est le côté mélodramatique de la situation qui lui fait croire des bêtises. Jake ne ferait jamais une chose pareille. C'est un homme bien. D'ailleurs, où et quand en aurait-il eu l'occasion ? Ils sont tout le temps ensemble.

Non, c'est Marisa qui est dangereuse, détraquée et hystérique. Ce sont les hallucinations d'une folle. Elle tourne les dernières pages, et son humeur passe de l'ahurissement à la pitié. Comme Marisa doit être malheureuse pour avoir fait cela, songe-t-elle. Pas juste malheureuse, mais *malade*. Elle a besoin d'aide. Il faut qu'elle retrouve de la stabilité pour les cinq derniers mois de la grossesse. Et il faut qu'ils parviennent à une solution discrète, avec le moins possible d'interférences de l'extérieur.

Kate regarde sa montre. 21 h 30. Annabelle et Chris devraient arriver dans l'heure qui vient. Elle s'apprête à refermer le carnet et à redescendre quand quelque chose tombe, qui était coincé entre les dernières pages. Kate le ramasse sur le plancher. C'est une marguerite comprimée, aux pétales aplatis, qui commencent à virer au brun. Cela l'émeut, cette petite fleur, la valeur que quelqu'un lui a accordée et les souvenirs qu'elle doit inspirer. Elle s'interroge alors sur le passé de Marisa. Ce qu'elle leur a raconté est-il vrai ? Marisa a dit qu'elle était proche de ses parents, que sa propre mère avait subi des fausses couches avant de donner naissance à sa sœur, qui a sept ans de moins qu'elle. Kate et Jake ont été touchés par son histoire, elle les rassurait sur le fait que Marisa, en dépit de sa jeunesse, comprenait ce qu'étaient l'infertilité et son coût pour un couple. Marisa leur a dit en avoir parlé avec sa mère, adulte. Mais peut-être a-t-elle tout inventé. Peut-être que rien de ce qu'ils croyaient savoir sur elle, ou de ce que l'agence croyait savoir sur elle, n'est vrai ? Peut-être a-t-elle menti en remplissant les formulaires et forgé de faux documents sur son enfance, son éducation, son passif médical ? Peut-être qu'après avoir invité cette inconnue déséquilibrée sous leur toit pour qu'elle porte leur bébé, il n'y a plus moyen de revenir sur l'erreur terrible qu'ils ont commise ?

La bile lui monte dans la gorge, elle doit lutter contre l'envie de vomir. Comme elle remet la marguerite entre les pages, le carnet s'ouvre de nouveau. Elle remarque une petite encoche à l'intérieur de la couverture, elle tire dessus et découvre un bout de papier plié plusieurs fois sur lui-même. Elle le déplie. C'est une ordonnance. Kate plisse les yeux pour déchiffrer les lettres tapées à l'ordinateur.

Rispéridone. Cachets 1 mg.

Comme elle n'a jamais entendu parler de ce médicament, Kate cherche sur son téléphone. Elle a les doigts qui tremblent et la respiration hachée au moment d'appuyer sur l'icône du moteur de recherche. Puis les résultats tombent : « La rispéridone est un médicament qui traite les maladies suivantes : schizophrénie, psychose, épisode maniaque. » Elle vérifie le nom sur l'ordonnance. Elle est au nom de Mlle Marisa Grover et date d'il y a six mois.

« Merde », dit Kate.

L'ordonnance n'a pas servi. Ils ont fait le transfert d'embryons il y a un peu plus de quatre mois, et lorsque le comportement de Marisa est devenu plus erratique, Kate et Jake l'ont attribué, naïvement, aux hormones de grossesse. Est-il possible que Marisa ait été sous antipsychotiques et qu'elle ait arrêté de les prendre pour ne pas interférer avec la grossesse ?

« Merde », répète-t-elle.

La sonnette retentit.

Les parents de Jake sont là.

25

Kate dévale l'escalier, le carnet encore à la main. Le bruit de la sonnette a réveillé Marisa, qui se rassoit en geignant et demande à plusieurs reprises à Jake ce qui se passe.

Lorsque Kate se faufile devant eux avec mille précautions, Marisa met ses deux bras autour du cou de Jake.

« Ne la laisse pas me faire de mal, ne la laisse pas me faire de mal.

— Je ne vais pas te faire de mal, dit Kate, aussi calmement que sa peur et sa colère le lui permettent. C'est *toi* qui m'as fait du mal, tu te rappelles ? »

Jake fait « Chuuut » sans que Kate sache s'il s'adresse à Marisa ou à elle. Elle ouvre la porte. Chris est sur le perron avec sa veste en tweed habituelle. Il esquisse un demi-sourire en la voyant et elle éprouve un sentiment de soulagement et de gratitude si vif que ses jambes menacent de céder sous elle.

« Entrez, entrez. »

Il fait un pas vers elle.

« Tu vas bien ? lui demande-t-il à voix basse. C'est une vilaine entaille. »

Il désigne le front de Kate.

« Oh, ça ? Non, ça va. Ce n'est pas aussi grave qu'il y paraît. Où est Annabelle ?

— Elle gare la voiture. J'ai préféré descendre et venir tout de suite. D'après ce que tu nous as dit au téléphone, il y a urgence. »

Kate pose sa main sur la manche de sa veste.

« Merci, Chris. »

Il tapote son bras avec affection.

« Oh, tu parles. La famille, c'est fait pour ça. On va la calmer et le bébé sera en sécurité, ne t'inquiète pas. »

Elle lui parle en vitesse de l'ordonnance qu'elle a découverte, du journal et de l'état d'esprit actuel de Marisa. Il l'écoute en hochant la tête.

« Hum. Rien que de très logique. D'accord. On va régler le problème. »

Elle le conduit dans l'entrée, où il contemple la scène avec un regard de praticien. Jake, qui a toujours Marisa contre lui, lui dit : « Salut, papa. Désolé pour ça. »

Chris secoue la tête et pose un doigt sur ses lèvres pour le faire taire.

« Marisa ? » dit Chris d'une voix douce mais ferme.

Kate ne l'a jamais entendu parler de cette façon.

« Je suis le Dr Sturridge et je vais m'occuper de vous, d'accord ? »

Marisa tourne la tête dans sa direction. Ses pupilles sont dilatées et son teint est cireux, brouillé par une pellicule de sueur. Elle semble lui faire instinctivement confiance, comme si sa présence était un miracle. Elle est plus calme que tout à l'heure, et disposée à se laisser soigner par cet homme âgé qui vient de surgir et qui s'accroupit à côté d'elle pour vérifier son pouls entre son pouce et son index.

« On va bien s'occuper de vous. Vous n'avez plus

à vous inquiéter. Mais commençons par le commencement, est-ce que vous voulez une autre tasse de thé ?

— Oui, s'il vous plaît », répond Marisa d'une voix rauque.

Chris fait signe à Kate, qui retourne dans la cuisine en les laissant tous les trois. Elle entend de nouveau la sonnette. Annabelle. Quelqu'un la fait entrer, et aussitôt Kate entend Marisa se mettre à pleurer et à hurler, elle pousse des cris de plus en plus perçants. Chris continue à lui parler pour la calmer, sa voix de baryton contrastant avec le soprano suraigu de la jeune femme, et tandis qu'elle prépare cette deuxième tasse de thé, le vacarme diminue peu à peu et un silence presque total revient.

Elle retourne dans l'entrée. Annabelle est debout près de la porte, ses cheveux enveloppés dans un châle en soie, un imper marron noué par une ceinture à la taille. Elle ne porte pas de maquillage. Son visage ainsi dénué d'armure paraît sans défense, nu, et ses cils pâles donnent l'impression d'une taupe clignant des yeux dans la lumière du soleil. Elle devait se préparer à aller au lit, se dit Kate. Annabelle a tout lâché séance tenante pour venir ici, bien qu'elle n'approuve pas ce qu'ils font.

« Il y a des choses plus importantes que les petites bisbilles, lui a-t-elle dit au téléphone. Nous sommes prêts à tout pour vous, Jake et toi, et le bébé, j'espère que tu le sais. »

À dire vrai, Kate n'en savait rien. Elle adresse un sourire tremblant à Annabelle, qui la salue d'un hochement de tête semblant signifier qu'elle comprend et qu'il n'y a rien à ajouter.

Jake aide Marisa à s'allonger et place sa veste de costume roulée en boule sous sa tête. Chris lui tient toujours le poignet pour surveiller son pouls, il compte les battements le regard rivé à sa montre. Marisa prend de longues, de profondes inspirations. Elle a les yeux fermés. Son agitation a diminué.

Jake s'écarte de la forme prostrée, puis vient droit vers Kate. Il la serre fort contre lui en lui murmurant à l'oreille qu'il l'aime, avant de lui demander si elle va bien, et alors elle fond en larmes – oui, elle va bien, elle veut juste arranger la situation et faire en sorte que leur bébé soit en sécurité.

« Tout va bien aller, dit Jake. Papa maîtrise la situation, hein, papa ?

— Oui, dit Chris. Je lui ai donné deux milligrammes de lorazépam, et ça a l'air de la calmer. On va attendre une heure pour voir ce qui se passe, et on lui donnera une autre dose.

— On l'emmène ailleurs ? propose Kate. Sur le canapé ou sur le lit ?

— Non. Il vaut mieux la laisser là plutôt que de risquer de… de la perturber.

— Exactement, dit soudain Annabelle. Et nous avons des choses à discuter, tous les trois. On a un plan, précise-t-elle à Jake. Kate et moi en avons déjà discuté, n'est-ce pas, ma chérie ?

— Oui.

— Faisons les choses dans l'ordre. Je vais commencer par soigner ton entaille. »

Annabelle fouille dans la sacoche de Chris et en sort une bouteille d'antiseptique, du coton et un grand pansement carré. Elle s'approche de Kate, la prend par la main et la conduit dans le salon pour la faire asseoir sur le canapé. Puis elle lui tamponne le front avec le désinfectant et lui met le pansement, et tous ces gestes sont accomplis avec une tendresse si maternelle que Kate en a les larmes aux yeux.

« Merci, dit-elle.

— De rien, ma chérie. C'est beaucoup mieux. »

Annabelle défait la ceinture de son imperméable et s'installe dans le fauteuil près de la fenêtre. Elle laisse tomber son châle ; ses cheveux paraissent fins et clairsemés dans la lumière de la lampe.

« Jake, tu as du whisky ? Je crois qu'on a tous besoin de quelque chose de fort. »

Jake ouvre le buffet où ils gardent l'alcool, juste sous l'enceinte, ce qui rappelle à Kate ce dimanche, trois semaines plus tôt, où ils ont mis de la musique et où Marisa leur a fait une scène en se plaignant que c'était trop fort. Elle voyait la logique, maintenant. Une logique irrationnelle, certes. Comme elle devait me détester, songe-t-elle avec un frisson.

« Tu as froid ? lui demande Annabelle.

— Non, ça va. Le whisky va me réchauffer. »

Elle prend le verre que lui tend Jake, qui en passe un autre à sa mère. Puis il se sert à son tour et s'assoit à côté de Kate sur le canapé.

« Bois, lui dit Annabelle. Ça va te ragaillardir.

— Kate, tu as dû être terrifiée, dit Jake. Je suis vraiment désolé de ne pas avoir été là.

— On n'a pas le temps pour ça. » Il y a de l'urgence dans le ton d'Annabelle. « Pendant qu'elle est léthargique, profitons-en pour parler de la suite.

— OK, dit Jake.

— On pense que le mieux à faire c'est de ramener Marisa chez nous, n'est-ce pas, Kate ? »

Kate acquiesce.

« On fera en sorte qu'elle se tienne tranquille pendant le trajet, Chris a tout ce qu'il faut, cachets et autres, et ensuite on l'installe dans le petit cottage pour les invités. Elle ne sera plus chez vous, ce qui est absolument nécessaire d'après ce que Kate m'a dit. »

Comme Jake et Annabelle ne sont pas au courant de tout, Kate leur explique en quelques mots ce qu'elle a découvert dans la chambre de Marisa : le contenu de son journal, l'ordonnance qui n'a pas été utilisée.

« Bon sang, dit Jake. C'est une putain de cinglée. »

Annabelle tique : même dans ces circonstances extrêmes, elle goûte peu ce genre de jurons.

« Bon, écoutez, vous savez tous les deux qu'il m'a fallu un peu de temps pour… comprendre ce que vous faisiez avec cette mère porteuse que vous connaissiez à peine, mais on en est là maintenant. Et je suis certaine qu'avec un traitement adapté, cette femme…

— Marisa, la coupe Kate.

— Oui. Je suis sûre qu'elle va retrouver toute sa tête. Le plus important, c'est de la mettre au calme, loin de vous, pendant la fin de la grossesse. Quand le bébé sera là, on avisera.

— Elle pensait qu'on avait une *liaison* ? dit Jake, incrédule. Et elle croyait que toi, tu étais une locataire ? »

Kate lui caresse la nuque, sentant sa chaleur sous sa paume.

« Apparemment.

— Comment avons-nous… enfin, comment a-t-elle pu… en arriver là ? »

Kate hausse les épaules. La question n'est pas comment ils en sont arrivés là, a-t-elle envie de crier, mais comment ils vont s'en sortir.

Elle termine d'un trait son whisky et pose le verre vide sur la table. Elle se rappelle que sa dent est par terre dans l'entrée. Elle n'a même pas réfléchi à ce qu'elle devait en faire. Faut-il la ramasser et la mettre dans de la glace, comme on le ferait avec un membre amputé ?

La voix d'Annabelle la ramène à la réalité.

« Écoutez-moi, leur dit cette dernière. Si tu dois faire semblant d'avoir une relation avec elle, Jake, très bien, fais-le. Franchement, ça ne changera rien. Tu peux lui dire que vous devez vous éloigner l'un de l'autre le temps que tu règles la situation avec Kate. Reste évasif, tu lui expliques que tes parents veilleront sur elle jusqu'à ce que vous puissiez vous retrouver, si nécessaire…

— Maman, arrête. Tu n'es pas sérieuse. »

Annabelle le fixe de ses yeux bleus, si bleus.

« Je ne pourrais pas être plus sérieuse. C'est toi qui t'es mis dans ce pétrin. Tu ne vas pas faire des manières pour en sortir.

— Ce n'est pas très éthique…

— Éthique ? » Elle a un rire bref, sarcastique. « Tu vas me parler d'éthique après tout ce qu'elle vous a fait vivre ? C'est de mon petit-fils ou de ma petite-fille qu'il est question. »

Kate, qui reste muette, s'aperçoit avec surprise qu'elle se sent soutenue. Son angoisse et sa peur se sont dissipées. Elle sait qu'Annabelle a raison, à sa façon. Ils ne peuvent pas mégoter sur les moyens à employer. Tous ces traits de caractère que Kate trouvait si agaçants jusque-là chez Annabelle – sa froideur envers les inconnus, sa croyance obtuse en la justesse de ses opinions, sa capacité à déceler et à cibler les points faibles des autres et sa dévotion obsessionnelle et presque pathologique envers son fils – lui apparaissent soudain sous une lumière positive.

« Qu'est-ce que tu en dis ? lui demande Jake.

— Je pense que ta mère a raison. »

Et Jake – le bon, le gentil, le solide Jake – accepte de jouer le jeu, comme les deux femmes s'en doutaient. Malgré toutes ses qualités, Jake peut être faible. Il se laisse porter par les vents les plus forts, il change l'orientation des voiles en fonction d'où ils soufflent. C'est en partie pour cela que Kate l'aime tant. Elle sait qu'il la soutiendra toujours parce qu'il compte sur elle pour lui indiquer le cap à suivre. Elle l'impressionne encore, même après toutes ces années. À cet instant, il a besoin que Kate tienne la barre. Elle sait exactement ce qu'ils doivent faire, et Annabelle aussi, à savoir : protéger leur enfant à tout prix.

26

Elle va chercher une valise au sous-sol, la monte dans la chambre de Marisa et l'ouvre sur le lit. Puis elle plie les affaires de Marisa, T-shirts amples, salopettes d'artiste, jeans déchirés, la robe estivale avec ses motifs bizarres, délavée par trop de passages en machine, et les range dans les compartiments. Elle est surprise du peu de vêtements que possède Marisa : ils occupent à peine plus de la moitié de la valise. Sur une étagère, elle aperçoit un lapin en peluche avec un « x » cousu en guise de nez, plus deux livres de poésie, et elle décide de les mettre avec le reste. Elle ajoute ensuite des carnets, des stylos et une boîte de crayons graphites, en revanche les illustrations et le bureau devront rester là. Elle va dans la salle de bains rassembler ses affaires de toilette, c'est-à-dire une brosse à dents, du dentifrice, de la Vaseline, un petit pot de crème hydratante, des échantillons de shampooing comme dans les hôtels, et, au fond d'un tiroir, un flacon à demi vide contenant des pilules de rispéridone. Chris a indiqué tout à l'heure qu'il veut la remettre sous traitement le plus vite possible.

« Les risques sont minimes pour le bébé, et ils pèsent bien moins que les avantages, a-t-il dit. Si elle continue à ne pas les prendre, il pourrait y avoir de graves conséquences.

— Comme ?

— Un suicide. »

Elle ferme la valise et la fait rouler hors de la chambre. Jake vient l'aider à la descendre. Elle garde pour elle le journal et un carnet d'adresses qu'elle a trouvé dans le tiroir du haut de la table de chevet.

Pour faire la route, les parents de Jake ont pris le vieux break Volvo plutôt que la petite Vauxhall Corsa (la « voiture de ville », comme l'appelle Annabelle), et Kate se félicite de leur prévoyance. Ils ont décidé que Jake ferait le trajet à l'arrière avec Marisa, qui pourra ainsi s'étendre et poser sa tête sur ses genoux. Kate place une couverture écossaise et une bouteille d'eau au pied du siège passager.

Dans la rue, elle embrasse Jake sur les lèvres, un baiser bref, et il la garde une seconde contre lui. Il est maintenant presque 1 heure du matin, toute la rue est plongée dans le noir à l'exception d'une fenêtre ouverte et allumée dans l'immeuble en face. Une odeur d'herbe flotte dans l'air, accompagnée du bourdonnement des basses d'une musique indéfinissable.

Ils retournent tous les deux à la maison, où les attendent Annabelle, Chris et Marisa. Kate passe devant eux et croise le regard de Chris, qui hoche la tête, puis remonte faire le tour de l'étage, au cas où.

Marisa ayant pris une deuxième dose de lorazépam, elle est obéissante et pleine de bonne volonté, comme une enfant.

« On va t'emmener chez mes parents, lui dit Jake. Pour que tu puisses te reposer le temps que je règle la situation avec Kate. »

Marisa le regarde, un sourire vague aux lèvres.

« D'accord », dit-elle.

Jake la conduit dehors en la tenant par le bras, et ses parents leur emboîtent le pas. Kate est titillée par quelque chose, un souvenir auquel elle refuse l'accès. Elle le tient à distance jusqu'à ce que la porte d'entrée se ferme, que le moteur de la Volvo se fasse entendre puis s'éloigne, et là, maintenant qu'ils sont partis, elle laisse le souvenir remonter. C'est une scène d'un film en noir et blanc qu'elle a vu à la fac, l'adaptation par Elia Kazan d'*Un tramway nommé désir*, dans lequel Vivien Leigh, qui incarne Blanche Dubois, une beauté du Sud condamnée à la folie, lève un regard fiévreux vers le médecin au costume sombre qui retire son chapeau et lui dit : « Qui que vous soyez, j'ai toujours compté sur la gentillesse des étrangers. »

Sans personne dedans, la maison est grande et silencieuse. Kate a mal à la tête, elle se rend compte qu'elle est épuisée. Elle n'aurait pas cru possible d'être dans cet état avec autant d'adrénaline dans le corps, pourtant elle est saisie d'un éreintement si total qu'elle titube presque jusqu'à son lit avant de s'y écrouler, de s'enrouler dans la couette et de fermer les yeux. Elle reste allongée ainsi, tout habillée, avec aux pieds les chaussures qu'elle portait quand elle est rentrée du travail. C'est drôle de penser à ce qu'elle était quelques heures plus tôt, se dit-elle avant de sombrer dans le sommeil. Dire qu'il a fallu si peu de temps pour que leur vie plonge dans le chaos.

Elle est réveillée au petit matin par le boucan du camion-poubelle dans la rue. Elle se redresse en sursaut, le cœur cognant contre sa cage thoracique, une douleur lancinante dans sa bouche. Elle prend deux paracétamols dans la table de chevet, les avale. Elle peut vivre avec une dent en moins pour l'instant, se dit-elle. Au moins, ce n'était pas une dent de devant. Ça ne se remarquera pas.

Elle attrape son téléphone, il y a plusieurs appels en absence de Jake, suivis d'une série de textos expliquant qu'ils sont bien arrivés dans le Gloucestershire, que tout est calme, mais où est-elle, il s'inquiète, s'il te plaît rappelle-moi dès que tu peux.

Elle l'appelle, il décroche tout de suite.

« Tu vas bien ?

— Oui, oui, désolée. Je me suis endormie. »

Elle l'entend soupirer à l'autre bout de la ligne.

« Dieu merci. J'étais tellement inquiet pour toi. J'étais prêt à refaire la route dans le sens inverse, c'est ma mère qui m'a retenu. Elle m'a dit que tu avais dû te mettre au lit.

— Je suis contente que tu l'aies écoutée. Je suis vraiment désolée, répète-t-elle. Où en êtes-vous ? Comment ça se passe ? »

Elle entend Jake bouger, se déplacer, elle l'imagine dans le parloir de la famille Sturridge, avec ses fauteuils rembourrés et ses photos encadrées de baptêmes et de remises de diplôme.

« La situation est sous contrôle, dit-il. Ça me fait bizarre, tout ça.

— Pourquoi ?

— Je ne sais pas, j'ai l'impression de l'exploiter. Un peu… comme si on lui mentait, non ? »

Kate se pince l'arête du nez.

« Pas autant qu'elle nous a menti, dit-elle en s'efforçant de ne pas s'énerver. Et c'est juste le temps qu'elle soit plus stable, de toute façon.

— Oui, tu as raison. Pardon. Je sais que tu as raison.

Elle est à l'abri dans le cottage, bien installée. Le trajet s'est bien passé. Elle a dormi tout du long.

— Comment s'est-elle comportée avec tes parents ?

— Oh. Je ne sais pas trop si elle sait qui ils sont, pour être honnête. Je lui ai laissé croire ce qu'elle avait envie de croire, et je lui ai dit que je repartirais bientôt à Londres pour régler la situation avec toi.

— Très bien, dit Kate. Mais reste autant qu'il faudra, d'accord ?

— Ça ne devrait pas prendre plus d'un jour ou deux, dit-il.

— Tout va bien avec le bébé ? »

Sa voix s'est brisée sur le dernier mot.

« Oui, répond Jake d'une voix ferme. Papa m'a dit qu'il n'y a aucune raison de s'inquiéter, donc ne te fais pas de mouron, d'accord ? Tout ira bien. Parfaitement bien, même. »

Kate se sent un peu apaisée par ses paroles. Dans la chambre, elle écarte les rideaux d'une main. La fenêtre est toujours ouverte dans l'appartement d'en face, et elle voit un jeune homme assis là, penché vers la rue, qui fume un joint. Il croise son regard et lui adresse un sourire paresseux. Elle lui retourne son sourire en frémissant. *Et s'il avait vu ou entendu quelque chose, que se passerait-il ?*

Elle ne dit rien de tout cela à Jake. À la place, elle lui explique qu'elle va prendre une douche et commencer à régler des choses, sans préciser quelles « choses » au juste. Ils échangent des « je t'aime » et elle promet de le rappeler plus tard.

Kate ne prend pas de douche. Elle surfe toujours sur la vague d'énergie fébrile de la veille. Elle emporte le journal et le carnet d'adresses de Marisa dans la cuisine, où elle se fait couler un café bien noir et se force à manger une tartine. Elle n'a rien avalé depuis le déjeuner de la veille, se rend-elle compte. Elle s'assoit à la table, le regard perdu vers le jardin et la tour tout au fond. Le soleil, bas dans le ciel, est partiellement barré par un grand magnolia. Sur le haut d'un mur, elle repère une pie et lève mécaniquement une main pour la saluer, comme sa mère lui a appris à le faire afin de repousser les mauvais esprits. Puis une autre pie arrive en sautillant à côté de la première, et encore une autre, et une autre. Elles sont quatre maintenant, côte à côte sur le mur. Leurs plumes scintillent, blanc et noir. L'une d'elles plonge son bec dans une petite flaque d'eau qui s'est formée entre des briques. Elle n'a jamais vu quatre pies alignées de cette façon, comme à la parade. Elle salue les trois nouvelles. Comment c'était, cette vieille comptine ? Une pour le chagrin, deux pour la joie… Elle ne se rappelle plus la suite, alors elle recherche sur son téléphone.

« Trois pour une fille, quatre pour un garçon, lit-elle à voix haute dans la cuisine vide. Hum. »

Un moteur démarre quelque part derrière le mur, et le grondement mécanique effarouche les pies. Elle les regarde décoller et partir en ligne droite, puis elle se met au travail.

Elle parcourt le carnet d'adresses de Marisa. Elle cherche d'abord des membres de sa famille, mais il n'y a rien sous le nom de famille « Grover », ni personne enregistré à « Maman », « Papa » ou « Anna », sa sœur. Ce carnet, qui est couvert d'un tissu fin à motif de cerises, s'avère chiche en informations. Marisa s'en est surtout servi pour crayonner – des formes géométriques, des couronnes de fleurs, des yeux façon hiéroglyphes intriqués l'un dans l'autre, de sorte que chaque page offre au regard davantage d'encre que de papier.

Mais il y a quelques noms ici et là. Kate regarde sa montre. Il est un peu plus de 8 heures du matin. Pas une heure très appropriée pour appeler un inconnu, mais pas non plus une impolitesse grossière.

Elle sort son téléphone et compose le premier numéro, qui correspond au nom « Rosie Hodge ». Au bout de trois sonneries, une femme décroche.

« Allô ?

— Oh, bonjour. Désolée de vous déranger aussi tôt.

— Aucun problème. Je suis levée depuis 5 heures, avec les enfants. Que voulez-vous ?

— J'appelle à propos de Marisa Grover, dit Kate, qui laisse un silence en espérant que la femme le comble.

— Qui ?

— Marisa Grover. Je crois que vous vous connaissez. Votre nom figure dans son carnet d'adresses, à vrai dire.

— Puis-je vous demander de quoi il s'agit ?

— Hum. Oui. Marisa vit chez nous et elle est tombée malade. Rien de grave, mais je voulais informer ses amis et sa famille au cas où ils…

— Marisa Grover, dit la femme comme si elle se mettait le nom en bouche. Attendez une minute, vous parlez de la dame des "Histoires à soi" ?

— Oui, c'est cela.

— Ah, d'accord. Eh bien, oui, je lui ai commandé quelques livres pour mes enfants ces dernières années. Elle a beaucoup de talent. Vous dites qu'elle est malade ?

— Oh, rien de grave, la rassure Kate. On m'a demandé de contacter ses clients pour les informer qu'il y aurait sans doute du retard dans… euh, l'expédition des prochaines commandes.

— Oh, OK, merci. Je n'attends rien d'elle en ce moment. »

Kate entend le cri perçant d'un enfant à l'autre bout de la ligne.

« Chut, dit Rosie, j'arrive. Tu vas avoir ton petit déjeuner dans une minute. Mais calme-toi. » À Kate, elle ajoute : « J'espère qu'elle va vite se remettre. Merci d'avoir appelé.

— Je vous en prie. »

Et ainsi, Kate joint méthodiquement les contacts recensés dans le carnet de Marisa. Ce sont principalement d'anciens clients. Il y a un couple qui ne sait même pas de qui il s'agit. Un ami d'école qui n'a pas entendu parler d'elle « depuis des lustres ». Certains ne répondent pas. Deux fois, elle tombe directement sur la messagerie. Au douzième appel, elle compose le numéro d'une certaine Jas.

« Yo.

— Bonjour, désolée de vous déranger aussi tôt, lance Kate, qui a désormais rodé son approche. Je vous appelle au sujet de Marisa Grover.

— Risa ? Ça alors ! Quelle surprise. Elle va bien ?

— Oui, ça va, ça va, dit Kate. Elle vit avec moi depuis quelques mois et elle est un peu malade ces derniers jours, je cherche à contacter ses amis et sa famille pour les informer.

— Qu'est-ce qu'il lui arrive ?

— Vous êtes une amie ou…

— Oui, je suis une amie. On était très proches jusqu'à il y a quelques mois. Sans doute vers l'époque où elle a emménagé chez vous. Mais eh, elle est comme ça, Marisa.

— Comment cela ?

— Elle est à fond, et d'un coup elle disparaît. Une seconde, vous voulez ? » Jas va baisser la musique qui joue en arrière-plan. « C'est mieux. Attendez, je croyais qu'elle avait emménagé avec ce mec qu'elle voyait ? C'était une coloc ? Il me semblait qu'ils avaient un truc à eux. »

Kate ne bouge pas d'un millimètre, comme si le moindre mouvement risquait d'interrompre le flot de paroles de Jas.

« Comment s'appelait-il ? Ça commençait par un J… Je m'en souviens parce que, vous voyez, mon nom aussi, alors ça m'est resté. *Jake*, c'est ça !

— Elle a emménagé avec Jake, dit Kate.

— Ah, voilà.

— Mais ce n'était pas une relation amoureuse. Je suis la compagne de Jake. Marisa était notre mère porteuse. C'est pour cela qu'elle est venue vivre chez nous. Elle porte notre bébé. »

Jas ne dit plus rien.

« Cela vous paraîtra peut-être curieux, mais j'aimerais vous parler en personne si c'est possible. Vous comprenez, il s'est passé quelque chose et ça nous aiderait vraiment si on pouvait en apprendre un peu plus sur l'histoire médicale récente de Marisa… enfin, je parle de sa santé mentale. »

À l'autre bout de la ligne, Kate entend la femme siffler tout bas entre ses dents.

« Comment vous vous appelez, déjà ?

— Kate.

— D'accord, Kate. Voyons-nous. Dans un endroit public parce que, concrètement, je ne sais pas qui vous êtes ni même si vous êtes vraiment qui vous dites être, mais si tout ça est vrai, alors oui, il y a sans doute des choses que vous devriez savoir sur Marisa.

— J'apporterai des documents, dit Kate. De quoi vous montrer que je dis la vérité. Vous pouvez choisir notre lieu de rencontre. Je vous retrouverai où vous me direz.

— Merci. J'apprécie.

— Non, en toute honnêteté, c'est moi qui vous remercie. Ça va me faire beaucoup de bien de parler. »

Jas éclate de rire.

« Eh, vous ne savez pas encore ce que je vais vous raconter !

— Je suis prête », répond Kate, et elle le pense.

Elles conviennent d'un rendez-vous deux heures plus tard dans un café près de la station de métro de Finsbury Park.

Le café en question est une gargote crasseuse à l'ancienne. Le patron se tient derrière un comptoir vitré, il porte un tablier à rayures qui bâille au niveau de son ventre. Il l'accueille gaiement avec un accent italien si prononcé qu'il sonne faux. Elle est la seule cliente.

« Je vais prendre un cappuccino, s'il vous plaît. »

En temps normal, elle se contenterait d'un expresso serré, mais ce matin elle ressent le besoin d'une boisson plus réconfortante.

« Je vous apporte ça tout de suite, dit-il en balayant la pièce d'une main. Mettez-vous où vous voulez, *bella.* »

Elle choisit une table au fond et joue avec les sachets de sucre en attendant Jas. Du rock des années 1990 émerge d'une petite enceinte sans fil fixée derrière la caisse. Jas lui a dit qu'elle était « petite, blonde et noire ». « Vous ne pourrez pas me rater. »

Elle avait raison. Quand le carillon de la porte annonce son entrée, elle est immédiatement reconnaissable, cette petite femme aux traits délicats et aux cheveux peroxydés coupés court. Elle porte une veste militaire trop large pour elle, et, au moment où elle se tourne pour refermer derrière elle, Kate lit le mot « Warrior » en lettres pailletées dans son dos.

« Salut, Tony, lance Jas à l'homme derrière le comptoir, qui se fend d'un grand sourire en la voyant. Je vais prendre comme d'habitude. Merci ! »

Elle s'approche de la table, enlève sa veste et la pose sur le dossier de la chaise.

« Kate, je suppose ?

— Oui. »

Kate se lève et lui tend la main, un geste qui lui semble aussitôt excessivement formel. Jas la lui serre tout en l'évaluant d'un regard perçant. Kate remarque ses ongles longs, vernis d'un rose fluo. Le bord extérieur de son oreille gauche est truffé jusqu'en haut du cartilage de petites boucles dorées dont la taille va diminuant. Kate est vaguement surprise que Marisa soit amie avec quelqu'un d'aussi cool, et elle s'en veut aussitôt d'avoir pensé cela. Pourquoi ne pourraient-elles pas être amies ?

Tony leur apporte leurs boissons dans des tasses blanches pas très nettes, accompagnées chacune d'un biscuit au gingembre dans son emballage plastique.

« Alors », dit Jas. Ses ongles claquent contre l'anse quand elle saisit sa tasse. « Vous m'expliquez un peu ce qui se passe ?

— D'abord, je vais vous montrer que je suis bien qui je dis être », répond Kate en poussant une enveloppe sur la table.

Elle contient l'accord pour la maternité de substitution, une facture d'électricité récente, une photocopie de son passeport et de celui de Jake, plus quelques photos d'eux ensemble. Elle a aussi apporté l'échographie du bébé, mais elle la garde dans son sac pour le moment. Elle ne sait pas trop pourquoi.

Jas parcourt les documents et hoche la tête, satisfaite.

« Je voulais aussi que vous voyiez ça », dit Kate en lui tendant le journal de Marisa.

Jas le feuillette un moment, puis relève la tête.

« Qu'est-ce que c'est ?

— Le journal de Marisa, ou un carnet, comme vous voulez. Je l'ai trouvé dans sa chambre. Elle s'est inventé cette… histoire sur Jake et elle qui seraient amoureux et qui attendraient un enfant, mais… »

Kate n'arrive plus à parler, et elle a honte que les larmes montent si facilement.

Jas lui répond avec un grand calme.

« Mais ce n'est pas son bébé. C'est le vôtre.

— Oui, dit Kate avec soulagement. Oui, c'est exactement ça.

— Oh… Sincèrement, je suis désolée. »

Elle passe des serviettes en papier à Kate, qui se tamponne les yeux. Cette dernière prend plusieurs profondes inspirations, puis, un peu plus calme, elle raconte tout à Jas : comment ils ont rencontré Marisa, son comportement de plus en plus étrange, la scène de la veille dans l'entrée et la découverte de l'ordonnance pour des antipsychotiques. Rien de tout cela ne semble vraiment étonner Jas.

« Et elle est où, maintenant ?

— À la campagne, répond Kate. Avec Jake et ses parents. On s'est dit qu'il valait mieux qu'elle s'éloigne de moi et qu'elle ait du temps pour… récupérer. Le père de Jake est médecin généraliste. Enfin, à la retraite, mais il s'occupe d'elle.

— Il faut la remettre sous traitement le plus vite possible, dit Jas. J'ai vu ce qui se passe quand Risa oublie de prendre ses médicaments, et ce n'est pas joli. »

Kate se fige.

« Attendez, donc… ça lui est déjà arrivé ? »

Jas fait signe à Tony d'apporter une deuxième tournée de cafés.

« On est là pour un moment, dit-elle en se renversant dans sa chaise, les mains croisées sur la poitrine. La première chose à savoir sur Risa, c'est qu'elle est passée maître dans l'art de se réinventer. Elle raconte l'histoire à laquelle elle a envie de croire. On ne peut se fier à rien de ce qu'elle dit. Rien du tout, insiste-t-elle en détachant chaque mot pour bien souligner l'importance de ses propos. Je l'adore, mais elle est déglinguée. C'est sans doute la personne la plus déglinguée que j'aie jamais rencontrée, pour être honnête. Ce qu'elle vous a raconté sur ses parents ? C'est juste des conneries. Désolée pour la grossièreté. Sa mère l'a abandonnée quand elle avait sept ans et elle ne parle plus à son père. Elle n'a pas vu sa sœur depuis plus de vingt ans.

— Et les fausses couches ? » demande Kate, pour qui ce détail est crucial.

C'est cela qui l'a poussée à accorder sa confiance à Marisa.

« Je ne sais pas, répond Jas. Elle ne m'en a jamais parlé, en tout cas. La plupart du temps, quand elle est sous traitement, elle va bien. Mais elle a de gros problèmes de santé mentale.

— Comme ?

— Je n'ai pas de diagnostic précis. Risa et moi, on s'entendait bien mais on ne se mêlait pas des affaires de l'autre. Mais je dirais qu'elle est un peu bipolaire, non ? »

Les cafés arrivent sur la table, avec deux autres biscuits dans leur emballage.

« Comment vous êtes-vous rencontrées, toutes les deux ? demande Kate.

— Vous êtes sûre que vous voulez le savoir ? »

Kate hoche la tête. Jas se penche en avant, les deux mains sur la table. Elle a des chiffres romains tatoués à l'intérieur de chaque poignet.

« On s'est rencontrées dans un groupe de parole pour victimes d'agression sexuelle.

— Oh, mon Dieu. Je suis désolée, Jas.

— Pas la peine. Ce n'est pas votre faute, après tout. » Elle a un petit rire grave. « Je vais bien. Risa a été violée quand elle avait dix-sept ans. »

Kate se sent mal. La caféine se mêle à l'adrénaline et semble couler dans ses veines à toute allure. Elle a l'impression d'être très jeune et très vieille à la fois. Elle ravale ses émotions.

« C'est horrible, dit-elle. Pauvre Marisa.

— Ouais. »

Elles gardent le silence quelques secondes. Non loin, des tranches de bacon grillent, embaumant l'air d'un épais relent de graillon.

« Elle s'en est remise comme elle a pu, dit Jas. Ça n'a pas été facile. C'est même un putain de miracle qu'elle ait réussi à monter cette affaire de livres pour enfants, mais elle l'a fait. Les médicaments l'ont aidée, pour sûr. Mais parfois elle oublie de les prendre ou elle pense qu'elle n'en a plus besoin, et, c'est juste une hypothèse, mais peut-être qu'elle s'inquiétait que ça puisse faire du mal au bébé ? »

Il y a au moins cette possibilité, songe Kate. Elle s'accroche à l'idée que Marisa souhaitait peut-être faire au mieux.

« Que se passe-t-il quand elle ne prend pas ses cachets ? »

Jas semble vouloir dire quelque chose puis se ravise.

« Risa n'est pas quelqu'un de mauvais.

— Je le sais, dit Kate.

— Elle a des… obsessions. Par exemple, elle a fait une fixette sur un homme avec qui elle avait eu un rendez-vous. Elle imaginait l'avenir avec lui, et elle est allée un peu trop loin. Elle lui a envoyé des rafales de textos et il lui est même arrivé de le suivre jusqu'au travail. Je lui ai dit d'arrêter, mais elle ne m'a pas écoutée, et plus je lui disais de se calmer, plus elle se refermait sur elle-même. »

Le café commence à se remplir. Des ouvriers en pantalon poussiéreux et casque de chantier s'assoient à la table à côté d'elles. Ils parlent fort et se roulent des cigarettes en attendant leur petit déjeuner. Jas doit élever la voix pour que Kate l'entende.

« On s'est un peu perdues de vue, sur la fin. Quand elle m'a parlé de Jake, je lui ai dit qu'elle allait un peu vite, mais vous savez ce que c'est, on ne peut pas décider à la place des gens. Elle n'a rien voulu savoir. Et je ne savais pas ce qui se passait vraiment. Je ne connaissais pas votre existence. »

Les coins de sa bouche se lèvent. Ce n'est pas vraiment un sourire, plutôt un signe de connivence ou de sympathie. Pour la première fois en seize heures, Kate desserre les mâchoires et détend ses épaules. La sensation d'oppression sur sa poitrine, comme un élastique tendu autour de sa cage thoracique, commence à diminuer. Elle est plus tranquille, parce qu'elle sait que quelqu'un peut témoigner du comportement de Marisa et la rassurer sur le fait que ce n'est pas elle qui est folle.

« Merci, Jas. »

Jas remet sa veste.

« Je n'ai pas l'impression d'avoir été très utile.

— Oh si, vous l'avez été. Cela vous dérange si

je garde votre numéro ? C'est toujours bien d'avoir quelqu'un à qui…

— Bien sûr, la coupe Jas.

— Et vous n'auriez pas le contact de membres de sa famille, par hasard ? »

Jas aspire l'air entre ses dents.

« Nan. Et si vous voulez mon avis, les contacter serait la pire chose à faire.

— OK, OK. Donc, ce qu'on fait en la gardant à l'abri et en la remettant sous traitement, vous pensez que c'est le mieux pour elle ? »

Jas hausse les épaules.

« Je ne peux pas vous donner de conseil, je ne suis pas médecin. Mais oui, j'imagine que c'est ce que je ferais. Je veillerais sur elle. Elle va se calmer. Vous aurez votre bébé. Et après, eh bien, la suite dépendra de Risa, hein.

— Vous voulez la voir ? »

Jas secoue la tête.

« Non. J'adore Risa. Je l'aimerai toujours. Mais elle ne voudrait pas que je sache ce qui lui est arrivé. Elle se sentirait humiliée. Quand elle ira mieux, je lui passerai un coup de fil. »

Kate se lève pour dire au revoir. Cette fois, elle prend Jas dans ses bras, même si cette étreinte les met un peu mal à l'aise toutes les deux. Jas s'apprête à poser un billet de 5 livres sur la table, mais Kate lui fait signe que non : « Laissez, je m'en occupe. C'est le moins que je puisse faire. »

Elle regarde Jas quitter le café d'un pas assuré. Le « Warrior » en lettres pailletées dans son dos scintille quand elle arrive dans la rue. Puis elle tourne à gauche et disparaît.

27

Les paupières de Marisa frémissent. Elle est étendue sur un lit qu'elle ne connaît pas, la couette tirée sur elle, un épais dessus-de-lit matelassé pesant sur ses pieds comme un gros sac de sable. Elle a toujours détesté dormir avec les draps bien bordés et s'est toujours fait un devoir, les rares fois où elle a passé des nuits à l'hôtel, de défaire le lit à grands coups de pied avant de s'endormir, dégageant les coins pour se sentir libre. Mais elle n'a pas l'impression d'être à l'hôtel. Où est-elle ?

Elle a mal à la tête, la gorge sèche. Le lit se trouve face à une fenêtre. La lumière s'infiltre par les interstices entre les volets mal fermés. Elle entend des oiseaux chanter, mais à part cela, silence. Ce silence est étrange. Ces dernières semaines, elle était réveillée par la cacophonie du trafic et de la musique assourdissante qui semblait venir à la fois de l'extérieur et de l'intérieur de son crâne. Elle n'arrivait jamais à se débarrasser du vacarme. Elle avait essayé de se boucher les oreilles avec du coton, et comme ça ne marchait pas, elle avait couvert la fenêtre de ruban adhésif, mais le bruit persistait. Elle croyait que ce brouhaha lui voulait du mal, qu'il faisait partie d'une conspiration cherchant à la chasser de la maison. Elle avait hurlé, pleuré des larmes de frustration et de rage face à sa permanence pernicieuse, et pour finir elle avait cédé et s'était laissé submerger, et il l'avait empêchée de penser correctement.

Cette chambre est différente. Comme un refuge. Elle se sent protégée du bruit dans ce cocon aux murs blancs. Elle se tourne sur le côté et remarque une étagère encastrée dans le mur, avec des livres de poche au dos orange. La porte a une poignée en cuivre et un ruban couleur lilas y est suspendu, avec au bout un carré de fleurs brodées.

Son estomac gargouille.

Elle ferme les yeux. Une bribe de souvenir flotte dans le clair-obscur. C'est une femme qui sort un bébé de son lit à barreaux, et le bébé pleure parce que Marisa a fait quelque chose de mal.

Elle replonge dans le noir.

Des heures plus tard, ou peut-être des jours, un homme entre dans la chambre. Quand elle ouvre les yeux, il tient son poignet. Elle reconnaît ce contact, bien qu'elle ne reconnaisse pas l'homme.

« Marisa, dit-il. Comment te sens-tu ? »

Elle voudrait parler, mais aucun son ne sort. Alors elle sourit, elle veut qu'il la trouve polie.

« Ça va mieux ? »

Elle hoche la tête, mais elle ne comprend pas pourquoi elle se trouve ici ni par rapport à quoi elle irait « mieux ». Qu'est-il arrivé ? A-t-elle fait quelque chose de mal ? Est-ce que papa l'a renvoyée au pensionnat parce qu'il voulait se débarrasser d'elle ? Ou alors au sanatorium ?

« C'est bien », dit l'homme assis au bord du lit.

Il porte un pull en V sur une chemise à carreaux au col légèrement élimé.

« Tu nous as fait une peur bleue. Mais il n'y a plus à s'inquiéter. Tu es en sécurité ici avec nous. Parfaitement en sécurité. »

Il lui adresse un sourire rassurant, puis lui tend deux cachets blancs qui contrastent avec le rose de sa paume, et elle les prend et les met dans sa bouche parce qu'elle a envie d'être gentille pour pouvoir rentrer chez elle. Elle veut montrer qu'elle est digne d'être aimée. L'homme lui donne un verre d'eau dont les reflets projettent une lumière mouvante sur les murs. Elle avale les pilules, l'eau est fraîche dans sa bouche.

« Merci, dit-elle.

— De rien. » Il pose une main sur son épaule. « Maintenant, repose-toi. C'est le plus important pour toi. Tu n'as pas à t'inquiéter d'autre chose. Repose-toi. »

Sa tête s'enfonce dans l'oreiller, lourde. Elle ferme les yeux. Elle se voit ramper dans un long couloir sombre, les genoux éraflés par la moquette.

Elle se réveille. Il fait noir dehors. Le silence est si épais qu'elle croit presque sentir son goût sur le bout de sa langue. Pas de chants d'oiseaux. Elle a besoin d'aller aux toilettes. Elle se redresse péniblement, bascule ses jambes hors du lit. Il y a des chaussons par terre. Elle les enfile en se pliant en deux, et lorsqu'elle relève la tête, un voile noir tombe devant ses yeux. Elle attend que le vertige passe, puis se lève, testant la solidité du sol sous ses pieds. Elle ouvre la porte de la chambre et se retrouve perdue, elle ne reconnaît pas la pièce de l'autre côté. On dirait une cuisine et un salon en même temps. Elle ne l'a jamais vue. Un sentiment de panique s'empare peu à peu d'elle.

Où est-elle ? Que fait-elle ici ? Où sont ses parents ? Pourquoi n'entend-elle pas Anna pleurer ?

Elle tend une main vers le mur pour garder son équilibre et progresse en le suivant. Sans trop savoir comment, elle trouve les toilettes, s'assoit et laisse sa vessie se vider. Elle remarque que son ventre est gros, elle se demande pourquoi. Elle ne se rappelle pas la dernière fois qu'elle a mangé.

Elle tire la chasse, se lave les mains. Dans le miroir, Marisa éprouve d'abord un choc en voyant un visage d'adulte la contempler. La tête est hirsute, pâle, bouffie. L'image la dégoûte un peu.

Une femme vient. Elle est grande, avec des cheveux gris-blond attachés à l'arrière du crâne et des yeux couleur de ciel arctique. Elle époussette le manteau de la cheminée, l'étagère, remplace la bouteille d'eau vide sur la commode par une autre, pleine. Ayant remarqué que les volets sont mal fermés, elle rectifie leur agencement sans gestes superflus. Elle n'a pas conscience que Marisa l'observe, les yeux entrouverts. Elle se tient au bout du lit. Elle se retourne pour regarder Marisa. La femme secoue la tête, puis sort en prenant grand soin de ne pas faire de bruit en fermant la porte.

Qui est-ce ? se demande Marisa. L'infirmière en chef de l'école ? Va-t-on bientôt venir la chercher pour la ramener à la maison ?

Il y a deux oreillers sous sa tête. Des oreillers de luxe, remplis de plumes, pas de mousse. Elle s'interroge sur l'origine des plumes : est-ce qu'ils plument de jeunes oiseaux qu'ils laissent frissonnants dans le froid ? Ou attendent-ils que des oiseaux meurent ? À moins qu'ils ne soient tués pour d'autres raisons et qu'ensuite ils récupèrent les plumes, qui seraient jetées sinon ? Elle s'imagine traversant un tunnel blanc de plumes tourbillonnantes, elle tend la main pour essayer d'en attraper une mais elles lui échappent sans cesse. Les plumes volettent, insaisissables, s'éloignent, disparaissent, tandis qu'elle flotte dans le vide.

« Marisa. »

Son nom lui parvient comme des profondeurs d'un gouffre. La voix se répercute en écho jusqu'à elle. Elle entrouvre les yeux et aperçoit le visage d'un jeune homme. Cheveux châtain clair, barbe de trois jours. C'est un visage à la symétrie notable, à part un sourcil mal implanté. Elle connaît ce visage sans le connaître.

« Qui êtes-vous ? »

Marisa le regarde. Il attend que la réponse vienne d'elle. L'homme semble inquiet, une ride profonde s'est creusée au milieu de son front, puis l'inquiétude cède la place à une forme de tristesse. Les expressions de son visage sont comme une météo changeante. Il s'assoit au bord du lit, le matelas s'enfonce sous son poids, puis il lui prend la main et la caresse avec son pouce.

« Marisa, dit-il encore. Tu te rappelles ce qui s'est passé ? »

L'espace de quelques secondes, elle ne se souvient pas. L'espace de quelques secondes, elle est encore une enfant attendant que ses parents viennent la chercher. L'espace de quelques secondes encore plus longues, elle s'accroche à ces limbes protecteurs, comme si son esprit lui donnait une histoire plus facile à digérer, jusqu'à ce qu'elle soit assez forte pour affronter la vérité. Et soudain, ça lui revient.

« Jake », dit-elle.

Les souvenirs volent en éclats autour d'elle, telle la poussière nucléaire d'un champignon atomique.

La grossesse. Sa maladie. Le traitement qu'elle a arrêté de prendre. L'entrée. Kate, inconsciente, les jambes ligotées par une corde. Le sang sur le carrelage. Jake. Son Jake. Sauf qu'il n'est pas à elle. Il est à Kate, et tout ce qu'elle a fait pour changer cet état de fait lui revient soudain avec une force telle qu'elle se lève brusquement du lit et se précipite dans la salle de bains. À genoux devant la cuvette des toilettes, elle vomit.

Elle sent qu'on lui tient les cheveux en arrière. Jake, pense-t-elle encore, malheureuse de savoir qu'il la voit ainsi, réduite à cela.

Il y a des années, bien avant qu'elle rencontre Jake, elle a essayé d'ignorer la maladie. Elle a essayé d'ignorer les épisodes maniaques de travail harassant, suivis par une dépression qui la frappait comme à coups de marteau, les fois où elle entendait des voix lui parler à travers la télévision ou le micro-ondes, lui disant de faire des choses horribles, qu'elle ne méritait pas de vivre, que même sa mère l'avait abandonnée. Elle a essayé d'étouffer tout cela, de le calfeutrer derrière des portes closes. Elle n'a pas voulu admettre qu'elle avait besoin d'aide, de peur qu'on ne dise qu'elle était folle, dangereuse ou déficiente. Ça a duré des mois. Mais quand elle n'a plus réussi à peindre, elle a dû se résoudre à chercher de l'aide, car la seule autre issue était de se supprimer, et même dans ses pires instants de noirceur, Marisa a toujours su qu'elle en était incapable. Qu'elle échouerait même à cela.

Le médecin a essayé différents traitements avant d'arriver à un dosage qui améliorait vraiment la vie de Marisa. Elle n'était pas totalement guérie, mais plus équilibrée, ses moments de fébrilité étaient comme poncés au papier de verre, son imagination en technicolor étalonnée pour retrouver des nuances de gris plus supportables. Elle allait bien tant qu'elle prenait son traitement. Mais parfois, elle se croyait capable de fonctionner sans, et alors la spirale s'enclenchait, et Jas devait la tirer des ténèbres et prendre soin d'elle, et cela avait continué jusqu'à ce qu'elle trouve un but qui la dépasse. Elle s'était inscrite dans une agence de GPA et avait compris, pour la première fois de sa vie, qu'elle pouvait faire quelque chose d'entièrement bon. Sa mère l'avait abandonnée. C'était une soustraction d'amour. Mais Marisa pouvait offrir une addition à une autre famille. Ainsi, la vie retrouverait son équilibre naturel. Ainsi, elle se sentirait de nouveau utile et aimée, peut-être pas pour elle-même, mais au moins pour ce qu'elle pouvait apporter.

Lorsqu'elle a rencontré Kate et Jake, elle les a aimés tous les deux. Elle a arrêté de prendre ses médicaments afin de préparer son corps à la grossesse. C'était *raisonnable*, se persuadait-elle. Pour le bien des autres. D'ailleurs, elle avait une famille stable maintenant. Elle allait *mieux*.

Elle lève la tête de la cuvette des toilettes. Jake lui lâche les cheveux.

« Tu vas bien ? Tu veux de l'eau ?

— Oui, dit-elle d'une voix éraillée. Oui, s'il te plaît. »

Il quitte la salle de bains et revient avec un verre. Elle boit lentement. Puis il l'aide à se relever et elle retourne au lit d'un pas lourd, faisant attention à ne pas déranger le bébé qu'elle porte, elle s'en souvient. Elle est horrifiée par ce qu'elle a fait. Ce sont les actes de quelqu'un d'autre, a-t-elle envie de dire, mais elle ne peut plus parler. Elle veut juste fermer les yeux. Elle se met au lit, pose la tête sur les oreillers en plume et replonge dans la grande houle du sommeil. Elle n'entend pas Jake quitter la pièce.

Le lendemain matin, au réveil, Marisa se sent reposée. Elle passe un peignoir que quelqu'un a pendu à un crochet derrière la porte de la chambre. Il est doux, elle regarde l'étiquette, voit que c'est du cachemire. Elle ouvre les volets. La fenêtre donne sur une longue pelouse, avec une grande maison à pignons en brique rouge à l'autre bout. Il y a des arceaux de croquet plantés dans le sol et un maillet en bois abandonné dans l'herbe. Un moineau picore dans le bol d'une mangeoire. Un rosier escalade la façade de la maison, formant une arcade sur la brique.

Marisa examine les environs à la lumière du jour. Elle ne reconnaît ni la maison au bout de la pelouse ni le cottage dans lequel elle se trouve, cependant le silence et l'espace lui indiquent clairement qu'elle est à la campagne. Elle ne se rappelle pas comment elle a échoué ici mais elle est très calme, comme si ses émotions avaient été fixées dans de l'ambre. La tête lui tourne un peu, ses pensées semblent rester aux abords de son esprit, comme de la buée sur un miroir, mais la sensation n'est pas désagréable. Elle est, simplement.

Elle va dans la pièce voisine. Il y a des éléments de cuisine en U, avec des portes de placard beiges et un rack à épices rempli de bocaux assortis, chacun avec son couvercle rond argenté. La cuisinière ressemble à celles qu'on voit dans les magazines de décoration d'intérieur. Dans le prolongement se trouve l'espace salon, meublé dans la même palette de couleurs neutres : un canapé miel ; des tapis à carreaux gris ; un vase sur une table basse, qui contient trois tiges séchées de monnaie-du-pape dont les têtes scintillent comme les verres d'un monocle. Il y a des couvertures dans un panier près de la cheminée, un buffet ouvert qui contient un ensemble d'assiettes non assorties, une télévision installée dans la bibliothèque, de sorte qu'on ne la remarque presque pas au départ. Les murs sont tapissés d'un papier peint dont le motif reprend les images de vieilles encyclopédies botaniques, de celles qu'on peut acheter en lot dans des magasins d'antiquités sans prétention ou chez des bouquinistes.

Marisa décide de se préparer un thé et d'aller le boire dehors pour profiter du soleil du matin. Elle fait bouillir de l'eau et fouille les placards à la recherche de sachets. Elle trouve un paquet ouvert de Yorkshire Tea dans l'un d'eux, et un demi-litre de lait dans le frigidaire. Comme ils sont gentils, se dit-elle, d'avoir pensé à mettre du lait. Elle ne sait pas trop qui est ce « ils ». Il y a Jake. Il y a l'homme qui lui donne les médicaments. Et il y a la grande femme aux yeux bleus. Il faudra qu'elle demande à Jake qui ils sont, et combien de temps ils comptent rester ici. D'ailleurs, se demande Marisa, où est Kate ?

La clarté qu'elle a connue la nuit dernière s'est volatilisée. Elle ne se rappelle pas ce qu'elle a fait à Kate, le couloir et le sang sur le carrelage, pas même d'avoir frappé une femme dans un accès de violence et de colère. Elle a chassé ce souvenir de son esprit. Ou peut-être qu'il a disparu de son propre chef, qu'il a décidé de s'échapper par les fêlures de sa conscience jusqu'à ce qu'elle soit prête à le regarder de nouveau. Pour l'instant, il n'existe pas dans l'esprit de Marisa. Pour l'instant, elle a l'immédiateté du moment présent et la connaissance du fait qu'elle est la mère porteuse de Kate et Jake ; qu'elle a arrêté de prendre ses médicaments et qu'il s'est passé quelque chose qui les a inquiétés. Mais maintenant, elle reprend ses pilules. Elle a restauré son moi. Ils n'ont plus besoin de s'inquiéter. Le bébé va bien. Cela, elle le sait au plus profond d'elle, dans ce noyau inexpugnable que nulle interférence extérieure ne peut ébranler. Le bébé va bien.

Elle verse du lait dans le thé, écrase le sachet contre le côté de la tasse à l'aide d'une petite cuillère. Puis elle prend la tasse et s'avance vers la porte. C'est l'une de ces vieilles portes de corps de ferme qui s'ouvrent en deux, mais quelqu'un a soudé les deux parties. Du pouce, elle baisse le loquet en fer et la porte s'ouvre. Elle donne sur le jardin.

L'herbe chargée de rosée scintille. Elle inspire l'air frais, penche la tête pour accueillir la faible lumière du soleil sur ses joues.

Pour la première fois depuis un long moment, elle se sent en sécurité.

28

Quand Jake revient à Richborne Terrace, il a l'air hagard. Kate lui prépare une tartine chaude au beurre et à la confiture de framboise, et elle le fait s'asseoir à la table de la cuisine tout en bavardant de choses sans conséquence dans l'espoir de dissimuler son inquiétude.

« Kate, dit-il au bout d'un moment. Stop. Pas la peine de tourner autour du pot avec moi. »

Elle pose l'assiette devant lui et tire une chaise. Elle prend sa réplique comme un reproche.

« Désolé », dit-il. Ses épaules s'affaissent. Son T-shirt sent la sueur. « Dis-moi comment tu vas.

— Je vais bien.

— Ça s'est bien passé chez le dentiste ?

— Oui. »

La veille, elle est allée faire un moulage pour sa nouvelle prothèse. Sa contusion à la tête a guéri. Elle dort mieux depuis sa rencontre avec Jas, dont elle a déjà parlé à Jake au téléphone quand il était dans le Gloucestershire. Selon lui, tout ça est logique, étant donné l'attitude de Marisa, maintenant qu'elle reprend son traitement : « Elle est tellement docile. On dirait qu'elle ne se souvient pas de la personne qu'elle a été ni de ce qu'elle t'a fait. »

À Londres, Kate a nettoyé de fond en comble la chambre de Marisa. Elle a aspiré le sol, frotté les murs et les carreaux de la fenêtre, qui étaient couverts de traces de doigt. Elle a jeté les emballages de nourriture à emporter, défait le lit, laissé une bougie parfumée brûler pendant des heures. Grâce à tous ses efforts, la chambre a retrouvé un aspect quasiment normal et elle peut se raconter que rien de fâcheux ne s'y est produit. L'horreur baroque de la semaine précédente s'éloigne déjà, elle appartient à une autre époque.

Elle n'en veut pas à Marisa. Aucun d'eux n'est en colère contre elle. Ils veulent simplement qu'elle se porte bien, c'est ce que Kate se répète. C'est pour cela qu'il faut que Marisa reste où elle est, ils sont tous d'accord. Et c'est pour cela que les parents de Jake surveillent ses progrès, s'assurant qu'elle ne quitte pas le cottage. C'est pour son bien, ils l'ont décidé. Pour protéger leur bébé. Il faut ce qu'il faut.

« Alors, comment allait-elle quand tu es parti ? » demande Kate.

Jake hausse les épaules avec une lenteur – tout son corps semble peser des tonnes.

« Elle avait l'air d'aller parfaitement bien. C'est le plus étrange. J'ai retrouvé la Marisa qu'on a connue, celle qu'on aimait beaucoup et à qui on faisait confiance, juste comme ça. » Il claque des doigts. « La puissance de la médecine…

— Et elle ne se rappelle presque rien ?

— Elle se souvient qu'elle a arrêté de suivre son traitement juste après son emménagement ici, mais c'est tout.

— Bon sang… »

Kate l'a déjà entendu au cours de ses multiples conversations téléphoniques avec Jake, mais elle a besoin qu'il le lui répète en face. Elle attend qu'il continue.

« Elle dit qu'elle voulait préparer son corps pour la grossesse, et je veux bien croire qu'il y a une sorte de logique tordue là-dedans. Pour lui accorder le bénéfice du doute, je crois qu'elle s'inquiétait sincèrement de l'effet des médicaments sur le bébé. Bref, papa a pu la tranquilliser sur ce point. Il vaut beaucoup mieux les prendre. »

La tartine qu'elle a préparée est posée dans l'assiette entre eux, à moitié mangée seulement. Kate ne se souvient pas s'être jamais sentie si loin de Jake. Il est inaccessible, et quand il croise son regard, elle n'y trouve pas la chaleur qu'elle a toujours connue. Il doit être fatigué, se dit-elle. Il a traversé tant de choses. Il est encore sous le choc. Il va revenir vers elle.

« Tu as besoin de quelque chose ? demande-t-elle.

— Tu sais de quoi j'ai vraiment envie ?

— Dis-moi.

— D'un truc fort. On a du whisky ? »

Ils en ont. Elle le sert et ajoute un de ces énormes glaçons cubiques du distributeur du réfrigérateur. Pas d'eau.

« Et elle ne se rappelle pas qu'elle m'a agressée ? » reprend Kate.

Jake boit les yeux fermés, penché en arrière contre sa chaise.

« Non, répond-il.

— Pratique, marmonne-t-elle.

— Honnêtement, Kate, je la crois. Papa m'a dit qu'elle allait probablement avoir ce genre de, disons, d'éclipses psychotiques. »

Kate se sent mal avec toute cette pression. La pensée de son bébé si loin d'elle, dans le ventre d'une femme atteinte de psychose et de troubles bipolaires, est presque insoutenable. Même si elle se répète qu'elle ne peut pas en vouloir à Marisa d'avoir une maladie mentale. La seule à qui elle en veut, c'est elle-même. Si elle n'avait pas tant désiré un bébé, jamais ils ne se seraient retrouvés dans cette situation.

« Ça va aller ? » demande-t-elle tout bas.

Jake se lève et va passer son bras autour de sa taille.

« Oui, mon amour. Ça va aller. Le pire est derrière nous. »

Elle enfouit son visage dans son cou, reconnaissante de son élan de tendresse.

« Il va juste falloir surmonter les cinq prochains mois. » Il a une haleine de tourbe. « Papa et maman vont la garder à l'œil et on pourra aller lui rendre visite le week-end. Il faut qu'on lui épargne tout stress, ce qui veut dire éviter qu'elle revienne dans cette maison jusqu'à la fin de la grossesse.

— Et elle est d'accord ? »

Jake hoche la tête.

« On lui a expliqué. Elle comprend. Je ne crois pas qu'elle ait particulièrement envie de rentrer. Trop de vérités désagréables. »

Kate lève la tête, et une de ses mèches lui tombe devant les yeux. Elle a la gorge sèche.

« Tu as raison. Il faut que je sois forte.

— Il faut qu'on le soit tous les deux, renchérit-il. Et on y arrivera, parce qu'on se serre les coudes, d'accord ? »

Ils font la route le week-end. Cela fait un étrange écho à la première rencontre de Kate avec les parents de Jake. Une nouvelle fois, elle choisit avec minutie sa tenue tout en essayant que cela ne se voie pas.

Une nouvelle fois, elle ressent une nervosité qu'elle a le plus grand mal à ignorer ou à nier. Et une nouvelle fois, elle imagine les conversations à venir dans sa tête. Sauf que, maintenant, ce ne sont pas des conversations avec Annabelle et Chris, mais avec Marisa.

Les parents de Jake sont en contact régulier avec eux depuis que Marisa loge à la ferme. Ils leur offrent un soutien inconditionnel. Pas une fois Annabelle ne s'est plainte de la situation.

« Vous êtes sûre que nous ne vous demandons pas trop ? lui a demandé Kate au téléphone, quelques soirs plus tôt. Je suis tellement désolée de vous avoir imposé cela.

— Pas du tout. Marisa ne nous pose aucun problème. Elle est très agréable, à vrai dire.

— Oh, tant mieux, a répondu Kate, surprise. Merci. Je sais que vous aviez des doutes sur ce choix d'une GPA, mais…

— Oublions ça, c'est le passé, l'a coupée Annabelle. La famille d'abord, il n'y a rien d'autre à dire. »

En raccrochant, Kate était déconcertée. Sans doute parce qu'elle n'était pas habituée à tant de gentillesse de la part d'Annabelle, et qu'il lui fallait se faire à cette nouvelle facette de sa personnalité. Par ailleurs, Jake lui avait expliqué que ses parents désiraient sincèrement les aider.

« C'est ce que tu dois comprendre avec ma mère. La famille, c'est tout pour elle. Et maintenant, elle te considère comme un membre de la famille. »

Kate n'était pas certaine que ce soit vrai. Dans son esprit, Annabelle faisait tout cela pour Jake, pas pour elle. Cela étant, raisonnait-elle, sa motivation n'y changeait rien. Le résultat était le même.

En route pour le Gloucestershire, Kate et Jake ne

parlent pas. Ils écoutent la version audio d'un nouveau roman qui vient d'être sélectionné pour un prestigieux prix littéraire et dont Kate n'arrive pas à suivre l'intrigue. Jake enlève une main du volant et la pose sur sa cuisse. Elle se concentre sur les champs et les haies qui défilent dans un grand flou derrière la vitre.

Quand ils arrivent à la maison, Annabelle ouvre la porte et les prend chacun dans ses bras un court moment. Elle porte une ample blouse en lin, un legging de velours noir avec des élastiques passant sous chaque pied, d'élégantes petites ballerines et des boucles d'oreilles or et rubis. Son maquillage, comme toujours, est impeccable.

« Vous avez une allure fantastique ! » s'écrie chaleureusement Kate.

Elle a conscience de la flatter parce qu'elle a une dette envers elle désormais, une dette qu'elle ne pourra jamais totalement rembourser.

« Oh, fait Annabelle. Vraiment ? Merci. »

Il n'y a pas réciprocité du compliment. L'Annabelle que Kate a vue chez elle quinze jours plus tôt, celle qui était dépouillée de son armure habituelle, blême d'inquiétude pour eux deux, à la fois pragmatique et pleine d'empathie, cette Annabelle a disparu.

« Mon petit Jake, tu as l'air fatigué, dit Annabelle en les conduisant à la cuisine, où la table est dressée avec l'habituelle vaisselle pour invités agrémentée de serviettes en papier.

— Je vais bien, maman. Et elle ? »

Annabelle s'adosse à la cuisinière, les deux mains écartées sur le garde-corps argenté.

« Marisa ? »

Qui d'autre ? songe Kate.

« Elle se porte bien. » Il y a une tendresse inattendue

dans la voix d'Annabelle. « Elle est très facile à vivre, je dois dire.

— C'est un soulagement, dit Kate. On peut la voir ? »

Elle ne sait pas vraiment pourquoi elle pose la question. Ils sont venus exprès pour ça, après tout. Annabelle semble offensée, comme si elle s'était attendue à davantage de préambules.

« Bien sûr, dit-elle d'une voix pincée. Attendons quelques minutes. Chris est avec elle, il lui donne son traitement. Bon, on boit quelque chose ? »

Elle leur prépare des gin-tonics, avec moins de gin pour Jake, qui doit lui rappeler qu'il conduit (« Oh, pas la peine de t'inquiéter pour ça, on va manger ensuite », répond distraitement Annabelle). Ils s'assoient dans le canapé en L dont les coussins arborent le même motif floral qui domine le parloir. Kate boit son gin-tonic à petites gorgées, frustrée par toute cette comédie. Elle soupçonne Annabelle d'aimer son rôle de garde-chiourme.

Jake se lance dans un petit discours qui tombe à point nommé, il explique qu'ils lui sont extrêmement reconnaissants tous les deux et qu'ils n'auraient pas pu faire face à la situation sans elle. Annabelle fait mine de protester, mais elle ne l'interrompt pas et Kate la voit rosir de plaisir et se rengorger sous le déluge de compliments.

Lorsque Jake achève son panégyrique impromptu, il y a un silence éloquent. Kate, qui vient de finir son gin, se rend compte que c'est à son tour de parler. Annabelle la regarde, jambes croisées et sourcils légèrement arqués.

« Oui… euh, bien sûr, je souscris à tout ce que Jake vient de dire. Nous vous sommes redevables, Annabelle. À vous deux. Merci. »

Annabelle incline la tête comme pour accepter gracieusement l'honneur qui lui est fait.

« Je vous en prie, dit-elle. Je serai toujours là pour vous, comme vous le savez. Mais cela fait plaisir à entendre. On va s'en sortir. Vous aurez votre bébé, c'est le principal. »

Kate se mord la lèvre inférieure. Elle jette un coup d'œil à Jake, assis à côté de sa mère, et elle a le sentiment déconcertant qu'ils ont tous les deux parlé d'elle dans son dos.

Soudain, Chris entre dans la cuisine par la porte vitrée.

« Bonjour, bonjour ! lance-t-il.

— Chaussures ! » commande Annabelle.

Obéissant, Chris défait ses lacets et pose ses chaussures au bord du paillasson pour ne pas laisser de traces de boue sur le carrelage.

Il fait la bise à Kate et serre la main de Jake.

« Elle se porte comme un charme. Je lui ai dit que vous êtes ici, elle a hâte de vous voir. Toi en particulier, Kate. »

Il lui adresse un sourire aimable. Ses manières sont douces et discrètes, comme toujours.

« Merci, dit-elle en se demandant si elle pourra un jour ne plus avoir à répéter ce mot encore et encore aux parents de Jake.

— Inutile de me remercier. C'est le travail d'un médecin, non ? »

Kate se met à pleurer. Elle ne l'a pas senti venir, et elle n'arrive plus à s'arrêter. Jake passe son bras autour de ses épaules, mais c'est Chris qui s'avance pour lui proposer un mouchoir en tissu pêché au fond de sa poche. Il est froissé mais propre, et elle le presse contre son visage.

« Là, là, dit Chris. Pas la peine de pleurer. Tout est sous contrôle.

— Ça a été un choc terrible », dit Annabelle sans s'adresser à personne en particulier, avant d'aller voir les lasagnes qui grésillent dans le four.

Kate rend son mouchoir à Chris.

« Ça va ? lui demande Jake. Respire à fond. »

Je ne suis pas une enfant, a-t-elle envie de répondre.

« Allons voir Marisa », dit-elle.

Jake se lève, lui prend le bras et l'accompagne vers la porte vitrée.

« Ne traînez pas trop, dit Annabelle. Les lasagnes vont refroidir. »

Le cottage est une ancienne étable reconvertie, entièrement de plain-pied. Pour y arriver, ils longent le terrain de croquet aux arceaux qui rouillent et la mangeoire des oiseaux, plantée de guingois. Les fenêtres du cottage sont petites, voire étriquées, et leurs rebords, couverts de mousse. Il y a devant la porte un pot de géraniums à l'abandon qui poussent de façon anarchique. L'air est humide, oppressant. Il fait plus sombre de ce côté du jardin. En levant le nez, Kate voit les silhouettes noires des branches d'un arbre immense et ramifié qui se découpent contre le ciel blanc de l'après-midi.

Jake frappe à la porte.

« Entrez », dit Marisa.

Ils s'exécutent. Marisa est assise dans un fauteuil près d'un poêle à bois éteint. Elle a les deux mains posées sur son ventre, qui a grossi en quinze jours. Les mèches blondes qui tombent sur ses épaules cachent en partie son visage. Elle porte une chemise crème et un pantalon de lin blanc. Kate se fait la réflexion que ce ne sont pas ses vêtements et qu'ils ont dû lui être prêtés par Annabelle.

Lorsqu'elle se tourne vers eux, son sourire respire ce

que Kate ne peut appeler que de la béatitude. La douleur et la colère qui l'animaient ont été remplacées par une sérénité totale. Parties, les poches noires sous les yeux. Elle n'a plus cet air obtus, et elle s'est remplumée, aussi. La laitière de Thomas Hardy est de retour dans toute sa splendeur, se dit Kate, et en dépit de son soulagement, la rapidité de cette transformation la rend méfiante. Dans cette lumière, Marisa a une apparence presque irréelle, comme si elle était habitée par une présence.

« Marisa, dit Jake. Tu as l'air en pleine forme. »

Elle se lève du fauteuil et s'avance vers eux avec sa démarche habituelle, jambes arquées comme si elle venait de descendre de cheval. Marisa ouvre grands les bras et, sans laisser à Kate le temps d'esquisser le moindre geste, la serre contre elle. Kate sent son ventre tendu et le parfum de verveine et de citron qui embaume ses cheveux.

« Kate, dit Marisa en s'écartant d'elle. Je suis tellement, tellement désolée. Est-ce que tu pourras jamais me pardonner ?

— Bien sûr », répond Kate, qui se souvient qu'Annabelle lui a posé la même question lors de son repas d'anniversaire au restaurant. Comme il est étrange qu'elles utilisent exactement la même formule, au mot près. « Tout va bien, Marisa. Tant que le bébé et toi, vous allez bien.

— Nous allons bien, répond Marisa, qui sourit toujours mais semble fuir le regard de Kate. Je vais *beaucoup* mieux. Grâce à Chris et Annabelle. Et à vous deux.

— On est heureux de l'entendre, dit Jake. En tout cas, tu as l'air en bien meilleure forme que la dernière fois qu'on t'a vue.

— Oh, dit Marisa en mordillant le bout de son ongle. Je suis désolée. J'étais dans un drôle d'état. »

C'est une façon de dire les choses, songe Kate.

« Mais non, mais non, répond Jake, dont la nuque rosit.

— Entrez, je vous en prie », dit Marisa en les invitant d'un geste à prendre place sur le canapé.

Marisa demande à Jake comment s'est passé le trajet, et il entre dans des détails sans intérêt sur l'itinéraire qu'ils ont emprunté et pourquoi. Kate ne sait pas trop à quoi elle s'attendait, mais certainement pas à cela. Elle savait Marisa plus calme à présent, mais elle pensait la trouver affaiblie et mal en point, peut-être au lit, se remettant encore de sa dépression. La voir ainsi jouer le rôle de la maîtresse de maison échangeant avec eux comme si la situation était tout à fait naturelle a quelque chose de surréaliste. Sa manière de parler sonne faux, on dirait qu'elle a été programmée par une main inconnue.

« Kate, tu veux un thé ? propose Marisa.

— Non. Non, merci. Ça va.

— Je voulais vous dire… enfin, vous expliquer, dit Marisa en triturant le coin d'un coussin bleu. Ce que vous avez vu, ça ne me ressemble pas du tout. Je n'ai pas voulu vous parler de mes problèmes de santé mentale pour des raisons évidentes. J'ai pensé que ça vous dissuaderait.

— Oui, euh… Ç'aurait sans doute été le cas », dit Kate.

Elle est frustrée, elle sent la tension monter en elle. Elle comprend qu'elle voulait une sorte de confrontation, un dénouement aussi spectaculaire et dramatique que l'événement lui-même, et qu'il se dérobe.

Jake pose sa main sur celle de Kate, ce qu'elle interprète comme une mise en demeure de se calmer. *Comment ose-t-il, putain ?* Elle retire sa main. Ce n'est pas à lui que c'est arrivé, et cela se voit. C'est elle que Marisa a prise pour cible, et Kate a bien le droit de réagir comme elle l'entend.

« Je sais, dit Marisa en évitant son regard. C'est pour ça que je n'en ai pas parlé à l'agence non plus. Je me suis dit que je maîtrisais la situation, et c'était le cas. Mais je vous aimais tellement, tous les deux, et vous faisiez tellement de choses pour moi, en me proposant d'emménager chez vous et tout, je voulais juste que tout soit parfait pour vous, je me sentais beaucoup mieux, très bien même, alors j'ai pensé qu'arrêter le traitement serait préférable pour la grossesse. Je pensais que tout se passerait bien. Sincèrement. Cela faisait tellement longtemps que j'allais bien.

— Ce n'est pas ce qui ressortait de ce que Jas m'a dit », répond Kate.

Elle ne voit aucune trace de surprise sur le visage de Marisa après cette révélation, ou peut-être l'information met-elle trop de temps à lui monter au cerveau.

« Oh. Tu as rencontré Jas ? » Elle sourit de nouveau, et son sourire, comme tout le reste, paraît hors sujet. « Elle est géniale, non ? Mais elle a ses problèmes, elle aussi. Il faut prendre ce qu'elle dit avec des pincettes. »

Jake se racle la gorge. Il est fâché contre elle, Kate le sent. Ils s'étaient mis d'accord sur le fait que le plus important était de préserver la tranquillité de Marisa en évitant de la contredire ou de la culpabiliser. Leur priorité est le bébé, avait-il dit, pas de la contraindre à une pénitence, même justifiée. Ils doivent tourner la page.

« Ne nous attardons pas sur le passé, les coupe-t-il. Le principal, c'est que tu te portes bien, que tu aies recommencé à prendre ton traitement, et on est très contents que tu te reposes ici jusqu'au terme.

— Oui, abonde Kate. Exactement.

— Rassure-nous, tu te sens bien ici ? »

Jake regarde Marisa avec une telle sincérité que Kate ne peut que s'émerveiller de sa capacité à jouer son rôle.

« Oh oui », répond Marisa. Elle se frotte le ventre en un mouvement circulaire. « Et le bébé aussi, je le sens.

— Tu manges bien, tu prends les compléments nécessaires ? » demande Kate.

Marisa acquiesce.

« Je te promets que le bébé est en s-s-s-sécurité avec moi, Kate, dit-elle en bégayant, ce que Kate ne l'a jamais entendue faire. J'irai passer les échographies à l'hôpital local, Chris a déjà arrangé tout ça, et bien sûr, vous êtes toujours les bienvenus ici. Quand vous voulez.

— Merci, Marisa », dit Jake en inclinant obséquieusement la tête.

Kate fourre sa main dans la poche de son jean et tire sur des fils à l'intérieur. Quel culot elle a d'oser inviter Jake dans sa propre maison de famille ! Elle se lève brusquement. Marisa pose sur elle un regard bovin.

« On ferait bien d'y aller, Jake. Ta mère avait peur que ses lasagnes refroidissent. »

Ils s'en vont et Jake, toujours poli, dit à Marisa que ce n'est pas la peine de se lever pour les raccompagner. Elle reste donc assise, répond qu'elle espère les revoir bientôt, puis penche de nouveau la tête, laissant ses cheveux tomber sur le côté de son visage tandis qu'ils sortent. Après quoi elle attend gentiment, sans bouger, jusqu'à ce qu'ils ferment la porte derrière eux.

Ils retournent à la maison et sentent bientôt le parfum des lasagnes flotter dans l'air.

29

Les semaines suivantes, Kate essaie d'ignorer autant que possible son malaise croissant. Elle débarrasse la chambre de Marisa et va dans un magasin de bricolage acheter des bacs à peinture et des rouleaux. Elle enfile un vieux legging, un T-shirt troué, et règle la question en un week-end : elle colle du ruban adhésif sur les plinthes, couvre le sol de papier journal, utilise un pinceau d'épaisseur différente pour les parties délicates, autour de l'interrupteur et de l'étagère. Elle écoute des podcasts en travaillant – des interviews mère-fille avec des blogueuses devenues auteures à succès, qui parlent stimulation créative et travaux manuels. Elle s'efforce de ne pas penser au regard vide de Marisa, au détachement qu'elle a noté chez elle quand ils l'ont vue. Lorsqu'elle termine, la pièce a l'air comme neuve, plus charmante encore qu'avant, et Kate éprouve une grande satisfaction devant ce résultat tangible. La peinture l'a aidée à effacer les souvenirs de l'ancienne Marisa et à se concentrer sur celle à qui ils parlent maintenant chaque jour au téléphone, qui leur dit qu'elle mange sainement, qu'Annabelle lui a préparé des épinards du jardin, et que oui, elle va bien, merci, et non, qu'ils ne s'inquiètent pas pour elle.

Jake est soulagé. Kate, elle, est troublée par la rapidité de ce revirement, mais elle se dit qu'elle suranalyse. Elle admire la capacité de Jake à compartimenter. Il arrive à avancer, à refermer le couvercle sur les saletés du passé récent pour ne voir que l'avenir et l'arrivée de ce bébé tant désiré. Parfois, elle se demande : sur quoi serait-il encore capable de faire une croix ?

Un fossé imperceptible semble se creuser entre eux. Un mois passe ainsi, puis deux. Le temps prend une qualité élastique, visqueuse, les saisons se fondent les unes dans les autres. Elle oublie de regarder sa montre et va se coucher tôt, elle se lève au point du jour. Elle arrive la première au travail, prend des semaines d'avance sur la rédaction des dossiers de presse et l'organisation des projections. Lors d'une journée de promotion, elle s'assoit à côté de la star du film et, le regard perdu en direction de la fenêtre, se demande quel genre de mère elle sera, si elle arrivera à supporter les nuits sans sommeil et les lessives à recommencer sans cesse. Son enfant l'aimera-t-il autant qu'elle l'aimera ? Devenir parents les éloignera-t-il un peu plus encore, Jake et elle ? Comment saura-t-elle quoi faire ? Et si elle n'arrivait pas à calmer le bébé quand il crie ? Et si, au fond, le bébé savait qu'elle n'est pas sa vraie mère ?

Elle laisse l'interview dépasser le temps prévu et une collègue doit frapper à la porte pour la prévenir que c'est terminé. Kate s'excuse auprès de l'acteur, un homme aux cheveux poivre et sel, la cinquantaine, qui a encore des rôles dans des films d'action auxquels aucune femme du même âge ne pourrait prétendre.

« Évitez que ça se reproduise », lui dit l'acteur d'une voix faussement aimable.

Par le passé, elle aurait été mortifiée. Aujourd'hui,

elle s'en fiche. En dehors de son bébé, tout lui semble trivial.

Ils se rendent régulièrement dans le Gloucestershire, où les déjeuners avec les parents de Jake se prolongent par des après-midi dans le cottage avec Marisa. Ils vont aux échographies et aux diverses consultations à l'hôpital, accompagnés par Chris. Ils découvrent qu'ils attendent un garçon, ce qui fait pleurer Jake et rire Kate, qui est aux anges, tout est enfin si réel. Une fois, ils ramènent Marisa avec eux à Londres pour un rendez-vous de suivi avec le Dr Abadi, et Kate passe tout le trajet terrifiée à l'idée que Marisa ouvre la portière de la voiture et se jette sur la route. Le Dr Abadi, affable comme toujours, se félicite de la progression de la grossesse. Quand il leur demande s'ils ont des motifs d'inquiétude ou s'il s'est passé quoi que ce soit depuis leur dernière visite, ils secouent tous les trois la tête en évitant de se regarder. Ils retournent dans le Gloucestershire en soirée, et Kate est soulagée de remettre Marisa aux bons soins des parents de Jake. Pour autant, elle se sent mal, comme si elle manquait de cet instinct maternel qui devrait lui faire désirer d'être toujours près de son bébé, et elle se demande si cela signifie qu'elle n'arrivera pas à nouer de liens avec son fils quand il sera là. Encore une chose à laquelle elle essaie de ne pas penser : le fait que son enfant n'aura aucun lien génétique avec elle. « Votre bébé est votre bébé dès le moment où vous le tenez dans vos bras », c'est ce qu'on répète sur tous les forums Internet. Mais ça ne l'empêche pas de craindre que son fils n'hérite de la maladie mentale de Marisa. La vie semble si fragile, elle a l'impression que tout peut lui être arraché en un instant – et c'est bien le cas.

« Tu t'inquiètes trop, lui dit Jake quand elle tente

de lui parler. Tout va bien se passer. Le mieux à faire, c'est de se détendre et de faire le plein de sommeil avant que le bébé ne soit là. »

Ce n'est pas qu'il méprise ses doutes : simplement, quand il répète sans cesse que tout ira bien afin de l'apaiser, Kate a l'impression qu'il lui explique que ses craintes sont excessives voire infondées. Est-elle hystérique ? Ou est-ce simplement la réaction de Jake qui le lui fait penser ? Elle n'en sait trop rien ; elle a perdu foi en son propre jugement. En outre, le fait de devoir s'appuyer sur Annabelle et Chris signifie qu'elle est en infériorité numérique, à trois contre un. Ils sont de la même famille. Elle est une pièce rapportée.

Comme pour aggraver son sentiment d'exclusion, Annabelle appelle un soir pour leur annoncer une nouvelle inattendue. Kate tend l'oreille tandis que Jake murmure au téléphone : « Non, non, je comprends… Oui, bien sûr. » Elle demande à parler à Annabelle mais Jake lui fait signe que non et va dans le jardin, le combiné collé à l'oreille, une main devant la bouche pour qu'elle ne puisse pas deviner ce qu'il dit.

Quand il rentre, il lui explique qu'Annabelle trouve Marisa « perturbée ».

« Apparemment, tout lui revient. Ce qu'elle a fait, je veux dire. Et elle se sent tellement coupable qu'elle se croit obligée de s'excuser en permanence quand elle nous voit. Surtout envers toi.

— D'accord.

— Donc, maman pense qu'il vaudrait mieux qu'on se calme sur les visites. Qu'on les espace un peu.

— OK. »

Le visage de Kate se ferme. Elle est assez en colère

qu'Annabelle, une fois de plus, se mêle de ce qui ne la regarde pas.

« Je ne crois pas que ma mère cherche à s'immiscer, dit Jake, comme s'il lisait dans ses pensées. Je pense qu'à mesure qu'elle se remet, Marisa se rend de plus en plus compte de ce qu'elle nous a fait, et elle se sent un peu… mal à l'aise ? »

Kate mordille une petite peau déchirée autour d'un ongle. Cela fait des jours que ça lui fait mal à cet endroit, une douleur aiguë, précise.

« D'accord, répète-t-elle encore.

— En fait, je crois que c'est bon signe, insiste Jake. Ça montre qu'elle va mieux. On peut commencer à moins s'inquiéter. Et ces allers-retours dans le Gloucestershire sont épuisants, de toute façon.

— C'est vrai.

— Donc on va y aller moins souvent, et voilà tout. »

Kate accepte. Elle n'a d'autre choix que de faire confiance à Annabelle, ce qui va à rebours de son inclination naturelle. Et elle peut toujours appeler Marisa quand elle veut, se dit-elle. Le problème, c'est que Marisa décroche rarement ; une fois, Kate lui a demandé pourquoi, et elle a expliqué que la réception était mauvaise et qu'il arrivait souvent qu'elle n'entende pas la sonnerie. Kate n'a pas voulu insister. Elle n'ose insister avec personne en ce moment. Un pas de travers et tout l'édifice risquerait de s'écrouler.

Soudain, Jake lui propose un séjour dans un spa. Elle éclate de rire.

« Dans un *spa* ?

— Oui, pourquoi pas ? »

Il la regarde, sourcils froncés.

« Désolée, c'est une excellente idée. C'est juste que ça sort un peu de nulle part étant donné… tout le reste. »

Elle se retient de dire ce qu'elle pense vraiment. Les spas, les peignoirs soyeux, l'eau infusée au concombre appartiennent au passé. Elle n'est pas d'humeur, a-t-elle envie de répondre. C'est le genre de choses romantiques que font les couples aux premiers temps d'une relation, pas ceux qui ont une mère porteuse souffrant d'une maladie mentale.

« C'est exactement pour cela qu'on devrait y aller. Un peu de temps pour nous, ça nous fera le plus grand bien avant que notre petit garçon arrive. Qui sait quand nous aurons l'occasion d'y retourner, après ?

— Tu as raison », répond-elle, se laissant finalement convaincre.

Il réserve un spa à une heure de Londres. Il y a une offre pour le week-end qui inclut ce que le site Internet décrit comme « deux minitraitements », un massage du dos et un massage facial, vingt-cinq minutes chacun. Tout le reste est « en supplément ».

« Les repas sont compris ? demande Kate en ne plaisantant qu'à moitié. Ou ça aussi, c'est en supplément ?

— Oui, les repas sont compris, répond Jake, les yeux rivés à l'écran de son ordinateur. Il y a des options véganes et macrobiotiques.

— Pas d'alcool, je suppose. On pourrait peut-être en emporter ?

— Hum. »

Jake clique sur l'option « Chambre double supérieure », puis entre son numéro de carte bancaire.

« Félicitations ! affiche l'écran. Nous avons hâte de vous accueillir pour votre séjour au manoir Charlton. »

« La police de caractères est horrible, dit Kate en désignant les lettres rondes et grises à l'anglaise. »

Il rit.

« On ne peut pas faire pire. »

Le manoir Charlton est situé au bord d'un grand lac et, comme ils roulent vers le parking, le regard de Kate est attiré par un mouvement, elle tourne la tête et voit un héron décoller d'un grand coup d'ailes au milieu des roseaux avant que sa silhouette noire s'élève dans le ciel sombre.

Elle se rappelle un dessin au mur du bureau du Dr Abadi, dont les quatre coins étaient déformés par une petite boule de Patafix. On y voyait une cigogne en plein vol, portant dans son bec un bébé enveloppé dans une couverture à pois. Le dessin avait des lignes claires, noires, faites par un adulte, mais c'est un enfant qui l'avait colorié à grands coups de crayons jaune, rouge et bleu. En bas, en lettres capitales, était écrit : « Merci de la part de la famille Traynor ! »

Ce dessin lui était resté en tête et, après coup, elle avait cherché pourquoi les cigognes symbolisaient une naissance. Elle avait trouvé un vieux mythe grec dans lequel la déesse Héra, jalouse de la beauté d'une reine, la transformait en grue. La reine au cœur brisé cherchait à arracher son enfant des griffes d'Héra, ce qui expliquait pourquoi les Grecs la montraient sous la forme d'un oiseau portant un bébé dans son bec. Plus tard, d'autres avaient confondu l'oiseau avec une cigogne. Dans la mythologie égyptienne, avait-elle aussi appris, les cigognes étaient associées à la naissance du monde, mais là encore c'était une erreur : dans la légende originale, il s'agissait d'un héron.

Cigognes, grues, hérons. Elle va dire quelque chose à ce sujet à Jake, puis se ravise. Elle décide que ce week-end, elle essaiera de ne rien dire en rapport avec le bébé.

Le lobby de l'hôtel est une ode au faux marbre beige,

chaque surface veinée de rose brille de mille feux artificiels. Un homme en uniforme, dont le badge indique qu'il s'appelle Jamaar, prend leur numéro de plaque d'immatriculation et leur demande s'ils veulent le journal du jour. On leur offre un jus détoxifiant carotte-orange-gingembre qui, une fois en bouche, pétille comme s'il était fermenté.

« Excellent », dit-elle en grimaçant.

Leur chambre est glacée à cause de l'air conditionné. Elle donne sur la cour intérieure et non sur le lac, et il n'y a pas de biscuits sur le plateau à thé, juste des sachets de tisane. Le lit double croule sous une pyramide de coussins, les plus petits sur les plus gros. La salle de bains est exiguë, il n'y a pas de fenêtre, et à l'arrière de la porte sont accrochés deux peignoirs avec les lettres MC brodées dans le dos, de la même écriture ronde à l'anglaise que sur le site Internet. En guise de chaussons, ils ont droit à des claquettes en plastique froides et lourdes d'une laideur impardonnable.

« On va au sauna ? propose Jake.

— Avec plaisir. »

Elle aurait envie de rester dans la chambre, de s'allonger sur le lit et de regarder la télé dans ses bras, qu'il se montre affectueux, mais elle enfile son maillot une pièce sans rien dire. C'est un vieux maillot acheté en ligne pour trois fois rien il y a quelques années. Il a des rayures rouges et blanches, et le tissu pendouille un peu par endroits. Il est plus fonctionnel qu'élégant et elle regrette d'avoir pris celui-là, dans lequel Jake ne risque pas de la trouver sexy. Elle n'a pas ce genre de pensées, d'habitude. Il a toujours été évident pour elle que Jake la trouvait séduisante. Celui-ci a toujours été attentif à ce qu'elle portait, disant aimer son style, et il l'a même souvent complimentée au moment où elle s'y attendait le moins – quand elle sortait de la douche le matin, ou au retour de la salle de sport, les cheveux trempés de sueur. Mais elle ne se rappelle pas la dernière fois qu'il a fait une remarque sur son apparence.

Ils s'installent dans le sauna et transpirent tandis que la chaleur pénètre leur peau. C'est le genre de choses qu'ils ne pourront sans doute plus faire quand ils auront un bébé, au moins les premières années. Un homme plus âgé est là avec eux – torse nu, la chair tombante, des plis de peau superposés comme une curiosité géologique. Kate a toujours trouvé étrange que la plupart des Anglais soient mal à l'aise de croiser le regard de quelqu'un dans le métro mais ne voient aucun problème à se déshabiller avant de s'entasser dans un espace confiné pour suer avec des inconnus. L'homme se lève dans un craquement d'os. Il pousse la porte, et un courant d'air froid fouette le visage rougi de Kate.

Jake verse de l'eau sur les pierres sans lui demander son avis.

« Ça va ? finit-elle par demander.

— Oui, bien sûr, répond-il, un peu trop vite. Pourquoi ?

— Oh, pour rien. On dirait que quelque chose te tracasse. »

Il la regarde, les yeux plissés à sa manière habituelle.

« Ah, pardon. Non, non. Je suis juste… un peu distrait. »

Elle tend la main, lui masse la nuque.

« Je comprends. Moi aussi. Mais tout va bien. Marisa est en forme.

— Oui, elle va mieux, dit Jake. Elle a repris des couleurs.

— Quoi ? »

Il lui jette un regard en coin.

« Sur FaceTime, je veux dire.

— Je ne savais pas que tu avais fait un FaceTime avec Marisa sans moi.

— Non, non. » Il secoue la tête. « J'étais avec ma mère. Et Marisa était là.

— Oh. » Kate retire sa main, la laisse retomber sur sa cuisse. « Annabelle sait se servir de FaceTime ? C'est… surprenant. »

Elle a perdu le compte du nombre de fois où Annabelle s'est lancée d'elle-même dans une diatribe contre ces maudites technologies modernes et le caractère incompréhensible des nouveaux modes de communication. « Quel est le problème avec un bon vieux coup de fil ? tempêtait-elle. Ou même avec une lettre manuscrite, d'ailleurs. » Et Kate avait noté ce jour-là de toujours penser à la remercier en envoyant une petite carte par la poste après chaque invitation. Elle se demande une fois de plus comment elle pourra remercier Annabelle pour sa dernière intervention, étant donné l'ampleur de la faveur. Une jolie carte avec une fleur n'y suffira pas.

« Oui, je crois que Marisa lui a montré comment faire. »

La porte du sauna se rouvre et deux blondes à la crinière bouffante, vêtues de bikinis noirs, entrent en riant. Elles sont grandes, anguleuses, avec une poitrine plate, des hanches minces et de longues jambes fines de mannequin. Mal à l'aise en leur présence, Kate resserre la serviette autour de son ventre. Mais, a-t-elle envie d'objecter, Marisa est nulle avec ce genre de choses. Depuis qu'ils la connaissent, elle a le même téléphone antédiluvien. Elle regarde Jake. Son visage s'est refermé, comme quand on descend la grille devant la vitrine d'un magasin. La chaleur du sauna continue à monter.

Cette nuit-là, elle dort bien pour la première fois

depuis des mois. La chambre est calme, et une fois qu'ils trouvent comment éteindre l'air conditionné, la température ambiante est idéale. Au réveil, quand elle se retourne pour faire face à Jake, il lui sourit.

« Salut, toi. » Il pose la main sur sa joue. « Tu as bien dormi ?

— Hum, ronronne Kate. Comme un loir.

— C'est parce qu'on a transpiré hier, ça a évacué tout notre stress.

— Si c'est vrai, alors on devrait installer un sauna à la maison. »

Il sourit.

« En ajoutant une extension au sous-sol comme tout le monde dans la rue, tu veux dire ? »

Cela a toujours été une source d'amusement pour eux de voir tous ces travaux dans lesquels s'engageaient leurs voisins. Kate disait qu'avoir un chantier chez soi était un nouveau symbole de statut social élevé.

« Super-idée. Des mois de stress à cause des travaux avant de profiter d'un sauna qui atténuera le stress qu'on n'avait pas au départ. »

Il l'embrasse, se colle à elle et laisse ses mains descendre dans son dos. Ils font l'amour simplement, tendrement, rapidement, puis il se lève et va remplir la bouilloire au lavabo de la salle de bains avant de la mettre en route.

« Tisane ou tisane ? demande-t-il tandis qu'elle se redresse sur un coude.

— Hum, attends, laisse-moi réfléchir. Une tisane, s'il te plaît. Mais seulement si elle n'est pas forte et qu'elle n'a goût de rien. »

Elle le regarde s'affairer dans la chambre, nu en dehors de ces claquettes idiotes qu'il a mises parce qu'il a froid aux pieds. Elle s'émerveille de son absence de pudeur. Il a un beau corps : grand, large d'épaules, avec des fesses bien dessinées et un soupçon de bedaine de la trentaine, mais il semble n'avoir aucune conscience de son physique dans des moments comme celui-là, chose inaccessible pour une femme. N'importe quelle femme dans sa situation, songe Kate, s'inquiéterait de son ventre, de ses cuisses ou de ses seins qui tombent plus qu'elle ne le voudrait, et elle se sentirait scrutée par l'homme dans la chambre. Jake, lui, prend ce corps comme le sien, il l'habite avec confiance.

Le téléphone de Jake vibre, une fois. Il le débranche du chargeur noir posé sur la table de chevet et, aussitôt, s'absorbe dans l'écran sans entendre la bouilloire qui siffle. Kate noue son peignoir et termine de préparer les tisanes. Elle lui tend une tasse, qu'il prend sans lever la tête.

« Que se passe-t-il ?

— Oh, désolé, dit-il en buvant une gorgée. Rien, une emmerde… au boulot. »

Il tape à toute vitesse sur l'écran avec ses pouces. Quand il envoie son texto, le téléphone émet un petit bruit d'objet fendant l'air, puis il revient à la chambre et à elle.

« Kate, je suis vraiment navré mais… » D'instinct, elle craint le pire. Sa gorge se serre. « Il y a un problème au travail… Le projet sur lequel je bosse avec la compagnie pétrolière. »

Oh, ce n'est que cela, soupire-t-elle avec soulagement. Elle hoche la tête, comme si elle savait de quoi il parle. Il lui en a sans doute parlé, d'ailleurs, mais elle n'écoute jamais quand il évoque son travail, toutes ces questions techniques lui passent au-dessus de la tête. C'est si loin de sa propre existence qu'elle a le sentiment de ne pas pouvoir comprendre et de ne rien pouvoir lui dire d'utile sur ce sujet. Et de toute façon, Jake a toujours des problèmes au travail, il n'y a pas lieu de s'inquiéter. C'est la routine.

« … et je vais devoir retourner au bureau à Londres », conclut-il.

Elle se rend compte qu'elle pensait à autre chose. Comme quand on demande son chemin à quelqu'un et qu'on n'écoute pas la réponse, et ensuite on est trop embarrassé pour reposer la question.

« Bien sûr, dit-elle. Je comprends. »

Il prend sa main, la porte à ses lèvres et dépose un baiser sur ses doigts.

« Merci. Je suis vraiment désolé de gâcher notre petite escapade.

— Pas du tout ! On ne peut pas passer tout un week-end à transpirer, de toute façon. Ce n'est pas grave, on peut partir.

— Non, non. Tu n'es pas obligée de rentrer avec moi. Reste ici et profite. On a la chambre encore une nuit. »

Il est déjà en train de ramasser ses affaires dans la chambre. Il range ses T-shirts et son pyjama dans la valise qu'elle lui a offerte à Noël.

« Mais je ferai comment pour rentrer ?

— Je vais régler mon problème et je reviens te chercher dimanche soir, dit Jake. On s'arrêtera sur la route pour manger au pub. Histoire que tu reprennes des calories après ta privation forcée. »

Il faut admettre que c'est tentant.

« C'est pénible pour toi, proteste-t-elle faiblement.

— Mais non. Je me sentirai mieux si tu restes ici et que tu passes un bon moment. »

Il disparaît dans la salle de bains et elle l'entend

ranger sa crème à raser et sa lotion après-rasage dans sa trousse de toilette.

« Je ne passerai pas un bon moment sans toi.

— N'importe quoi, répondit-il en revenant vers le lit et en l'embrassant dans le cou. Je t'ai vue lorgner ce vieux, au sauna, hier. Tu le déshabillais du regard.

— Il était déjà à moitié nu !

— Ah ! dit-il en levant un doigt en l'air tel l'inspecteur Columbo. Alors tu avoues. »

Elle rit et passe son bras autour de son cou pour l'attirer contre elle. Il a sans doute raison : rester ici toute seule lui permettra de se détendre. En plus, elle a un massage facial réservé à 15 heures.

« OK. Ça ressemble à un plan. »

Jake part une demi-heure plus tard en disant qu'il l'appellera, et elle le salue d'un grand geste de la main avant de rouler sur le grand lit et de se rendormir comme une bienheureuse.

Elle dort longtemps et est choquée, au réveil, de voir que deux heures ont passé. Elle a tellement de mal à se reposer ces derniers mois. À toute heure du jour et de la nuit, son esprit revient sans cesse à Marisa et au bébé. Ils n'ont pas prévu de se rendre dans le Gloucestershire avant trois semaines.

Kate s'enveloppe dans son peignoir. L'un des bons côtés d'un spa, c'est qu'il n'y a pas besoin de s'habiller : on peut se balader partout en robe de chambre. Elle descend dans la salle à manger, pleine de gens dans la même tenue qu'elle, qui déambulent autour du buffet, les cheveux peignés en arrière, l'air un peu hébété, comme s'ils faisaient tous partie du même culte.

Elle mange un bol de muesli grumeleux accompagné d'un café obligatoirement décaféiné, puis se trouve un coin tranquille pour lire le journal. Son téléphone est en mode avion au fond de sa poche de peignoir. Le spa déconseillant l'usage du téléphone portable dans les parties communes, elle va aux toilettes vérifier en cachette ses messages, s'attendant à trouver un texto de Jake lui annonçant qu'il est arrivé sans encombre au travail. Mais rien. Il met peut-être plus de temps que prévu à faire la route, se dit-elle, avant de remettre le téléphone dans sa poche.

Elle va à son massage facial, où on lui demande de remplir un long formulaire pour connaître en détail son passif médical. Là, à la fin d'une série de questions sur sa pression sanguine et ses maladies de peau, se trouve l'inévitable : « Êtes-vous enceinte ? » Elle coche la case : « Non » et résiste à la tentation d'écrire : « Mais c'est une longue histoire. »

Sa masseuse, Kasia, est un petit bout de femme aimable aux yeux marron, qui porte un uniforme noir à col Nehru. Elle entraîne Kate le long d'un couloir, puis la fait entrer dans une pièce où flottent un air de flûte de Pan et un léger parfum d'herbes et de citron. Kasia laisse Kate s'installer et, en s'allongeant sur la table de massage, celle-ci remarque avec plaisir que les serviettes sont chauffées. Elle ferme les yeux et, tandis que Kasia décrit des cercles du bout de ses doigts sur ses joues et son front, elle se sent dériver vers le sommeil.

Plus tard, elle voit dans le miroir de la chambre que sa peau est luisante d'huile. Elle s'allonge sur le lit et allume paresseusement la télévision. Elle vérifie son téléphone – toujours pas de nouvelles de Jake. C'est inhabituel, mais pas inquiétant non plus. Elle pose le portable sur sa table de chevet et décide de ne pas le regarder avant au moins une demi-heure. Elle refuse d'être de celles qui envoient des textos angoissés alors que leur compagnon a juste d'autres choses en tête.

Elle n'a jamais été de ces femmes, et elle compte bien ne pas le devenir. Elle a remarqué que, depuis toutes ces histoires avec Marisa, elle a une tendance à imaginer des catastrophes même dans les situations les plus ordinaires. *Il n'y a aucune raison de s'inquiéter. Comporte-toi normalement.*

Elle regarde une émission de cuisine dans laquelle des chefs originaires de différentes régions sont en compétition lors d'un banquet, puis elle suit un quiz où des célébrités inconnues d'elle sont en compétition pour savoir qui sera le plus stupide, et enfin elle se fait une tisane tout en envisageant d'aller nager.

Elle regarde son téléphone. Toujours pas de texto. Fâchée, elle débranche le téléphone du chargeur et trouve le nom de Jake parmi ses derniers appels. Ça sonne. Une fois. Deux fois. Trois fois. Il décroche à la quatrième sonnerie.

« Kate ? Tu vas bien ? »

Aussitôt, elle se sent idiote.

« Oui, oui, très bien. C'est juste, tu sais, je n'avais pas de nouvelles.

— Oh… pardon. Je ne voulais pas te déranger. Tu passes une bonne journée ? »

Il a l'air distrait, et elle l'imagine penché sur l'écran de son ordinateur, analysant des feuilles de calcul. Mais soudain elle entend un bruit de moteur en arrière-plan, et un autre. Des voitures.

« Attends, tu conduis ?

— Euh, oui. Oui. Mais ne t'inquiète pas, tu es sur haut-parleur.

— Tu n'es pas au bureau ?

— Non. Enfin, j'y étais il y a un instant. » Elle entend un petit bruit régulier, il a dû mettre le clignotant. « Là, on part voir un client.

— Oh, je n'avais pas compris que tu comptais aller en voiture là-bas. Je pensais que tu rentrais à la maison et que tu prendrais le métro.

— Pas le temps », se contente-t-il de répondre.

Son ton n'est pas très convaincant.

« Il est où, votre client ?

— Pardon, tu disais ?

— Votre rendez-vous, répète-t-elle en articulant mieux. C'est où ?

— C'est, euh… Va savoir. J'ai dû mettre le GPS. Dans la campagne, quelque part. Une des résidences secondaires de ce milliardaire, tu sais comment c'est. »

Non, elle ne sait pas comment c'est, mais Kate se retient de le dire. Elle laisse ses pensées dériver. Il n'y a aucune raison d'être soupçonneuse.

« Tu es toujours là ? » demande Jake.

Sa voix est métallique dans le téléphone.

« Oui, je suis là.

— Tu sais que je t'aime, hein. Il n'y a pas à s'inquiéter, OK ? Désolé de ne pas t'avoir appelée plus tôt, j'étais juste occupé.

— OK, dit-elle. Merci.

— Je t'envoie un texto plus tard, promis. »

Le coup de fil terminé, elle éteint son téléphone et part nager en le laissant dans la chambre. Elle se jure de ne pas le regarder avant demain, et cette fois elle s'y tient.

30

« Tu trouves vraiment que c'est une bonne idée de laisser autant de temps entre deux visites ? » demande-t-elle à Jake.

C'est un soir de semaine, il fait de l'exercice dans le jardin.

« Je pense qu'on doit faire en fonction de ce qui met Marisa dans les meilleures conditions », répond-il en haletant entre chaque mot.

Il utilise un nouveau système d'élastiques, une boucle dans chaque main ; il se penche en arrière à quarante-cinq degrés puis se redresse en grognant. Ces nouveaux élastiques ressemblent à d'énormes ceintures de sécurité avec des pièces fluo cousues semble-t-il au hasard. Quelqu'un lui a recommandé cet exercice à la salle de sport, les élastiques sont attachés à une barre en fer qu'il a lui-même installée un week-end, à grand renfort de boulons et d'écrous, dans la brique au-dessus de la porte du jardin. La mise en œuvre s'est accompagnée de divers perçages assourdissants, et après coup il a dû balayer la fine poussière de brique qui était tombée sur le patio.

« Ça te plaît, ce nouveau machin ? » demande Kate

en haussant la voix pour se faire entendre depuis la cuisine.

Elle se sert un généreux verre de malbec d'une bouteille déjà ouverte sur l'îlot.

« Ouais », dit-il en grognant sous l'effort.

Il se retourne, met ses pieds dans les boucles puis fait la planche. Ses biceps enflent, on dirait des souris qui luttent pour s'échapper du ventre d'un serpent dans un dessin animé. Il se lance dans une rapide série de pompes.

« Le poids, dit-il en ahanant. C'est la clé. »

Elle sort, va s'asseoir sur le banc et sirote son vin en le regardant. L'obsession de Jake pour l'exercice l'a toujours amusée. Depuis le week-end au spa, il a eu quelques autres imprévus – des soirées tardives au bureau, une conférence un week-end où il a dû passer le samedi soir à l'hôtel. Avant les traitements pour la fertilité, il avait souvent des voyages d'affaires qui l'obligeaient à s'absenter plusieurs jours d'affilée, mais il avait arrêté pour pouvoir la soutenir et être à ses côtés lors des rendez-vous. Maintenant que sa présence est moins nécessaire, il a repris ses habitudes, et elle s'aperçoit qu'il lui manque plus qu'elle ne l'aurait imaginé.

Après les pompes, Jake enfile un sweat à capuche avec « Harvard » écrit à l'avant. Il n'est jamais allé à Harvard, mais le sweat est tellement vieux qu'il ne se rappelle même plus comment il est arrivé en sa possession. Il vient s'asseoir à côté d'elle, elle sent sa chaleur et l'odeur de sa transpiration, puissante comme le parfum de la forêt après l'orage.

« Ne t'inquiète pas pour les visites, dit-il en s'essuyant le visage avec une serviette. Descendons samedi si ça te stresse.

— Je ne suis pas stressée, c'est juste… »

Elle laisse sa pensée en suspens.

« Le principal, on s'était mis d'accord là-dessus, dit-il en lui parlant comme à une enfant, c'est que Marisa ait un environnement calme et…

— Et stable, oui, je sais. »

Sa frustration lui oppresse la poitrine. Jake arrête de s'essuyer et la regarde.

« Tu *es* stressée. Maman avait raison. »

Sa gorge se serre.

« Quoi ? Pardon ?

— Je disais juste…

— Tu parles de moi avec ta mère ? »

Ils se disputent rarement, tous les deux. Ils ont peu de raisons de le faire. Les rares fois où elle s'énerve, Jake désamorce la situation par sa placidité, et elle fait la même chose pour lui. Elle n'a jamais compris les couples qui se crient dessus en estimant que c'est la preuve de leur passion. Mais là, elle est furieuse. Elle se sent prête à dire des mots irréversibles.

« J'ai dit : tu parles de moi avec ta mère ? »

Il lui jette un regard noir, empli de colère, qui la choque.

« Oui, bordel, évidemment que je lui parle. C'est ma *mère*. Elle s'inquiète pour moi. Pour nous.

— Comme c'est gentil de sa part. Mais je n'ai pas besoin de son inquiétude. »

Elle se lève en serrant si fort son verre qu'elle se demande s'il ne va pas lui éclater dans la main.

« Tu vois, c'est exactement ce que je disais », dit-il, toujours assis sur le banc.

Il tient des deux mains la serviette passée autour de son cou. Ses phalanges sont blanches tant il serre fort, lui aussi.

« Je ne peux rien dire sans que tu montes sur tes grands chevaux.

— Tu es sérieux ?

— Oui, et maman l'a remarqué. Elle trouve que tu t'impliques trop, que tu deviens obsessionnelle, et ce n'est pas bon pour Marisa.

— Je suis la *mère* ! » hurle Kate.

Une fenêtre claque dans la tour d'en face, et au même moment toutes les lumières de l'escalier s'allument simultanément, comme elles sont programmées pour le faire chaque jour, baignant le jardin d'un clair-obscur macabre.

« Évidemment que je m'implique ! » Elle remarque avec étonnement qu'elle continue de crier. « Et obsessionnelle ? Tu parles ! Notre mère porteuse m'a attaquée ! Elle a sombré dans la psychose et elle croyait que vous étiez tous les deux ensemble ! Je pense que j'ai gagné le droit d'être stressée, tu ne trouves pas ?

— Bon sang, Kate, parle moins fort. Les voisins vont t'entendre.

— Oh, qu'ils aillent se faire foutre », dit-elle en rentrant dans la cuisine.

Elle pose son verre sur la table avec une telle virulence que des éclaboussures de vin rouge atterrissent sur le bois. Elle sait d'instinct ce qu'Annabelle dit sur elle : qu'elle est dérangée, que ce désir de bébé lui fait perdre la tête, que Jake devrait se méfier.

Elle se souvient d'une conversation au téléphone avec Annabelle, quelques jours plus tôt. Kate était crispée, comme toujours quand elle voit le nom d'Annabelle apparaître sur son écran de téléphone. Comme elle appelle toujours Jake et ne la dérange que si elle n'arrive pas à le joindre, Kate a décroché en disant : « Bonjour, Annabelle, il n'est pas là, malheureusement.

— Quoi ? Ah, non, c'est à toi que je veux parler, en fait. »

Sa voix était limpide à l'autre bout de la ligne, consonnes et voyelles tintaient comme des glaçons dans un verre de gin-tonic.

« Oh. C'est… gentil, a dit Kate en regardant sa montre pour estimer combien de temps elle devait se forcer à être polie avant de mettre un terme à cette interruption indésirable. Tout va bien ? Il y a un problème avec Marisa ?

— Oh non, elle se porte comme un charme », a répondu Annabelle, ce que Kate a presque pris comme un reproche.

Pourquoi ne pouvait-elle pas juste dire : « Non, elle va bien » ?

« Je voulais voir comment *toi*, tu allais, a repris Annabelle en donnant l'impression que c'était un acte d'une gentillesse inouïe de sa part.

— Vraiment ? »

Elle a entendu Annabelle respirer bruyamment, puis le bruit d'une porte à l'arrière-plan, et elle s'est demandé si Chris entrait ou sortait de la pièce. À moins que ce ne soit pas du tout Chris, a-t-elle songé. Et si c'était Marisa ?

« Oui, pourquoi n'irais-je pas bien ? Enfin, à part la tension perpétuelle de cette situation. » Kate a émis un petit rire nerveux. Elle avait voulu être drôle, mais sa blague tombait à plat et paraissait sinistre, dite ainsi. « Pardon, Annabelle, a-t-elle cru bon d'ajouter. Plaisanterie mise à part, c'est très gentil de prendre des nouvelles. Merci.

— Je m'inquiète pour toi, a poursuivi Annabelle du même ton, comme si Kate n'avait rien dit. J'aime mon fils, mais j'ai conscience qu'il est un peu… » Elle a marqué une pause appuyée. « Distrait, dirons-nous. »

Kate n'a pas su quoi répondre. Certes, Jake était plus distant que d'habitude, mais c'était leur problème. Il n'y avait pas de raison qu'Annabelle soit au courant. À moins, a-t-elle pensé avec effroi, que Jake ne lui en ait parlé.

« Il est tellement présent pour Marisa, disait Annabelle, ils s'entendent à merveille, et bien sûr il me soutient beaucoup aussi, comme toujours. Mais j'espère qu'il ne te néglige pas, ma chère Kate. »

Annabelle était l'une des seules personnes à pouvoir utiliser le mot « chère » comme une arme braquée contre son interlocutrice.

« Non, pas du tout, a répondu Kate en ignorant son trouble. Il est formidable.

— Oh, a fait Annabelle avec une pointe de surprise. Tant mieux, alors, je suis contente de l'entendre. »

En repensant à ce coup de fil, maintenant qu'elle est en proie à la colère, Kate se ressert du vin et ressort. Jake n'a pas bougé du banc. Elle se rassoit à côté de lui. Elle sait que le seul moyen de donner tort à Annabelle est de garder son calme.

« Je suis désolée d'avoir crié, dit-elle. Mais je ne veux pas que les besoins de Marisa passent avant les miens. Elle porte mon fils, après tout. » Il y a un silence. « Je suis la mère. »

Jake se rapproche d'elle, l'air contrit.

« Bien sûr que tu es la mère », dit-il en l'embrassant sur le front.

Elle attend qu'il continue, mais il ne dit rien de plus, et au bout de quelques minutes de silence, elle se dégage de son bras, se redresse et porte le verre à ses lèvres jusqu'à ce que le liquide fouette le fond de sa gorge. Et elle le vide d'un trait.

« Écoute, allons-y samedi.

— Vraiment ?

— Oui, pourquoi pas ? Je vais prévenir ma mère qu'on sera là.

— D'accord. Merci. »

Il lui sourit.

« Si ça peut t'apaiser… »

C'est une drôle de phrase, au fond. Comme si elle était inflammable et qu'il fallait déverser de grandes quantités d'eau pour éviter l'incendie.

« Je suis sûre que oui », répond-elle, bien qu'elle n'en soit pas du tout convaincue.

Ils partent donc pour le Gloucestershire le samedi suivant. Ils écoutent des podcasts pendant le trajet pour ne pas avoir à se parler. Kate est d'autant plus tendue qu'elle s'efforce de ne pas le montrer. Elle a les traits tirés, et une touffe de cheveux a commencé à grisonner sur sa tête. Elle n'a jamais eu besoin de se les teindre, et elle y est étrangement réticente. Laisse, pense-t-elle, qu'est-ce que ça peut faire ?

Jake, à l'inverse, a l'air frais comme un gardon. Il prend un nouveau complément aux herbes pour dormir, il ne jure plus que par cela, et il se lève aux aurores pour faire des séances de sport avec ses élastiques avant de partir au travail. Elle sent bien que cela fait partie de sa stratégie de diversion – c'est une manière de rester sain dans ces circonstances –, mais elle lui en veut. Même sa façon de gérer le déséquilibre est équilibrée, ce qui par comparaison la fait passer pour imprévisible et défaillante. La semaine prochaine, il a prévu trois jours de purification à ne boire que du jus de fruits. Elle a déjà pensé aux plats à emporter qu'elle choisira en guise de protestation. Pizza un soir, curry au lait de coco le lendemain, et pour couronner le tout peut-être un double cheeseburger-frites. Kate, qui a toujours fait attention à ce qu'elle mange, qui est consciente de l'importance d'avoir ses cinq fruits et légumes par jour, et qui possède même un mixeur dont elle se sert pour mélanger du chou kale, du céleri et de l'eau de coco, est frappée par l'absurdité qu'il y a à dépenser autant d'énergie pour des choses qui ne produisent aucune différence palpable. Elle a l'esprit tellement encombré par la réalité qu'elle a à peine le temps de réfléchir à autre chose qu'à leur bébé et à la nécessité de préserver leur relation tout en veillant sur Marisa. Prendre du temps pour elle est la dernière chose dont elle a envie.

Tel est son état d'esprit quand elle descend de voiture et se dirige vers la maison de brique rouge, où Annabelle les invite aussitôt à la suivre dans la cuisine.

« Je suis désolée, je n'ai rien fait de spécial, vous m'avez prévenue à la dernière minute, fait-elle remarquer. J'ai juste une soupe végétarienne sur le feu. »

Sur la cuisinière mijote en effet une cocotte dont le couvercle vibre en laissant passer un fumet terreux. Annabelle s'est attaché les cheveux et porte une chemise de dentelle à col haut sous un pull en cachemire bleu marine. Une paire de lunettes pend à une chaîne en or autour de son cou. Elle les met sur son nez avant de soulever le couvercle de la cocotte et de remuer le contenu.

« Ça a l'air délicieux, dit Jake. Exactement ce dont j'ai envie.

— Fameux, renchérit Kate. Désolée de vous causer tant de problèmes.

— Oh, il n'y a pas de problème, dit Annabelle d'un ton qui suggère le contraire. Chris est parti acheter du bois pour la cheminée, plus d'autres bricoles. Avec une bouche de plus, on épuise plus vite les courses.

— Il faudra que vous nous disiez combien on vous doit », dit Kate.

La sueur perle dans son cou. Elle n'a toujours pas ôté son manteau.

Annabelle lui jette un regard perçant.

« Ce n'est pas une question d'argent, répond-elle.

— Oh, je… »

Jake pose sa main dans le bas du dos de Kate. Elle ne dit plus rien.

« On apprécie vraiment, maman, dit-il. Merci. »

Annabelle soupire.

« Ne dis pas de bêtises. La famille avant tout. Ça a toujours été ma devise. »

Elle se penche sur la casserole, et la vapeur vient embuer le verre de ses lunettes. Kate enlève son manteau et va le pendre dans l'entrée après avoir glissé avec réticence son téléphone dans sa poche – Annabelle n'aime pas qu'ils aient leur portable pendant les repas, mais le laisser dans son manteau donne toujours à Kate l'impression d'être un appendice saugrenu de Jake, coupée d'un monde où elle existe par elle-même.

Quand elle revient dans la cuisine, Jake et Annabelle discutent à voix basse. Ils s'arrêtent dès qu'elle entre.

« De quoi vous bavardiez ? demande-t-elle.

— Oh, de rien, dit Annabelle en tranchant un pain aux graines d'un geste sûr.

— Je peux faire quelque chose ?

— Non, j'ai terminé. Il n'y a que de la soupe, répète-t-elle.

— Tu veux que je râpe du fromage ? propose Jake.

— Ah, ça, ce serait utile. » Annabelle serre l'épaule de son fils. « Merci, mon petit Jake. »

Kate s'appuie contre le buffet, oubliant un instant que le moindre contact le fait tanguer dangereusement. Les assiettes s'entrechoquent à l'intérieur. Elle s'écarte d'un pas puis se tient debout, mal à l'aise, au milieu de la pièce, tandis que Jake s'active pour faire de gros monticules de cheddar jaune râpé. Malgré le temps passé dans cette maison où elle est censée être en famille, Kate continue de ne jamais s'y sentir à sa place : elle est une intruse d'une espèce étrangère.

Son regard tombe sur le calendrier sur le mur d'en face, où chaque mois est illustré par la photo d'une ville européenne différente. Annabelle y note scrupuleusement tous les rendez-vous et toutes les visites au marqueur noir. Dans le coin en haut à gauche de la case d'aujourd'hui est écrit : « Visite de J & K ». Demain, il y a : « Rencontre avec le pasteur ». Lundi, ce sera : « Femme de ménage ». Typique d'Annabelle de ne pas utiliser le prénom de sa femme de ménage, songe Kate. Il est possible qu'elle ne le connaisse même pas.

Ses yeux reviennent en arrière, au début du mois, et elle remarque avec surprise que la lettre J y apparaît plusieurs fois. Elle essaie de se remémorer combien de fois Jake et elle ont pu faire le déplacement, mais elle sait très bien qu'ils ne sont pas venus du tout. Alors pourquoi y a-t-il l'initiale de Jake ?

« Bien, je pense que c'est prêt », dit Annabelle en enlevant la cocotte du feu pour la poser sur le dessous-de-plat tressé de la table. Elle s'aperçoit que Kate regarde le calendrier, et les yeux des deux femmes se croisent.

« Trop de J, dit Annabelle en rapportant le beurrier.

C'est ma faute, je n'aurais pas dû appeler deux enfants Jake et Julia.

— Ah, oui », répond Kate.

Julia ne vit pas à Hong Kong ? a-t-elle envie de demander. À moins qu'il ne s'agisse de coups de fil planifiés, mais cela paraît peu probable. Avant qu'elle ait pu dire quoi que ce soit, un courant d'air froid arrive de l'arrière de la cuisine et Marisa entre par le jardin.

« Bonjour, tout le monde. »

Elle a les joues roses, les cheveux attachés par un chouchou en velours et son ventre est joliment rond. Il n'y a pas d'autre mot pour la décrire qu'« épanouie ». Ce cliché irrite Kate, mais il est juste.

« Marisa ! » s'écrie-t-elle avec un enthousiasme exagéré.

Elle va pour la serrer dans ses bras, mais Marisa s'écarte légèrement et se contente de lui faire la bise. Son visage est froid, fouetté par le vent, et elle sent le beurre de cacahouète.

« Ça fait plaisir de te voir, dit Kate. Comment te sens-tu ? Tu vas bien ?

— Laisse-la entrer, la malheureuse », dit Annabelle en servant la soupe à la louche dans des petits bols à pois décorés du mot « BOL » en majuscules.

Kate jette un coup d'œil à la soupe, épaisse et rudimentaire, et elle est transpercée de dégoût pour Annabelle. Elle va fermer la porte derrière Marisa, ce qui fait cesser le courant d'air.

Comme Marisa se penche pour enlever ses bottes, Jake se précipite pour l'aider. Il lui tient la main tandis qu'elle les retire l'une après l'autre grâce au tire-botte en fer forgé qu'Annabelle garde près de la porte de derrière. La jeune femme porte une chemise de dentelle à col haut sous un pull en laine bleu marine. À part les lunettes à chaîne dorée et l'absence de cachemire, sa tenue est exactement la même que celle d'Annabelle.

« Allez, tout le monde à table, sinon la soupe sera froide. »

Cette putain de soupe, pense Kate.

Jake, content d'avoir participé à régler la question des bottes de Marisa, donne un baiser à Kate et la guide jusqu'à la table. Sans s'en rendre compte, il la traite un peu comme une enfant qu'il faut forcer à aller à sa place. Elle s'installe sur sa chaise habituelle, la seule qui ne soit pas assortie aux autres – c'est une vieille chaise de cuisine à l'assise en cuir déchirée, alors que les autres sont en pin massif. Quand Annabelle lui a alloué cette chaise, elle en a fait toute une histoire, disant que c'était le « trône » réservé aux « invités spéciaux ». Si tel était vraiment le cas, se dit maintenant Kate, alors elle devrait revenir à Marisa, non ?

« On n'attend pas papa ? » demande Jake.

Annabelle lève les yeux au ciel.

« Il était censé rentrer il y a une demi-heure, je n'attends plus. J'en réchaufferai un peu quand il daignera faire son apparition.

— Ça sent tellement bon, Annabelle », dit Marisa.

Sa voix est plus douce que dans les souvenirs de Kate.

« Comment s'est passée la route ? » demande Marisa en se tournant vers Jake.

C'est une manière polie d'engager la conversation, une question pour la forme, dont la réponse n'intéresse personne.

« Bien, bien. Rien à signaler. »

Il lui sourit.

« Tant mieux, dit-elle en prenant une tranche de pain avant de la beurrer lentement. Et le travail, Kate ?

— Le travail. Euh. Bien. Ça va.

— Tant mieux. »

Annabelle tourbillonne encore dans la cuisine, elle demande s'ils ont tout ce qu'il leur faut, apporte le sel et le poivre, leur propose un verre de vin. Personne n'en veut. Ils attendent qu'elle s'assoie, et lorsqu'elle le fait, elle expire fort pour bien montrer que tout cela est un fardeau extraordinaire mais qu'elle n'est pas du genre à se plaindre. Elle s'essuie le front du revers de la main.

« Commencez, commencez », dit-elle en agitant les deux mains.

Marisa a le regard vague, perdu au loin. Kate imagine que cet air de sérénité doit en fait venir des médicaments. C'est comme si elle était assise derrière un écran de plexiglas et qu'on ne pouvait pas l'atteindre. Kate essaie encore et encore de la faire participer à la conversation. Est-ce qu'elle est fatiguée ? Est-ce qu'elle a de l'appétit ? Et le bébé, le sent-elle bouger ? Qu'a-t-elle regardé à la télévision ? Arrive-t-elle à dormir ? Marisa sourit et répond par des monosyllabes, ce qui n'invite pas à poursuivre la discussion.

« Mon Dieu, Kate, dit Annabelle, sa cuillère en l'air. Tellement de questions ! Laisse Marisa manger avant que ce soit froid. »

Piquée, Kate repousse son bol. Elle en a mangé la moitié. En dépit de toute l'attention qu'il a fallu lui porter, la soupe a un goût d'eau de vaisselle. Elle ne peut pas s'opposer à Annabelle sans provoquer un esclandre et elle ne peut pas pousser davantage Marisa sans être accusée de la « déranger », ce qui l'interdirait de visite pour des semaines. Elle jette un regard noir à Jake, elle voudrait qu'il intervienne, qu'il dise quelque chose, mais il se tait.

« Marisa a peint, ces derniers temps, n'est-ce pas, Marisa ? » dit Annabelle.

Le visage de Marisa s'éclaire.

« Oui, j'adore ça. » Elle regarde Annabelle avec un air reconnaissant. « C'est tellement agréable de pouvoir travailler de nouveau à quelque chose de créatif sans répondre à une commande, vous comprenez ?

— Merveilleux, dit Kate. Quel genre de choses ?

— Des natures mortes, des fleurs principalement.

— On dit "nature morte" pour des fleurs ? fait mine de se demander Jake. J'ai toujours cru que c'était pour des choses mortes. »

Marisa rit. C'est la première fois qu'elle est aussi animée depuis leur arrivée. Ses yeux pétillent.

« C'est drôle, dit-elle. Mais honnêtement, mes peintures n'ont rien d'extraordinaire. C'est juste histoire de me refaire la main.

— Oui, les commandes doivent s'entasser en ce moment, dit Kate.

— Absurde, décrète Annabelle sans tenir compte de son intervention. Elles sont superbes. » À l'intention de Jake, elle ajoute : « Je vais en faire encadrer une et l'accrocher dans l'entrée. Elle sera parfaite à cet endroit. Juste au-dessus du porte-parapluie.

— Ne vous sentez pas obligée de mettre un de mes tableaux dans votre maison, Annabelle, proteste Marisa. Vous avez déjà été tellement généreuse. »

Là-dessus, Annabelle se penche par-dessus la table et pose sa main sur le bras de Marisa. Kate, incrédule, se demande si elle a une hallucination, mais non, la main d'Annabelle est bien là, avec ses doigts à moitié arthritiques ornés de grosses bagues en or, posée sur la manche de Marisa. Et voilà que Marisa pose maintenant sa main sur celle d'Annabelle.

« Je veux installer ta peinture sur notre mur parce

que je la trouve fantastique, dit Annabelle. Il n'y a pas d'autre raison.

— J'adorerais la voir, finit par dire Jake. Enfin, on adorerait tous les deux. »

Marisa proteste avec grâce.

« Non, franchement, ça me gêne. Elle n'est pas encore finie.

— Je comprends, dit Jake en se renversant sur sa chaise pour s'étirer. Ce sont les prérogatives de l'artiste. On ne montre son œuvre que quand elle est prête. »

Kate laisse échapper un petit ricanement. Tout cela est crétin. Elle en a plein le dos de se plier à tous les caprices de Marisa, comme si un mot mal placé risquait de la faire basculer dans un abîme. Elle n'en peut plus d'entendre son compagnon et sa mère lui lécher les bottes comme si elle-même n'était pas là, juste à côté. Elle a l'impression de ne pas avoir sa place parmi eux, ils trouveraient tous la situation plus facile si elle n'existait pas.

Cette pensée l'enserre comme un corset, comprimant sa poitrine, et elle se rend compte qu'elle agrippe sa chaise des deux mains, les doigts refermés sur le bois comme des griffes.

« Tout va bien, Kate ? » demande Marisa. Kate lève les yeux, croise son regard, voit son nez froncé par la sollicitude. « Tu as l'air un peu pâle.

— Quoi ? Oui, oui. Je vais bien. » Elle détend ses mains, se force à se calmer. « Pardon, j'étais à des années-lumière. Je pensais juste à ce truc au travail qui me stresse, une grosse opération de promotion la semaine prochaine avant le festival du film de Toronto. »

La société a pris trop de films en même temps, si bien que ses collègues et elle doivent sans cesse courir après les délais. Le décalage horaire avec Toronto n'aide pas non plus. C'est sa faute, puisque c'était à elle de caler le programme de promotion, mais elle a voulu se prouver qu'elle valait quelque chose en dehors de cette maternité de substitution, qu'elle était toujours douée dans son travail.

« En plus de tout le reste, il y a beaucoup d'avant-premières à organiser, et vous savez comment sont les stars », dit-elle à Annabelle. Elle ne sait même pas ce qu'elle baragouine. Elle ferait mieux d'arrêter de parler, mais impossible. « Enfin, bref, c'est la folie, conclut-elle pauvrement.

— Eh bien, dit Annabelle, j'espère que le rythme va ralentir quand le bébé sera là. Tu ne pourras pas gérer tout cela avec un nouveau-né.

— Merci, Annabelle, répond Kate avec une politesse délibérée. Je suis sûre que ça ira.

— Cela ne se passait pas comme ça à mon époque. Vous autres, les femmes actives, avec vos carrières à plein temps, vous voulez tout… »

Kate propose de faire une tisane. Elle ouvre le robinet d'eau froide et la regarde couler plus longtemps que nécessaire avant de remplir la bouilloire. Jake vient l'aider, il sort les tasses du placard et la tisane en vrac du garde-manger. Il lui donne un petit coup de coude et articule en silence : « Ça va ? » Elle hoche la tête.

« Très bien, on va débarrasser la table pendant ce temps », déclare Annabelle.

Kate et Jake protestent en chœur.

« Non, ne fais pas ça, laisse-moi…

— Vous avez préparé tout le repas, Annabelle, je vais m'en occuper… »

Mais Annabelle a déjà commencé à ramasser les bols vides et les empile avec de petits bruits secs qui semblent spécialement destinés à attirer l'attention. Marisa se hisse hors de sa chaise, s'avance vers le lave-vaisselle, ouvre la porte et tire le plateau à couverts qui accueillera fourchettes et couteaux sales.

En attendant que l'eau bouille, Kate se retourne et regarde les deux femmes debout côte à côte devant le lave-vaisselle. De derrière, elles sont presque identiques avec leurs pulls bleus et leurs cheveux attachés. Toutes les deux sont larges d'épaules, avec des jambes fortes et des tailles fines qui s'évasent sur des hanches larges, exactement comme les femmes sont censées être biologiquement conçues. Leur ressemblance est si frappante que Kate se demande comment elle a pu ne pas la remarquer plus tôt. La vapeur de la bouilloire a embué la fenêtre. Elle voit flou quand elle prépare le thé, et sa main tremble en le servant.

31

Par la suite, Kate décide de se tenir autant que possible à l'écart de la maison de brique rouge au fond de la campagne. Au quotidien, c'est Jake qui s'occupe des échanges avec sa mère. Être près d'Annabelle oblige en permanence Kate à remettre en question son équilibre mental, et chaque rencontre la vide de son énergie. Si elle limite les interactions avec elle, pense-t-elle, Annabelle perdra le pouvoir de lui faire du mal.

Jake lui dit qu'elle sort les propos de sa mère de leur contexte, qu'elle manque de recul, qu'elle est « obsédée » et qu'elle voit « des affronts partout ». Il lui dit tout cela très gentiment, il répète qu'il est de son côté, alors elle hoche la tête sans répondre, parce qu'elle ne veut pas rendre la situation encore plus difficile. D'ailleurs, ils veulent la même chose en fin de compte, c'est-à-dire que Kate et sa mère ne se fréquentent pas plus que nécessaire. Pourtant, intérieurement, Kate est morte d'inquiétude.

Elle appelle Ajesh. Ils ne se sont pas vus depuis des mois. Après qu'il lui a présenté Jake à la fête pour ses trente ans, ils se sont vus tous les trois plusieurs fois, mais quelque chose ne fonctionnait pas dans leur trio.

Il y avait toujours cette impression que l'un d'eux n'était pas à sa place, comme si la reconfiguration des différentes lignes d'intimité ne pouvait pas former un triangle.

Kate n'a pas vraiment remarqué à quel moment ils sont sortis de leurs vies respectives. Aux premiers temps de son histoire avec Jake, leur relation lui semblait la chose la plus importante du monde, et beaucoup de ses amis sont restés au bord du chemin. Il était déjà trop tard lorsqu'elle a pris conscience de ce qui se passait : ses connaissances du même âge faisaient des bébés tandis qu'elle se débattait avec l'infertilité et la GPA, et elle s'est aperçue qu'elle n'avait ni le temps ni la patience pour les discussions des groupes WhatsApp, les messages vocaux partagés, les cafés après le cours de yoga ou même les verres de pinot le soir dans les bars. Elle était une mauvaise amie, on ne pouvait pas compter sur elle ; peut-être même était-elle aigrie. Elle n'avait jamais été douée pour cultiver l'amitié avec d'autres femmes. Celles-ci semblaient trouver que Kate n'avait pas besoin d'elles – sauf que c'était faux. Simplement, elle n'arrivait pas à exprimer ce besoin sans laisser transparaître l'amertume relative à son difficile chemin vers la maternité.

Avec Ajesh, c'était différent. Il n'avait aucune envie de se poser, aucune de ses histoires avec des filles n'avait duré plus de six mois. Comme il était lui-même imprévisible, Kate ne se sentait pas jugée quand elle négligeait de retourner un coup de fil ou de répondre à un e-mail. Il entrait et sortait à intervalles réguliers de sa vie. Il venait de revenir d'un trek dans le Bhoutan ou d'une retraite ayurvédique dans le Somerset, et ils restaient en contact par intermittence.

Quand elle l'appelle et qu'il décroche, qu'elle entend

sa voix pour la première fois depuis une éternité, elle s'aperçoit à quel point elle se sent seule et combien lui manquent son irrévérence et sa façon de flirter avec légèreté. Tout le reste est devenu si sérieux. Elle veut qu'Ajesh lui rappelle qu'elle existe en tant qu'individu, qu'elle peut être drôle au lieu d'être rongée par les soucis et le manque de confiance en soi.

Dans le café de la rive sud de la Tamise où ils se retrouvent, elle lui explique ses rapports avec Annabelle sans entrer dans le détail de ce qui est arrivé à Marisa. Elle aime bien Ajesh, mais elle ne lui fait pas entièrement confiance, et Jake et elle se sont mis d'accord : moins il y a de gens au courant de la crise de Marisa, mieux cela vaut. La situation est déjà assez précaire, pas besoin d'une intervention extérieure non désirée. Elle lui raconte donc que Marisa habite chez les parents de Jake pour profiter de l'air pur de la campagne, et aussi pour leur permettre de garder une proximité avec elle sans être envahissants. Enfin, elle lui parle des dernières sournoiseries d'Annabelle.

« Oooh, ce n'est pas bon pour toi d'être entourée de gens toxiques », dit Ajesh.

Ils sont assis dehors, à la terrasse du Royal Festival Hall, pour qu'Ajesh puisse fumer.

« Tu en veux une ? » demande-t-il en se roulant une cigarette fine.

Malgré le vent, il lèche le papier et parachève son œuvre avec une facilité déconcertante, sans perdre le moindre brin de tabac. À la fac, dans les fêtes, il n'y avait pas meilleur qu'Ajesh pour rouler les joints. Il qualifiait ceux-ci de « denses mais chic », ce qui avait été abrégé en « DMC » dans leur groupe d'amis.

« Non merci. »

Juste après avoir décliné, Kate change d'avis. Elle a

une soudaine envie de retrouver sa jeunesse, de redevenir celle qu'elle était avant les bébés, les mères porteuses, celle qui fumait du tabac roulé à la main sans mauvaise conscience, juste parce que c'était cool et que ça lui donnait l'impression d'être dans un film français.

« En fait, si. »

Il lui passe la cigarette qu'il vient de rouler et la lui allume. Elle inhale, la nicotine s'infiltre derrière ses yeux, lui secoue les synapses. Elle a le tournis, et ses pensées remuent comme les tentacules d'une anémone de mer.

« Ouch, dit-elle. Je n'ai plus l'habitude. »

Ajesh rit.

« Tu sais que c'est pas de l'herbe, hein ?

— Ouais, bien sûr, je ne suis pas complètement débile.

— Je n'ai jamais dit ça. Tu as toujours été la plus cool d'entre nous.

— Fous-toi de moi.

— Je suis sérieux. Jake a de la chance d'être tombé sur toi. »

Il la regarde dans les yeux.

« Tu as beaucoup morflé, Katie. Et Annabelle m'a l'air d'une sacrée chieuse. Donc, hein, qu'elle aille se faire foutre. Le plus important, c'est que tu seras mère dans deux ou trois mois, et c'est génial. Vraiment génial. »

Elle tire une deuxième taffe, puis une troisième.

« Tout va bien aller, ajoute-t-il.

— Tu crois ?

— Mais oui. Ça va être fabuleux. Tu vas être une mère extraordinaire. Jake sera le papa le plus mignon du monde. C'est juste un sale moment à passer, le reste de la route est pavé d'or. Fais confiance à tonton Ajesh. »

Elle lui sourit. Ajesh a toujours eu le don de lui faire croire qu'elle est quelqu'un de spécial, capable de gérer n'importe quoi. Cela lui fait plaisir qu'il le pense encore.

« Tu es trop gentil, merci. »

Il se penche en arrière, remonte son col et croise les bras. Il porte un manteau en daim, une écharpe en cachemire grise et un jean noir à moitié rentré dans ses bottes militaires.

« Bah, dit-il en crachant un rond de fumée parfait. C'est pour ça que sont faits les amis, non ? Tu as intérêt à me choisir comme parrain, c'est tout ce que je dis.

— Vendu.

— Et esquive Annabelle autant que possible. Baisse d'un ton avec elle. »

Il fait le geste de tourner le bouton de volume d'une radio.

« Tu as raison, dit-elle en laissant sa cigarette tomber par terre avant d'écraser le mégot sous son talon.

— Tout se passe exactement comme prévu dans l'univers, ajoute Ajesh.

— Je ne te savais pas si sage.

— Pour être honnête, ce n'est pas de moi. C'est d'un poète qui s'appelle Max Ehrmann. »

Ils rient. Ajesh la raccompagne au métro, le bras sur ses épaules. Elle rentre chez elle plus légère qu'elle ne l'a été depuis des mois. Quand Jake revient du travail, elle va l'accueillir à la porte et l'embrasse, le serre dans ses bras, l'écrase contre elle. Il a l'air ravi, et ensuite les choses deviennent un peu plus faciles entre eux.

À sept mois et demi de grossesse, Annabelle propose subitement d'organiser une *baby shower*.

« Je me suis dit que ce serait sympathique, expliquet-elle au téléphone. Vous savez, j'ai lu que c'était *très* à la mode.

— Oh, répond Kate. Oui. Euh. OK. »

En vérité, il n'y a pas plus kitsch et dégoulinant de sentimentalisme que ces « fêtes prénatales ».

Même Jake trouve cela ridicule.

« Je n'ai jamais entendu quelque chose qui ressemble moins à ma mère, lui dit-il quand elle lui en parle. Elle ne voulait même pas entendre parler de la Saint-Valentin quand j'étais petit. Elle disait que c'était une invention américaine. »

Mais ils acceptent, bien sûr, parce que c'est Annabelle et qu'il ne faut pas faire de vagues avec elle, au moins jusqu'à la naissance du bébé.

Cette fois, la voiture est pleine, remplie de six ballons bleus gonflés à l'hélium et d'un gâteau couvert d'un glaçage, bleu lui aussi, avec en blason le mot « Garçon » écrit en lettres rondes et fondantes, tout cela commandé en ligne dans des boutiques de Londres par Annabelle, d'après qui les magasins de Tewkesbury ne sont pas au niveau.

« Pourquoi ne s'est-elle pas fait livrer ? demande Kate.

— Elle a dit que le gâteau ne "supporterait pas bien le voyage".

— Et les ballons ?

— Elle devient folle », plaisante Jake en quittant Richborne Terrace.

Il a du mal à voir dans le rétroviseur à cause des ballons à l'arrière.

Cette fête semblait dangereuse et présomptueuse, comme si Kate défiait les dieux de lui arracher ce à quoi elle tient le plus. La semaine précédente, elle a annoncé la grossesse à ses collègues, et cela n'a pas été une partie de plaisir de leur expliquer que oui, elle allait avoir un bébé, mais non, elle n'allait pas *vraiment* l'avoir.

« Waouh ! s'est écriée son assistante, Monique. C'est super cool.

— Tu trouves ? » s'est étonnée Kate.

Elle avait anticipé des questions, des yeux ronds voire une vague désapprobation, mais les gens l'ont immédiatement soutenue, acceptant la chose avec un pragmatisme qui l'a un peu déconcertée.

« Oui, a dit Monique. Ça déchire d'être une femme qui sait ce qu'elle veut et juste, tu sais, qui y va et le fait.

— C'est un peu plus compliqué que ça, a répondu Kate d'une voix douce. Mais merci. C'est très gentil. »

Même là, Kate a eu peur de parler trop tôt, comme si le cours des choses risquait de dérailler d'une manière ou d'une autre : Marisa allait changer d'avis et refuserait de leur laisser le bébé, ou alors elle aurait une autre crise, ou un événement imprévu réduirait à néant l'avenir qu'ils désiraient tant. Mais elle n'allait pas expliquer tout cela à des collègues. Une *baby shower*, en tout cas, était la dernière chose dont elle avait envie.

Ils arrivent à la ferme juste après midi.

« Mon Dieu, dit Jake. Je n'arrive pas à y croire. »

Kate suit son regard et la découvre : une bannière, suspendue au-dessus de la porte d'entrée, avec de grosses lettres bleu argenté pendues par des fils qui disent : « C'EST POUR BIENTÔT ».

Elle éclate de rire, puis Jake se joint à elle et pendant quelques secondes ils sont incapables de s'arrêter. Il est plié en deux, les mains sur les genoux, et elle essuie les larmes de ses yeux lorsque Annabelle ouvre soudain la portière.

« Que vous arrive-t-il ? leur demande-t-elle. Vous allez bien ?

— Oui, oui, dit Jake en se reprenant. Salut, maman. Super-bannière, au fait. »

Kate se mord l'intérieur des joues pour ne pas se remettre à rire.

« Oh, ça, fait Annabelle avec un geste dédaigneux. Chris l'a trouvée dans un magasin du village, vous vous rendez compte ? Les choses qu'ils vendent par ici !

— Notre passion, la satisfaction client », ajoute Kate, *sotto voce*.

Annabelle la regarde de cet air bien à elle, comme si elle se rappelait soudain son existence.

« Pardon ?

— C'est charmant, disais-je », ment Kate.

Annabelle porte une longue robe diaphane composée de plusieurs étoffes entremêlées et nouées en une corde autour de son cou. Elle a l'air d'une imposante déesse grecque, de celles pour qui l'on dressait des statues de treize mètres de haut à l'Acropole.

« Entrez, entrez. J'ai tout installé dans le parloir. Marisa est tout excitée de vous voir, la petite chérie. »

Kate se fige. Elle jette un coup d'œil à Jake, qui détourne le regard et baisse la tête. Il a entendu, elle le sait, et aucune réaction ne lui vient. *La petite chérie ?* Annabelle n'a jamais été aussi affectueuse avec elle.

Jake veut lui prendre la main. Elle ne la lui donne pas. Ils entrent dans le parloir, où Chris est enfoncé dans son fauteuil habituel.

« Ah, vous voilà », dit-il en se levant pour les saluer.

Installée sur un côté du canapé à fleurs, Marisa porte une sublime blouse bleue que Kate ne lui a jamais vue. Elle reste assise pendant que Kate s'approche d'elle.

« Désolée, glousse-t-elle. Ça me demande pas mal d'efforts de me lever du canapé en ce moment. »

Son ventre rond, qui dépasse d'une quinzaine de centimètres, est le signe visible de son indiscutable féminité, il la proclame fièrement aux regards. Elle tend la joue pour que Jake l'embrasse, puis Kate, à qui elle prend la main en lui disant avec ferveur : « Je suis tellement contente de te voir. Le bébé sera là d'un jour à l'autre, maintenant ! »

Kate hoche la tête, les dents serrées, mais elle a beau vouloir garder ses distances avec Marisa, elle ressent une attraction vers ce bébé aussi irrépressible que si le courant l'emportait vers une cascade. Elle pose la main sur la peau tendue et chaude de ce ventre. Et soudain, elle sent un petit coup sous sa paume.

« Ooooh, il veut se faire remarquer, dit Marisa en riant. Il a donné des coups de pied toute la nuit. J'ai à peine fermé l'œil. »

Le cœur de Kate cogne plus fort. C'est comme si le bébé lui avait indiqué qu'il a conscience qu'elle est là. Sa mère. La vraie.

« Je me souviens, c'était pareil avec mon petit Jake, dit Annabelle. Il remuait beaucoup, tu te rappelles, Chris ?

— Hum.

— On était sûrs qu'il ferait du rugby, continue Annabelle en jouant avec sa boucle d'oreille, le regard perdu dans le vide.

— Je peux toucher ? » demande Jake en s'agenouillant à côté de Kate.

À contrecœur, Kate s'écarte. Jake pose sa main sur le ventre de Marisa. Kate regarde cette main qu'elle connaît si bien s'avancer et se poser sur le corps d'une autre femme, et alors elle se retourne et demande à Chris si elle peut avoir un verre, et il dit bien sûr, où a-t-il la tête ?, puis il lui sert un gin-tonic où il met sans doute une double, voire une triple dose de gin.

« Vous avez pensé au gâteau ? demande Annabelle.

— Oui, répond Kate automatiquement. Et aux ballons. Franchement, Annabelle, il ne fallait pas vous donner autant de mal.

— Oui, vous n'auriez pas dû », dit Marisa.

Kate lui sourit mais Marisa détourne la tête. Jake est toujours à genoux devant elle, la main sur son ventre. Les voir ainsi lui fait autant de mal que si elle mettait sa propre main au-dessus des flammes, mais elle n'arrive pas à détourner le regard.

Marisa a un air auréolé de sérénité qui fait penser à Kate que la vraie Marisa est enfouie très loin sous la surface, comme si cette version aimable et parfaite n'était qu'un emballage protecteur. Elle dit et elle fait ce qu'on attend d'une femme dans sa situation, mais quelque chose ne tourne pas rond.

Jake va chercher les provisions dans la voiture. Le parloir se remplit bientôt de ballons bleus en suspension dans l'air. Le gâteau trouve sa place sur la table basse au milieu de la pièce. Annabelle tape dans ses mains d'un air satisfait, puis disparaît quelques instants avant de revenir avec un plateau chargé de cinq coupes et d'une bouteille de champagne dans son seau à glace.

« Tu prendras bien un verre, Marisa ? »

Kate émet un gémissement sourd. L'idée que Marisa boive de l'alcool alors qu'elle porte leur enfant la révolte tant qu'elle ne peut pas se retenir. Marisa tourne lentement ses yeux vers elle, tel un lézard.

« Non, ça ira, merci Annabelle. Je vais rester à la fleur de sureau.

— Tu es sûre ? Une coupe, ça ne peut pas faire de mal.

— Elle dit qu'elle n'en veut pas », dit Kate.

Annabelle fait la moue. Elle ouvre la bouteille de champagne en silence, et quand le bouchon saute, Chris s'écrie : « Attention ! » et ils rient tous, sauf Kate, qui semble avoir perdu tout sens de l'humour.

Son gin-tonic terminé, elle accepte le champagne d'Annabelle et s'efforce de ne pas le boire trop vite. Elle a beau rêver de s'assommer le cerveau pour survivre au malaise de cette journée, elle doit garder les idées claires. Elle voudrait parler mais elle a l'impression d'avoir une boule de coton dans la gorge. Elle observe Jake, ses parents, Marisa, et elle remarque à quel point ils se ressemblent physiquement tous les quatre : tous blonds et bien bâtis, chacun à leur manière, les yeux bleus d'Annabelle qui renvoient à ceux de Marisa ; les bonnes joues et la mâchoire forte que Chris et Jake ont en commun. On dirait des enfants sur une affiche pour la nouvelle nation aryenne, pense-t-elle, tandis qu'elle est l'intruse sombre et pénible dans son coin, qui refuse de se conformer. Elle s'accroche à une image étrange des Sturridge et de Marisa formant un groupe de crocodiles en cercle autour de l'inconnue, qu'ils menacent de leur gueule grande ouverte.

« Quel plaisir de vous avoir tous, dit Annabelle en croisant les jambes délicatement. Nous devrions porter un toast. »

Elle brandit son verre de son bras long et élégant.

« Cela a été une vraie aventure pour arriver jusqu'ici, mais je voudrais porter un toast à notre petit garçon. Nous avons hâte de le rencontrer. »

Ce petit « notre » lancé avec décontraction fait l'effet

d'une piqûre de méduse à Kate. Elle s'apprête à lever également son verre, mais Annabelle n'a pas terminé.

« Et à Marisa, continue-t-elle en lui adressant un clin d'œil – oui, elle lui fait un *clin d'œil*. Merci de ce merveilleux cadeau que tu nous fais. Le chemin n'a pas été facile pour toi, comme nous le savons tous. » Elle marque une pause lourde de sous-entendus. « Mais nous en voyons le bout, et nous avons tous beaucoup de chance de t'avoir dans nos vies.

— Bien dit ! » lance Chris.

Jake lève son verre en souriant à la cantonade tandis que Marisa, resplendissante au milieu des coussins du canapé, rayonne tel le pape à son balcon. Seule Kate ne lève pas son verre. Personne ne le remarque.

« Je ne m'étais pas rendu compte que Marisa était devenue aussi indispensable ! »

Elle voudrait que cela passe pour une boutade, mais son acrimonie ressort malgré elle.

« Non, non, non, murmure doucement Marisa. Je n'ai rien fait du tout. Je vous suis extrêmement reconnaissante de m'avoir permis de venir ici, sincèrement.

— C'est un plaisir de t'avoir à la maison, répond Annabelle. Et tu nous as beaucoup aidés pour les préparatifs de la fête du village.

— Ce n'était rien…

— Ne dis pas de bêtises. Il n'y a pas tant de gens qui ont la patience nécessaire – sans compter le talent – pour dessiner des affiches et des tracts. Le pasteur était *en-chan-té*. »

Tout en resservant Kate en champagne, Chris dit d'un ton facétieux : « Et on sait tous que c'est important de faire plaisir au pasteur. »

Marisa et Annabelle éclatent de rire.

« Pardon, dit Annabelle en passant une main devant son visage. C'est trop compliqué à expliquer. »

Jake, dont les coins de la bouche s'étirent d'une manière qui pourrait faire croire à un sourire, se penche soudain et saisit le couteau posé à côté du gâteau.

« Est-ce qu'on le coupe ? » lance-t-il à brûle-pourpoint.

Tranche-leur la gorge avec ce couteau, pense Kate.

« Oui, vas-y, répond Annabelle. Les assiettes et les serviettes sont juste là. »

Kate le regarde découper le gâteau avec précaution. La pointe du couteau pénètre dans le haut du R de « Garçon » et fait un bruit sourd quand il atteint le plateau en dessous. Il dépose des parts triangulaires dans les assiettes et fait la distribution. Le gâteau, trop doux et mousseux, manque de substance. Sur la langue, le glaçage fondant a la texture de la colle pour tapisserie. Le sucre donne un regain d'énergie à Kate, et un mal de crâne la prend comme un coup de tonnerre sur le point d'éclater.

Malgré tout ce qu'elle a imaginé lorsqu'ils ont demandé à Marisa de devenir leur mère porteuse, c'est un scénario auquel elle n'aurait jamais songé. Que Marisa cesse de prendre ses médicaments et ait l'illusion d'être en couple avec Jake avant d'agresser Kate dans l'entrée de sa propre maison, cela aurait été plus facile à anticiper que la comédie qu'elle a sous les yeux. Annabelle, qui n'a jamais vraiment accepté Kate sous son toit et qui lui a même toujours clairement fait comprendre que son fils adoré aurait pu trouver mieux, bavarde en riant avec Marisa comme si elles se connaissaient depuis des années. Kate les observe plaisanter avec familiarité, et elle constate que Marisa semble s'animer quand elle est l'objet de l'attention d'Annabelle, de même qu'Annabelle est transfigurée par leurs échanges –, elle a l'air plus jeune, ses mouvements deviennent plus alertes. Même Chris paraît plus impliqué – il se penche en avant dans son fauteuil pour mieux entendre, demande à Marisa si elle est à l'aise, si elle veut un autre coussin.

Kate voudrait croiser le regard de Jake, éprouver une forme de connivence avec lui devant cette horreur, mais elle sent qu'il l'évite. Elle voit ses lèvres bouger et elle comprend qu'il est intégré à la conversation, mais il y a du bruit dans sa tête et elle n'entend rien de ce qu'ils disent. Elle a beau essayer de calmer sa respiration, ses poumons lui font l'effet d'une éponge essorée. Au mur derrière le sofa se trouve une peinture à l'huile d'une falaise de grès contre laquelle s'écrasent les vagues, et elle se concentre sur les coups de pinceau jusqu'à ce que la panique reflue. Ses lèvres tremblent quand elle se lève. Elle doit s'appuyer au dossier du fauteuil pour ne pas perdre l'équilibre.

« Mon Dieu, nous n'avons pas bu tant que cela, si ? dit Annabelle en la voyant.

— Tu vas bien ? demande Jake.

— Oui, oui, ment-elle. Je vais juste aux toilettes. »

Elle sort de la pièce, retrouve la fraîcheur du couloir. Dans les toilettes sous l'escalier, elle s'asperge le visage et garde les mains sous le filet d'eau froide. Puis elle les essuie sur la serviette à monogramme pendue sur le côté du lavabo. En rouvrant la porte, elle les entend qui parlent tous les quatre, leurs voix lui parviennent comme des pierres ricochant à la surface d'un plan d'eau. Elle se rappelle, petite, quand ses parents recevaient des amis à dîner et qu'elle était censée rester au lit mais qu'elle se relevait, se postait en haut de l'escalier et risquait des petits coups d'œil par-dessus la balustrade afin d'épier ce qui se passait dans la salle à manger. Parfois, sa mère la repérait et la grondait, alors Kate retournait pieds nus dans sa chambre et elle n'arrivait pas à dormir, tourmentée par le fait qu'on l'excluait de tout ce qui était amusant en bas.

Sans crier gare, Annabelle apparaît dans le couloir.

« Ah te voilà », dit Annabelle.

Dans la pénombre, elle donne l'impression d'être plus grande de plusieurs centimètres. Kate recule d'un pas.

« On se demandait où tu étais. »

Annabelle ne sourit pas, elle présente son impressionnant profil de trois quarts. La soie de sa robe scintille dans le demi-jour comme des glaçons en train de fondre.

« Pardon, dit Kate. Je n'avais pas vu que j'étais partie autant de temps. »

Elle se force à regarder Annabelle dans les yeux. Hors de question de montrer que sa présence l'intimide.

« Je vais chercher de la fleur de sureau pour Marisa », dit Annabelle avant de passer devant elle pour se rendre à la cuisine.

Kate la suit. Elle ne la lâchera pas. Elle a envie de lui dire quelque chose, mais elle ne sait pas quoi. Elle est tellement en colère contre elle, tellement révoltée par sa façon de s'ingérer dans sa vie, qu'elle doit croiser les bras devant sa poitrine pour se retenir de s'en prendre à elle physiquement.

Annabelle ouvre la porte du frigo, sort une bouteille de San Pellegrino, puis prend dans le placard un verre qu'elle remplit de glaçons. Ses gestes sont gracieux, ses bras se déploient comme des ailes, et elle ne prête aucune attention à Kate restée sur le seuil, un pied sur les dalles de la cuisine, l'autre sur les carreaux du couloir.

Celle-ci ne sait toujours pas ce qu'elle cherche à dire ou à faire, mais soudain ça sort sans même qu'elle y ait pensé.

« Annabelle, commence Kate. Si vous croyez que vous allez me perturber avec vos petites manœuvres, vous vous trompez sur toute la ligne. »

Annabelle s'immobilise. La bouteille de San Pellegrino lui reste dans la main, suspendue en l'air. Son visage est vide de toute expression.

« Je ne vois pas de quoi tu parles, Kate.

— Marisa. Je parle de Marisa. Vous avez l'air très… *à l'aise* avec elle, tout à coup. »

Annabelle a un petit rire sec.

« On dirait que tu as oublié qu'elle vit là depuis des mois, dit Annabelle d'un ton égal, chaque mot prononcé avec précision et froideur. Parce que *tu* n'arrivais pas à te sortir du pétrin dans lequel tu t'étais…

— C'est faux.

— Fais-moi la courtoisie de me laisser finir. »

Annabelle pose brutalement la bouteille sur la table. Elle est en colère. Ses lèvres sont pincées, ses veines, saillantes au cou. Kate ne l'a jamais vue aussi énervée. D'habitude, elle maîtrise à la perfection son personnage passif-agressif, elle cherche les points faibles et n'attaque que de loin, façon sniper, sans jamais s'abaisser à exprimer une rage incontrôlée. Mais pas maintenant. Là, elle est incandescente. Et Kate, qui a enfin toute son attention, ne sait pas trop quoi en faire.

« Chris et moi, nous avons fait notre maximum. On s'est mis en danger, et on a pris soin de cette malheureuse jusqu'à ce qu'elle retrouve la santé…

— Cette malheureuse ? s'exclame Kate, incrédule.

— Oui. Cette malheureuse. Que tu as exploitée

à cause de ton obsession *démentielle* pour la maternité. »

Kate est sous le choc, elle sent les larmes monter.

« Ce n'est pas vrai.

— Si, ça l'est. Jake nous a dit que tu es impossible, qu'il a le sentiment qu'il ne pourra jamais te satisfaire. » Annabelle a trouvé son rythme, elle débite son discours comme une mitrailleuse enchaîne les rafales. « C'était évident que Marisa n'était pas en état de porter un enfant, mais tu as quand même insisté pour qu'elle emménage chez vous afin de l'avoir à l'œil, et ensuite tu t'es étonnée que tout ça la fasse craquer. Entre nous, Kate, franchement, qu'est-ce que tu croyais ? »

Kate baisse la tête. Annabelle a raison. Elle aurait dû savoir. C'est elle qui a mis la pression à Jake. Elle a tellement voulu croire que Marisa était la candidate idéale qu'elle a refusé de voir les signes contraires.

Annabelle ne cherche pas à la consoler. Au contraire, elle s'avance et vient se planter à quelques centimètres d'elle. Puis elle baisse la voix, ce n'est plus qu'un murmure, un grondement plus menaçant encore que si elle criait.

« De toute façon, cet enfant n'est pas le tien, dit-elle en l'arrosant de postillons. Pas biologiquement. Et il est évident pour tout le monde que Marisa et Jake vont bien mieux ensemble que lui et toi.

— Quoi ? »

Kate secoue la tête comme pour se débarrasser d'un insecte agaçant.

« Mais regarde-les, ma chérie, dit Annabelle, les lèvres tordues en un drôle de rictus. Ils se ressemblent comme deux gouttes d'eau, non ? Tu as bien dû le remarquer ! »

Kate recule d'un pas, prise d'un vertige tel que le sol

de la cuisine semble se dissoudre sous ses pieds. Elle se cogne le dos contre le mur, et l'impact froisse les pages du calendrier d'Annabelle. Elle se souvient de l'initiale J qui apparaissait à de multiples reprises. Elle n'a pas voulu réfléchir à ce que cela signifiait, mais au fond, malgré l'ampleur de son déni, elle savait.

« Il a passé énormément de temps avec elle, dit Annabelle, comme si elle lisait dans ses pensées. Tu ne peux pas être aussi idiote, Kate. Allons. Il est venu presque toutes les semaines, ils s'entendent comme larrons en foire, tous les deux.

— Quoi ? Mais je pensais qu'elle ne voulait pas que nous venions… »

Annabelle penche la tête, une moue compatissante sur les lèvres.

« Elle ne voulait pas que *toi*, tu viennes, Kate. Jake et moi avons eu une longue discussion et on a décidé que ce serait le mieux. »

Kate se rappelle le départ précipité de Jake lors de leur week-end au spa. Il a dû venir ici, comprend-elle. Toutes ces absences qu'il expliquait par le travail. Il venait là, à chaque fois. Voir Marisa. Elle appuie ses deux mains contre le mur, elle voudrait qu'il s'ouvre derrière elle, qu'il l'engloutisse. Annabelle continue à parler.

« … et c'était charmant à voir. C'est facile de parler avec Marisa, tu ne trouves pas ? Ce n'est qu'une question de temps avant que Jake se rende compte que… »

Elle s'arrête, soudain consciente qu'elle va trop loin. Annabelle n'a pas besoin de finir sa phrase. Kate peut le faire toute seule. Ce n'est qu'une question de temps avant que Jake se rende compte qu'il serait mieux avec Marisa, la mère de son enfant. Ce n'est qu'une question de temps avant que Kate ne perde tout.

Kate tourne la tête de côté et écrase sa joue contre la pierre humide. Elle ferme les yeux, les larmes se mettent à couler. Elle voudrait les arrêter, mais c'est impossible. Elle voudrait couvrir la voix d'Annabelle par autre chose, mais cela aussi est impossible. Elle voudrait avoir la force de se défendre, mais elle est consumée par la vérité de ce qu'Annabelle lui a dit. Elle n'a jamais été assez bien, assez brillante, charmante, blonde, fertile et gentille pour être l'égale de Jake. Les paroles d'Annabelle en sont la confirmation : elle n'est pas digne d'être la compagne de Jake, pas digne d'être la mère de son enfant – pas digne, même, d'être mère tout court. Elle est cassée, défectueuse, fautive, et Annabelle l'a su dès le début, elle a reniflé sa faiblesse comme un animal renifle le sang, et elle l'a traquée jusqu'à ce que Kate n'ait plus nulle part où fuir. Oui, pense-t-elle, oui, Annabelle, vous avez raison sur toute la ligne. Je n'ai pas ma place ici. Je ne l'ai jamais eue.

Elle se laisse glisser à terre. Elle n'a plus d'énergie. Elle ne veut plus se battre. Cette dernière année a sapé toutes ses forces, et, pendant une fraction de seconde, Kate envisage son anéantissement total. Comme tout serait plus simple si elle cessait d'exister.

Annabelle l'ignore et s'affaire dans la cuisine. Elle termine calmement de préparer le verre de Marisa, puis elle ramène une mèche de cheveux derrière son oreille : une reine guerrière qui se prépare pour l'assaut final.

« Marisa et moi, nous sommes devenues proches parce que la pauvre n'a pas de mère, dit-elle, dominant Kate de toute sa stature. Je crois que c'est parfaitement clair. » Annabelle s'interrompt, comme pour vérifier qu'elle a toute l'attention de Kate. « Ou peut-être qu'on ne voit ce genre de choses que lorsqu'on a soi-même un enfant. »

Annabelle passe devant Kate dans un froissement de soie en emportant le verre de fleur de sureau. Kate reste assise un moment par terre. Elle sent un élancement violent sur le côté du ventre. C'est une douleur musculaire profonde, qui lui rappelle ces échographies interminables lorsqu'elle suivait son traitement pour la fertilité ; la façon dont les techniciens maniaient la sonde, la faisant bouger d'un côté et de l'autre, changeant d'angle pour avoir une meilleure vue sur chaque ovaire. Cette sensation ne ressemblait à aucune autre. C'était moins la présence de la douleur que le vide qu'elle créait autour. La douleur se propageait à son estomac, à son entrejambe, elle serrait les dents, se voyant déjà perdre connaissance, puis le technicien retirait la sonde et lui tendait un mouchoir en papier pour qu'elle s'essuie, et le souvenir de la douleur s'éloignait aussitôt.

Mais là, elle la sent de nouveau. Sauf que cette fois, la sensation monte au-dessus de son estomac, dans sa poitrine, et quand elle atteint sa gorge, elle la reconnaît pour ce qu'elle est. La puissance. Elle voit avec une clarté soudaine qu'elle est forte précisément à cause de la douleur qu'elle a supportée, et qu'elle peut réagir. Elle se relève.

Annabelle, pense-t-elle. Cette garce ne va pas s'en tirer comme ça.

Elle traverse le couloir et rentre dans le parloir, où Annabelle est en train de poser la fleur de sureau pétillante sur la table. Marisa n'est pas là. L'assise du fauteuil, enfoncée, garde encore son empreinte. Jake et Chris se tournent vers Kate. Annabelle continue de lui présenter son dos.

« Tu vas bien ? lui demande Jake.

— Où est Marisa ?

— Aux toilettes. Mais… ça va ? »

Il a l'air inquiet. Kate ne fait pas attention à lui. Dans sa tête, elle voit le barillet d'un revolver tourner. Elle s'imagine lever l'arme, placer l'œil devant le viseur et pointer le canon tout droit sur le front d'Annabelle.

« Annabelle, dit-elle. J'aimerais que vous répétiez aux autres ce que vous venez de me dire dans la cuisine. »

Annabelle se redresse en soupirant ostensiblement.

« Oh, quel est *encore* le problème ? Je ne sais pas de quoi tu parles, Kate. »

Annabelle pivote sur ses talons pour lui faire face, et Kate est abasourdie par son culot. Son visage fait plus jeune, moins ridé, comme si la méchanceté dont elle a fait preuve quelques minutes plus tôt l'avait ragaillardie.

« Vous savez très bien de quoi je parle. »

Annabelle hausse les épaules et lève les mains en un geste d'innocente ignorance.

« Franchement, je n'en ai pas la moindre idée. Je sais juste que je t'agace quoi que je fasse et que j'ai presque envie de baisser les bras. Apparemment, rien de ce que je fais n'est jamais assez bien. Tu vois, ajoute Annabelle en se tournant vers Jake, c'est exactement ce que je te disais. »

Ainsi, il y a bien eu d'innombrables conversations sur elle dans son dos. Autant d'occasions de planter les graines du soupçon et de la méfiance. Comme Annabelle a dû se réjouir de pouvoir donner libre cours à son instinct manipulateur ! Elle a placé ses jetons sur la feutrine verte tel un tricheur cherchant à flouer le casino. Elle voit tout : Annabelle, avec son zèle évangélique pour « la famille » et l'importance qu'elle accorde à la biologie, a dû comploter avec soin pour exclure Kate et ramener Marisa au centre du jeu ; c'est sans doute elle qui a dit à son fils que Kate ne devrait pas venir en visite, histoire de ne pas déranger la mère porteuse ; et elle a sans doute raconté toutes sortes de choses à Marisa sur l'instabilité mentale de Kate.

« Qu'est-ce qu'elle t'a dit ? » demande-t-elle à Jake, le menton relevé.

Il ouvre la bouche, mais aucun mot n'en sort. Il semble désespéré, perdu, comme le petit garçon que sa mère souhaite qu'il soit. L'emprise qu'Annabelle a sur lui est plus profonde que Kate ne l'aurait jamais imaginé. Il a peur d'elle, c'est évident. Il a besoin que Kate le sauve de ses griffes.

« Annabelle, dit Kate. C'est terminé. Fin de la partie. Vous êtes démasquée.

— Quelle absurdité…

— Et si ça ne tenait qu'à moi, vous ne verriez jamais votre petit-fils. » Les mots se bousculent avec une férocité jubilatoire. « Je ne veux pas que vous l'approchiez pour distiller votre poison, vieille sorcière. »

Annabelle fait deux pas vers elle, les poings serrés. Elle montre les dents, littéralement. Un instant, Kate pense qu'elle va lui mettre un coup de poing, mais Chris bondit sur ses pieds, laisse tomber son verre et pose doucement sa main sur le coude d'Annabelle.

« Du calme », dit-il en essayant de la faire asseoir pour éviter que le scandale ne prenne plus d'ampleur.

Annabelle repousse sa main.

« Laisse-moi », dit-elle, crachant les mots.

Chris se rassoit, la mine aussi fripée que sa chemise. Il lève un sourcil vers Kate et elle sait que c'est sa façon de s'excuser, mais ça n'est pas suffisant. Rien ne pourrait suffire à compenser le machiavélisme d'Annabelle, son odieux sentiment de supériorité et son mépris depuis le jour où elles se sont rencontrées.

« Vous m'avez dit, dans la cuisine, que Jake et Marisa seraient mieux sans moi, énonce Kate. Que Marisa est la mère biologique. Que je suis impossible et qu'il n'est pas étonnant que Jake ait passé autant de temps ici sans m'en parler. »

Silence. Kate a les joues en feu. Chris, qui était en train de ramasser le verre par terre, suspend son geste. Jake se lève et vient vers elle, l'air grave.

« Kate, je...

— Je n'ai pas envie de t'entendre pour le moment », dit-elle.

Il se tient au milieu de la pièce, mal à l'aise, tandis qu'elle continue à fixer Annabelle. Elle refuse de détourner le regard la première. Annabelle finit par battre des paupières. Kate croit qu'elle va se mettre à pleurer, mais Annabelle tourne légèrement la tête de côté, exposant la blancheur vulnérable de son cou. Son regard va se perdre vers la fenêtre qui donne sur le jardin de devant, avec l'allée et le petit bout de terrain, puis la pièce se remplit d'un son étrange, comme quand des feuilles bruissent ou que l'eau coule en gargouillant, et Kate se rend compte avec horreur qu'Annabelle est en train de rire. C'est un rire fort, puissant, qui transperce le silence. Les yeux bleus d'Annabelle brillent, fixes comme ceux d'un poisson mort. Elle rit mais son rire n'éclaire pas le reste de son visage, ce qui la rend encore plus effrayante qu'avant.

« Quelle idiotie, dit Annabelle. Jake, ça fait un moment que j'essaie de te mettre en garde sur la santé mentale de Kate, n'est-ce pas ? Quelle preuve supplémentaire te faut-il ?

— Maman, ce n'est pas...

— Kate, je n'arrive pas à croire que tu aies inventé cette… conspiration grotesque, continue Annabelle. Et tu t'en prends à moi, à *moi* ! Alors que j'ai fait tout ce que je pouvais pour toi, même si je ne te comprenais pas toujours. Je… Vraiment… Je ne vois pas ce que j'aurais pu faire de plus. »

À force de s'apitoyer sur son sort, Annabelle a presque les larmes aux yeux.

Oh, elle est forte, pense Kate. Très, très forte.

Annabelle recule en titubant, comme au bord de l'évanouissement, mais elle se reprend juste à temps pour être sûre de s'effondrer sur le sofa. Là, allongée sur les coussins, elle pose sa main sur son front.

« Maman, s'il te plaît… dit Jake.

— Annabelle, ne te mets pas dans cet état », ajoute Chris.

Mais aucun d'eux ne fait un geste vers Kate, qui vient se pencher sur Annabelle pour qu'elle ne puisse pas échapper à ce qu'elle va lui dire.

« J'ai toute ma tête, Annabelle, dit-elle d'une voix où gronde toute sa colère. Comment avez-vous osé suggérer le contraire ? »

Annabelle s'accroche à son collier, remue la tête dans les coussins comme pour se dégager de l'intensité du regard de Kate. Elle essaie de faire croire que c'est elle qu'il faut protéger de Kate, et non l'inverse.

« Chris, gémit Annabelle. Aide-moi, s'il te plaît. Je ne sais pas ce qu'elle va me faire. »

Et soudain, de nulle part surgit une voix.

« Elle ne va rien vous faire du tout. »

Annabelle tressaille, ses yeux cherchent l'origine de la voix, et une ombre obscurcit son visage. Kate tourne la tête et découvre Marisa sur le seuil.

« Quoi ? dit-elle.

— J'ai dit que tu n'allais rien faire du tout à Annabelle, répète Marisa. Parce que j'ai entendu tout ce qu'elle t'a dit tout à l'heure. »

Marisa est très calme, ses cheveux éclairés par-derrière brillent de mille feux.

« Dans la cuisine, précise Marisa. J'ai tout entendu. »

Sur le sofa, Annabelle ne bouge plus.

« Je passais dans le couloir. De là, on entend tout. C'est pour cela qu'on ferme toujours la porte de la cuisine, pas vrai, Annabelle ? Pour ça, et pour éviter les courants d'air. »

Marisa s'exprime sans affectation mais avec une grande clarté, comme une maîtresse d'école voulant se faire entendre jusqu'au fond de la classe.

« Et vous avez dit toutes ces choses, Annabelle, dit Marisa avec une moue de mépris. Je suis désolée, mais c'est vrai. »

Annabelle ne dit rien. Son collier scintille dans la lumière.

« Vous avez dit que Jake et moi, nous sommes devenus proches et qu'on allait rester ensemble avec le bébé. Et vous avez dit que le bébé était à moi et que Jake serait mieux avec moi. »

Annabelle émet un son grave, à mi-chemin entre le grognement et le sanglot.

« Mais la vérité, c'est que Jake est venu seul ici parce que j'avais trop honte de ce que j'avais fait à Kate. C'est moi qui n'étais pas capable de l'affronter. »

Jake prend la main de Kate, qui le laisse faire.

« Je suis désolée pour cela, dit Marisa, tête basse, toujours incapable de la regarder dans les yeux. Annabelle m'a dit que c'était mieux comme ça, que tu n'étais pas…

— C'est bon », dit Kate. Puis elle répète : « C'est bon. »

Le soulagement de Kate est pareil à une immense vague glacée qui déferlerait sur elle. Ainsi, Jake ne l'a pas trahie. Il essayait de la protéger. Elle se tourne, croise son regard. Son air dévasté prouve assez que Marisa dit la vérité.

Jake secoue la tête.

« Je n'aurais jamais… commence-t-il avant de s'arrêter, puis de reprendre d'une voix rauque : Je ne t'aurais jamais fait ça… J'essayais juste… de tout faire tenir. »

Il retombe dans le silence. Elle pose sa tête sur son épaule solide et réconfortante, et elle soupire.

« Je sais, murmure-t-elle. Je le sais maintenant.

— Mon petit Jake, dit Annabelle, n'écoute pas ces mensonges. Elle raconte n'importe quoi. Je n'ai jamais dit…

— Vous n'allez quand même pas prétendre que nous sommes *toutes les deux* folles, rétorque Kate. Avec une, c'était possible. Mais deux, ça commence à faire beaucoup. » Puis, plantant son regard dans le sien, elle ajoute : « Vous ne trouvez pas, ma chère ? »

Sur le sofa, Annabelle, les joues creusées, est défaite. Mais ses yeux brûlent toujours de rage.

« Oh, arrêtez, dit-elle en cherchant Chris des yeux. Marisa est droguée à longueur de journée. Elle ne sait pas ce qu'elle raconte. »

Chris ne dit rien. Il semble avoir honte.

« Je sais ce que je dis », répond Marisa en venant se placer à côté de Kate.

Et cette femme qui a causé tant d'angoisse et de tristesse à Kate, qui lui a aussi donné tellement d'espoir et d'optimisme, qui lui a fait peur autant qu'elle l'a déroutée, cette femme a un geste totalement inattendu. Elle prend la main de Kate dans la sienne.

« Ce que vous avez dit sur Jake et moi, sur le fait que je suis la vraie mère… Rien de tout cela n'est vrai, Annabelle, dit lentement Marisa. Vous le savez. C'est le bébé de Kate. Depuis le début. Et pour toujours. Jake et Kate sont ses parents. »

Kate serre la main de Marisa si fort qu'elle a l'impression qu'elle ne la lâchera jamais, et soudain elle se remet à pleurer. Jake passe son bras autour de ses épaules. Et enfin, il parle.

« Maman, dit Jake d'une voix étranglée. C'est honteux. Je suis venu ici sans Kate parce que tu m'as convaincu que c'était le mieux pour la protéger et pour protéger notre bébé. »

Annabelle se tourne vers son fils. Elle joint ses mains puis les lève, paumes en l'air, implorante.

« Oh, mon petit Jake, dit-elle. Je croyais que c'était ce que tu voulais. Vous vous entendez si bien, Marisa et toi, tu comprends, et je pensais que, eh bien…

— Tu pensais que quoi ? Tu as essayé de nous manipuler ! s'écrie-t-il. Je t'ai toujours défendue, j'ai toujours fait ce que tu voulais. »

Sa voix se brise. Il semble si désarmé que Kate a envie de le défendre. Mais il doit le faire lui-même.

« Tu es allée beaucoup trop loin cette fois, dit-il. Comment as-tu pu ? Comment as-tu osé ?

— Oh, du calme, Jake », dit Chris avec une mollesse qui a quelque chose de comique.

Kate voudrait le prendre par les épaules et le secouer jusqu'à ce qu'il n'ait d'autre choix que de regarder la vie telle qu'elle est plutôt que de croire à la réalité que sa femme a fabriquée.

« C'est pour cela que tes filles ne te parlent plus,

dit Jake à sa mère, et il crie presque désormais. C'est pour cela qu'elles ne supportent pas de te voir. Elles m'ont toujours dit qu'un jour je comprendrais. Pour elles, tu es un monstre d'égoïsme qui traite les autres comme des putains de pièces sur un échiquier.

— Chut, Jake, chut, dit Chris. Ce n'est pas la peine de remuer de vieilles histoires. Tu sais à quel point ça fait du mal à ta mère.

— Je m'en fous ! »

Il hurle à pleins poumons à présent, et pour faire bonne mesure il donne même un coup de pied dans la table basse, qui se retourne en renversant le gâteau bleu, lequel va s'écraser sur le tapis rouge avec un bruit répugnant.

« Elle m'a fait du mal ! Elle nous a fait du mal ! Elle a fait du mal à Kate d'une manière impensable… »

Kate essaie de le prendre par la main pour le faire sortir de cette maison qui la rend claustrophobe, mais il se dégage, s'approche de l'étagère à côté de la cheminée, et, avant qu'elle ait pu l'en empêcher, il balaie d'un grand geste du bras sa surface chargée de cadres en bois et en argent. Toutes les photos atterrissent par terre avec fracas, tous ces moments de partage, tous ces sourires – les bambins aux dents écartées, les mariages sépia, les jours de rentrée, les portraits à la remise des diplômes, les sœurs à la mine réjouie, et ces lointaines vacances d'été sur un bateau près des Sorlingues, le vent qui fouettait les joues roses, le visage d'Annabelle plus jeune, ses cheveux retenus par un foulard en soie, ses yeux derrière des lunettes noires, son sourire plein d'assurance parce que rien n'irait jamais de travers tant qu'elle serait aux commandes.

Chris et Annabelle sont serrés l'un contre l'autre sur le sofa. Annabelle pleure doucement dans un mouchoir tandis que Chris secoue la tête, visiblement perdu. Dehors, la nuit est en train de tomber. Kate prend Jake par la main. Il est en sueur et il a l'air transfiguré. Elle lui caresse la nuque et le voit revenir d'un coup à la réalité. Ils quittent la pièce. Ils disent à Marisa de préparer ses affaires. Ils la ramènent avec eux à Londres.

Annabelle ne proteste pas. Chris et elle restent assis, leurs traits peu à peu engloutis par le crépuscule. Leurs défauts se correspondent si bien qu'ils sont comme le lierre s'infiltrant dans les interstices entre les briques : impossible de le couper sans risquer que la maison s'écroule. Pourtant, les murs finiront par s'émietter, affaiblis par l'opiniâtreté de la plante qui pousse partout où elle ne rencontre pas d'opposition. Et alors ce sera l'effondrement, dans un nuage de pierres implosées. C'est ainsi que ça doit se terminer.

Kate ferme la porte du parloir derrière elle. Quand Marisa revient avec sa valise à roulettes, Kate la prend dans ses bras et la serre contre elle. Il n'y a rien à dire de plus. Elles se comprennent, désormais.

Ils montent tous les trois dans la voiture. Kate s'assoit à l'arrière pour laisser le siège passager à Marisa. Elle regarde Jake tourner la clé et s'engager dans l'allée. Une lune pâle est apparue dans le ciel, il y a de la condensation sur le pare-brise. Jake monte le chauffage et allume la radio. Elle ne tourne pas la tête pour regarder la maison de brique rouge s'éloigner. Elle la laisse disparaître, s'estomper déjà dans son esprit, elle imagine un raz-de-marée qui vient la recouvrir, elle voit le fronton blanc, les tuiles grises du toit et les cheminées pleines de suie être englouties par une mer profonde. Elle la laisse se noyer. Déjà, elle respire mieux.

Puis elle regarde les deux personnes assises à l'avant. Les deux têtes blondes, côte à côte.

Kate a les paupières lourdes. Elle pourrait s'endormir maintenant si elle le voulait, et elle sait que Marisa et Jake parleraient tout bas pour ne pas la déranger, Jake baisserait le volume de la radio et ferait encore plus attention à ne pas donner de coups de volant, à ne pas freiner trop brusquement, et elle sait qu'il la réveillerait à l'arrivée, ils rentreraient tous les trois dans la maison et ils boiraient une tasse de thé à la table de la cuisine en parlant de tout ce qui est arrivé aujourd'hui.

Elle se sentirait en sécurité.

Elle se sentirait au bon endroit.

Elle se sentirait en famille.

32

Dans la salle d'accouchement, ils diffusèrent du hip-hop des années 1990.

« La plupart des gens choisissent Mozart, leur avait signalé le Dr Abadi avec un sourire empreint de curiosité. Ils préfèrent quelque chose de plus calme.

— Marisa dit qu'elle veut une musique qui la fera se sentir forte, comme si elle était capable de tout, avait expliqué Kate. C'est son idée. Et on aime bien, non ? »

Elle jeta un coup d'œil à Jake, assis près d'elle dans l'une des inévitables chaises chromées du bureau du Dr Abadi.

« En effet », avait-il répondu avec un grand sourire.

Le Dr Abadi avait gardé un petit air étonné, plus amusé que consterné.

« Comme vous voudrez », avait-il dit en le notant dans leur dossier médical avec son stylo en or.

C'est ainsi que Leo Christopher Sturridge fit son entrée dans le monde accompagné du rap frénétique de Busta Rhymes dans *Thank You*. Lorsque Kate et Jake furent invités à couper le cordon ombilical, lorsqu'ils entendirent leur bébé crier pour la première fois et que la sage-femme tendit son fils à Kate, c'était du Snoop Dogg. Ensuite, Jay-Z accompagna le moment où Jake prit la main de Kate et la serra fort en versant des larmes qui venaient d'au-delà de sa conscience. Et quand Kate se mit à bercer son bébé sous les yeux d'une Marisa au sourire las, la playlist passa à TLC. Toute la scène était absurde et belle à la fois.

« Bonjour, toi, dit Kate en couvant du regard le visage marbré et fripé de son fils, tandis que Jake passait délicatement sa main sur son crâne duveteux. On a vécu tellement de choses avant de te rencontrer. »

Marisa, épuisée, était étendue sur le lit à côté d'eux, le corps couvert de sang et de sueur. Kate se tourna vers elle.

« Merci, dit-elle d'une voix étranglée. Merci pour tout. »

Lorsque Kate prit Leo contre sa poitrine nue dans la pièce d'à côté, la musique s'était arrêtée et le calme qui régnait était si palpable qu'il avait presque une consistance solide. Jake et Kate se tordaient le cou pour admirer le moindre reniflement, le moindre gémissement, le moindre bruit de Leo, autant de manifestations à peine croyables de son existence. Le bébé avait les poings fermés, et les plis de ses doigts et ses ongles minuscules faisaient à Kate l'effet d'une chose préhistorique et inexplicable. Elle était ébahie par sa présence si miraculeuse, à lui qui leur appartenait pleinement.

Dès que le Dr Abadi avait accouché Marisa, dès que Leo avait émergé dans la lumière clinique de la salle de naissance, Kate l'avait reconnu comme son fils. Ils étaient liés depuis le tout début, elle le savait, à présent. Il fallait juste attendre qu'il naisse. Peu importait quels brins d'ADN avaient contribué à créer telle ou telle nuance infinitésimale de son être. Il était à elle.

Jake l'embrassa doucement. Bientôt, lui aussi serrerait Leo contre lui, il presserait sa peau contre celle toute neuve du bébé, mais Kate n'était pas encore prête à lui tendre son fils. Elle ressentait farouchement qu'elle ne pourrait jamais lâcher son fils, pas totalement. Une vérité cruciale se faisait jour en elle, qui circulait par ricochets jusque dans ses cellules sanguines : elle était plus forte que n'importe quoi sur terre, capable de tout pour protéger son fils. La maternité débordait en elle, envahissant chaque fibre de son corps.

« Il a les cheveux noirs », dit-elle.

C'était vrai. Le crâne de Leo était parsemé d'un fin duvet sombre, de sorte que lorsqu'elle posa les lèvres sur la joue de son fils et que ses cheveux tombèrent sur son visage, son fils et elle se ressemblèrent parfaitement.

Le week-end, ils font des promenades le long de la rivière. Aujourd'hui, c'est une journée belle mais venteuse, un de ces jours trompeurs à Londres où l'on croit qu'il fait chaud tant qu'on est à l'intérieur, mais où il faut un pull et une veste une fois dehors. Jake porte le bébé en écharpe en travers de son torse, et Kate, enveloppée dans un sweat à capuche et une parka, marche à côté en le tenant par la main. Elle vérifie de temps à autre si Leo a fini par s'endormir. Il a dix mois, et ils commencent à avoir leurs habitudes. Leo pleurniche doucement.

« Ch-ch-chut, fait Kate. Tu sais que tu as envie de dormir, mon ange. Allez, fais une petite sieste. »

Elle le cajole d'une voix douce, la même qu'elle utilise quand Jake est au bureau et qu'elle passe de longues heures à parler à Leo comme s'il la comprenait. Deux jours par semaine, elle travaille de la maison avec l'aide d'une nounou, et elle traite souvent Leo comme un collègue particulièrement réceptif. Tant qu'elle garde un ton léger, comme quand elle lit son livre préféré, Leo est subjugué par tout ce qu'elle dit.

Vendredi, Leo était assis dans sa chaise haute, fier comme un empereur avec sa cuillère en plastique dans sa menotte, presque indigné d'avoir un bavoir autour du cou, le visage maculé de carottes écrasées, et elle a compris soudain qu'il était à deux doigts de faire une crise. On voyait à la tension de son cou et à ses narines palpitantes qu'il rassemblait ses forces pour pousser un hurlement farouche.

Vite, elle s'est mise à parler d'une voix chantante, disant ce qui lui passait par la tête, ses pensées et ses angoisses du jour.

« Alors on a organisé une conférence de presse, Leo, et tu ne devineras jamais ce qu'une des stars du film nous a demandé… » Elle attendait. Distrait de sa colère, Leo la regardait avec de grands yeux ronds, comme pour dire : « Quoi donc ? »

« Eh bien, elle voulait qu'on repeigne toute la suite de l'hôtel. Elle disait que l'odeur des vieilles chambres d'hôtel la dérangeait. Je sais ! Dingue, non ? »

Leo a frappé sa cuillère contre le plateau en plastique.

« On est d'accord, mon ange. J'ai dit non, bien sûr, mais elle nous a menacés de tout annuler, alors maintenant… » Elle a sorti Leo de sa chaise haute et l'a pris dans ses bras. « … je ne sais pas quoi faire. Oui, oui, tu as bien entendu, mon ange, je ne sais pas. Maman ne sait pas. »

Leo s'est fendu d'un sourire. Elle a ri, et il a posé sa tête contre son épaule. Rien n'aurait pu la rendre plus heureuse.

Les premiers mois avaient été brutaux, bien sûr. Même si Kate était au courant pour la privation de sommeil – elle l'avait même souvent désirée, pendant toutes ces années où elle essayait de concevoir –, c'était une notion théorique, et la réalité restait difficile à encaisser. Mais c'était vrai, ce que disaient toutes ces mères qui nageaient dans la félicité, celles qu'elle avait parfois trouvées tellement énervantes : pour rien au monde, elle n'aurait voulu revenir en arrière. Leo était un cadeau si précieux qu'on ne pouvait pas espérer l'avoir sans contrepartie. Prends mon sommeil, avait-elle envie de lui dire. Prends mon individualité, mon job, mes soirées dehors, ma capacité à lire un livre, mes fringues à la mode – prends tout, et tu verras comme je m'en fiche. Il n'y avait pas de sacrifice trop grand, pas de manque qu'elle n'était prête à subir. Elle avait son bébé. Enfin, après tout ce temps et toutes ces souffrances, il était là.

Quant à Jake, il était un père doux et attentionné, qui se levait la nuit pour donner le biberon, le bébé calé dans un bras, tout en vérifiant ses e-mails sur son téléphone de sa main libre. Il était fier de sa technique. Le voir comme cela la rendait encore plus amoureuse.

Elle adorait que leur maison soit remplie d'affaires et de jouets pour le bébé : les livres en tissu pour le toucher, les ours en peluche, les tapis de jeu aux couleurs criardes, les boules en mousse et les hochets bruyants. Ils avaient transformé la chambre de Marisa en chambre de bébé, installant des étagères pour les vêtements, les langes en mousseline et les couches de Leo. Avant de partir, Marisa leur avait laissé un mobile avec des éléphants et des balles de base-ball à suspendre au-dessus du berceau. Elle l'avait peint elle-même. Il prenait la lumière le matin, et Leo suivait du regard ses formes mouvantes et les ombres qu'elles projetaient au plafond.

Marisa avait emménagé avec Jas après leur retour à Londres. Ils étaient tous les quatre d'accord. Il valait mieux que Marisa ait un espace à elle, et l'appartement de Jas n'était pas très loin de la clinique. Jas, propriétaire d'une vieille Golf déglinguée, avait proposé d'emmener Marisa à ses rendez-vous chaque fois que ce serait nécessaire. Kate et Jake avaient payé sa part de loyer, avec supplément quand ils le pouvaient, et ainsi s'était écoulé le dernier mois de grossesse.

« Ne t'inquiète pas », avait dit Jas à Kate le jour où elle était venue chercher Marisa. Elle mettait ses affaires dans le coffre de la voiture. Il n'y avait que deux valises, ce qui rendait Kate triste. « Je m'occupe d'elle. Je vais la garder à l'œil. M'assurer qu'elle prend soin d'elle.

— Je suis surtout inquiète pour elle après la naissance, avait répondu Kate, bras croisés au milieu de la rue. Je veux qu'elle aille bien.

— Ça ira. Elle voulait le faire pour vous, tu te rappelles ?

— C'est très gentil de ta part. »

Jas lui avait jeté un regard perçant.

« Risa est mon amie. Elle ferait la même chose pour moi. »

En fin de compte, la force de caractère de Marisa les avait tous surpris. Quelques mois après l'accouchement, elle était partie en voyage. Elle les avait appelés avant de s'en aller, et Kate l'avait mise sur haut-parleur tandis qu'elle leur expliquait son projet. Elle allait prendre un vol pour San Francisco, puis descendre le long de la côte Pacifique avant d'entrer au Mexique et d'écumer l'Amérique du Sud avec un sac à dos.

« J'en ai toujours rêvé. Et j'ai un peu d'argent

de côté. J'ai tellement économisé sur les loyers grâce à vous que maintenant, je peux le faire. »

Kate avait été étonnée de se sentir aussi émue.

« Fais attention à toi, d'accord ? avait-elle dit tandis que Leo se mettait à geindre dans ses bras. Tu as une place particulière dans nos cœurs. »

Il y avait eu un silence sur la ligne, et elle avait entendu Marisa ravaler son émotion.

« Merci, Kate, avait-elle fini par répondre d'une petite voix. Ça compte beaucoup pour moi.

— Et s'il te plaît, tiens-nous au courant de tes pérégrinations, avait ajouté Jake. Fais-nous signe régulièrement, qu'on sache que tu es en vie. »

Elle avait ri.

« Promis. »

Marisa tint sa promesse. Environ tous les mois, une carte postale atterrissait dans leur boîte aux lettres : une image du Golden Gate, des plongeurs bronzés à Acapulco, le Christ rédempteur les bras en croix audessus des montagnes. Derrière, Marisa écrivait toujours la même chose : « Toujours vivante ! Je m'éclate. Je vous aime tous les deux, plein de bisous au petit Leo. »

Au fil du temps, les intervalles entre deux cartes postales s'allongèrent, puis ils ne reçurent plus rien. Kate était secrètement soulagée. Ils avaient du mal à se voir, tous les trois. Il s'était passé tellement de choses, l'expérience qu'ils avaient partagée avait été si intense et unique qu'il était nécessaire de maintenir une distance entre eux maintenant, pour leur bien à tous. Il n'y avait pas de place qui soit facile à occuper pour Marisa au sein de leur famille.

Mais elle voulait quand même savoir si Marisa

allait bien. Alors, de temps en temps, elle retrouvait Jas au café de Finsbury Park pour prendre des nouvelles.

« Comment va-t-elle ? »

Elle n'avait pas besoin de prononcer son prénom pour que Jas sache de qui elle parlait.

Lors d'un de ces rendez-vous, Jas lui apprit que Marisa avait rencontré un prof de yoga australien sur un sentier du Machu Picchu.

« Il a l'air génial, dit Jas. La tête sur les épaules, très gentil.

— Mais elle déteste le yoga !

— Je sais ! ricana Jas. C'est ce que j'adore dans cette histoire. »

Les paysages changent et évoluent, songe Kate en marchant avec Jake et Leo le long du fleuve. Elle observe leurs reflets se tordre dans les fenêtres des nouveaux immeubles qui ont poussé. C'est leur histoire maintenant, plus celle de Marisa.

Ils la raconteront à Leo le moment venu, quand il sera assez grand pour comprendre.

« Papa et maman ont eu de l'aide pour que tu sois encore plus spécial », voilà ce qu'ils lui diront. Quant à savoir ce qui arrivera ensuite, et si Leo voudra entrer en contact avec Marisa, ce n'est pas entre les mains de Kate. Elle essaie de ne pas y penser. Elle est sa mère, elle n'arrête pas de se le répéter. Il est son petit garçon aux cheveux noirs. Elle ferait n'importe quoi pour le protéger. Elle en est venue à comprendre que la férocité de cet amour peut suffire à rendre fou. La tragédie de tous les parents, c'est qu'ils doivent donner à leurs enfants les armes pour les quitter. Mais si on n'a pas envie qu'ils nous abandonnent ? Et là, inévitablement, elle songe à Annabelle.

« À quoi tu penses ? » demande Jake.

Elle sourit.

« Tu ne trouves pas que ça fait cliché comme phrase ? »

Il plisse les yeux.

« Non. »

Ils arrivent au bout du parc de Battersea. Le soleil bas dans le ciel auréole de sa lumière la surface brumeuse de la Tamise. Sur le fleuve, deux longs canots filent, avec à leur bord huit silhouettes assises au ras de l'eau, qui fléchissent et tendent leurs corps à l'unisson. Les bateaux se disputent l'avantage. Les avirons plongent dans l'eau avec un bruit humide.

Kate jette un coup d'œil au bébé. Il est presque endormi, les paupières frémissantes, le petit doigt en l'air. Elle répond doucement à Jake.

« Je pensais à ce qu'est l'amour d'une mère.

— Oh. Il est profond. »

Elle met sa main en visière devant son front pour se protéger de l'éclat du soleil, puis elle regarde Jake droit dans les yeux.

« Ce n'est pas que j'aie pardonné à Annabelle, pas exactement, commence-t-elle.

— J'espère bien que non.

— C'est plutôt que je la comprends un peu mieux, je crois. »

Le regard de Jake se perd au-dessus du fleuve.

« Tu es plus généreuse que moi. »

Elle pose sa main sur sa joue, tourne son visage vers le sien, et se hisse sur la pointe des pieds pour l'embrasser sur la bouche.

« Je comprends pourquoi elle t'aime tellement. Je ne supporterais pas qu'on m'enlève Leo, et encore moins si ça venait de quelqu'un qui ne m'aime pas. »

Jake lui sourit, mais son visage reste fermé.

« N'en parlons pas. J'ai envie de passer un bon après-midi.

— D'accord. »

Elle se love contre lui, passe son bras autour de sa taille.

« Je t'aime.

— Je t'aime aussi. »

Kate a toujours pensé que, de Jake et elle, c'était elle la plus en colère. Elle a longtemps été furieuse contre Annabelle après la *baby shower*. Mais quand Leo est né, garder brûlant le feu de l'indignation lui a paru vain. Il n'y avait aucune raison de se concentrer là-dessus, maintenant que Jake avait coupé les ponts avec ses parents. Les manœuvres d'Annabelle l'avaient horrifié, et il avait eu honte d'y avoir participé, même à son corps défendant. Il avait expliqué à Kate que ses sœurs s'étaient éloignées de leur mère parce que Annabelle s'était tellement ingérée dans leurs vies qu'elles n'en pouvaient plus. Crapaud avait eu des troubles du comportement alimentaire. Millie était incapable de se sortir la tête de son travail. Julia avait épousé un homme violent juste pour faire plaisir à sa mère.

« Maman trouvait qu'il faisait "bon genre". Tu vois le style, les noms à particule, les parties de chasse le week-end, les grandes écoles, toutes ces conneries. Ils sont divorcés, maintenant. Mais c'est à cause d'elle qu'elles sont toutes les trois parties très loin. J'aurais dû te le dire, mais je ne voulais pas que tu penses trop de mal d'elle. Ce qui est stupide, je sais, vu que personne ne pense plus de mal d'elle aujourd'hui que moi. Je suis vraiment navré. »

Il s'était excusé mille fois auprès de Kate pour sa « faiblesse » et sa « déloyauté », au point qu'elle avait fini par lui demander d'arrêter. Elle refusait que le passé surgisse sans cesse, qu'ils doivent discuter encore et encore de ce qu'il aurait pu ou dû faire différemment. C'était inutile.

« Annabelle sait être convaincante, lui avait-elle dit. Tu t'es dressé contre elle à la fin, c'est tout ce qui compte. »

D'ailleurs, Annabelle et Chris ne les avaient-ils pas aidés quand ils en avaient eu le plus besoin ? Fallait-il s'appesantir sur les raisons qui l'avaient poussée à agir par la suite ? Dans un moment de crise, et alors qu'ils avaient peur de tout perdre, les parents de Jake leur avaient tendu la main. Et elle leur en était toujours reconnaissante, malgré le reste.

Annabelle avait envoyé des petits chaussons de laine bleus quand Leo était né. L'enveloppe était adressée à Jake, et après l'avoir ouverte, il avait jeté la carte sans l'avoir lue et les chaussons dans le tiroir de la cuisine, là où ils gardaient les piles de rechange et les élastiques. Les chaussons sont toujours là, dans leur emballage, et ils sont trop petits pour Leo aujourd'hui. Chaque fois que Kate tombe dessus, elle pense au fait qu'Annabelle s'est souvenue de la date prévue pour l'accouchement.

Elle ne veut pas trop insister sur le sujet avec Jake. C'est à lui de surmonter sa douleur et de faire la paix, pas à elle. Avec le temps, peut-être qu'ils laisseront les grands-parents de Leo revenir dans leur vie. Pour l'heure, ce n'est pas nécessaire. À trois, ils sont au complet. Ils forment une famille parfaite.

Ils atteignent la pagode de la Paix, au bout du parc. Ses deux toits superposés évoquent à Kate une dame de l'ère victorienne soulevant ses jupons. Elle a lu quelque part que cette pagode a été offerte à Londres par un moine japonais qui avait fait le vœu, après les atrocités de Hiroshima et de Nagasaki, de consacrer le reste de sa vie à construire des sanctuaires pour la paix. Elle regarde le bouddha doré au centre de l'édifice, qui brille comme un sou neuf. La paix, songe-t-elle. Elle comprend, à présent. Elle pose sa main sur la tête de Leo et sent la chaleur de son corps endormi.

« On rentre ? propose-t-elle.

— Avec plaisir », répond-il.

Le bébé est emmailloté dans l'écharpe. Jake a passé son bras sur son épaule. Ils repartent par où ils sont venus, sous le regard placide du bouddha.

REMERCIEMENTS

Une grande partie de ce roman a été écrite durant l'épidémie de Covid-19, et plus particulièrement pendant le premier confinement du printemps 2020. Je ne suis pas sûre de ce que j'aurais accompli sans les conseils avisés, généreux, apaisants, chaleureux et drôles de mon éditrice, Helen Garnons-Williams. Même si elle ne travaille plus à 4th Estate, l'une de ses dernières tâches a été l'édition de *La Pie voleuse*, et de cela, je lui suis extrêmement reconnaissante.

Je lui suis aussi très reconnaissante de m'avoir laissée entre les mains expertes de la brillante Michelle Kane, qui a fait un travail formidable lors de la publication de *La Pie voleuse*, m'envoyant des photos de chats via WhatsApp à des moments opportuns.

Mon agente, Nelle Andrews, est, de mille et une façons inexplicables, mon héroïne. C'est une chance pour moi de l'avoir dans ma vie, à la fois professionnelle et personnelle.

Naomi Mantin est une attachée de presse inégalable mais, avant toute chose, une amie très chère. Merci, Naomi, pour tout ce que tu fais et qui va parfois bien au-delà de ce qui est nécessaire.

Je remercie également Liv Marsden pour ses talents

en marketing et en « stylisme ongulaire », Amber Burlinson, la meilleure correctrice qui soit, et enfin Kathy Archer. En Irlande, je remercie Ciara Swift.

J'adore ma maison d'édition, donc je voudrais remercier toutes celles et tous ceux qui me font me sentir entourée et comprise. Vous vous reconnaîtrez, et j'ai toujours su apprécier la valeur de votre travail.

Emma Reed Turrell, tu es tout ce que je recherche dans une meilleure amie et peut-être même plus… (oui, oui, c'est une référence à Leanne Hainsby).

Si vous avez lu jusqu'ici, vous savez que *La Pie voleuse* se termine par un retournement de situation incroyable. J'ai dû faire très attention de ne révéler l'intrigue à personne, sauf à Lisa Albert et à Dolly Alderton, qui ont donc été les premières à me prodiguer leurs encouragements. Je les en remercie.

Je remercie mes parents : mon père, Tom, pour ses conseils médicaux et ma mère, Christine, pour sa gentillesse et pour avoir toujours été l'une de mes premières lectrices.

Je remercie mes amis les plus proches. Je n'imagine pas ma vie sans vous.

Je remercie toutes les femmes qui ont partagé leurs histoires d'infertilité avec moi. Je me sens très honorée chaque fois que vous choisissez de me raconter votre parcours. Je pense à vous.

Et, pour finir, je remercie Justin. Tandis que j'écrivais ce livre, nous avons traversé beaucoup de choses. Chaque jour, je me suis sentie aimée grâce à toi. Et encore aujourd'hui. Merci pour ça et pour m'avoir montré que le dénouement le plus heureux vient toujours une fois qu'on a trouvé le bon équilibre.

Pour plus d'information :

#lisez! engagé

www.lisez.com

Imprimé sur du papier issu de forêts gérées durablement.

10/18 – 92 avenue de France, 75013 PARIS

Imprimé en France par
CPI Bussière

N° d'impression : 2073337
X08132/02